THE

# DEVIL'S SONS

TOME 1

CHLOÉ WALLERAND

# THE DEVIL'S SONS

TOME 1

plumes du Web

82700 Montech
www.plumesduweb.com
978-2-38151-108-5

**À tous ceux qui désirent *vivre*...**

# PROLOGUE

La plupart des personnes qui ont une vie compliquée n'aspirent qu'à une chose : avoir une vie simple.

Mais ce n'est pas mon cas. J'aime les complications sans lesquelles je ne serais pas celle que je suis aujourd'hui. Je ne suis pas non plus du genre à en vouloir à la terre entière, ou à me demander *pourquoi moi ?* Certaines choses se passent sans qu'on puisse faire quoi que ce soit pour y remédier. On ne choisit pas sa famille, on ne peut modifier les événements qui se sont déroulés avant notre naissance, alors pourquoi être en colère ? Pourquoi s'apitoyer sur son sort et ne pas tout simplement apprendre à vivre avec les choses sur lesquelles nous n'avons aucun pouvoir ?

Ressasser le passé, se demander comment ça aurait pu être *si...* c'est une perte de temps incommensurable. Accepter, s'adapter, c'est la clé. La clé d'une vie heureuse, malgré les complications. C'est la voie que j'ai décidé d'emprunter depuis toujours.

Je ne juge pas ceux qui ne pensent pas de la même façon que moi : après tout, je n'ai pas la science infuse. Je ne peux pas affirmer que mon raisonnement est le bon. Mais je suis convaincue que les gens seraient plus heureux s'ils arrêtaient de se tourner vers le passé et de vouloir à tout prix une existence paisible. S'il le faut, je suis complètement masochiste, je ne sais pas... Cependant, je ne changerais mon quotidien pour rien au monde, parce que je ne suis tout simplement pas faite pour une vie sans problème. Et cette rentrée à l'université va une fois de plus me le prouver...

# 1.

– C'EST L'HEURE D'Y ALLER ! hurle ma mère de la cuisine.

Ces quelques mots me rendent aussi excitée qu'angoissée, et aucune de ces émotions n'arrive à prendre le dessus sur l'autre.

J'inspire profondément et expire jusqu'à ce que mes poumons soient vidés. Mon dernier sac en main, je parcours ma chambre des yeux pour vérifier que je n'ai rien oublié.

J'ai un pincement au cœur. Cette maison bancale, mais chaleureuse, va me manquer. Ma mère, aussi bancale que chaleureuse, va me manquer. Et mes amis aussi. Nous prenons tous des chemins différents et je sais déjà que notre amitié appartient au passé.

Je quitte la pièce, que je ferme derrière moi avec nostalgie, puis sors de la maison. L'air frais me caresse le visage, emportant un peu de mon angoisse avec lui. C'est une belle journée de septembre qui commence. Tout semble favorable à mon départ, même les dieux.

Je rejoins ma mère dans la voiture et pose mon sac à mes pieds. Elle me regarde de ses grands yeux bleus remplis d'émotion, avant de démarrer le moteur.

Je ne prends pas la route de Columbia comme l'avait espéré

mon père alors que je n'étais qu'un fœtus dans le ventre de ma maman. Je vais à l'université du Michigan. Pas à cause de mon niveau scolaire, non, plutôt par manque de moyens. Ma mère est une ancienne junkie qui a beaucoup trop de dettes pour pouvoir me payer les études de mes rêves, mais je ne lui en veux pas. Je sais à quel point la vie peut être dure. Donc, peu m'importe le nombre de fois où elle a chauffé des cristaux pour inhaler leurs vapeurs. Tout ce qui compte, c'est qu'elle soit là aujourd'hui, sevrée et en bonne santé.

Après plusieurs heures de voiture durant lesquelles elle a parlé encore et encore tandis que je regardais le paysage défiler sous mes yeux, elle finit par se garer sur le parking de la faculté.

— Regarde comme c'est beau ! s'exclame-t-elle.

Elle a raison. Le campus est magnifique. La pelouse fraîche et verdoyante devrait recevoir un prix de la part de la municipalité. Elle est parfaitement tondue, il n'y a pas un trou. Les arbres sont taillés et de magnifiques plantes montantes recouvrent de gigantesques bâtiments ainsi que des arcades de pierre au charme vieillot. Les tours et les grandes fenêtres ressemblent à celles des résidences de plaisance qu'occupaient les nobles de la Renaissance. Le rêve Américain.

Je détache ma ceinture et ouvre ma portière, alors que ma mère est déjà dehors. De nombreux étudiants marchent, des sacs ou des cartons dans les mains, cherchant probablement leur nouvelle chambre pour l'année à venir. Je suis impatiente de trouver la mienne et de la découvrir, en espérant que ma colocataire sera gentille.

— Le stand est ici !

Ma mère pointe du doigt une table avec cinq personnes assises derrière, sous une tente.

Finalement, elle semble bien plus excitée que moi. Si entrer à l'université n'était pas synonyme de la laisser seule, je sauterais probablement de joie. Après tout, j'en ai toujours rêvé. Seulement, elle a commencé la drogue à cause de la solitude provoquée par le décès de mon père avant ma naissance. Depuis ce jour, elle n'a personne d'autre que moi. Aucun frère, aucune sœur, aucune belle-famille, et ses propres parents sont décédés il y a bien longtemps. Même si elle a toujours assumé son rôle, je me suis fait un devoir de l'épauler. C'était elle et moi contre le reste du monde, et ce depuis le premier jour. À présent, je ne sais pas comment les choses vont évoluer et j'en ai la boule au ventre.

*Elle est forte*, me répété-je. *Bien plus forte que n'importe qui.*

Un sourire étire le coin de mes lèvres lorsque je me remémore la façon dont elle se bat comme une lionne enragée pour mon bonheur et le sien. Si à l'époque, je n'étais qu'un lionceau qui se laissait toiletter, j'ai rapidement appris à montrer les crocs pour soutenir et protéger les miens, à l'instar de ma mère.

Un peu plus rassurée, nous rejoignons le stand. Une femme rousse, la trentaine, me sourit chaleureusement.

— Cursus, nom et prénom ?

— Lettres. Lopez Avalone.

Elle fouille dans une caisse métallique remplie de dossiers et après avoir trouvé mon nom, elle me tend un plan du campus ainsi qu'un trousseau de clés. Son poids dans ma main est lourd de changements.

— Chambre 307, bienvenue à l'université.

Un frisson agréable me parcourt l'échine et je souris poliment à mon interlocutrice avant de me tourner vers ma mère, qui me regarde avec fierté.

Après avoir récupéré mes affaires dans la voiture, nous partons à la recherche de ma chambre. Nous pénétrons dans un grand bâtiment de pierre écrue et nous montons au troisième étage. Nous longeons le couloir en faisant attention à ne bousculer aucun étudiant – tous sont eux aussi chargés comme des ânes – et arrivons jusqu'à la chambre 307.

*Ce sera toujours elle et moi contre le reste du monde*, me répété-je, tandis que mon cœur tambourine dans ma poitrine.

J'inspire profondément, enfonce la clé dans la serrure, puis ouvre la porte. J'ai seulement le temps de faire deux pas à l'intérieur de la pièce qu'une fille me saute au cou, ce qui entraîne la chute de mes sacs et de mes cartons au sol. Je reste figée par ce contact aussi soudain – je ne suis pas particulièrement tactile avec les inconnus – et je compte les secondes avant qu'on me libère.

Finalement, la fille s'éloigne de quelques pas et je découvre son sourire, qui ressemble étrangement à celui du chat du Cheshire dans *Alice au Pays des Merveilles*.

— Je suis désolée, me dit-elle en ramassant mes affaires pour les déposer sur un lit. Ça fait deux ans que je tombe sur des colocs complètement désaxés ou franchement douteux, et comme tu as l'air plutôt normale... je suis très heureuse et *soulagée*.

La voyant gênée, je ricane pour ne pas la laisser dans son embarras plus longtemps.

Je lance ensuite un regard furtif à Maman, qui hoche la tête dans une compréhension muette. Elle ne le montrait pas, pourtant elle aussi s'inquiétait pour ma colocation qui aurait pu virer au désastre. Néanmoins, ce sourire devant moi fait s'envoler mes craintes. Cette fille a l'air un peu perchée, mais pas méchante.

— Je m'appelle Lola, se présente-t-elle en me tendant sa petite main. Enfin un prénom normal.

Je la serre chaleureusement.

— Avalone. Et voici ma mère, Claire.

Lola la salue avec le même sourire éblouissant qui découvre la totalité de ses dents, et Maman le lui rend avant de poser mes derniers sacs sur mon lit. Quand elle me prend dans ses bras et que j'ai de nouveau un pincement au cœur, je comprends qu'elle veut faire ça vite pour m'empêcher de réfléchir et de m'inquiéter.

— Appelle-moi si tu as le moindre problème...

— Jusqu'à preuve du contraire, c'est moi la mère !

Je ris sans joie. Elle pose ses mains sur mes joues et m'embrasse le front avant de passer ses pouces sous mes yeux comme elle a l'habitude de le faire.

— Tu vas me manquer. Ton magnifique regard va me manquer...

— Toi aussi, Maman.

Elle recule d'un pas en m'observant pour s'assurer que je vais bien, et j'en profite pour faire de même avec elle, mémorisant une dernière fois les traits de son visage rempli d'affection.

Elle récupère son sac, salue Lola et s'éclipse avec un grand sourire.

— Au revoir, ma puce. On s'appelle plus tard, je t'aime !

J'ouvre la bouche, pourtant mes mots meurent sur le bout de mes lèvres en même temps que la porte se referme sur elle.

Lorsque je me réveillerai demain matin, il y aura plus de trois cents miles entre elle et moi, soit cinq heures de route en voiture... mais je n'ai pas de voiture.

Lentement, je me tourne vers Lola, qui épie le moindre de mes gestes avec curiosité.

— Tu as une voiture ? demandé-je.

Elle hoche vigoureusement la tête sans se départir de son sourire.

— Dans l'hypothèse où ma mère aurait un problème et que je doive la rejoindre en urgence dans l'Indiana, tu me la prêterais ?

— Et dans l'hypothèse où je me ferais briser le cœur par un idiot, tu mangerais de la glace avec moi devant *N'oublie Jamais* ?

Nous nous jugeons en silence comme si nous essayions de voir à travers l'autre ce que pourrait donner une amitié entre nous. Un sourire frémit sur mes lèvres, mais je le dissimule. Au lieu de quoi, j'incline la tête sur le côté.

— Uniquement si tu m'autorises à lui botter les fesses le lendemain.

— Uniquement si tu m'autorises à t'accompagner pour secourir ta mère.

Je plisse les yeux afin de garder un air sérieux, alors que sa réponse me satisfait amplement. Lola me fait comprendre que j'ai toutes les cartes en main et que si je l'accepte, une belle amitié pourra naître entre nous. Alors, je laisse son sourire me contaminer et je hoche la tête, scellant notre pacte.

Le silence qui s'ensuit me permet d'observer les lieux. La chambre n'est pas très spacieuse, mais elle est mignonne. Les deux lits sont positionnés contre les murs opposés et les deux bureaux trônent en face de la porte d'entrée. Des placards sont dans les coins, nous laissant de la place pour y ranger nos vêtements. Les douches communes ne me font pas baver d'envie. Cependant, à mon grand soulagement, le logement possède ses propres toilettes. Et heureusement!

Je me tourne vers Lola qui s'est assise sur son lit et me scrute de ses grands yeux en amande tout en gesticulant, comme si elle fournissait un gros effort pour éviter de m'assommer de questions. Quelque chose me dit qu'elle va exploser d'une seconde à l'autre, alors je me laisse tomber sur mon matelas à ressorts et lui souris en signe de coopération.

Elle bondit brusquement de son lit pour prendre place sur le mien, à mes côtés.

— D'où viens-tu ?

Je me retiens de rigoler devant son entrain.

— Je viens de Madison, et toi ?

— Washington !

On dit des Washingtoniens que le mot « travail » est le seul qu'ils aient à la bouche. Si c'est le cas, ça ne me pose aucun problème, étant donné que je suis ici pour avoir mon année, puis mon diplôme, en évitant tous les obstacles.

Lola et moi discutons pendant que je défais mes affaires. Elle est en troisième année de sociologie et voudrait devenir professeure plus tard. Ses parents sont toujours ensemble après vingt-cinq ans de mariage et elle a un grand frère. C'est une fille pétillante qui me fait beaucoup rire. Elle a aussi énormément de charme. Ses cheveux bruns coupés au carré lui vont à merveille. Des taches de rousseur prennent place sous ses yeux et sur son nez comme les étoiles dans le ciel. Sa petite taille et ses mains vraiment minuscules la rendent adorable.

Après avoir discuté une bonne heure sur sa vie et ses anecdotes les plus atypiques, Lola me propose de me faire visiter le campus.

— La meilleure chose sur ce campus, c'est le café, me dit-elle, alors que nous entrons dans la cafétéria. Je suis sûre que tu n'en as jamais bu d'aussi bon. Et au fait, tu ne m'as quasiment rien dit sur toi ! Que font tes parents, dans la vie ?

— Ma mère est secrétaire et caissière.

Lola commande deux cafés, puis se tourne vers moi.

— Et ton père ?

— Il est décédé.

Elle cesse brusquement tout mouvement et me regarde tristement, comme il fallait s'y attendre.

— Par l'œil d'Odin[1], Ava... Je suis trop curieuse, désolée.

Je m'apprêtais à lui dire qu'il n'y a aucun problème, mais à la place, je fronce les sourcils en la dévisageant. Lorsque j'intègre réellement ce qu'elle vient de dire, j'écarquille les yeux et mon cœur s'emballe dans ma poitrine. Je pourrais éclater de rire de surprise et de joie si je ne me contenais pas.

*— Par l'œil d'Odin* ?

---

[1] Dans la mythologie nordique, Odin est le dieu principal. Père de tout, il est l'un des trois dieux créateurs de l'Univers (les deux autres sont ses frères). Ici, *par l'œil d'Odin* fait référence à l'œil qu'il a sacrifié et jeté dans le puits de Mímir pour acquérir la sagesse.

Sans voir l'espoir qui naît en moi, Lola détourne le regard et rit nerveusement, mal à l'aise.

– J'ai été élevée par des parents qui croient aux dieux nordiques.

Elle secoue sa main pour me faire signe d'oublier, mais un sourire étire mes lèvres. Cette découverte me plaît beaucoup et un sentiment de bien-être m'enveloppe.

Nous prenons nos cafés et nous sortons nous asseoir dans l'herbe.

– Je ne pense pas qu'Odin ait quelque chose à voir dans tout ça. Peut-être les Nornes[2] ?

– Tu n'as pas tort. À moins que les dieux aient eu une dent contre ton père, c'est forcément les...

Son dernier mot meurt sur ses lèvres. Sa bouche s'ouvre tellement lorsqu'elle pose son regard sur moi que j'ai peur qu'elle s'en décroche la mâchoire. Je pince les lèvres pour m'empêcher de rire.

– T... toi aussi, tu es... ?

Je souris tendrement avant d'avaler une gorgée de ma boisson chaude.

– J'ai grandi en écoutant les exploits de Thor[3] et les manigances de Loki[4]. Qui ne les connait pas !?

Cette fois-ci, je suis obligée de passer le doigt sous son

* Je suis trop forte

2 Dans la mythologie nordique, les Nornes ont pour rôle de fixer le destin de chacun, homme comme dieu. Les trois Nornes les plus importantes sont Urd, Verdandi et Skuld. Leurs noms peuvent être traduits respectivement par Passé, Présent et Avenir.

3 Thor, fils d'Odin, est le dieu du Tonnerre. Il est connu pour sa force légendaire et son marteau Mjöllnir. Il est l'ennemi des géants et le protecteur des hommes et des dieux.

4 Malgré sa nature de géant, espèce ennemie des dieux, Loki est accueilli à Asgard par Odin avec qui il fait un pacte de sang, devenant son frère de sang. Dieu de la Malice et de la Discorde, Loki met les dieux en mauvaise posture à de nombreuses reprises. Il est tantôt leur ennemi, tantôt leur allié.

menton pour lui faire refermer la bouche. Mais je comprends sa surprise. Aux États-Unis, le pourcentage de païens n'atteint pas les 0,1 %, et voilà que ma colocataire partage la même religion que moi.

Il lui faut quelques secondes, cependant Lola finit par avaler la pilule.

— Nous étions faites pour nous rencontrer ! conclut-elle, excitée.

Je ne sais pas si les dieux ou les Nornes ont quelque chose à voir dans notre rencontre, néanmoins je suis vraiment heureuse de la connaître. Mon petit doigt me dit que nous allons bien nous entendre. Et puis, le fait qu'elle partage ma religion, c'est comme si j'avais un bout de chez moi, ici, dans cette nouvelle ville.

Le temps est magnifique et une brise agréable soulève les feuilles des arbres.

Lola et moi profitons des derniers rayons du soleil, toujours à la même place qu'une heure plus tôt.

Je me sens bien, vraiment bien, et Lola comble déjà la solitude que j'avais peur de ressentir après le départ de ma mère. Si cette fille n'existait pas, il faudrait l'inventer.

— Je te jure, me dit-elle en rigolant. Ils se sont décomposés, j'ai même cru que le cœur de ma grand-mère allait lâcher et que la foudre de Thor s'abattait sur moi ! Ils pensaient que je laverais l'honneur de la famille après ce que mon grand frère a fait, mais non !

De toutes les personnes dont elle m'a parlé, son frère est celui qu'elle a le moins évoqué, comme si c'était un sujet tabou.

— Qu'a fait ton frère ?

Lola s'étouffe avec son café, ce qui attise davantage ma curiosité, mais je détourne le regard pour qu'elle ne se sente pas scrutée et obligée de répondre à ma question.

— Disons qu'il n'a pas fait ce que mes parents attendaient de lui.

— On parle de moi ? demande une voix rauque derrière nous.

Nous nous retournons toutes les deux dans un sursaut : un garçon qui ressemble comme deux gouttes d'eau à Lola se tient debout devant nous.

Des cheveux bruns, des taches de rousseur, des traits prononcés mais chaleureux, et une musculature importante. Son frère est sacrément beau ! Si je n'avais pas un minimum de maîtrise de mon corps, je baverais comme probablement toutes les filles de l'université.

Mes yeux glissent le long de sa veste en cuir noir jusqu'à ses doigts tatoués de runes[5], signe qu'il partage également mes croyances, comme sa sœur.

— Enchanté ! Moi, c'est Set. Et toi, tu es ?

— Avalone.

Je lève le visage vers lui pour croiser son regard rempli de malice, mais il se décompose brusquement, sans pour autant détourner les yeux. Son visage perd de ses couleurs et une peur primaire semble le submerger.

J'aimerais dire que je suis étonnée de sa réaction, pourtant ce n'est pas le cas. Les rares païens que j'ai pu croiser interprètent mon regard comme un mauvais présage. Sauf ma mère. Et ma colocataire, visiblement.

Lola claque des doigts et son frère revient à la réalité. Il fixe sa sœur, secoue la tête, puis reporte son attention sur moi. Il me dévisage, mais je me détourne en pestant mentalement contre mes dieux qui m'ont affublée de ces reflets orange dans les iris.

— Excuse-moi, se reprend-il. Je ne croise pas souvent de beauté aussi… *déstabilisante.*

---

[5] Les runes sont des symboles magiques auxquels on peut se connecter à des fins divinatoires, de guérison ou encore de spiritualité. Elles servaient également d'alphabet pour les peuples germaniques.

Je me retiens de justesse de lever les yeux au ciel pendant que Lola ne tient plus en place et se dandine dans tous les sens, visiblement tendue.

— Ravi de t'avoir rencontrée, Avalone. Passez une bonne journée !

Il passe devant nous, puis s'éloigne vers la route d'une démarche sûre et déterminée, quoiqu'un peu pressée. Les regards convergent vers lui, sans doute pour son physique, pourtant tout ce qui m'intéresse, c'est l'inscription blanche floquée sur le dos de sa veste en cuir. Je ne parviens pas à la lire, mais j'arrive à discerner la tête de mort dessinée en dessous, un Vegvisir[6] gravé sur son front, symbole de notre religion.

— « The Devil's Sons. » Le fils du Diable

Je quitte des yeux le dos de Set pour observer ma nouvelle amie.

— C'est ce qu'il y a écrit sur sa veste, reprend-elle.

Elle fixe l'herbe qu'elle trifouille de ses doigts, l'air profondément mal à l'aise.

— Il fait partie d'un gang. Tu l'aurais rapidement su, de toute façon, alors autant l'apprendre de ma bouche.

J'écarquille les yeux et m'étouffe bruyamment avant de penser que j'aggrave le malaise de Lola. Je me force à me calmer, seulement mon expression reste crispée.

*Un gang dans cette université, sérieusement ?* Bien que Set arbore de nombreux tatouages et une musculature conséquente, il n'a pas l'air capable de monstruosités.

Je secoue la tête avant de sourire à Lola pour lui faire comprendre qu'elle n'a pas à être gênée. Pourtant, malgré ce sourire, ma gorge se serre lorsque je pense à la possibilité qu'ils

---

[6] Le Vegvisir est un symbole, une boussole magique qui sert de guide à celui qui la porte pour éviter de s'égarer et de perdre de vue son destin.

soient de dangereux criminels.

— Tu as un petit ami ? me demande Lola pour changer rapidement de sujet.

Je réponds par la négative.

— Comment ça se fait ?

Je hausse les épaules et regarde au loin.

— Je ne cherche pas à me mettre en couple. Puis, il faut avouer que les prétendants ne se bousculent pas ! ricané-je.

Lola pouffe de rire en claquant sa paume sur son front, comme si elle avait la pièce manquante du puzzle de ma vie.

— Ils ont peur de toi !

Je lève les sourcils, dans l'incompréhension la plus totale, et ma nouvelle copine semble sidérée.

— Non mais, tu t'es vue, Avalone ? La beauté païenne incarnée ! Et par tous les dieux, t'es trop bonne !

Dire que je n'ai pas conscience de ma beauté serait un mensonge, même si je ne suis pas au goût de tous.

Je sais que j'ai de bons gènes. Mes longs cheveux blond polaire sont ondulés, mes yeux sont verts et tirent vers un marron si clair au plus proche de mes pupilles qu'on croirait y voir des reflets orange. Deux fossettes creusent mes joues lorsque je souris, et malgré mon régime alimentaire, j'ai quelques formes, probablement grâce au sport que je n'ai pas le droit de pratiquer.

— Pourtant, ce qui doit les effrayer le plus, c'est ton regard, poursuit Lola.

Elle plisse les yeux afin d'observer les miens, et je lutte pour ne pas me détourner, m'attendant à ce qu'elle en tire les mêmes conclusions que les autres.

— Il est si beau, mais d'un éclat qui lui donne une dureté peu commune… Un regard de tueuse !

Et lorsqu'elle me sourit, elle ne semble pas effrayée, comme si elle n'avait pas reconnu le mauvais présage que les païens voient dans les reflets orangés de mes iris. *Les flammes du*

*Ragnarök*[7].

— Les sélections des *cheerleaders* commencent demain, si jamais ça t'intéresse.

Le soulagement que j'avais ressenti une seconde plus tôt s'évanouit pour laisser place à la résignation. Lola, perspicace, s'allonge sur le ventre et m'observe intensément.

— Avalone Lopez, ouvre-toi à moi. Si tu ne me fais pas encore confiance, voici le moyen de pression que je t'offre : je mangeais mes crottes de nez en cachette jusqu'à mes dix-sept ans.

Le rire qui s'échappe bruyamment de ma gorge déclenche le sien. C'est lorsque nous nous rendons compte que quelques regards sont tournés vers nous que ma coloc' se décompose, terrifiée à l'idée que quelqu'un ait pu entendre sa révélation. Elle semble soulagée lorsque chacun retourne à ses occupations sans la moindre moquerie.

— Alors, qu'en dis-tu ? Une vérité contre une autre ?

— La mienne n'est pas aussi drôle, la préviens-je.

Elle balaie ma remarque d'un geste vague de la main et me dit qu'il ne faut pas faire de discrimination avec les émotions. Et c'est précisément cette remarque qui me convainc de me confier à elle, parce que ses répliques hilarantes chassent toute trace de tension.

— J'ai un problème cardiaque qui m'empêche de pratiquer le sport.

Habituellement, je me serais arrêtée là. Mais Lola me donne

---

[7] Dans la mythologie nordique, le Ragnarök est la fin des mondes prophétiques. Il commencera avec un hiver de trois ans sans soleil, puis une grande bataille se déroulera sur la plaine de Vígríd, où s'opposeront les dieux et les géants conduits par Loki. La terre des hommes sera engloutie par l'eau, la majorité des divinités et des géants périront et les neuf mondes brûleront dans les flammes. Les dieux survivants, dont Baldur, fils d'Odin, deviendront souverains, et du couple d'humains qui a échappé aux flammes, l'humanité renaîtra.

envie de tout lui raconter. Après tout, je lui dois bien ça, après sa révélation au sujet de ses goûts culinaires particulièrement douteux.

— Ma mère consommait de la méthamphétamine quand elle était jeune. Puis elle a rencontré mon père. Elle a arrêté la drogue et elle est tombée enceinte, mais il est mort avant ma naissance et elle a replongé. Elle en a consommé, alors que j'étais dans son ventre. Une seule fois. Néanmoins, c'était assez pour que je naisse avec une malformation qui a entraîné une insuffisance cardiaque. Ma mère est sevrée depuis bien longtemps maintenant, je ne lui en voudrai jamais. Elle a tout fait pour moi, je lui en serai éternellement reconnaissante.

Les yeux de Lola brillent de larmes, pourtant pour la première fois, je ne détourne pas le regard. Parce que je n'y vois pas de pitié ni de jugement, plutôt de la compréhension.

— Je suis sincèrement désolée, Avalone. Ça ne doit pas être facile tous les jours.

Avec cette fille, c'est facile de se confier. Je ne m'étais jamais livrée aussi rapidement à une personne et à vrai dire, ça fait du bien. Je me sens plus légère et ne redoute donc plus le moment où je devrai tout lui avouer de ma maladie, qui est l'épée de Damoclès au-dessus de ma tête.

Nous profitons du soleil encore une trentaine de minutes, puis nous retournons à la chambre dans une ambiance agréable, les pommettes légèrement rougies.

— Tu vas faire quoi pendant ces trois jours avant le début de l'année ?

— Je ne sais pas, sûrement aller à la bibliothèque prendre de l'avance sur mes cours, lui réponds-je en m'asseyant sur mon lit.

— Tu es du genre intello ? me demande-t-elle, surprise.

— Disons que je préfère être en avance plutôt qu'en retard.

À la lueur malicieuse qui brille dans ses yeux, je lève un doigt menaçant vers elle.

— N'y pense même pas, je ne ferai pas tes devoirs !

Elle lève les mains en signe d'innocence, pourtant son regard la trahit et me tire un sourire. Je sais qu'elle retentera plus tard, mais pour l'instant, une tout autre idée la traverse.

— Et si on sortait ce soir ? Tu as le droit de boire malgré tes problèmes cardiaques ?

— Les shots sont à éviter, mais je peux boire ! mens-je, non sans scrupule.

Lola se lance dans une sorte de danse de la joie, tout en énumérant les noms des bars d'Ann Arbor. Comme je ne connais pas encore la ville, elle a tout le loisir de réfléchir à notre destination, qu'elle finit par garder secrète pour un peu de mystère.

Elle change de comportement du tout au tout lorsqu'elle regarde sa montre. Nous n'avons que deux heures pour nous préparer et manger, ce qui semble inconcevable pour elle. Alors, elle se transforme en vraie tempête. Sans préambule, elle attrape sa trousse de toilette et me traîne jusqu'aux douches communes en évitant de peu les étudiants sur notre passage.

Sous le jet d'eau, ma voisine de cabine et nouvelle colocataire me surprend à chanter à pleins poumons. Qui aurait cru qu'un si petit corps pouvait déployer une telle puissance de vocalises ?

*C'est qu'elle chante magnifiquement bien, en plus !*

De nouveau dans la chambre, c'est un champ de bataille. Des vêtements volent à travers la pièce, le tout accompagné par les grognements de frustration de Lola. Finalement, elle trouve une belle petite robe rouge et m'interroge du regard. J'affiche une moue approbatrice et récolte en échange un gigantesque sourire.

Je fouille à mon tour dans ma penderie – sans pour autant la dépouiller de son contenu – et jette mon dévolu sur ma jupe courte en satin noir ainsi qu'un top beige aux manches évasées. Les deux pouces levés, ma coloc' approuve, et comme deux gamines surexcitées, nous enfilons nos tenues.

Après une touche de maquillage, nos talons aux pieds et nos pochettes en main, nous rejoignons la cafétéria pour prendre notre repas. Nous avons seulement le temps de nous asseoir au milieu des étudiants déjà présents qu'un homme se dirige droit sur nous, les traits tirés par l'urgence.

Son visage dur, combiné aux poings qu'il pose sur notre table et à la veste en cuir noir qu'il porte sur son dos, me provoque un mouvement de recul.

*Un Devil's Son en colère.*

— Tu as vu ton frère ? aboie-t-il à Lola.

Il remarque ma présence et après un bref coup d'œil, son regard revient finalement s'accrocher au mien. Sa réaction est immédiate : il pâlit à vue d'œil et déglutit péniblement, figé sur place.

*Par tous les dieux, lui aussi est païen ?*

— Non, répond-elle, agacée. Pas depuis cet après-midi, Sean.

Les mots de Lola ramènent le Devil's Son à la réalité et il détourne le visage aussi vite que si je l'avais giflé. Sa colère revient au galop et son poing s'abat avec violence sur la table, me faisant sursauter. Maintenant qu'il a attiré tous les regards sur nous, il repart aussi vite qu'il est arrivé. Et quelle surprise de découvrir un Vegvisir orner le front de la tête de mort sur sa veste en cuir !

— Chaque membre du gang est païen ? lui demandé-je.

— Oui. Après tout, quelle personne serait assez folle pour rejoindre un gang s'il n'a pas l'éthique de l'Ásatrú[8] ?

« Force, courage, honneur, jouissance, pragmatisme. »

— Qu'est-ce qu'ils font, exactement ?

---

[8] L'Ásatrú est une reconstruction moderne des anciennes croyances scandinaves liées à la mythologie nordique. Ce terme peut être traduit par « foi en les Ases ». Les Ases étant les principaux dieux du panthéon nordique vivant en Ásgard, associés ou apparentés à Odin.

La question franchit mes lèvres sans que j'aie pu y réfléchir avant. Ai-je vraiment envie de connaître les activités d'un gang dont les membres font partie de l'université ?

Lola joue avec sa nourriture, pensive.

— Je ne sais pas vraiment, je n'ai jamais demandé. Cependant, les gens disent qu'ils sont dans la drogue et dans les armes. Dans le trafic illégal, quoi.

— Mais si tout le monde est au courant, comment ils peuvent continuer leur business ?

— Tout le monde les connaît dans cette ville. Ils ont le bras long, les flics ferment les yeux, et ceux qui ne sont pas corrompus n'ont aucune preuve pour les arrêter.

Je ne réponds rien, trop songeuse pour aligner deux mots.

*Un gang avec des activités illégales dans mon université... Et s'ils tuaient des personnes ?*

Cette simple pensée me donne la nausée et me fait frissonner. Mais je me raccroche à l'idée que Set avait l'air plutôt sympathique avant de m'avoir longuement dévisagée.

Ils doivent avoir un chef qui a beaucoup de relations. Sinon, comment des étudiants pourraient-ils s'en sortir malgré tous leurs crimes et délits ?

C'est lorsque nous rejoignons le 4x4 de Lola sur le parking de l'université que l'atmosphère s'allège et que nous retrouvons enfin notre excitation. Nous voilà lancées dans les rues d'Ann Arbor, *I Write Sins Not Tragedies* de Panic ! at the Disco à fond dans l'habitacle.

Après une dizaine de minutes de karaoké enflammé, Lola finit par garer la voiture devant un bâtiment qui ne laisse aucun indice sur son intérieur. Nous claquons les portières derrière nous et ma colocataire tend les bras vers la bâtisse dans un geste théâtral.

— Voici *The Degenerate Bar* !

# 2.

Bras dessus, bras dessous, Lola et moi poussons les portes insonorisées du bar. Et là, c'est la dégénérescence.

La musique et les cris festifs me percutent de plein fouet, à tel point que je m'arrête net de surprise. Des jeux de lumière éclairent chaque recoin du lieu les uns après les autres, baignant de luminosité ses occupants pour mieux les plonger dans le noir la seconde d'après. Les flashs suivent le rythme effréné de la musique pop, envoyant aussitôt tout épileptique à l'hôpital.

Je dois laisser quelques secondes à mes sens pour s'habituer à l'ambiance avant de pénétrer dans l'enceinte, sous les regards de marbre des deux videurs. Parmi la foule déjà compacte, un gigantesque comptoir d'une vingtaine de mètres s'étend au beau milieu de la salle, entouré de tables disposées par-ci, par-là.

Sans me lâcher une seconde, Lola joue des coudes pour nous tracer un chemin jusqu'au bar où elle interpelle un barman. Un large sourire étire les lèvres de ce dernier lorsqu'il la voit et, shakers à la main, il nous rejoint.

— Lola ! Ça faisait longtemps !

Ils se font une accolade chaleureuse par-dessus le comptoir, puis ma coloc' m'attire contre elle pour me présenter à son ami.

— Liam, je te présente Avalone, ma nouvelle colocataire.

Il m'offre un sourire éblouissant ainsi qu'une poignée de main, et tout en préparant ses cocktails, nous échangeons quelques politesses. Difficile de faire plus avec la musique aussi forte.

Assises sur les chaises hautes devant le bar, Liam dépose devant Lola et moi deux boissons « offertes par la maison ». Après des remerciements, nous trinquons et buvons ce délicieux nectar. Je suis incapable de dire à base de quoi il est fait, étant donné que je n'ai que peu d'expérience avec l'alcool, mais une chose est sûre, il est délicieux. Je n'avais jamais bu quelque chose d'aussi bon.

L'ambiance est tout ce que j'aime. Il n'y a que les rires, la danse et les chansons reprises en chœur. Une énergie festive circule dans le bar, n'épargnant personne. Les bagages émotionnels ont été laissés devant les portes insonorisées pour passer une soirée hors du temps. Ça trinque, ça se chamaille, ça se drague. Lola et moi sommes prises dans la frénésie. Nous nous époumonons entre le chant et les rires, en partie grâce à Liam et ses blagues aussi nulles qu'hilarantes. J'essaie d'ignorer ses quelques œillades comme si de rien n'était, jusqu'à ce que ma nouvelle amie mette le sujet sur la table et tente de me pousser dans ses bras lorsqu'il a le dos tourné.

— Je ne suis pas là pour me mettre en couple. Je veux me concentrer sur mes études, je n'ai pas le temps d'avoir un garçon dans les pattes.

Lola me regarde, ahurie, tandis que je lève les yeux au ciel avec amusement.

— Mais c'est l'université ! Tu dois t'amuser, ce sont nos dernières années avant le travail et les responsabilités ! C'est notre ultime occasion de profiter avant la vie d'adulte !

Je n'ai pas le temps de lui répondre qu'un brouhaha inexplicable se fait entendre sur la piste de danse. Des cris stridents résonnent dans le bar, les fêtards se regroupent et assistent à ce qui semble être une bagarre. Enfin, un peu d'actions

— C'est un Devil's Son ! lance un homme en levant sa bière.

D'autres le rejoignent dans son toast et ces abrutis acclament les bagarreurs.

Désespérée, je me retourne vers Lola, mais cette dernière passe en coup de vent devant moi et s'enfonce précipitamment dans la foule, inquiète pour son frère.

*Et merde !*

Je saute de ma chaise et bouscule quelques personnes en plongeant à mon tour dans la marée humaine. Sur la pointe des pieds, je cherche une tête brune que je peine à localiser. Les jeux de lumière n'aident en rien : la foule se retrouve plongée dans le noir par intermittence. Un couinement s'échappe de ma bouche lorsqu'on m'écrase un orteil, mais je serre les dents et continue d'avancer. Je manque de perdre l'équilibre à deux reprises et finalement, Lola apparaît devant moi. Je joue une dernière fois des coudes pour la rejoindre et attrape son bras, soulagée. Pourtant, elle ne m'accorde pas la moindre attention. Elle est figée face à la scène qui se déroule devant nous.

Ce n'est pas Set qui est en train de se battre, mais vu la veste en cuir, c'est bien un Devil's Son.

Penché sur un homme qui lutte pour rester conscient, il lève le poing et l'abat avec une telle violence que j'en sursaute, les yeux exorbités d'horreur. Le bruit de l'impact résonne dans mon crâne et me donne la nausée, cependant c'est loin d'être fini. Malgré le sang qui coule sur le sol, le Devil's Son arme de nouveau son bras. Je ne vois pas son visage et pourtant, je ressens sa haine. Elle est suffocante, dévastatrice. Il l'exprime en cognant une nouvelle fois. Un craquement sinistre s'ensuit et cette fois-ci, son rival perd connaissance. Mais le membre du gang frappe encore et encore. Il s'acharne sur son adversaire ou plutôt, sur sa victime, comme s'il voulait l'achever. Et il risque d'y parvenir, si personne ne l'arrête.

— Il va le tuer ! s'exclame Lola avec horreur.

Elle regarde autour d'elle et cherche des yeux quelqu'un qui pourrait intervenir. Les encouragements se sont tus, il ne reste que des cris de panique, des regards affolés et terrorisés. Certains prennent la fuite, mais personne ne semble prêt à intervenir pour sauver le pauvre homme aux mains de ce malade mental. Même les videurs restent dans leur coin, pourtant spectateurs du carnage.

— Il faut trouver les Devil's pour l'arrêter ou il va le tuer ! me crie Lola, les larmes aux yeux.

Les dents qui volent dans les airs avant de rebondir sur le sol finissent par me convaincre. Sans réfléchir, je m'élance en avant, lorsque le bras du Devil's Son se lève une énième fois.

— BORDEL, STOP ! hurlé-je, complètement dépassée par la situation. On dirait les F4 Thaïlande

J'attrape sa main en pleine course et la tire en arrière de toutes mes forces pour l'empêcher de causer plus de dégâts.

J'entends Lola pousser un cri de terreur lorsque le biker se dégage violemment de mon emprise et se redresse à une vitesse folle, faisant à présent une tête de plus que moi. Avant même de comprendre qu'il s'est tourné vers moi, je regarde avec horreur son poing se lever au-dessus de mon visage.

*Par tous les dieux...*

Je vais me faire frapper.

Je vais avoir mal.

Et je vais probablement même tomber K.-O.

Je suis paralysée par sa carrure imposante et intimidante, sans parler de son regard aussi noir que le néant. Toute la colère des neuf mondes[9] s'est réfugiée dans ses iris, et c'est

---

9 Dans la mythologie nordique, il y a neuf mondes soutenus par l'Yggdrasil, l'Arbre Monde. Il y a Ásgard, le monde des dieux Ases ; Álfheim, le monde des elfes de lumière ; Vanaheim, le monde des dieux Vanes ; Muspellheim, le monde de feu et de magma ; Midgard, le monde des hommes ; Jötunheim, le monde des géants ; Svartalfheim, le monde des elfes sombres ; Niflheim, le monde de brume et de glace ; et Helheim, le monde des morts.

tellement effrayant que je me serais probablement fait pipi dessus si j'avais bu un verre de plus. Mais non, je ne reçois aucun coup.

Le Devil's stoppe net son geste en découvrant que je ne suis qu'une fille fragile qui aurait sacrément mal si son poing s'abattait sur son visage. Poing qui est suspendu dans les airs tandis que son regard noir de fou furieux posé sur moi fait place, petit à petit, à un vert pénétrant.

Je ne soupire pas de soulagement. Je n'ai tout simplement pas retrouvé d'air devant une telle beauté. Un nez droit au-dessus de lèvres charnues et sensuelles, presque boudeuses.

Une virilité accentuée par une mâchoire carrée. Des cheveux noirs en bataille dont quelques mèches retombent sur son front. Des tatouages recouvrent presque chaque centimètre de sa peau hâlée, hormis son visage. Il est grand, fort, puissant et dégage une aura bestiale, antipathique. *Dangereuse*.

Son hostilité s'allège lorsque, la tête légèrement inclinée sur le côté, il plonge dans mon regard. Alors que ses amis étaient apeurés face à ce qu'ils y voyaient, lui semble fasciné.

Il m'observe, me scrute, comme s'il voulait connaître le secret des dieux et que la réponse se trouvait dans mes iris.

Le contact se brise lorsqu'un homme lui saute dessus et lui flanque un coup dans les côtes. Mais le Devil's Son ne cille pas, on dirait qu'il n'a rien senti. Alors que ses yeux verts sont toujours posés sur moi, je peux les voir redevenir noirs et se charger d'une rage indomptable. Avant qu'il se tourne vers son nouvel adversaire, les muscles tendus, j'aperçois son sourire sadique à faire froid dans le dos. Et je ne suis pas la seule à pâlir. L'homme déglutit péniblement et recule d'un pas, regrettant le coup qu'il vient de porter au Devil's Son. Mais c'est trop tard. Ce dernier enfonce son poing dans le ventre de sa nouvelle victime, coupant net sa respiration.

Une main puissante me tire brusquement en arrière pour m'éviter de me prendre un coup perdu et je me retrouve plaquée contre le torse de Set, le frère de Lola. Il détaille scrupuleusement mon visage pour vérifier que je n'ai rien avec un calme déstabilisant. La peur que je lui ai fait ressentir dans la journée semble balayée par le soulagement de me voir indemne. Ce n'est cependant que de courte durée. Il est à présent furieux.

— Putain, mais qu'est-ce qui t'a pris ? Tu as perdu la tête ?

Moi qui pensais que Set n'avait pas l'allure d'un membre de gang, je me suis bien trompée. Ses traits tirés changent complètement son visage et le rendent effrayant, dangereux.

Je me dégage de son emprise, n'appréciant pas vraiment le ton qu'il emploie avec moi, et remarque la présence d'un autre Devil's Son à ses côtés. Sa tête est rasée tandis que ses tatouages remontent dans son cou et sur sa nuque pour s'étendre sur le haut de son crâne. Il en a même sur les tempes et au coin de son œil droit. Lui n'a pas besoin d'être en colère pour paraître terrifiant. Derrière son calme apparent se cache probablement une tempête mortelle.

Lorsqu'un bruit inquiétant nous parvient, les deux Devil's Sons tournent leur visage vers leur équipier qui frappe continuellement sa deuxième victime, inconsciente elle aussi. Un chapelet de jurons leur échappe et ils interviennent rapidement, mais avec une certaine lassitude pour celui au crâne rasé. Ils poussent sans ménagement les quelques personnes sur leur passage jusqu'à arriver au cœur de la bagarre, saisissent leur équipier par les bras et l'obligent à reculer en utilisant toutes leurs forces pour y parvenir.

Le fou furieux se dégage violemment de ses deux amis, et l'étrange impression qu'il est capable de les cogner eux aussi me donne le tournis. Je ne me demande pas si je vais vomir, mais *quand* je vais vomir. Parce qu'un coup de plus et mon estomac rend l'âme.

Set prend le visage de son ami dans ses mains pour réclamer son attention et le calmer, mais le bagarreur se dégage, serrant et desserrant les poings, hors de lui. Malgré tout, Set ne baisse pas les bras. Il réitère l'opération et finit par avoir ce qu'il veut. Alors, il lui dit quelque chose que seul le concerné entend. Ce dernier contracte furieusement la mâchoire, mais semble se résigner à lâcher l'affaire. Il jette un dernier coup d'œil antipathique à ses victimes, puis son regard se pose sur moi. Le vert de ses iris est toujours caché derrière la noirceur de son âme et pourtant, son regard me transperce. Il fronce les sourcils, méprisant, et je suis sûre de lire en lui « Ne m'approche plus, saleté ! ». Ensuite, il tourne les talons et sort du bar par la porte de derrière, qu'il ouvre avec un puissant coup de pied.

Set et l'autre membre des Devil's Sons relèvent sans ménagement les deux blessés qui titubent dangereusement en reprenant leurs esprits. Ils daignent même les laisser se reposer sur eux le temps qu'ils retrouvent leur équilibre.

— Dégagez et ne remettez plus jamais les pieds ici ! dit Set, la voix glaçante.

Les deux hommes quittent le bar sans prononcer un mot, défigurés.

Les fêtards retournent peu à peu à leurs occupations comme si rien ne venait de se passer, mais Lola et moi ne bougeons pas. Nos regards sont rivés sur les dents qui jonchent le sol et sur les nombreuses éclaboussures de sang. Sa main tremblante vient serrer la mienne et elle me souffle, toujours sous le choc :

— Je te présente Clarke Taylor. Le meilleur ami de mon frère.

En parlant de son frère, il se dirige dangereusement vers nous, puis nous saisit fermement par le bras et nous tire vers la sortie telles deux gamines qu'il faut punir pour leur inconscience.

— Mais qu'est-ce que tu fais ? proteste Lola.

Set ne répond pas et nous traîne en dehors du bar par la porte empruntée par Clarke quelques secondes plus tôt.

— Rentrez au campus. Ça craint, ce soir.

— Oh non ! dit Lola en secouant la tête. Si tu veux qu'on rentre, on a besoin de plus d'explications !

Set soupire, mais les bras de sa sœur qui se croisent sur sa poitrine sont sans appel.

— Un chef de gang a perdu le contrôle de ses hommes et ils viennent sur notre territoire pour nous provoquer.

Ma colocataire écarquille les yeux et ses bras retombent le long de son corps, signe évident de sa capitulation. Quant à moi, je me rends compte qu'Ann Arbor est un terrain de jeu pour les gangs.

— Ça veut dire que les deux hommes...

Set hoche la tête.

— ... n'avaient pas le droit d'être là. Clarke leur a fait passer l'envie de revenir jouer aux plus forts. Maintenant, rentrez ! Il y en a d'autres dont nous ne nous sommes pas encore occupés.

Après ces explications, Set fait demi-tour et s'éloigne. Lola et moi nous regardons avec inquiétude avant de nous diriger vers la voiture sans protester. Nous n'avons pas la moindre envie de nous retrouver au beau milieu d'un règlement de comptes entre deux gangs.

J'ouvre la portière côté passager quand un bruit sourd nous fait sursauter. Set vient de plaquer Clarke contre la devanture métallique d'un garage pendant que le Devil's au crâne rasé se cure les ongles, l'air totalement détaché de la situation.

— Carter ne doit pas apprendre ce qu'il s'est passé, sinon on est tous morts ! hurle Set.

Clarke saisit son meilleur ami par le col de sa veste en cuir et inverse leurs positions. Je grimace en entendant le choc de la collision du dos de Set contre la devanture, pourtant ce n'est rien comparé au poing de Clarke qui s'abat sur son visage.

Lola tressaille et détourne le regard avant de s'engouffrer dans sa voiture. Je l'imite aussitôt, prête à la réconforter. Contre toute attente, elle n'a pas l'air triste. Elle a juste l'air lasse, fatiguée de s'inquiéter pour son frère. Alors, je garde le silence, mais la voilà qui éclate d'un rire nerveux.

– Je dois vraiment t'apprendre les règles de cette ville ! Premièrement, si tu vois Clarke se battre, fuis. Quand il est dans cet état, il pourrait frapper un bébé chien, et je ne te parle pas des coups perdus que tu pourrais te prendre. Deuxièmement, n'interviens *jamais*. S'il y avait un mot plus fort que *jamais*, je l'utiliserais parce que je t'assure que ce soir, tu as eu une chance phénoménale.

Elle soupire en signe de soulagement, ayant visiblement eu très peur pour moi.

– En résumé, si tu vois Clarke, pars le plus loin possible. Parce que si mon frère et les Devil's ne sont pas dans le coin, il n'y aura personne pour l'arrêter, et alors là...

Sa phrase se mue en un petit cri aigu de détresse lorsqu'elle s'imagine ce qui pourrait bien se passer. Et moi, je n'ai strictement rien à lui répondre, toujours choquée par tant de haine. Je ne pensais pas qu'un corps pouvait en supporter autant.

J'entends ses mots et je la crois. Clarke Taylor, avec son regard noir, est indéniablement quelqu'un de dangereux. Il est incontrôlable et visiblement très fort pour maîtriser à lui seul deux hommes presque aussi costauds que lui.

Nous ne mettons pas longtemps à rejoindre le campus, puis notre chambre. Une fois notre toilette du soir faite, nous nous allongeons dans nos lits respectifs et Lola se met à rire, plus légèrement cette fois-ci. Je tourne la tête vers elle sans comprendre.

– Tu es sacrément tarée, je n'arrive pas à m'en remettre ! Tu as retenu Clarke Taylor en pleine baston ! Jamais personne, mis à part les membres de son gang, n'a osé intervenir.

Je grimace en regardant le plafond et repense à son poing puissant juste devant mon visage. J'ai sérieusement cru y passer.

— Ils font quoi de leur vie, en dehors du gang ?

— Ils sont tous dans cette université, mais c'est rare de les voir en cours. Leurs activités leur prennent tout leur temps.

Je repense à Clarke, à cette haine qui le parasite. Ce doit être un trou sans fond, une source infinie.

— Qu'a-t-il vécu pour être aussi en colère ?

À ses yeux qui s'assombrissent, je devine que Lola sait de qui je parle. Et elle connaît la réponse à ma question.

— Ses parents ont été abattus devant ses yeux. Il avait quatorze ans.

Mon cœur se comprime dans ma poitrine avant de tomber au fond de mon estomac, lourd comme une pierre. J'ouvre la bouche, néanmoins aucun mot n'en sort. Qui peut assassiner des parents devant leur enfant ? Je ne comprends pas comment on peut être aussi inhumain. Mais à présent, la noirceur des yeux de Clarke est légitime. Jamais je ne me relèverais si j'assistais au meurtre de ma mère. Cette simple pensée me retourne des pieds à la tête.

— Il y a une telle colère en lui que c'est le membre le plus violent des Devil's Sons, poursuit Lola. Il est incontrôlable. Si tu pensais que la baston de ce soir était violente, heureusement que tu ne l'as pas vu il y a quelques jours lorsqu'il a envoyé trois gars à l'hosto. Tous les Devil's étaient là pour le retenir et pourtant, j'ai bien cru qu'ils n'arriveraient jamais à l'arrêter.

Je déglutis avec difficulté et ma voix n'est plus qu'un murmure lorsque j'affirme :

— Et il est toujours en liberté…

— Grâce à Carter, leur boss. Si tous ont peur de ce que les Devil's Sons peuvent leur faire physiquement, c'est Carter le génie. On ne le voit que très rarement, il reste derrière son bureau à préparer toutes sortes de coups. Il ordonne, et ses hommes exécutent. Quinquagénaire et millionnaire, pas grand monde ne peut lui tenir tête. À part peut-être les Devil's Sons eux-mêmes. Il paraîtrait que le boss tient particulièrement compte de l'avis de Jesse, celui au crâne rasé, même si c'est Clarke le second.

Je me redresse sur mon lit et me tourne vers Lola dans une incompréhension qui m'agace.

— Pourquoi font-ils ça ? Je ne comprends pas ce que ça leur apporte !

Elle hausse les épaules, partagée.

— Ils donneraient leur vie pour se sauver les uns les autres. Ils sont une famille. Lorsque Clarke a failli se faire virer du gang à cause de ses excès de violence incontrôlable, les Devil's ont bataillé auprès de Carter pour le faire changer d'avis, mais d'après moi, le boss n'avait pas vraiment l'intention de le virer. Il ne peut se passer de Clarke, ne serait-ce que pour sa réputation. Il est très sollicité par les autres gangs, apparemment.

Je demande alors à Lola si elle est proche de son frère. Lorsqu'elle m'avoue qu'elle s'entend bien avec lui, mais qu'ils ne traînent pas ensemble, je suis rassurée. Je ne veux pas côtoyer les Devil's Sons, parce qu'il est clair que les fréquenter ne m'apportera rien de bon. Ce ne sont peut-être pas les pires ordures de la planète, néanmoins ils restent violents et leurs activités sont illégales. Ce sont des délinquants, des criminels, et jamais je ne devrai être associée à eux, de près ou de loin.

# 3.

Les trois jours avant le commencement des cours sont passés à une vitesse incroyable. Je n'ai pas eu le temps de m'ennuyer. Je suis allée étudier mes cours à la bibliothèque et j'ai passé le reste de mon temps avec Lola. Je l'apprécie énormément. Jamais je n'aurais pensé tisser des liens aussi rapidement avec une personne, et sa présence dans cette nouvelle étape de ma vie est rassurante. Elle parle sans cesse. Elle est un peu folle, mais dans la limite du raisonnable. Enfin, c'est encore à déterminer. Ce n'est pas l'élève la plus studieuse qui existe, pourtant elle en a dans la tête, malgré son petit air « je passe mon temps à rire, les choses sérieuses, très peu pour moi ». Et ce que j'aime par-dessus tout chez elle, c'est sa sincérité et sa spontanéité.

Ce matin, après avoir envoyé mon coussin sur ma coloc' pour qu'elle éteigne son réveil infernal et sorte de son lit, je me réveille de bonne humeur, prête à découvrir mes cours.

Nous quittons notre chambre en papotant et traversons le campus direction les amphithéâtres. Lola, en bonne copine, m'accompagne jusqu'à ma salle pour m'éviter de tourner en rond et de me perdre. Une fois devant la pièce, elle m'embrasse sur la joue et s'en va à son premier cours de la journée en bâillant sans la moindre retenue. Comme j'ai une quinzaine de minutes d'avance, je décide de me rendre à la cafétéria pour prendre une bonne dose de caféine. Je pénètre dans l'immense pièce et me dirige vers le comptoir où je commande un café XXL. Je saisis le gobelet, remercie la serveuse et rejoins la sortie en buvant une gorgée qui, bien évidemment, me brûle les papilles gustatives, les joues, le palais et la gorge. *Je n'apprendrai décidément jamais de mes erreurs...* Alors que je pensais que rien ne pouvait être pire que cette sensation, je manque de valdinguer lorsque quelqu'un me percute violemment. Une main me rattrape de justesse, mais le mal est déjà fait. Une vive douleur naît dans mon épaule, si puissante que j'ai l'impression de m'être pris un mur.

— Si j'ai l'épaule déboîtée, je porte plainte contre ta salle de musculation, abruti !

Les lèvres pincées, je lève les yeux vers le propriétaire de la main et rencontre Set, les sourcils froncés et le regard menaçant. S'ajoute à ce combo effrayant un œil au beurre noir causé par son merveilleux ami quelques jours plus tôt. Pourtant, son visage change du tout au tout lorsqu'il me reconnaît, comme si être l'amie de sa sœur m'apportait des privilèges.

— Avalone.

— Set.

À ses côtés se tient un énième Devil's Son, et...

— L'abruti en question, c'est Clarke, m'informe Set avec un sourire malicieux.

*Et merde...*

Je viens d'insulter celui qui a envoyé des hommes à l'hôpital à coups de poing et il n'est pas ravi de me revoir. L'œillade qu'il me lance est loin d'être chaleureuse, c'est même tout le contraire.

*Est-il incapable de se détendre deux secondes ? Je n'ai quand même pas tué sa mère !*

Je déglutis péniblement et me confronte au voile de noirceur dans son regard qui ne semble jamais vraiment le quitter. Comment parvient-il à vivre en ayant dans sa tête le souvenir du meurtre de ses parents ? Les entend-il hurler dans ses rêves, juste avant qu'ils ne perdent la vie ? Revoit-il leurs visages terrifiés, suppliants ? Quel genre de pensées sombres le maintiennent éveillé le soir ?

Cette curiosité malsaine m'emporte et me guide jusqu'à ma propre mère. Survivrait-elle à mon décès ou son âme serait-elle aussi abîmée que celle de Clarke ?

Le raclement de gorge de Set me ramène à la réalité. Je détourne aussitôt le regard de l'écorché pour me concentrer sur le frère de Lola.

— Je te présente Clarke, me dit-il en pointant le concerné du doigt. Et lui, c'est Tucker.

Dans ma tête se dresse la liste de tous les Devil's Sons.

*Set, le frère de Lola. Sean, qui a failli casser notre table en deux. Clarke, le violent incontrôlable. Jesse, l'indifférent au crâne rasé. Et maintenant Tucker. Mais combien sont-ils exactement ?*

Je souris poliment à Tucker, qui est un peu plus petit que ses deux amis. Blond aux yeux marron, ses longs cheveux lui donneraient presque l'air d'un surfeur si sa peau n'était pas recouverte de tatouages. Comme tous les Devil's que j'ai rencontrés, il est extrêmement beau, comme tiré tout droit d'un magazine. La testostérone que dégagent ces trois-là emplit la cafétéria.

— Les gars, je vous présente Avalone, la plus mignonne des amies de ma frangine.

Tucker me sourit gauchement avant d'écarquiller soudainement les yeux.

— Attends ! C'est toi qui as retenu Clarke, l'autre soir ?

Avec l'impression d'être un animal sauvage pris entre les phares d'une voiture, je hoche lentement la tête. Tucker éclate d'un rire franc, contagieux, et il donne une tape sur l'épaule de Clarke.

— Ah bah putain, elle n'a pas froid aux yeux, celle-là !

L'événement passé, Set semble plus détendu que l'autre soir et rit à son tour, mais la voix de Clarke fait taire tout le monde.

— C'était suicidaire et complètement stupide. Quoiqu'un bon coup lui aurait remis les idées en place. Qu'elle s'occupe de ses affaires, au lieu de jouer les sauveuses à deux balles !

Je grince des dents et lui lance un regard noir.

Quelle si belle voix, grave et vibrante à la fois, qui aurait pu toucher jusqu'à mon âme si elle n'était pas utilisée pour un tel discours.

— Je ne sais pas si tu es un con parce que Mercure rétrograde, mais de rien, Clarke, c'est avec plaisir que je t'ai empêché de finir en prison pour meurtre...

Set et Tucker me regardent avec des yeux ronds avant de partir dans des éclats de rire incontrôlables. Clarke, c'est une tout autre affaire. Le regard assassin et les poings serrés, il passe entre ses amis, lentement, avec sadisme, pour me faire face.

Me surpassant d'une tête alors que je suis juchée sur de hauts talons, il approche sa bouche de mon oreille, et d'une voix glaciale, il me dit :

— Tu souffres du syndrome du besoin de reconnaissance ? Je ne le répéterai pas une troisième fois, Beauté. Ne te mêle pas de nos affaires ou tu risques de le regretter...

Un frisson désagréable me parcourt tout le corps et je décide cette fois-ci de ne rien répondre, quitte à me mordre la langue pour me retenir. Enfin, ce n'est pas pour autant que je baisse les yeux et pars en courant lorsqu'il me fait de nouveau face. Au lieu de ça, j'affiche un air nonchalant pour cacher la colère qui bout à l'intérieur de moi.

Comme si je n'étais qu'un vulgaire insecte en travers de son chemin, Clarke pose une main sur mon épaule et me pousse sans ménagement sur le côté avant de reprendre sa route.

La surprise m'ébahit pendant de longues secondes avant que la rage s'empare de moi.

*Quelle enflure !*

Jamais personne ne m'avait manqué de respect de cette façon.

Les poings serrés, je me tourne vers les Devil's Sons restants, qui n'ont rien perdu de leur amusement, et je les fusille du regard avant de prendre la sortie.

— Passe une bonne journée ! me lance Tucker, un sourire dans la voix.

Je lève mon majeur au-dessus de ma tête et tourne dans le couloir, poussant tout un tas de jurons à faire pâlir les mieux élevés.

Je rentre dans l'amphithéâtre sans décolérer et pour la deuxième fois en une demi-heure, je percute quelqu'un. Je pousse un grognement mi-plaintif mi-agressif, ce qui fait rire la personne en face de moi.

— On s'est levée du mauvais pied ?

Je lève les yeux vers l'homme qui me sourit chaleureusement et instantanément, ma rage s'évapore grâce à sa bonne humeur évidente. Mais il ne dit rien pendant de longues secondes, hypnotisé par mon regard.

*Odin Tout-Puissant, ne me dites pas que...*

— Moi, c'est Jackson, se présente-t-il en me tendant sa main.

— Avalone. Je suis désolée, je ne t'avais pas vu.

Il balaie mes excuses de sa main avec le sourire.

— Aucun problème. Dur réveil ?

Nous nous engouffrons dans la salle pour trouver des places.

— Pas vraiment, j'étais plutôt de bonne humeur.

— Alors, c'est quoi ?

— Un abruti qui ne sait pas être reconnaissant et respectueux.

Nous nous asseyons côte à côte au cinquième rang. Ni trop près du professeur, pour éviter ses postillons, ni trop loin, au risque de ne rien entendre, d'après les conseils avisés de Lola.

— Oh, dans ce cas-là, habitue-toi, il y en a pas mal dans cette université.

Je pousse un long soupir sous les rires de Jackson et le professeur fait son entrée. Toutes les discussions s'interrompent et les Devil's Sons sont aussitôt chassés de mon esprit par l'excitation de mon premier cours.

Il est midi quand celui-ci se termine. Je sors de la salle avec Jackson et je repère aussitôt Lola, une vingtaine de mètres plus loin, qui semble être en quête de ma personne. J'agite les bras, sans succès, et Jackson finit même par m'aider. Nous perdons espoir, alors je sors mon téléphone pour appeler ma colocataire.

— J'étais justement en train de te chercher ! me dit-elle en décrochant.

— Et j'étais justement en train de te faire de grands signes !

Je la vois plisser les yeux et tourner dans tous les sens, pour finalement regarder à l'opposé de mon emplacement.

— Bon ! Tu n'as qu'à crier « écureuil » et je me guiderai au son de ta voix.

— Hors de question !

— Oh ! Allez, j'ai toujours rêvé de faire ça !

Au moment où elle finit sa phrase, son regard croise le mien. Elle raccroche et trottine jusqu'à moi, la mine boudeuse. Je la console en lui promettant de lui payer une consultation chez l'ophtalmologue, puis je lui présente Jackson. Ni une ni deux, elle l'attrape par le bras et le tire en direction de la cafétéria, l'assommant de questions bien trop privées pour une première rencontre.

De mon côté, je marche derrière eux et récolte les informations au vol.

Jackson a redoublé sa première année d'université. Il vient

de Chelsea, la ville voisine, où il vivait avec ses parents. Il est fils unique, mais il aurait adoré avoir un frère ou une sœur. Il a une copine depuis trois ans maintenant, Aurora, avec qui il a fait l'amour au bout de trois semaines de relation – oui, Lola a vraiment tenu à savoir ça. Aurora est en deuxième année à l'université du Missouri, alors ils se voient seulement pendant les vacances. Mais ils croient en leur amour et je leur souhaite le bonheur.

Assis autour d'une table, nos repas devant nous, Jackson fait de l'humour sur mon humeur massacrante de ce matin et ma coloc' m'interroge du regard.

— Clarke, grogné-je.

— Aouch ! Tu l'as recroisé ?

Je hoche la tête et précise qu'il était en compagnie de son frère et de Tucker.

— Vous connaissez les Devil's ? demande Jackson, surpris.

— Set est mon grand frère, lui répond Lola, la bouche pleine. Et toi ?

Il l'observe quelques secondes, trouvant facilement les ressemblances, puis une drôle d'émotion traverse son regard.

— Clarke était mon meilleur ami d'enfance.

Ma mâchoire en tombe et je fixe Jackson, incrédule, pendant de longues secondes.

*Comment quelqu'un d'aussi gentil que lui a-t-il pu être ami avec quelqu'un d'aussi exaspérant et violent que Clarke ?*

Je finis par couler un regard à Lola qui a la bouche grande ouverte, nous offrant une vue imprenable sur sa nourriture à moitié mâchée. Elle se reprend et avale tout rond sa bouchée.

— Que s'est-il passé ?

— Ses parents sont morts et il a changé.

Je me surprends à me demander comment était Clarke *avant* cet événement dramatique. Quels étaient les rêves de ce petit garçon innocent ?

— Tu crois en Odin ? lui demande mon amie, les yeux

pétillants.

J'observe Jackson en connaissant déjà sa réponse, et lui, il fixe la jeune femme en faisant rapidement le rapprochement. Tous les Devil's croient en Odin, et comme Set est son frère, il y a de grandes chances pour qu'elle partage sa religion.

— Toi aussi ? lui demande-t-il.

Lola lui répond par un sourire, puis Jackson se tourne vers moi et plonge une nouvelle fois son regard dans le mien.

— Toi aussi, affirme-t-il.

Je lui fais un clin d'œil et ma coloc' soupire d'aise.

— Il semblerait que les Nornes nous aient réunis.

À sa connaissance, nous sommes les seuls païens de cette université, ou du moins, les seuls *vrais* païens, sans oublier les Devil's Sons. Avec la renommée du gang, certains se sont proclamés païens pour se rapprocher d'eux, et d'autres se sont penchés sur l'Ásatrú dans le même but. *Des imposteurs !* râle Jackson.

Il nous raconte ensuite que sa mère a rencontré celle de Clarke dans une reconstitution historique viking. Devenues très rapidement copines, leurs enfants ont suivi l'exemple, peu importaient les cinq ans d'âge qui les séparaient.

Après avoir débattu sur les stéréotypes péjoratifs qui collent à la peau des croyants nordiques, Jackson nous propose une soirée à la fraternité Delta Beta Phi, dont fait partie son ami qui est en deuxième année. Lola et moi acceptons sans hésiter, en espérant que celle-ci finisse mieux que la précédente, puis nous nous séparons pour retourner en cours.

Il est vingt-deux heures lorsque ma colocataire et moi quittons le campus pour la soirée.

Après m'avoir raconté toutes sortes de scénarios inventés de toutes pièces à propos de l'amour de sa vie qu'elle rencontrera peut-être lors de cette soirée, Lola pousse les enceintes de son 4x4 au maximum. Nous atteignons rapidement l'immense maison de la fraternité, son nom fièrement inscrit sur la devanture.

Nous nous garons sur un passage piéton dans une rue adjacente, puis nous nous dirigeons vers la maison en chantant à tue-tête *Old Town Road* de Lil Nas X. Rapidement, la musique de la soirée nous parvient. Nous dépassons une vingtaine d'étudiants sur le porche, tous un gobelet à la main, et nous pénétrons dans le grand hall de la maison où un splendide escalier en bois permet d'atteindre l'étage.

La fraternité est bondée de jeunes déjà bien éméchés malgré l'heure précoce et je me laisse enivrer par cette insouciance. Mon corps commence à onduler au rythme de la musique, le bas de ma robe bohème-chic voletant autour de mes cuisses. Nous nous frayons un chemin jusqu'au salon où de grandes tables soutiennent de nombreuses bouteilles d'alcools.

— Les gobelets rouges signifient que tu n'es pas contre un coup d'un soir et les bleus que tu cherches une relation stable, m'explique Lola.

— Et les blancs ?

Elle fait une petite moue boudeuse, mais finit par m'avouer :

— Les blancs signifient que tu ne veux ni l'un ni l'autre.

— Parfait !

Je m'empare de la couleur blanche sous les gros yeux de Lola qui a déjà un gobelet bleu dans les mains. Tandis qu'elle opte pour une Vodka Red Bull, je jette mon dévolu sur une Vodka jus de pomme, un mélange bien moins dangereux pour mon cœur.

Nous nous apprêtons à trinquer lorsque Jackson vient à notre rencontre et nous serre chaleureusement dans ses bras.

— Je suis content que vous soyez là ! Je vous présente Daniel, mon ami qui vit dans cette charmante demeure.

Je sens Lola se tendre légèrement à mes côtés, et voilà qu'elle rougit. Je suis sûre qu'elle voit déjà en *Daniel* l'amour de sa vie. Je porte mon verre à mes lèvres pour m'empêcher de rire, laissant Jackson nous présenter. Enfin, ils se servent des verres – un blanc pour Jackson, un bleu pour Daniel – et nous trinquons tous les quatre, signant le début de cette soirée.

Nous dansons sur les différentes musiques et les verres s'enchaînent dans une ambiance de rire et de joie. Une chose est sûre, mes coéquipiers savent faire la fête.

Ce nouveau venu est très chaleureux et souriant, particulièrement envers ma copine. Il semble sous le charme de ses yeux de biche, *pas du tout* surjoués. Je pousse donc *malencontreusement* Lola dans les bras de Daniel et celle-ci se rattrape théâtralement à son cou avant de me faire un clin d'œil discret. J'éclate d'un rire franc, suivie par Jackson, et nous les observons danser ensemble, spéculant sur les chances de réussite d'une relation entre ces deux-là. À première vue, tout semble si simple pour Lola. Elle a une telle facilité à se sociabiliser, c'est impressionnant. Je l'envie pour ça. Je n'ai pas autant de lâcher-prise. Je n'en ai pas du tout, en fait. À chaque fois que je tente de me libérer, la réalité me percute de plein fouet. Et c'est exactement ce qu'il se passe à l'instant. Mon cœur s'emballe à cause de l'alcool que j'ai ingurgité et de la danse. Il prend un rythme qu'il n'a pas la capacité de supporter.

— Je vais prendre l'air, je reviens.

— Je viens avec toi, me dit ma coloc' en me prenant le bras.

Nous nous faufilons entre les étudiants et nous atteignons rapidement le perron de la maison, à mon grand soulagement.

— Tout va bien ?

Je jette un coup d'œil à Lola en m'asseyant sur les marches. Une ride d'inquiétude barre son front.

— Je dois juste reprendre mon souffle.

Je ferme les yeux, rejette la tête en arrière et respire doucement, mais profondément. Je dois faire redescendre mon rythme cardiaque.

— Je vais te chercher de l'eau.

Lola réapparaît quelques secondes plus tard. Elle s'assied à mes côtés et me tend un verre que je vide d'un trait. Lorsque je remarque qu'il est bleu, je lance un regard blasé à mon amie, qui bat innocemment des cils, me faisant pouffer de rire.

Notre attention est attirée par six Harley-Davidson resplendissantes qui se garent devant la fraternité. Je reconnais les motards grâce à leurs vestes en cuir et je me tends aussitôt, prête à découvrir cet abruti de Clarke Taylor.

Des chuchotements alentour se font entendre, puis la moitié des étudiantes se transforment en groupies qui minaudent devant le gang.

Les Devil's Sons descendent de leurs bécanes et avancent dans notre direction, ignorant le monde qui les entoure pour rigoler entre eux ou se chamailler. Je refuse d'être en adoration devant eux et pourtant, leur beauté et leur masculinité me laissent sans voix. Seul le fou furieux ne partage pas leur état d'esprit. Ses muscles tendus et sa mâchoire crispée semblent taillés dans le marbre, comme s'il était incapable de se détendre. Clarke garde cette posture agressive comme une seconde peau.

Lorsque les motards montent la première marche, ils semblent se rappeler qu'ils sont censés être de mauvais garçons puisque leurs sourires se crispent et dégagent quelque chose de cruel, mais factice. Du moins, je l'espère.

Leurs regards finissent par tomber sur Lola et moi alors qu'ils s'arrêtent à notre hauteur, certains curieux, d'autres chaleureux, et un dernier fermé.

Des six Devil's Sons qui sont là, seulement un m'est inconnu.

— Comment allez-vous, mesdemoiselles ? nous demande Tucker.

— Ça allait jusqu'à voir la tête de mon frangin, répond Lola, ironique.

Set avance jusqu'à elle, espiègle, et décoiffe ses cheveux sous les insultes de sa sœur. Elle se débat, mais il arrête uniquement lorsqu'il l'a décidé.

— Devil's de merde ! lance-t-elle, agacée, en se recoiffant.

— On ne va pas jouer aux baby-sitters toute la soirée... crache Clarke. On y va !

La rage que j'ai ressentie plus tôt dans la journée revient au galop et je ne peux m'empêcher de lancer à Lola :

— Bordel, ce n'est pas Mercure ! Le déplacement d'une planète ne peut pas rendre con à ce point !

Mon amie, à qui j'ai raconté mon altercation de ce matin avec Clarke, me regarde avec horreur. Le concerné s'arrête net dans sa lancée, et après quelques secondes de suspense, il se retourne lentement vers moi, les poings si serrés que ses phalanges blanchissent. Avant que Clarke ne puisse faire un mouvement de plus, les Devil's Sons font barrage entre nos deux corps, alertés par la rage de leur équipier, sauf celui que je ne connais pas encore. Lui me regarde avec amusement, visiblement au courant des insultes que j'ai pu lancer à son ami.

— Tout doux, Clarke, lui lance Set.

Le bad boy me quitte des yeux pour toiser son ami avec le plus grand des mépris.

— Je ne vais pas la toucher ! s'agace-t-il.

De toute évidence, ses amis l'en croient capable, ce qui n'est pas rassurant. Jesse pose sa main sur son épaule et lui fait signe d'entrer dans la villa. Clarke se dégage de sa poigne et me lance un regard noir comme les ténèbres.

— Fais attention !

Ces deux mots chargés de menaces me nouent l'estomac.

Il tourne les talons et entre dans la demeure, suivi de quelques Devil's Sons. Le regard que m'adresse Set est un avertissement lourd de sous-entendus.

— Si tu veux éviter les ennuis, tu devrais te taire devant lui.

Le sourire qui étire mes lèvres est ma seule réponse, et Set la comprend parfaitement. Il soupire, défaitiste, puis après un dernier coup d'œil, il entre dans la villa avec les autres.

Je me retrouve seule face à la mine désapprobatrice de Lola.

— Je ne me mettrai pas à genoux devant cet abruti ! la prévenais-je.

Je me lève et lui tends la main pour l'aider à en faire de même. Comme son frère, elle soupire, puis se relève.

En un claquement de doigts, elle passe à autre chose et se jette à mon cou pour me raconter à quel point elle est folle amoureuse de Daniel.

# 4.

Nous retournons au salon et retrouvons Jackson et Daniel, les yeux un peu plus injectés de sang qu'il y a quelques minutes. Lola décide de rattraper son retard en se servant un nouveau verre d'alcool tandis que pour moi, c'est terminé. J'échange mon gobelet bleu pour un blanc et je prends la direction de la cuisine ouverte. J'ai une seconde d'arrêt en découvrant les Devil's Sons à proximité, mais je me reprends rapidement et je les contourne pour accéder au robinet afin de remplir mon verre d'eau.

— Tu sais que l'alcool est gratuit ?

Je me tourne vers mon interlocuteur, Sean, qui a l'air bien plus sympathique que la fois où il a failli casser notre table en deux à la cafétéria. Derrière lui, des filles gravitent autour du gang et certains membres ont déjà choisi leur proie. À moins que ce soit l'inverse.

— Merde ! Je glisse un billet de cinq dollars dans le tiroir à chaque verre que je bois.

Sean et plusieurs Devil's se marrent.

— J'aime bien cette petite, lâche celui dont je ne connais pas le nom.

Un léger sourire étire mes lèvres et j'observe Sean faire un mélange d'alcools dans un verre qu'il finit par me tendre.

— Goûte-moi ça !

Je prends le gobelet, j'y trempe mes lèvres et fais semblant d'avaler une gorgée.

— Pas mal du tout, merci !

Il hoche la tête en retour et je quitte la cuisine pour rejoindre mes amis, me débarrassant en chemin du cocktail de Sean. Nous nous asseyons tous les quatre sur le canapé avec des inconnus qui nous proposent de jouer à un jeu alcoolisé.

Je passe mon tour, mais j'assiste à la défaite écrasante du trio. Une chose est sûre, ce n'est pas Lola qui conduira au retour.

Après une trentaine de minutes de jeu, je sens mon cœur repartir dans une embardée intense. J'étais parvenue à me calmer, cependant la fumée constante de cigarette dans la pièce n'aide en rien. Une sueur froide me parcourt l'échine et la panique s'ajoute à l'équation. Ma mère me tuerait si elle savait où je me trouve.

Je me lève avec ma pochette, préviens ma coloc' que je reviens, puis traverse la pièce pour rejoindre l'escalier menant à l'étage. Ma tête devient lourde et ma respiration saccadée. Je peine à me frayer un chemin parmi la foule, et c'est un soulagement lorsque ma main s'agrippe à la rambarde. Avec un effort, je monte une marche après l'autre en titubant. J'ai de nouveau des sueurs froides, mais j'atteins l'étage et pénètre sans encombre dans la salle de bains. Je m'enferme à clé, les mains tremblantes, et sors mes médicaments de ma pochette. Je pose les cachets sur le bout de ma langue, puis ouvre le robinet pour les avaler avec de l'eau.

Les mains posées sur le lavabo afin de soutenir mon corps, je me regarde dans le miroir. Mon teint est atrocement pâle. Je recule de quelques pas et me tourne vers la fenêtre pour l'ouvrir en grand et faire entrer l'air. Enfin, je me laisse glisser le long du mur jusqu'à m'asseoir sur le sol. Je commence alors mes exercices de respiration afin d'imposer à mon cœur des battements corrects.

J'ignore combien de minutes s'écoulent, mais si je ne veux pas inquiéter Lola, je ne dois pas tarder à la rejoindre. Mes mains tremblent toujours, je me sens atrocement faible, pourtant je me hisse sur mes jambes. Je reprends quelques gorgées de liquide, puis sors de la salle d'eau, mais voilà que je percute quelqu'un. Dieux merci, il me retient par les épaules et m'évite une chute.

— Désolée !

Je relève le visage et me retrouve nez à nez avec Clarke, pourtant je n'ai pas la force de pester. Son expression est indéchiffrable et la fille qui se cramponne à son bras me lance un regard noir.

— Regarde-toi, se moque-t-elle, mauvaise. On dirait que tu n'es pas loin du coma *ithylique*. Il vaudrait mieux que tu rentres chez ta maman, il est tard pour toi.

Sans même me demander d'où vient cette méchanceté gratuite, j'affiche un air blasé en réponse au défi qui brille dans ses prunelles.

— On dit « éthylique » et non « ithylique », lui lancé-je. C'est toi qui devrais rentrer pour étudier. Mais bon, heureusement que tu es belle.

Je caresse sa joue en pure provocation, puis je les contourne afin de leur laisser accès à la salle de bains pour leurs petites affaires.

Je descends les marches, fébrile, et rejoins Lola qui se trémousse sur la piste de danse. Lorsqu'elle me voit arriver, ses yeux s'écarquillent et elle se jette dans mes bras, complètement ivre. Je ne vais plus la quitter des yeux une seconde.

— Ava, tu ne sais pas à quel point je suis heureuse de t'avoir rencontrée, je ne pouvais pas rêver mieux comme coloc' !

Elle pose ses mains sur mes joues.

— Tu es un rayon de soleil !

Je rigole en l'embrassant sur la joue, puis la musique *23* de Miley Cyrus passe sur les enceintes et Lola crie de joie avant de m'entraîner sur le dancefloor. Face à son excitation, j'oublie jusqu'à mon mal-être et mon cœur trop affaibli.

— *I'm in the club, high on purp with some shades on, tatted up, mini skirt, with my J's on* ! hurlons-nous en chœur avec tous les étudiants.

Deux inconnus viennent à nous et nous font danser. Voir Lola marcher sur les pieds de son cavalier et assister à ses maladresses me tord de rire. Mon cavalier me fait tourner sur moi-même, cependant mon état se rappelle à moi. Je perds l'équilibre, mon verre d'eau se renverse et je retrouve difficilement ma stabilité. J'entends mon cœur battre dans mes oreilles et je m'éloigne de mon partenaire, chancelante. Je bouscule quelques personnes pour rejoindre les tables des boissons et m'y appuyer. Mais alors que je n'ai rien demandé, un étudiant me fourre un verre d'alcool dans la main.

Je regarde le contenu sans la moindre hésitation. Je ne suis pas suicidaire, au contraire. Je veux vivre avant que ma maladie ne me tue. Parce que c'est ce qu'elle fera, avec de l'alcool ou non. Cela dit, je ne suis pas complètement stupide. J'ai déjà bien bu ce soir et je ne veux pas repousser mes limites, ce qui me conduirait à une mort certaine. Je m'apprête à reposer le verre lorsque mon regard croise celui de Clarke, qui fend la foule et se dirige droit sur moi à grands pas, la démarche dangereuse. Je me demande alors ce que j'ai bien pu lui faire pour le contrarier cette fois-ci, seulement rien ne me vient, à part peut-être avoir traité son *amie* d'imbécile.

— Comme tu le vois, ce n'est pas la grande forme, alors reviens demain pour des joutes verbales.

Je tente de me dérober, mais Clarke m'arrache le verre d'alcool des mains et le boit d'un trait. Il écrase le gobelet vide dans son poing avant de le jeter par terre avec colère.

— Tu serais peut-être en meilleure forme si tu ne buvais pas, espèce d'idiote ! me crache-t-il, plein de mépris.

Avant que je ne puisse répondre quoi que ce soit, il prend ma main pour y mettre quelque chose de long et rond. Je baisse les yeux sur le flacon orange à mon nom qui m'est aussi vital que mon cœur lui-même.

*Mes médicaments... que j'ai visiblement oubliés dans la salle de bains.*

— Retrouve Lola, et sortez ! Set va vous ramener. Cet endroit n'est pas fait pour une cardiaque.

Je n'ai pas le temps de le fusiller du regard qu'il s'éloigne déjà. Mais il n'a pas tort. C'est trop pour moi. Je n'ai jamais autant joué avec le feu. La culpabilité m'assaille lorsque j'imagine ma mère, les yeux gonflés par les pleurs, devant mon cercueil. Pourtant, ça reste inévitable. C'est une étape qu'elle devra affronter tôt ou tard. Suis-je égoïste de vouloir profiter de ma courte vie ? Si je restais sage, Maman pourrait m'avoir quelques mois, voire quelques années de plus à ses côtés, mais qu'aurais-je vécu ou accompli ? Quelles expériences aurais-je tentées ?

— LES FLICS ARRIVENT ! hurle un homme.

Mon cœur fait un bond dans ma poitrine. En une seconde, la maison devient un véritable champ de bataille. Les étudiants se mettent à courir dans tous les sens, paniqués. Des objets se cassent, des gens tombent au sol et se font piétiner. Je reste au centre de la pièce, la boule au ventre, et tourne sur moi-même en cherchant Lola des yeux, priant les dieux de ne pas découvrir son corps écrasé par l'émeute.

Si mon cœur n'avait pas eu son quota de sensations fortes, maintenant c'est chose faite. On me bouscule violemment et je perds l'équilibre. Je vois le sol se rapprocher dangereusement de moi, quand soudain des bras puissants m'encerclent et m'attirent contre un torse dur. Je relève les yeux vers Clarke.

— Il faut partir, me dit-il, le regard pénétrant et la voix grave.

— Pas sans Lola...

— Set s'en occupe.

Il me tient par les épaules pour s'assurer de mon équilibre, puis il me prend la main. Le contact avec sa peau chaude me provoque un frisson agréable et je réalise seulement maintenant à quel point j'ai froid à cause de mon état de faiblesse. Il me lance un regard, surpris par la fraîcheur de ma peau, et je hausse les épaules. Mais son regard désapprobateur me prouve qu'il n'est pas dupe. Il serre fermement ma main dans la sienne et avance vers la sortie.

Dans le chaos, j'ai du mal à m'orienter. Je dois placer toute ma confiance en cet homme mystérieux, ce qui est loin d'être facile. Brusquement, il me plaque contre son torse et pivote sur ses jambes, encaissant un choc qui m'était destiné. Je relève le visage et l'observe avec des yeux ronds.

— Mercure doit vraiment rétrograder pour te rendre si lunatique...

— La ferme ou je t'abandonne ici !

Il reprend ma main et nous trace un chemin dans l'émeute.

Nous atteignons le perron sans nouvelle bousculade, mais la police est déjà là et attrape tous ceux qui leur passent sous la main. Le trop-plein d'émotions menace de me faire tourner de l'œil, cependant Clarke ne m'en laisse pas le temps : il faut rejoindre sa Harley-Davidson.

Nous dévalons rapidement les marches et nous apprêtons à traverser la route, lorsque la main d'un flic s'abat sur l'épaule du Devil's Son.

— Où est-ce que tu vas comme ça, *Taylor* ?

Le temps semble se suspendre et l'atmosphère se charge d'électricité. Clarke n'a vraiment pas l'air d'apprécier qu'on le touche sans son autorisation. Je l'entends grincer si fort des dents qu'un frisson désagréable remonte le long de mon échine. Je recule d'un pas, pressentant le danger, mais sa poigne me retient fermement.

Le Devil's tourne lentement le visage vers le policier, un sourcil haussé. Son regard se pose sur la main qui s'accroche à son épaule, puis sur celle qui caresse l'arme de service encore rangée dans la ceinture de son uniforme. Enfin, il regarde l'homme dans les yeux.

— Ça ne te regarde pas, *Bill*.

Mon regard oscille entre les deux hommes qui ont l'air d'avoir un sacré passif, et je prie silencieusement les dieux pour que ça ne dégénère pas. Mon cœur ne peut plus rien supporter ce soir.

— J'espère que ce n'est pas toi qui as fourni la drogue de la fête.

— S'il te plaît... ricane Clarke. Ne m'abaisse pas au niveau d'un vulgaire dealer.

D'un coup de poing sec dans le bras tendu du policier, le biker se dégage de son emprise.

— Ce n'est qu'une question de temps avant que je vous chope, Taylor. Restez sur vos gardes.

Provocant, Clarke avance d'un pas dans sa direction, m'entraînant avec lui.

— On dit que l'espoir fait vivre, mais les années passent. Tu seras à la retraite que tu n'auras rien accompli de ta vie, gaspillant ton temps à nous courir après sans jamais parvenir à nous coincer.

La haine du policier ne fait que s'enflammer et Clarke lui décoche un clin d'œil narquois. Sur ce, il reprend sa route en me tirant à sa suite, mais c'était sans compter sur la ténacité rageuse de Bill. Ses doigts s'enroulent douloureusement autour de mon poignet et il me tire en arrière sans ménagement.

— Fais attention avec qui tu traînes, jeune fille. Il serait dommage que tu tombes avec eux.

Son ton menaçant et la douleur qu'il me cause me font voir les choses différemment. Jusqu'à présent, je comprenais son comportement auprès de Clarke. Après tout, c'est un criminel, et lui fait partie des forces de l'ordre. Mais je crois que son objectif de pincer le gang lui monte à la tête et lui fait perdre toute objectivité et toute rationalité.

— Lâche-la.

La voix du Devil's est glaciale. Il se glisse entre Bill et moi, plus imposant que jamais, et mû par la colère, il tend le bras. Son poing entre rudement en contact avec le torse du policier, le forçant à reculer d'un pas.

*Odin Tout-Puissant, il va finir en prison pour avoir cogné un agent de la force publique !*

Les deux hommes se regardent en chiens de faïence et Clarke finit par dire :

— Tu as le bonjour de Carter. Il se languit de cette nouvelle année à déjouer tous tes plans.

Nonchalamment, il lui réajuste le col de sa veste. Son geste est chargé de menaces, tout chez lui transpire la dangerosité. Ses expressions faciales, sa voix, sa posture. Clarke est dangereux et Bill le sait. Mais, par-dessus tout, il est protégé par son statut de Devil's Son. Voilà pourquoi il a l'air si confiant.

Je déglutis avec difficulté lorsqu'il pivote vers moi et m'attrape par le bras d'une poigne ferme. Il traverse la route à grandes enjambées, m'obligeant à suivre le rythme.

Il enjambe sa Harley en m'intimant de faire de même sous forme de grognement impatient. Je m'exécute et Clarke ne me laisse pas hésiter. Il saisit mes poignets, puis entoure sa taille de mes bras. Sans plus attendre, il met le contact, rabat la béquille d'un coup de pied brusque et s'élance dans les rues d'Ann Arbor. La vitesse me prend de court, c'est la première fois que je monte sur un tel engin. Je m'accroche fermement à lui et rentre la tête dans les épaules pour me protéger du vent.

Ma proximité avec le Devil's Son est dérangeante. Ses abdominaux durs comme l'acier me renvoient à sa force et à la violence dont il peut faire preuve.

Lorsque mes bras se mettent à trembler de faiblesse, il ralentit. Nous regagnons en douceur le campus, et une fois garés, nous mettons pied à terre. Sans un mot, Clarke se dirige vers le bâtiment des chambres.

— Je peux rentrer seule.

— Crois-le ou non, le campus craint, à cette heure-ci. Puis faudrait pas que tu claques comme un hamster dans les escaliers.

Je fusille son dos du regard, mais force est de constater qu'un sourire fait frémir mes lèvres. J'aime l'humour noir, même s'il n'y avait pas la moindre trace de plaisanterie dans sa voix.

Arrivés en bas des escaliers, Clarke s'efface pour me laisser passer devant et m'emboîte le pas. Malgré mes jambes tremblotantes, je ne réduis pas ma vitesse, refusant d'offrir au Devil's un aperçu de mon état. Nous gravissons les étages en silence et une fois devant la porte 307, il s'adosse au mur pendant que je fouille ma pochette à la recherche de mes clés.

— C'est pour ça que tu es pâle, n'est-ce pas ?

J'interromps tout mouvement et relève le visage vers lui. Sa voix est étonnamment calme et ses yeux me scrutent.

— Tu n'es pas bourrée. Tu es malade.

Je balaie ses mots d'un geste vague de la main.

— Rien d'alarmant.

— Ne me prends pas pour un con ! s'agace-t-il. J'ai cherché sur Internet avant de te rendre tes médicaments. Tu as une insuffisance cardiaque et au contraire, *c'est très alarmant*.

Cette intrusion dans ma vie privée me cause du désagrément, et pas qu'un peu. Lui qui m'avait demandé de m'occuper de mes affaires a eu le culot de fouiner dans les miennes.

— C'est pour mieux m'attaquer que tu as fait ça ? C'est quoi ton putain de problème avec moi ?

Je me rends compte que j'ai élevé la voix uniquement

lorsque la surprise se peint sur son visage. Il incline la tête de côté et m'observe comme si j'étais une curieuse petite créature. Pour la première fois, il n'est pas hostile et c'est déstabilisant.

— Comment ça ?

— Tu m'insultes, tu me manques de respect, tu m'humilies. Il y a forcément une raison à ça. Ma tête qui ne te revient pas, mon odeur qui agresse tes narines, ou peut-être un passif ? Est-ce que j'ai tué ta fourmi de compagnie lorsque j'avais trois ans ?

Clarke cligne des yeux sans un mot, un air presque amusé sur sa face.

— Bordel, c'est mon regard ! Il a fait peur à tes amis, mais toi, il te met en colère !

Étonné, le Devil's s'apprête à me répondre, quand la porte de ma chambre s'ouvre sur une Lola affolée qui me saute au cou.

Avec elle, je ne mourrai pas d'un arrêt cardiaque, plutôt d'un coup du lapin. Sans blague, j'ai des douleurs aux cervicales depuis notre rencontre. Heureusement que je l'adore.

— Ava ! J'ai eu tellement peur !

Je la serre dans mes bras en lui assurant que tout va bien, puis elle se détache de moi et lance un regard méfiant à Clarke. Elle s'apprête à le réprimander sur je ne sais quel point, mais il la devance :

— Surveille-la ! Ton amie n'a pas le droit de boire de l'alcool.

— Qu'est-ce que tu racontes ? Elle a le droit, dans la limite du raisonnable.

La panique s'empare de moi. Je me glisse dans le dos de Lola pour faire signe à Clarke de la boucler, de ne pas continuer sur le sujet, néanmoins il m'ignore royalement et déclare :

— Non. Elle n'a pas le droit à une goutte d'alcool, lâche-t-il froidement.

*L'enfoiré !*

Mes bras retombent le long de mon corps, une colère sourde gronde en moi.

Pour la première fois de ma vie, je souhaite que les reflets orange de mon regard soient réellement les flammes du Ragnarök pour que cette ordure brûle.

Franchement irritée, je siffle entre mes dents :

— Toi, tu n'as jamais appris l'esprit d'équipe chez les scouts !

Il me lance un regard indéchiffrable avant de s'en aller sans un mot de plus. Sidérée, je le suis des yeux et aperçois la mine perdue, et peut-être même un peu blessée, de Lola.

La culpabilité m'assaille. Je déteste Clarke. Il vient de me mettre dans une situation que j'aurais préféré éviter. Une situation que j'aurais pu éviter si je n'avais pas menti à Lola.

— Pourquoi tu m'as menti ? me demande-t-elle d'une voix douce.

Je la fixe, désolée, puis lui fais signe d'entrer dans la chambre. Nous nous asseyons toutes les deux sur mon lit.

— Je n'ai jamais eu une vie normale avec mes rendez-vous médicaux tous les trois jours. « Non Ava, tu ne peux pas faire de danse. » ; « Non Ava, tu ne peux pas saler ton assiette, et encore moins boire du Coca. » ; « Non Ava, ne cours pas ! » ; « Non Ava, tu ne peux pas dormir chez ton amie, on ne sait jamais... » ; « Non Ava, aucun alcool, et surtout pas de cigarette ! ». J'ai toujours eu cette impression d'être le second rôle de ma propre vie, pendant que la maladie prenait tout le devant de la scène. Il y a quelque temps, j'ai décidé d'être sa doublure, l'écartant du feu des projecteurs de temps à autre pour prendre enfin les commandes de mon destin et décider par moi-même.

Lola me regarde avec un tendre sourire compréhensif.

— Je ne suis pas ta mère, je ne t'empêcherai pas de t'amuser. C'est ta vie, ce sont tes choix. En revanche, si tu abuses, je te raisonnerai. Et maintenant que je suis au courant, je te garderai à l'œil, au cas où tu ne te sentirais pas bien. Qu'est-ce que... euh... je devrais faire, si un jour tu... ?

Je secoue la tête.

— Je t'assure, tu n'as pas besoin de faire ça.

Elle prend mes mains dans les siennes et me regarde avec un air sérieux que je ne lui connaissais pas.

— Ava, je suis ton amie. Je veux que ces années soient les meilleures de ton existence, tout en te gardant en vie pour que tu puisses les raconter à tes enfants plus tard.

Je souris pour lui cacher mon malaise. Je n'ai pas le cœur à lui dire que je ne resterai jamais assez longtemps en vie pour avoir des enfants.

— Si un jour ça ne va pas, il faut appeler mon docteur. Il est disponible 24h/24. Il te dira quoi faire en fonction de mes symptômes.

— Donne-moi son numéro.

Je déverrouille mon téléphone et je partage sa fiche de contact avec Lola. Elle l'enregistre précautionneusement, une ride de concentration entre les sourcils, puis elle se laisse tomber sur mon lit de tout son long et m'entraîne avec elle.

— Je suis désolée d'être partie sans toi. Avec toute cette panique, je t'ai perdue de vue et je suis tombée sur Set. Il m'a dit que Clarke te cherchait et te ramènerait.

En tout cas, cette panique l'a fait dessoûler en un rien de temps.

— Pour le coup, je lui en suis reconnaissante. Sans lui, j'aurais passé une sacrée nuit au poste de police !

# 5.

— Ici le président McLaguen. Tous les étudiants doivent impérativement se réunir dans les tribunes du stade de football. Aucune excuse ne sera tolérée. Prenez vos affaires et quittez vos salles de cours dès à présent !

Les haut-parleurs grésillent, puis le silence retombe dans l'amphithéâtre.

Jackson et moi nous regardons, perplexes.

*Qu'a-t-il de si important à nous dire pour stopper tous les cours ?*

Brusquement, tout le monde s'active et range ses affaires avant de quitter la salle. Les étudiants inondent la pelouse et les couloirs, se dirigeant tous dans la même direction à pas lents. Incroyable mais vrai, Lola parvient à nous retrouver dans la foule. Comme nous, elle est dans l'incompréhension la plus totale, affirmant que c'est la première fois qu'une telle chose se produit.

Nous pénétrons sur le terrain et nous montons dans les tribunes où je prends place entre mes deux amis. Nous sommes des milliers assis à attendre une quelconque information, spéculant sur le sujet.

Les murmures reprennent de plus belle lorsque le président

McLaguen entre sur le terrain accompagné de Bill, le policier qui m'a pincée au côté de Clarke vendredi soir.

— Et merde... chuchoté-je.

Lola me regarde avec un sourire amusé.

— Tu es vulgaire comme fille, j'aime beaucoup.

— Les chiens ne font pas des chats, lui réponds-je. C'est la faute de ma mère.

Elle pouffe de rire tandis que je ne quitte pas des yeux le président de l'Université qui porte un micro à sa bouche. J'ai déjà une petite idée quant à la raison de ce rassemblement, et Bill n'y est pas pour rien. Ça ne présage rien de bon pour les Devil's Sons, mais je me garde d'en parler à Lola. Elle comprendra par elle-même d'ici quelques secondes.

— Silence, s'il vous plaît !

Toutes les voix s'éteignent, sans exception, certainement pas par respect, plutôt par curiosité.

— Les premières soirées étudiantes de l'année ont été organisées et ont eu lieu ce week-end. Comme vous le savez probablement, de nombreuses drogues ont circulé et il me semble bon de vous rappeler qu'elles sont illicites. Chaque personne se trouvant en possession de stupéfiants ou distribuant de la drogue sur le campus se trouvera exclue de l'université, possèdera un casier judiciaire et se verra octroyer un rappel à la loi, voire un petit tour derrière les barreaux. Il serait donc stupide pour chacun d'entre vous d'être lié à la consommation ou à la commercialisation de drogues.

Le président fixe un point dans les gradins et je mettrais ma main à couper qu'il s'agit des Devil's Sons. Même si McLaguen est au courant des activités du gang, c'est la présence de Bill qui est une menace des plus explicites. J'ai bien compris que ce policier était prêt à tout pour arrêter les Devil's Sons, et je suis sûre que cette mascarade a pour unique but de faire peur aux étudiants pour les pousser à dénoncer le gang.

Bill, dans sa tenue de service, son arme bien en évidence,

prend le micro à son tour.

— Je vais énoncer une liste de noms. Les personnes appelées devront se rendre au bureau de la direction à la fin du rassemblement.

Il ne sort aucun papier. Il connaît la liste par cœur et les noms qui franchissent ses lèvres ne m'étonnent pas le moins du monde.

— Clarke Taylor... Set Collins... Jesse Mason... Tucker Ross... Sean Olson... Justin Coldwell... et Avalone Lopez.

À l'énonciation de mon nom, je m'étouffe bruyamment, attirant nombre de regards sur moi. Pour la discrétion, on repassera !

Je sens les regards stupéfaits de mes amis sur moi, mais nous ne sommes pas les seuls que ça étonne. Les murmures repartent de plus belle, alimentant les rumeurs.

*Celle-là, je ne l'ai pas vue venir...*

— Pourquoi il te convoque avec les Devil's ? me demande Lola, inquiète.

Si Bill pense me pousser à parler, il se met le doigt dans l'œil. Je ne sais rien sur les Devil's Sons, et même si c'était le cas, ses façons de procéder ne me feraient pas parler.

— Ce policier m'a vue rentrer avec Clarke vendredi soir. Il l'a menacé et m'a dit de faire attention à mes fréquentations. Il veut faire tomber les Devil's, et pour ça, il veut se servir de moi, lui réponds-je, le regard fixé sur cette ordure.

Moi qui avais prévu de marcher tout droit jusqu'au diplôme, sans détour, me voilà bien embêtée. Je sens que ce Bill ne va pas me lâcher facilement. Manque de bol pour lui, je déteste qu'on me mette des bâtons dans les roues lorsque j'ai des objectifs à atteindre.

— Vous pouvez retourner en cours, finit le président.

Les élèves se lèvent et les gradins se vident peu à peu. Jackson et moi quittons nos sièges tandis que Lola ne bouge pas d'un iota, mordant sa lèvre de nervosité.

— Ne t'en fais pas. Il n'a aucune preuve contre ton frère et je ne le laisserai pas se servir de moi. Qu'il brûle dans les flammes du Ragnarök !

Je lui tends ma main avec un sourire convaincu, qu'elle attrape, un peu plus rassurée. Je sens néanmoins que quelque chose la tracasse encore. Lola étant très expressive, si elle ne m'en parle pas, c'est qu'elle a besoin de temps.

Nous quittons donc les gradins dans le silence.

— Le bureau du directeur est au deuxième étage, m'informe Lola en pointant du doigt l'immense bâtiment de pierre qui s'étend devant nos yeux. Je t'accompagne, si tu veux...

— Ne t'en fais pas, va en cours. Je te raconterai à la cafèt' !

Mon amie me sourit sans parvenir à cacher ce petit air presque honteux qui fige ses traits, et après un signe de la main, elle retourne en classe.

Je salue Jackson et pénètre dans le bâtiment que m'a indiqué ma coloc'. Je monte les deux étages, le souffle court, et me présente à la secrétaire qui me dévisage, se demandant ce qu'une fille comme moi a bien pu faire comme connerie.

— Asseyez-vous, le président va vous appeler d'ici quelques minutes.

Je hoche la tête et avance jusqu'aux sièges, mais la porte du bureau de la direction s'ouvre et les six membres des Devil's Sons en sortent. Clarke plonge un regard inexpressif dans le mien et Set m'adresse un hochement de tête encourageant. Je lui souris poliment, trop agacée pour être chaleureuse, et le président apparaît dans l'embrasure de la porte.

— Ah, mademoiselle Lopez ! Entrez.

Je contourne les garçons et pénètre dans le luxueux bureau, me confrontant une nouvelle fois à Bill. Nous nous dévisageons tous les deux jusqu'à ce que le président nous rejoigne et prenne place derrière son bureau.

— Je vous en prie, asseyez-vous.

Je me laisse tomber dans l'un des deux fauteuils en cuir, attendant patiemment de voir comment ils vont s'y prendre pour me tirer les vers du nez.

— Mademoiselle Lopez, Bill Terner, ici présent, vous a vue rentrer avec Clarke Taylor vendredi soir. Or, je suppose que vous connaissez les passe-temps de ce garçon, je me trompe ?

Un sourire amusé étire mes lèvres et je croise mes jambes avec nonchalance.

— Monsieur le Président, avec tout le respect que je vous dois, je ne comprends pas ma présence ici...

McLaguen hausse les sourcils, surpris de ma réponse, mais Bill a l'air contrarié. Tant mieux, je le suis aussi.

— Vous me convoquez parce que Clarke Taylor m'a ramenée sur le campus après une soirée ? Si c'est ce que vous voulez savoir, je ne connais pas personnellement les Devil's Sons.

— Dans ce cas, pourquoi vous a-t-il ramenée ?

— Tout simplement parce que je n'avais aucun moyen de locomotion.

Bill garde toujours le silence, mais son regard se fait mauvais. Je vais continuer de jouer encore un peu à son jeu avant de tirer ma révérence.

— De tous les étudiants qui étaient présents à cette soirée, vous avez choisi Clarke. Pourquoi ?

— Lola Collins, qui partage ma chambre sur le campus, est la sœur de Set Collins, je ne vous apprends rien. Bill Terner et son équipe ont créé un mouvement de panique pendant la soirée. J'ai perdu Lola de vue. C'est Set qui l'a ramenée, mais comme elle refusait de partir sans moi, Clarke lui a assuré qu'il s'occupait de me retrouver et de me ramener. Il n'y a rien d'illégal là-dedans, il me semble, non ?

Les deux hommes me scrutent sans prononcer un mot. Voilà mon signal de départ.

— Cette mascarade a trop duré. Il est temps pour moi d'y aller.

Je me lève du fauteuil et m'apprête à quitter le bureau, quand Bill prend la parole et m'ordonne de me rasseoir sur un ton qu'il ne devrait pas employer. Je me tourne lentement vers lui avec un air mauvais qui crispe mon visage.

— Vous n'avez aucun pouvoir sur moi dans cette université ! Je ne suis pas sûre que vos supérieurs seraient contents d'apprendre que vous avez organisé un interrogatoire non-officiel en dehors du poste de police sans aucune raison valable. Si vous voulez me poser d'autres questions, convoquez-moi au commissariat comme vous auriez dû le faire. Si vous continuez à insister, je prendrai un avocat et je porterai plainte pour abus de pouvoir et harcèlement. Maintenant, je vais vous quitter, si Monsieur le Président me l'autorise, car lui seul peut se permettre de me demander de rester dans son bureau ! Ai-je été assez claire ou dois-je citer quelques articles du Code des États-Unis pour vous apprendre votre travail ?

Bill se redresse en inspirant bruyamment, les traits tirés, bouillonnant de rage. Mais il sait que j'ai raison et qu'il n'est pas dans son droit. Des applaudissements se font entendre derrière moi et lorsque je me retourne, un homme d'âge mûr aux cheveux blond doré se tient dans l'encadrement de la porte, frappant dans ses mains avec une moue impressionnée. Derrière lui, les Devil's Sons sont amusés par le spectacle que je viens de leur offrir.

— Bill, Bill, Bill... qu'est-ce qu'on va bien pouvoir faire de toi ?

Cet air machiavélique, cette assurance qu'il a dans la voix... Je fixe l'homme, troublée.

Il n'a pas passé la porte que je ressens déjà la force brute et la supériorité qu'il dégage, si puissantes que l'air se raréfie entre les murs. Je recule d'un pas lorsqu'il entre dans la pièce, comme un réflexe de survie incontrôlable.

— J'étais venu te remettre à ta place, mais cette jeune fille l'a fait à merveille. Elle est impressionnante.

Son regard se décroche de celui de son interlocuteur pour se plonger dans le mien. Une intelligence hors du commun et déstabilisante se reflète dans ses yeux. J'ai la soudaine impression d'être à nu devant ce quinquagénaire, et ça n'a rien de plaisant. Il me décoche un clin d'œil avant de reporter son attention sur le policier.

Je frôle soudainement le malaise vagal lorsque l'évidence me frappe de plein fouet.

*Dieux Tout-Puissants, je crois bien que cet homme que j'ai devant moi est Carter, le chef des Devil's Sons !*

Il avance jusqu'au bureau du président, si imposant que nous avons tous l'air minuscules à ses côtés. Sa musculature est aussi importante que celle de ses hommes, son costume sur-mesure épouse à la perfection ses épaules carrées et solides. S'ajoute à ça un charme naturel qui doit mettre les dieux eux-mêmes à genoux.

Il saisit un dossier et le déchire en deux, puis en quatre. Avant qu'il ne laisse les papiers tomber au sol, j'y vois mon nom inscrit noir sur blanc.

*Ce dossier contenait les informations personnelles que j'ai dû fournir pour mon inscription universitaire !*

Le président est furieux face à la provocation de Carter, mais ne dit rien. Il le craint, c'est une évidence. Nous le craignons tous les trois.

— Avalone, tu devrais aller retrouver tes amis.

Je cligne des yeux, à la fois surprise et terrifiée que le chef de gang se soit adressé à moi en utilisant mon prénom. Je ne me fais cependant pas prier et quitte le bureau sans un regard pour personne.

Lorsque je tourne dans le couloir, je m'adosse contre le mur pour reprendre ma respiration, bien trop essoufflée. Je n'en reviens pas d'une telle prestance. Je n'ai jamais croisé quelqu'un qui en dégageait autant. C'est suffocant, étourdissant.

— Te servir d'une jeune femme pour nous faire tomber, même venant de ta part, c'est pitoyable.

Tous mes muscles se crispent en entendant encore la voix de Carter.

Ils n'ont pas fermé la porte derrière moi.

— Tu conserves ton job uniquement parce que contrecarrer tes plans est devenu mon activité préférée, reprend-il. Je pourrais te faire licencier en un coup de fil.

— Le chef de la police n'est pas à ta botte ! crache Bill.

Carter éclate d'un rire tout sauf amical.

— *Le chef de la police* ? Mon cher Bill, j'ai des amis bien plus haut placés. Le chef de la police n'est rien. *Tu* n'es rien.

— Je finirai par t'avoir.

— Peut-être. Mais si ça arrive, prie pour qu'on me place dans la prison la mieux sécurisée du pays, parce que je ne compte pas m'y attarder. Mes hommes non plus.

L'insaisissabilité de Carter, un *criminel*, me fait frissonner d'horreur. L'impuissance des forces de l'ordre face à de telles personnes me fait tressaillir d'effroi.

Je reprends ma route pour m'éloigner le plus vite possible de ce gang, je descends les dernières marches lorsque des doigts se referment sur mon poignet. Une main sur ma bouche étouffe mon cri et je suis brusquement tirée dans un coin, à l'abri des regards indiscrets. On me plaque contre un mur et Clarke apparaît devant mes yeux.

Mon cœur bat si fort dans ma poitrine que le Devil's Son doit l'entendre, néanmoins je ressens un réel soulagement de me retrouver face à lui plutôt que d'être confrontée à Carter.

Ses mains posées sur le mur de part et d'autre de ma tête ne me laissent aucune échappatoire. Peu de centimètres nous séparent l'un de l'autre, je peux même sentir son odeur. De la fraîcheur combinée à des saveurs plus chaudes de nuits d'été étoilées. Ce n'est pas entêtant, c'est... *ensorcelant*.

— Qu'est-ce que tu as dit à ce connard de flic ? me demande-t-il, la voix basse, mais pas moins dangereuse.

Agacée, je le repousse de mes mains sur son torse, pourtant il ne recule pas d'un centimètre.

— Que je ne te connaissais pas personnellement et que tu m'avais ramenée sous l'inquiétude de Lola. Satisfait ? Maintenant, recule !

Il ne répond rien et ne bouge pas non plus, scrutant mes yeux de ses iris verts semblables aux miens, comme pour y déceler un potentiel mensonge.

— Bien.

Clarke s'éloigne enfin et tourne les talons, me permettant de retrouver un rythme cardiaque plus ou moins normal. Une idée germe cependant dans mon esprit.

Si le Devil's Son a un problème avec moi, je dois le savoir. Qui sait ce que lui ou son gang seraient capables de me faire ?

— Tu n'as pas répondu à ma question, l'autre soir !

Clarke s'arrête dans sa lancée. Il reste immobile si longtemps que je perds espoir d'avoir un jour une réponse. Dos à moi, il finit par me répondre :

— Ton visage est beau, ton odeur est agréable, tu n'as pas tué ma fourmi domestique et ton regard ne me met pas en colère. Je n'ai pas de problème avec toi, Avalone, sauf quand tu m'insultes.

J'ouvre la bouche puis la referme, surprise qu'il se souvienne des possibilités que j'ai énoncées quelques jours plus tôt.

— Et pour preuve, ce n'est pas face à l'inquiétude de Lola que je t'ai ramenée.

Sans un regard en arrière, il reprend sa route, me laissant totalement larguée. Je ne sais pas pourquoi il me dit ça, ni ce que ça veut dire. Je n'ai jamais été très bavarde, mais lui, c'est encore un autre *level*. Clarke Taylor est un vrai mystère.

Je finis par rejoindre Lola, Jackson et Daniel à la cafétéria. Ils m'attendent avec impatience, ou plutôt, ce sont les ragots qu'ils attendent avec impatience. Je m'installe à la table et Lola pousse un repas vers moi.

— Alors ? Qu'est-ce qu'on te voulait ?

— Des infos sur les Devil's. Ils pensaient que j'avais un rapport avec eux puisque Clarke m'a ramenée de la soirée. Je leur ai dit que je ne les connaissais pas personnellement. Bill a insisté et Carter est apparu.

Deux mâchoires tombent et Daniel tressaille. Je suis à peu près dans le même état que ce dernier, sauf que je cache bien mon jeu.

— Carter était là ? me demande Lola, bouche bée. Il ne se déplace jamais pour des broutilles !

— Les Devil's ont dû lui dire que j'étais également convoquée. Il devait craindre que j'aide Bill à les coincer, étant donné que tu es la sœur de Set *et* ma colocataire.

Elle hausse les épaules, puis se concentre sur sa nourriture, le même air honteux et peut-être même coupable sur le visage que tout à l'heure.

La sonnerie annonce la fin des cours pour la journée, alors Jackson et moi rangeons nos affaires avant de quitter la salle. La belle herbe verte m'appelle. Je rêve de m'y allonger et de profiter des dernières chaleurs de l'année, mais un colossal obstacle se pose en travers de ma route. Clarke est nonchalamment appuyé contre l'une des colonnes des arcades qui soutiennent le toit du couloir ouvert. J'aimerais dire que c'est une coïncidence, que je n'ai qu'à le contourner, cependant il semble attendre quelqu'un. En l'occurrence, ce quelqu'un, c'est moi... Il me fixe, impénétrable, avant de remarquer Jackson. Ses traits se durcissent instantanément et l'atmosphère se charge en électricité lorsque les deux anciens amis se dévisagent.

L'étudiant est le premier à détourner le regard, secoué par cet échange muet.

— Je vais y aller.

Il me prend dans ses bras et disparaît bien vite, me laissant seule avec le Devil's, qui en profite pour réduire la distance entre nous.

— Carter veut te voir.

Ce n'est pas uniquement l'image de l'homme qui me revient en tête qui m'effraie. C'est également cette sensation que l'oxygène quittait la pièce en sa présence. Ma gorge se noue, tous mes sens sont en alerte.

— Pourquoi ?

— Je n'en sais pas plus. Il m'a demandé de passer te prendre.

Je déglutis avec difficulté et croise les bras sur ma poitrine pour me donner une contenance.

— Il n'a qu'à m'envoyer un mail ! Je ne dois rien à ton boss, laissez-moi tranquille !

Clarke me rigole au nez, ce qui a le don d'attiser ma colère plutôt que ma peur.

— Il s'est déplacé tout à l'heure pour s'assurer que tu n'aies pas d'ennuis. Alors maintenant, c'est toi qui vas venir à lui ! m'ordonne-t-il sèchement.

— Mets-toi un doigt dans le cul, Clarke. Je n'irai nulle part avec toi !

Je tourne les talons, déterminée à mettre le plus de distance possible entre lui et moi, mais sa main se referme sur mon poignet et il m'oblige à lui faire face. Je me dégage brusquement de son emprise en le fusillant du regard.

— Bien. Soit tu me suis gentiment, soit j'utilise la force. Et crois-moi, tu auras beau hurler à l'aide, personne n'accourra.

Je regarde autour de moi les étudiants vaquer à leurs occupations. *Me viendraient-ils en aide si besoin ? Bien sûr que non !* Personne n'a levé le petit doigt lorsque Clarke tabassait deux hommes quelques jours plus tôt. Le menacer d'aller voir la police ne lui causerait que des éclats de rire. On a bien vu l'efficacité des forces de l'ordre. Je suis donc obligée de m'abaisser à chercher son humanité.

— Clarke, s'il te plaît... soupiré-je.

— Je suis un membre de gang, pas la bibliothécaire du coin à qui tu essaies de gratter un délai supplémentaire.

Ma main me démange furieusement. Je siffle entre mes dents :

— Je préférais quand tu ne causais pas.

Il hausse les épaules et tourne les talons, s'attendant à ce que je le suive de moi-même. L'idée de prendre la fuite ne me traverse même pas l'esprit. Je ne ferais pas cinquante mètres que *je claquerais comme un hamster*.

— Il ne va pas me tuer, au moins ?

Clarke se tourne vers moi, surpris, et lorsqu'il comprend que ma question est on ne peut plus sérieuse, il pouffe de rire. C'est si inattendu que je sursaute. *Il pouffe de rire !* D'un *vrai* rire ! De celui qui balaie une humeur maussade et un regard noir.

*Odin Tout-Puissant, je ne le croyais pas capable de faire ça !*

Il essaie en vain de retenir le sourire qui étire ses lèvres. Un vrai sourire qui découvre sa dentition parfaite et qui fait pétiller ses yeux. J'en reste estomaquée.

— Ne t'en fais pas. Il ne te touchera pas.

Je reste encore un instant stupéfaite par la nouvelle facette que je découvre chez lui, avant de revenir à la réalité.

— Tu me le promets ?

Fini le beau sourire, Clarke redevient sérieux à son tour.

— Oui, Avalone.

N'ayant pas vraiment le choix, la sincérité que transpire la réponse de Clarke a au moins le mérite de me soulager.

Après un soupir, je lui emboîte le pas et nous rejoignons sa Harley.

Sous les nombreux regards des étudiants trop curieux, je monte derrière le Devil's et enroule mes bras autour de sa taille.

Nous quittons le campus, puis le centre-ville, pour nous

enfoncer dans des quartiers luxueux. Malgré moi, j'enregistre le trajet, au cas où je devrais fuir. La boule que j'ai au ventre ne me quitte pas, cependant je n'ai pas l'intention de montrer à Carter que j'ai peur.

Clarke arrête la moto devant un immense portail noir qui s'ouvre automatiquement, laissant apparaître une colline boisée. Je ne vois aucune maison, seulement une route en béton encadrée de magnifiques arbres alignés et taillés à la perfection qui rend le cadre splendide.

Au bout de quelques minutes de montée entre plaine et forêt, le terrain s'aplatit. La première chose que j'aperçois est cette magnifique fontaine en marbre clair qui crache de l'eau dans un bruit apaisant. Une allée s'étend derrière elle pour donner sur un perron aux gigantesques colonnes et une immense villa de pierre beige. Moi qui n'ai jamais roulé sur l'or, la richesse de Carter me scotche. Sa propriété est époustouflante et bizarrement, accueillante aussi. Tout n'est que finesse et harmonie. Oui, cet endroit est apaisant.

Clarke se gare sur le terrain de graviers et nous descendons de la moto.

— Tu es prête ?

Je hoche la tête, sans prononcer un mot. Il avance en premier et contourne la fontaine sans lui prêter la moindre attention, comme si elle n'était qu'un vulgaire bibelot. Mais moi, je n'en suis pas capable. Je me fige devant la magnificence de cette sculpture de plus de trois mètres de haut. Les détails précis et techniques. J'ai devant moi, en grandeur nature, Odin, le père de tous les dieux, chevauchant son cheval à huit pattes, Sleipnir[10]. Sans réfléchir, je monte sur le rebord de la fontaine pour mieux observer mon dieu. Il a un œil borgne, ses traits

---

[10] Sleipnir a été engendré par Loki lorsque ce dernier était métamorphosé en jument. Considéré comme le meilleur cheval, il est capable de traverser les mondes.

sont tirés par la vieillesse et la guerre, et sa barbe est si bien sculptée dans le marbre qu'on dirait des fils qui s'envoleraient sous une brise. Il tient fermement dans l'une de ses mains sa lance Gungnir[11] qui ne rate jamais sa cible avant de revenir à la main de son lanceur. Les nombreuses écailles de son armure sont tranchantes et son corps semble se mouvoir, comme si son cheval galopait sous lui et que ses hanches suivaient le mouvement.

— C'est Odin. Le dieu principal du panthéon nordique.

Je ne réponds pas à Clarke qui se trouve dans mon dos. Je ne leur ferai pas le plaisir de leur avouer que nous partageons la même religion. Cependant, je ne peux nier ma fascination face à cette sculpture. C'est mon dieu, dans sa plus belle représentation. Je ne peux que vénérer le travail de la pierre.

Dans un effort surhumain, je détourne les yeux d'Odin et redescends de la fontaine sous le regard scrutateur de Clarke, puis lui emboîte de nouveau le pas et cette fois-ci, je le suis jusqu'aux marches du perron. Le marbre sous mes pieds est si brillant que je vois mon reflet dedans.

Le Devil's ne toque pas, il ouvre simplement la porte blindée comme s'il était chez lui. Nous pénétrons dans un gigantesque hall d'entrée. Le changement de décor est impressionnant. Ici, tout est dans les tons de noir, du sol de granit aux meubles, en passant par un pan de mur fait de carreaux d'ardoise. Des finitions et quelques pièces en or rose apportent de la nuance, dont l'imposant lustre en cristal qui descend au milieu de la pièce, reflétant de la lumière dans une explosion de scintillements. Une ouverture en forme d'arche me laisse entrevoir un salon sans fin magnifiquement agencé où l'opulence est omniprésente. Le noir et l'or rose restent les deux

---

[11] Gungnir est l'un des trésors des dieux, forgé par trois nains à la demande de Loki. Ce dernier voulait se racheter auprès des dieux pour avoir coupé la chevelure de la déesse Sif, femme de Thor.

couleurs prédominantes, mais je n'ai pas le temps de contempler cette magnifique demeure. Des bruits de pas se rapprochent, puis un membre du gang apparaît, celui aux cheveux blonds et aux yeux presque jaunes.

— Je suis heureux de faire enfin la connaissance de celle qui a demandé à Bill de la fermer avec une répartie foudroyante. Moi, c'est Justin !

Je serre la main qu'il me tend en lui rendant son sourire chaleureux.

*Que voulez-vous, les énergies de cette maison m'apaisent...*

— Qu'est-ce qui te vaut un rendez-vous avec le grand patron ?

— Je viens lui vendre des cookies pour gagner mon badge des éclaireuses chez les scouts.

Justin part dans un rire franc et Clarke lève les yeux au ciel avec une pointe d'amusement.

*Mais c'est qu'il se détend, aujourd'hui !*

Je reprends cependant très vite mon sérieux lorsque de nouveaux bruits de pas résonnent. Carter fait son apparition, tout comme cette désagréable sensation de manquer d'air. La hauteur sous plafond me permet de ne pas suffoquer, même si j'ai la furieuse envie de prendre mes jambes à mon cou.

— Avalone ! Merci d'être venue. Et si nous allions dans mon bureau pour parler cookies ?

Je mords l'intérieur de mes joues pour garder mon sérieux, quelque peu amusée de comprendre qu'il a entendu ma réponse à la question de Justin.

Le sourire qu'il m'offre fait naître quelques rides aux coins de ses yeux, pourtant je refuse de me laisser berner par son air bienveillant. Derrière ses traits subitement doux et ses cheveux mi-longs à la Brad Pitt se cache le chef de gang qui a promis à un policier de s'évader de prison si toutefois il devait s'y retrouver.

— J'imagine que vous n'avez pas de sifflet anti-agression à

me fournir avant de vous suivre ?

Justin s'étouffe brusquement en essayant de retenir un nouvel éclat de rire et Clarke lui met une claque dans le dos à décrocher un poumon. Carter, quant à lui, m'observe avec fascination, les yeux bleus pétillants.

— Je te promets que tu n'es pas en danger et que tu ressortiras d'ici en un seul morceau.

Oui, enfin, si c'était l'inverse, il ne me préviendrait certainement pas. Néanmoins, mes jambes se mettent à avancer et je suis Carter dans un gigantesque couloir sur ma droite.

Un nouveau lustre tout aussi sublime que le premier éclaire une série d'œuvres de Bansky encadrées au mur – rien que ça – et une fontaine d'intérieur occupe le fond du couloir. C'est une véritable cascade qui chute de plus de cinq mètres de haut. Cet homme est riche à ne plus savoir quoi faire de son argent !

Carter pousse une grosse porte, la dernière avant la fontaine, et nous pénétrons dans son bureau éclairé par la lumière naturelle grâce aux trois portes-fenêtres françaises qui offrent une magnifique vue sur la végétation luxuriante de la propriété. Une forêt. Nous sommes au beau milieu d'une forêt sauvage. Et ce bureau me fait penser à celui de Dumbledore dans *Harry Potter*. Il n'y a pas un seul espace vide sur les murs, mais tout est parfaitement rangé. J'ai envie d'explorer chaque recoin. Comme s'ils cachaient les secrets de l'Yggdrasil[12].

Carter ferme la porte derrière moi et me fait signe de m'asseoir dans le fauteuil en cuir en face de son bureau en chêne. Je m'exécute dans le silence en me demandant si ma voix porterait jusqu'à l'entrée si je hurlais à l'aide. Si oui, je ne pense pas que Clarke et Justin accourraient.

---

[12] L'Yggdrasil est l'Arbre Monde sur lequel reposent les neuf mondes de la mythologie nordique. C'est un immense frêne possédant trois racines.

Je me concentre sur le visage du chef lorsqu'il prend place derrière son bureau.

— Pourquoi chaque membre de votre gang croit-il aux dieux nordiques ? Vous êtes une sorte de témoin de Jéhovah version païen ?

Un sourire amusé étire ses lèvres, mais il élude ma question.

— Je suppose que tu te demandes ce que tu fais ici ?

— En effet.

Il se redresse et croise les doigts sur son ordinateur fermé, me scrutant comme si j'étais une bête de foire. Malgré mon malaise croissant, je reste immobile sur mon siège.

— J'aurais besoin de ton aide.

Je hausse les sourcils, interdite, et le silence se fait. Je me retiens d'exploser de rire et le laisse poursuivre, curieuse de ce qu'un homme comme lui peut bien attendre de moi.

— Mes hommes doivent effectuer une livraison, seulement comme tu as pu le constater, la police est sur notre dos. Ce que j'attends de toi, si tu es d'accord, bien évidemment, c'est de faire une déposition au poste de police en leur donnant une fausse adresse.

Pendant une seconde, je crois à une caméra cachée et je l'espère du plus profond de mon cœur. Malheureusement, le silence de Carter attend une réponse.

*Par tous les dieux ! Comment peut-il ne serait-ce que caresser l'espoir que j'accepte une telle chose ?*

— C'est non.

Il se penche légèrement sur son bureau en plissant les yeux.

— Sans ton aide, le frère de ton amie, Clarke et tous les autres risqueront la prison.

Je me lève si brusquement que le fauteuil tombe derrière moi. Tout mon corps tremble d'une rage impossible à contenir.

— Ce n'est pas mon problème !

Carter est aussi minable que Bill.

*Et dire qu'il a eu le culot de réprimander le policier sur son comportement, alors qu'il comptait lui-même se servir de moi !*

J'ai une vie à mener, des études à réussir, il est hors de question qu'on m'en empêche en me mettant derrière les barreaux lorsqu'on se rendra compte de mon délit !

Carter ne bouge pas d'un cil et reprend la parole d'un ton bien trop posé pour une telle situation :

– Tu es sûre ? Quand Lola saura que tu pouvais éviter la prison à son frère, mais que tu as refusé, elle risque de t'en vouloir terriblement.

J'avale ma salive de travers tandis qu'il hausse les épaules avec une moue déçue, comme si je baissais dans son estime.

– Elle comprendra ! dis-je catégoriquement.

– Je n'ai pas dit le contraire. Mais comment pourra-t-elle continuer de fréquenter la personne qui n'a rien fait, alors qu'elle pouvait aider son frère ? Et lorsque la rumeur se répandra sur le campus et que tout le monde te haïra, t'insultera et te crachera dessus pour avoir participé à la chute de leurs stars, comment parviendras-tu à poursuivre tes études ?

Carter s'adosse contre son fauteuil avec un sourire victorieux, comme si j'avais déjà accepté de l'aider, et rien que pour ça, j'ai envie de lui en coller une.

– Personne ne se rendra compte de ton délit, et même si c'était le cas, je garde mes hommes en liberté depuis des années, alors qu'ils ont fait bien pire qu'une minable fausse déposition. Tu ne risques rien avec la police, Avalone. Je t'en fais la promesse.

Tous les scénarios possibles et imaginables défilent dans ma tête. J'imagine ma mère à la place de Set, et Lola, malgré notre amitié, ne rien faire pour l'aider. Je comprendrais. Mais une part de moi ne cesserait jamais de lui en vouloir. Quant à être détestée par quelques étudiants, je m'en fiche royalement. Cela dit, par plusieurs dizaines de milliers, c'est une autre affaire. La cruauté humaine n'est plus à prouver.

*Comment poursuivre ses études en étant l'ennemi numéro un du campus ?*

— D'accord.

Je reste figée, droite, mon regard planté dans celui de Carter, mais dans mon esprit, c'est une tout autre histoire.

*Marcher tout droit jusqu'au diplôme ? Tu parles, je m'enfonce dans les embrouilles, oui !*

Un rictus satisfait apparaît sur son visage.

Carter devient la première personne que je déteste dans cette ville. Ce chef de gang qui est prêt à risquer la vie de ses hommes pour de l'argent et qui me manipule pour arriver à ses fins.

— Mes hommes seront à Knolson Street, mais tu diras à Bill qu'ils seront sur W. Stadium Boulevard, après le parc Pioneer Woods, ce soir à dix-neuf heures.

Je bouillonne de rage contre lui, mais aussi contre moi-même, pour me faire avoir si facilement. Néanmoins, je pense à Lola qui aime son frère et qui a peur pour lui chaque jour. Je pense aux Devil's Sons qui sont sous la coupe d'un enfoiré de première. Et je pense aussi aux études que je dois réussir, la seule chose que je puisse accomplir avant de mourir.

— Après ça, oubliez-moi.

# 6.

Je quitte le bureau sans un regard pour le propriétaire des lieux. Mon cœur bat à tout rompre dans ma poitrine. Je ne supporte plus de voir cette maison ou de sentir son odeur. Je veux qu'on me laisse en dehors de ces histoires une bonne fois pour toutes !

Je traverse le couloir à grandes enjambées, mes talons claquant sur le marbre, et débouche sur le hall d'entrée. Clarke cesse de discuter avec Justin qui se tourne vers moi, anxieux.

— Je te dépose au poste de police ? me propose-t-il.

J'éclate d'un rire strident et plein d'aversion.

— Dire que je t'ai cru lorsque tu as joué l'innocent ! Tu as un problème avec moi quand je t'insulte ? Sache que pas un jour ne passera sans que je te traite d'enfoiré de première !

Je lui lance le regard le plus haineux qui puisse exister, salue Justin avec mon majeur et sors de la maison, davantage en colère.

Clarke me suit en silence et nous montons sur sa moto sans échanger un mot. Entourer mes bras autour de son corps me coûte cher. Je ne supporte plus ni sa vue ni son contact.

Nous démarrons et le plomb qui me tombe dans l'estomac me donne l'impression de rouler droit vers la potence. Je n'en reviens pas qu'on me demande de déposer un faux témoignage et qu'on me mêle à leurs activités illicites. Jamais je n'aurais cru faire ça de toute ma vie, mais je suis prise au piège, et c'est la première fois depuis longtemps que j'ai envie de pleurer dans les bras de ma mère.

Le biker arrête la moto à quelques rues du poste de police pour ne pas prendre le risque qu'on m'aperçoive avec lui. Je descends de la Harley et m'éloigne sans un regard pour lui. Il s'est ouvertement foutu de ma gueule, et je l'ai en travers de la gorge. Jamais je n'aurais dû le suivre à la fin des cours.

Arrivée devant le bâtiment, j'inspire profondément pour me calmer. Mon regard furieux disparaît, mes tremblements aussi. Je pénètre dans les locaux avec une fausse détermination à faire tomber les Devil's Sons. Et si une émotion me trahit, l'inspecteur la mettra sur le compte de la crainte des représailles.

Je rejoins le secrétariat et demande à parler à Bill, qui ne se fait pas attendre et rapplique rapidement. Après lui avoir annoncé que j'ai des informations qui pourraient l'intéresser, il me lorgne de longues secondes, puis me fait signe de le suivre au pas de course.

Nous pénétrons dans une salle d'interrogatoire où seules une table et deux chaises sont présentes. Je prends place en face du policier. Il ne dit rien pendant un long moment, au lieu de quoi il me dévisage. Je décide de prendre la parole pour sortir d'ici au plus vite.

— Je sais où se déroulera la prochaine livraison des Devil's Sons.

Le flic ne répond pas. Un silence s'installe durant lequel il me scrute méticuleusement. Il attend le moindre signe qui me trahirait, mais je ne laisse rien paraître. Tête brûlée, courageuse et bonne menteuse. Comme mon père, qui était un sacré numéro, d'après ma mère.

— Quelle est votre source ?

— Carter lui-même. Je l'ai entendu le dire à ses hommes après l'épisode de ce matin.

Un nouveau silence s'installe. Bill saisit son téléphone, qu'il porte à son oreille sans me quitter de son regard méfiant.

— Cassie ? Apportez-moi le détecteur de mensonges.

Il raccroche et mon cœur loupe un battement. Une vague de panique m'envahit lorsque j'intègre les mots qu'il vient de prononcer.

*Détecteur. De. Mensonges.*

Je cligne des yeux pour dissimuler la sueur froide qui me parcourt l'échine. Je suis dans la merde jusqu'au cou et je vais faire couler les Devil's Sons. Voilà exactement ce que je comprends.

Ma respiration s'accélère, mais je fais tout pour ne rien laisser paraître face au regard scrutateur de Bill. La panique s'empare de moi, elle me retourne l'estomac et le cerveau.

*Par Loki, je suis en plein cauchemar !*

Le temps passe à une allure horriblement lente. Je fixe mes mains qui tremblent imperceptiblement. J'essaie de trouver un plan de secours, mais aucune solution ne semble pouvoir me sortir de cette galère et sauver les Devil's Sons. Je viens d'avouer un crime à la police. Elle ne me laissera jamais sortir d'ici sans réponse... Si je garde le silence, je serai considérée comme complice et je n'aurai pas dégagé la voie pour la livraison du gang... Mais si je parle, je serai loin de tout soupçon et n'aurai plus qu'à prévenir les garçons de tout annuler.

La fameuse Cassie entre avec un équipement très technique. Elle me sourit, puis pose le matériel devant moi. Une fois celui-ci opérationnel, c'est-à-dire que ma fréquence cardiaque, respiratoire, ma température corporelle et ma pression sanguine sont mesurées par des fils reliés à la machine, Bill se redresse.

À présent, tout se passe au ralenti dans mon esprit. Je cligne plusieurs fois des yeux et tente de contrôler ma respiration. La voix du policier me parvient dans un écho désagréable.

— Très bien. Commençons. Présentez-vous.

— Je m'appelle Avalone Lopez. J'ai dix-neuf ans et je suis à l'université du Michigan en section Lettres.

Il observe l'écran de la machine, puis me regarde de nouveau. À ce moment, je rêverais de faire une crise pour stopper cet interrogatoire. Je ne peux pas mentir. Je n'ai pas d'autre choix que d'obtempérer.

— Connaissez-vous les Devil's Sons ?

— Pas personnellement, comme je vous l'ai dit.

Il regarde de nouveau l'écran, puis reporte son attention sur moi.

— Savez-vous où aura lieu la prochaine livraison du gang des Devil's Sons ?

Mon cœur se comprime douloureusement, une nouvelle sueur froide s'empare de moi et j'étouffe un petit cri désespéré.

— Oui.

Il jette un œil à l'écran et se redresse, tout à coup intéressé, comme s'il pensait que je lui avais menti jusqu'à présent. Désormais, il est sûr que non. Je suis en train d'offrir aux flics les Devil's Sons sur un plateau d'argent. Si je ne parviens pas à les prévenir, je ne me le pardonnerai jamais.

— Où seront-ils ? demande Bill, impatient.

Les secondes passent, je suis incapable de répondre.

Le plan de Carter se retourne contre lui et je suis aux premières loges. Je ne suis qu'un pion dans l'échiquier et pourtant, la culpabilité m'assaille. Je n'aime pas ces garçons, mais ça ne veut pas dire que je veux les voir derrière les barreaux. Est-ce que leurs actes sont odieux au point de faire d'eux de véritables dangers ? *Je n'en suis pas si sûre.*

Le visage du flic se déforme à cause de la haine, il frappe violemment du poing sur la table et j'en sursaute.

— OÙ SERONT-ILS ?

J'aurais dû lui répondre W. Stadium Boulevard, mais ce n'est pas le lieu de rendez-vous des Devil's Sons.

Je ferme les yeux et arrête de respirer.

— Knolson Street.

Je ravale les larmes qui menacent de couler. Je refuse de perdre espoir.

— À quelle heure ? m'interroge-t-il, la voix hargneuse.

— Dix-neuf heures.

Le policier examine une dernière fois la machine, puis hurle à Cassie de préparer l'équipe d'intervention. Il se dirige d'un pas décidé vers la porte sur laquelle il tape de la paume de la main et crie :

— ON VA LES AVOIR CES ENCULÉS !

Enfin, il disparaît, mais sa voix retentit derrière lui.

— Nate, laisse sortir Lopez à dix-neuf heures, pas une seconde avant ! Elle ne doit passer aucun coup de fil !

L'homme que je présume être Nate entre dans la pièce. Il tente d'échanger quelques banalités auxquelles je ne réponds pas et débranche les câbles de la machine pour me libérer. Lorsqu'il réclame mon téléphone, je lui demande la permission d'appeler ma colocataire pour l'avertir de mon imprévu. Il refuse gentiment, mais catégoriquement. J'insiste malgré tout en évoquant ma maladie et la nécessité de prendre mes médicaments, mais il me promet de m'en apporter dans la demi-heure. La fatalité me plonge dans un état second. Nate me parle, mais je n'entends pas. Il me sourit, pourtant je ne parviens même pas à discerner les traits de son visage.

Les garçons foncent droit dans un piège et je ne peux les prévenir. Jamais, au grand jamais, la culpabilité ne me quittera. Je viens de révoquer leur liberté et d'envoyer six hommes en prison pour un bon bout de temps. Je viens de priver six familles d'un de leurs membres et mon amie de son grand frère.

Le fil de mes sombres pensées s'interrompt brusquement lorsque la porte s'ouvre sur Nate. Ma montre annonce dix-neuf heures pile. Un déclic se fait en moi : il n'est peut-être pas trop tard, les Devil's sont probablement encore en liberté.

L'agent me tend enfin mon téléphone.

— Vous pouvez y aller.

Je saisis mon sac et quitte la pièce en courant comme jamais je n'avais couru auparavant. En dehors du poste de police, j'appelle Lola et tombe sur sa messagerie.

— FAIT CHIER ! hurlé-je. Lola, rappelle-moi le plus vite possible, c'est urgent !

Je hèle un taxi dans la précipitation et m'engouffre dans l'habitacle.

— L'université, s'il vous plaît.

Le chauffeur acquiesce et roule dans les rues de la ville.

Je frappe du pied sur le sol, lui demande de rouler plus vite, triture mes doigts avec nervosité et appelle Lola une bonne dizaine de fois. Sans succès.

*Si seulement j'avais le numéro de Carter ou de Clarke !*

Je prie alors les Nornes pour qu'elles fassent tomber un arbre sur le chemin des Devil's Sons, et ainsi leur éviter de se précipiter droit dans un piège.

Une dizaine de minutes plus tard, je saute du taxi et cours en direction de ma chambre. Je monte les marches trois par trois, au bord de l'effondrement, puis enfonce mes clés dans la serrure. Je pousse la porte en priant pour découvrir Lola sur son lit, mais c'est tout autre chose que je trouve sur le mien.

Clarke est allongé, les bras derrière la tête.

Mon sac tombe au sol, alors qu'un soupir de soulagement s'échappe de mes lèvres. Mon accalmie est de courte durée, la panique revient aussi vite qu'elle est partie. Les autres sont sûrement en train de se faire prendre !

— Clarke, il y a eu un problème !

Il hausse les sourcils, mais ne bouge pas d'un cil. Il me regarde avec une indifférence exécrable.

— Je suis passée au détecteur de mensonges, j'ai dû dire la

vérité ! Ils savent où a lieu la livraison et sont déjà partis vous coincer !

Mes doigts s'enfoncent dans mes cheveux et tirent dessus avec nervosité. Le bad boy n'a aucune réaction, il reste de marbre.

— TU ENTENDS CE QUE JE TE DIS ? hurlé-je.

Pas de réponse.

Je saisis un coussin et m'apprête à le lui envoyer dans la tête pour le faire réagir, mais finalement, je suspends mon geste. Le cerveau en ébullition, je relève les yeux vers Clarke.

Tout devient parfaitement clair dans mon esprit. La panique s'envole pour laisser place à une colère qui n'attend que sa confirmation pour exploser.

— Une minute... Ne me dis pas que... Non, vous n'auriez pas osé faire ça...

Le coussin tombe à mes pieds. Je recule de deux pas et me sens manipulée. Trahie.

— Ne me dis pas que vous saviez que j'allais passer au détecteur de mensonges... Ne me dis pas que vous m'avez manœuvrée ! Vous m'avez donné une adresse que je pensais vraie pour attirer Bill là-bas... afin d'avoir le champ libre ailleurs, tandis que j'étais en train de croire que je vous avais jetés en prison ?

Toujours aucune réaction. Pas un froncement de sourcils. Seulement ce regard impénétrable, vide d'émotion.

— VOUS VOUS ÊTES SERVIS DE MOI !

Ne m'attendant plus à une quelconque réaction de sa part, je recule de surprise lorsqu'il bondit de mon lit. En un pas, il me surplombe de toute sa hauteur.

*Et ne parlons pas de sa largeur...*

— Oui, on s'est servis de toi et on t'a manipulée. Grâce à ça, nous sommes encore en liberté, et je ne vais pas m'en excuser, c'est certain. Passe à autre chose !

Son ton méprisant et antipathique me fait perdre toute

mesure. Ma main part en direction de sa joue, cependant avant qu'elle n'entre en contact avec sa peau, Clarke intercepte mon poignet. Le vert de ses yeux a disparu pour n'y laisser qu'une noirceur qui absorbe la lumière.

— N'espère jamais plus pouvoir me toucher sans mon autorisation, gronde-t-il d'une voix sourde.

Il raffermit sa prise sur mon poignet, suffisamment pour m'enlever toute possibilité de fuite, mais pas assez pour me faire mal. Notre proximité, notre rage mutuelle rendent l'atmosphère électrique, suffocante, et ce n'est pas son souffle que je sens sur mon visage qui va m'aider à mieux respirer.

— Carter organise une soirée chez lui demain soir. Tu es invitée et tu peux venir accompagnée.

Un rire nerveux franchit la barrière de mes lèvres.

*J'aurai tout entendu, avec eux !*

— Dis à ton boss d'aller se faire foutre !

Clarke relâche mon bras et se dirige vers la sortie.

— Tu n'as qu'à le lui dire toi-même, je ne suis pas un putain de pigeon voyageur.

— Peut-être un bon petit toutou, alors ?

Clarke s'arrête net. Une alarme stridente se déclenche dans mon esprit lorsqu'il se retourne lentement vers moi avec un sourire malveillant.

— Inutile de me lancer dans ce genre de futilités. À un moment ou à un autre, tu finiras par pleurer toutes les larmes de ton corps et je m'en délecterai.

# 7.

Comment supprimer les Devil's Sons de mon esprit, lorsque certains étudiants me pointent du doigt et chuchotent en croisant ma route ? Je peux remercier Bill de m'avoir convoquée avec le gang devant toute l'université. *Quel crétin !*

— Ava, tu m'écoutes ?

Je pose un regard désolé sur Daniel.

— J'étais dans mes pensées. Tu disais ?

Nous sommes allongés sur l'herbe, le soleil de midi tape vraiment fort, mais me fait du bien. Ma peau est déjà bronzée, je ne risque pas le coup de soleil.

— Je te demandais si tu avais sport, cet après-midi ?

— Oui, on a athlétisme avec Jack dans une heure.

— Super ! On sera tous les trois ensemble, alors.

En parlant du loup, Jackson revient avec Lola après être allé la chercher plus loin. Encore une fois, elle a été incapable de nous trouver et nous ne manquons jamais de la taquiner sur le sujet.

Fidèle à elle-même, mon amie ne perd pas de temps pour draguer Daniel, qui est on ne peut plus réceptif. Plus je les regarde discuter, plus je me rends compte qu'ils sont assurément proches. *Peut-être qu'il est vraiment fait pour elle, après tout ?* Tant qu'elle est heureuse, je le suis aussi. Et ce garçon semble être quelqu'un de bien. Il est attentif aux autres, curieux, intéressant, et très drôle. Il a toujours le mot pour rire.

— Au fait, vous venez nous voir aux recrutements de football, en fin d'après-midi ?

Jackson et Daniel veulent entrer dans l'équipe de l'université et, d'après les fleurs qu'ils se jettent, ils sont plutôt doués.

— Bien sûr, accepte Lola. On fera les groupies !

Daniel lui décoche un clin d'œil et sort son paquet de cigarettes. J'ai un réflexe de recul lorsqu'il s'en allume une. Le tabagisme est formellement interdit pour moi, de façon passive ou active.

— Si je suis recruté, dit Daniel, je jetterai ce paquet dans la seconde qui suit.

— Si tu es capable d'arrêter pour le sport, pourquoi tu n'arrêterais pas pour ta santé ? demande Lola.

— « L'homme idéal ne fume pas, ne boit pas, ne prend pas de drogues, n'insulte pas, n'est pas raciste, mais n'existe pas. » Une des citations les plus vraies que j'aie pu trouver sur Twitter.

Sa réponse nous fait rire, mais il plisse les yeux, songeur.

— Tu as raison. Si je peux arrêter pour le sport, je peux arrêter pour ma santé. Et comme aujourd'hui je suis plein de bonne volonté, j'annonce que cette cigarette est la dernière.

Il se lève sous nos regards sceptiques et avance jusqu'à la poubelle. Ensuite, il ouvre son paquet au-dessus, prend les cigarettes entre ses doigts, puis les effrite. Enfin, il jette le carton et se rassied à côté de nous, l'air de rien.

Tandis que Lola et moi le regardons, bouche bée, Jackson n'est pas étonné.

*Ce type n'est vraiment pas difficile à convaincre !*

— Je sais ce que vous vous dites. Je suis la meilleure cible qui puisse exister pour les démarcheurs. Et vous avez raison. Je me fais avoir à chaque fois !

Nous éclatons de rire, mais ce n'est rien comparé à ce qui

suit. Daniel nous avoue avoir souscrit à un abonnement après être resté une demi-heure au téléphone avec l'un d'entre eux. Depuis, il reçoit chaque mois des appâts pour poissons d'eau salée. Premièrement, il déteste la pêche. Et deuxièmement, l'océan le plus proche se trouve à neuf heures de route.

Une fois habillée de mon short en coton, d'un débardeur et de mes baskets, je quitte le vestiaire des filles, puis entre sur le terrain d'athlétisme. Certains élèves s'étirent déjà, dont Jackson et Daniel. Je m'apprête à les rejoindre lorsque la prof m'interpelle.

— Avalone Lopez ?

Je hoche la tête et parcours les derniers mètres qui nous séparent.

— Ton docteur m'a envoyé ta dispense médicale. Comme tu le sais, ton insuffisance cardiaque est instable et ne te permet pas de pratiquer. En revanche, ton médecin te conseille de faire de la marche et de la musculation douce, à condition que tu ne dépasses pas ton seuil d'essoufflement. Tu vas donc t'échauffer avec les autres, sans courir bien sûr. Puis, je te laisserai gérer l'alternance marche-musculation douce. Tu seras avec Emily. Elle se remet d'une déchirure du tendon d'Achille.

Elle pointe du doigt la fille en question, qui me sourit et se dirige timidement dans ma direction lorsque l'enseignante s'éloigne.

— C'est toi, Avalone ? me demande-t-elle, les joues rougies par la gêne.

Cette Emily semble être la douceur incarnée. Son corps frêle et sa voix délicate paraissent si fragiles qu'on ne peut qu'être tendre avec elle. Sauf Lola, qui est un vrai bulldozer. Je crois qu'elle l'achèverait.

— Oui. Emily, c'est ça ?

Elle acquiesce, nous nous sourions et nous commençons à nous échauffer.

— Comment tu t'es blessée ?

— Je jouais avec mon petit frère à trappe-trappe. J'ai changé de direction au dernier moment et mon tendon a lâché. Je me suis fait opérer et, peu à peu, je recommence l'activité physique. Et toi ? Qu'est-ce qui t'empêche de pratiquer ?

— J'ai une insuffisance cardiaque.

Je n'en dis pas plus et elle ne pose pas de question. Son regard affectueux change de la pitié que l'on rencontre dans ce genre de circonstances. Je lui en suis d'ailleurs reconnaissante.

Après une vingtaine de minutes d'échauffement, Daniel et Jackson me rejoignent en trottinant.

— Tu ne viens pas courir ?

— Non, je suis dispensée.

L'incompréhension la plus totale se peint sur leurs visages. C'est vrai que j'ai eu maintes fois l'occasion de leur parler de mon problème de santé, mais je ne l'ai pas fait. Encore tout à l'heure, j'agissais comme si j'allais courir sur la piste à leurs côtés.

— Pourquoi ?

— LES GARÇONS ! hurle la prof de l'autre côté du terrain. ALLEZ COURIR !

L'expression « sauvée par le gong » prend tout son sens. Mes amis me dévisagent avec hésitation, mais finissent par obtempérer. Ils partent courir en me lançant quelques regards curieux.

— Ils ne sont pas au courant ? me questionne Emily.

Je réponds par la négative.

— Ce ne sont pas tes amis ?

— Si. Mais lorsque les gens apprennent que tu es malade, sans même s'en rendre compte, ils agissent différemment. Je n'ai pas envie d'être celle que l'on cajole.

Après deux heures de musculation douce, j'ai tout juste le temps de me changer avant de rejoindre Lola dans les tribunes du terrain de football pour assister aux recrutements.

Nous attendons l'arrivée des garçons, impatientes de découvrir comment ils vont se débrouiller.

Au bout de quelques minutes, les participants à la sélection entrent sur le terrain, vêtus de l'équipement aux couleurs de l'équipe de notre université : les Wolverines du Michigan. Le coach ainsi que le capitaine ferment la marche.

Il n'y a que trois places disponibles pour une trentaine de garçons qui tentent leur chance. J'espère que nos deux amis seront retenus, même si les probabilités sont minces.

Après un échauffement où tous les joueurs sont observés à la loupe par l'entraîneur et le quarterback, les exercices commencent : course, rapidité, plaquage, passe latérale, interception... Nous regardons les garçons suer sous le soleil et courir dans tous les sens.

— ALLEZ JACKSON !! hurlé-je.

— ALLEZ DANIEL !! hurle Lola.

Nous prenons notre rôle de groupies très à cœur.

— Hé ! C'est pas toi, celle qui a été convoquée avec les Devil's par le flic ?

Lola et moi nous tournons pour faire face à une fille au physique magnifiquement entretenu, accompagnée de deux copines qui ne cachent pas le mépris que je leur inspire.

Je cligne des yeux, mais ne réponds pas. Lola m'avait prévenue que les filles pouvaient être de vraies garces avec la concurrence quand ça touchait au gang. Ce qu'elles ne saisissent pas, c'est que je ne suis pas une rivale.

— Parce que Clarke t'a ramenée de la soirée, c'est bien ça ?

C'est assez effrayant d'être ainsi exposée à cause d'une simple action.

Comprenant qu'elles ne vont pas me lâcher si facilement, j'acquiesce avec lassitude.

— Simple conseil d'amie : ne te fais pas d'illusion. Tu n'es qu'une parmi tant d'autres. Ordinaire. Banale. Sans rien d'exceptionnel ni d'enviable.

Après avoir encaissé le fait que nous sommes encore dans une cour de récréation, je lui souris de la façon la plus hypocrite qui soit, prête à riposter, mais Lola marmonne :

— C'est pour ça qu'elle a été invitée à la soirée privée de Carter et pas toi…

Les trois visages face à nous se décomposent et mon amie, mortifiée, se rend vite compte de son erreur. Si j'espérais que les rumeurs autour du gang et moi cessent, tout espoir est à présent envolé. Mais je ne lui en veux pas. Elle ne pensait pas à mal, au contraire.

Sans demander leur reste, les filles font demi-tour et déguerpissent bien vite en pestant de jalousie.

— Je suis désolée, je ne pense pas avant de parler ! Pardonne-moi, pardonne-moi, pardonne-moi !

L'inquiétude sur son visage me fait rire. Je passe une main rassurante sur son bras et lui promets que je ne lui en veux pas. Elle pousse un soupir de soulagement et du coin de l'œil, je la vois prendre son courage à deux mains. Elle va enfin me poser la question qui lui brûle les lèvres depuis hier soir.

— Tu es sûre de ne pas vouloir aller à la soirée de Carter ?

Je m'attendais à tout, sauf à ça. Lorsque je lui ai raconté ma fin de journée la veille, elle était encore plus en colère que moi contre le gang. Elle a explosé, puis utilisé un vocabulaire riche et varié d'insultes. J'ai bien cru qu'elle ne se calmerait jamais.

— Pourquoi est-ce que j'irais mettre un foutu pied là-bas ? grogné-je.

— Eh bien, pour commencer, pour la soirée en elle-même. Il paraît que celles organisées par Carter sont des plus raffinées, ce qui change de celles de la fraternité. Tu sais, mettre de jolies robes, boire du champagne dans de belles coupes… Un peu comme un gala de charité.

Elle se tait si longtemps, que si elle ne triturait pas nerveusement les doigts, je penserais que c'est son seul argument.

— En fait, c'est pour moi que je te pousse à revenir sur ta décision. Je sais, c'est égoïste. Mais je *veux* y aller. Avant que mon frère n'entre dans le gang, nous étions très proches, lui et moi. Aujourd'hui, à trop vouloir me tenir à l'écart de ses activités illicites, il me tient éloignée de lui. Je me suis fait une raison, mais j'aimerais connaître l'univers dans lequel il évolue, juste le temps d'une nuit, pour m'assurer qu'il va bien.

M'imaginer participer à cette soirée me rend malade. Néanmoins, je ne peux ignorer l'inquiétude de Lola. Comme elle, je suis prête à tout pour les gens que j'aime, alors si je suis la seule à pouvoir lui offrir l'accès à la sérénité qu'elle recherche, je suis également disposée à côtoyer Carter et ses sbires quelques heures.

— Ils fournissent les belles coupes de champagne, mais pas les jolies robes. J'espère que nous allons trouver ce qu'il nous faut dans nos penderies.

Lola relève le visage vers moi, incrédule. La seconde d'après, une larme solitaire coule le long de sa joue – une vraie *drama queen* ! – et elle me saute littéralement sur les genoux pour me prendre dans ses bras.

— Ménage, lessive, devoirs, dis-moi et je suis ton homme !

— Oh, ne t'en fais pas. J'attends d'avoir quelque chose de bien pire pour te faire payer ta dette.

Nous rions de bon cœur et après de sincères remerciements de sa part, nous reprenons notre rôle de groupies pour les dernières minutes des recrutements.

Trempés et essoufflés, les joueurs retirent leur casque au sifflement du coach et se rassemblent autour de lui.

— Vous vous êtes tous pas mal débrouillés. Hélas, comme vous le savez, seulement trois d'entre vous seront retenus. Il n'y a de la place que pour les meilleurs.

Lola et moi retenons notre souffle et croisons les doigts.

— Le premier à entrer dans notre équipe est Jackson Simons.

Nous bondissons et hurlons de joie.

Le visage à la fois hargneux et illuminé d'un bonheur intense, Jackson checke Daniel, puis nous pointe du doigt, l'air de dire « Je vous l'avais bien dit ! ».

— Le second est Tom Riley.

Le concerné pousse un cri de victoire, causant chez Lola et moi une tension peu altruiste. Il ne reste qu'une place et Daniel commence à s'agiter.

— La dernière place est pour Daniel West.

Nos cris redoublent de puissance, nous sautons sur place en l'honneur des victorieux.

— Merci aux autres d'être venus. Retentez votre chance l'année prochaine. Pour ceux qui ont été sélectionnés, les entraînements sont obligatoires, de même que les bonnes notes en cours, sinon vous perdez votre place. La saison va rapidement démarrer. Le premier entraînement aura lieu demain à sept heures. Aucun retard n'est toléré, nous ne voulons pas de flemmards sur le terrain !

Après quelques mises au point, le coach et le capitaine quittent la pelouse, autorisant les joueurs à s'éparpiller. Lola et moi descendons les marches des gradins, puis entrons sur le terrain pour sauter dans les bras de nos amis. Même si nous ne partageons pas leur passion pour ce sport, ils sont si heureux que ça nous réchauffe le cœur. Nous les félicitons et les écoutons jubiler sur le chemin des vestiaires, puis nous les saluons et regagnons bien vite notre chambre afin de nous préparer pour la soirée.

Une fois nos affaires de douche en main, nous partons pour la salle de bains commune, lorsque nous tombons nez à nez avec Emily.

— Oh ! Lola, je te présente Emily ! Je l'ai rencontrée en sport, elle aussi est dispensée.

Lola, avenante et fidèle à elle-même, sourit à notre nouvelle connaissance avant de l'assommer de questions. Emily me lance un regard paniqué, mais je l'encourage d'un clin d'œil.

Je suis surprise d'apprendre qu'elle est en première année de Lettres, comme Jack et moi. Ses parents vivent dans le coin, cependant elle préférait être sur le campus pour se trouver plus proche de la bibliothèque et ainsi éviter les allers-retours.

Lola lui propose de dîner avec nous ce soir, mais Emily me lance un regard incertain. Soit elle ne veut pas s'imposer, soit elle n'ose pas refuser.

— Ça nous ferait plaisir de dîner avec toi, mais si tu as quelque chose de prévu, nous comprenons, ne t'en fais pas... la rassuré-je.

— Je n'ai rien de prévu. Je... euh... je ne veux pas déranger.

Lola passe son bras autour de ses épaules et la conduit à l'intérieur de la salle de bains, moi sur leurs talons.

— Aucun risque que tu nous déranges, tu as l'air d'être une fille incroyable, Em'. Je peux t'appeler Em' ? Ava et moi avons deux amis, Jackson et Daniel. Deux filles, deux garçons, tu vois où je veux en venir ? Nous sommes en égalité numérique et ce n'est franchement pas bon ! Nous avons besoin de toi pour grossir nos rangs ! *Girl power*, tout ce tralala !

Un sourire frémit sur les lèvres d'*Em'*, qui finit par accepter de se joindre à nous pour le repas. Elle semble tout de même soulagée lorsque Lola s'engouffre dans une cabine de douche, excitée par la soirée qui nous attend. La mienne est feinte, mais je ne veux pas la faire culpabiliser. Même si ma coloc' m'a rendue curieuse, je ne sais pas ce qui pourrait nous arriver ce soir et je crains déjà le pire.

*À un moment ou un autre, tu finiras par pleurer toutes les larmes de ton corps et je m'en délecterai.*

De nouveau dans notre chambre, j'observe mon reflet dans le miroir, habillée de cette robe courte que je n'ai jamais osé porter. Je la trouvais trop belle, à la fois sensuelle et imposante. Révérencielle. Il fallait une occasion particulière pour la revêtir. Ce soir est la bonne. Dans cette robe en satin bleu canard, je me sens estimée. Digne d'être respectée des plus grands.

Les fines brides en satin ont été croisées dans mon dos nu, puis lacées par Lola, offrant une vue imprenable sur ma chute de reins. Chaussée de mes hauts escarpins de la même couleur, mes jambes n'ont jamais été aussi longues.

— Tu es magnifique, me souffle Lola. Tu vas le rendre fou.

Ses derniers mots flottent dans l'air. Je relève les yeux sur son reflet dans le miroir et aperçois son sourire malicieux.

*Mais de qui parle-t-elle... ? Oh, par l'œil d'Odin !*

Je vais volte-face, les yeux écarquillés.

— Lola Collins ! Je le déteste, tu m'entends ? Je ressens uniquement une envie de l'étrangler !

— Ça ne t'empêche pas de le trouver beau à tomber !

— Ils sont *tous* beaux à tomber ! dis-je pour ma défense.

— Mais Clarke a ce je-ne-sais-quoi en plus. Et ne démens pas !

Je lui tourne le dos et fourre rageusement mes effets personnels dans ma pochette jaune moutarde.

*Ce je-ne-sais-quoi en plus ? Ouais, Clarke est pire que les autres. Menteur, manipulateur, violent, antipathique, et j'en passe !*

Je me dirige vers la porte et l'ouvre en grand pour inviter ma coloc' à sortir avec un regard noir.

Habillée d'une robe blanche à bretelles fines et délicates – à l'opposé de sa personnalité –, elle est resplendissante.

Elle joue des sourcils de façon suggestive et passe devant moi. Pour me venger, je lui claque les fesses. Elle éclate d'un rire qui a le mérite de me détendre.

Nous quittons le bâtiment des chambres pour rejoindre Jackson et Emily au restaurant du coin. Contre toute attente, cette dernière est vraiment venue et écoute attentivement le discours de Jack. Lorsque nous les rejoignons, ils nous accueillent avec de grands regards éberlués.

— Par Odin, les filles ! Vous êtes incroyables !

— Magnifiques, souffle Emily.

Tandis que je les remercie, Lola mime une révérence. Nous nous asseyons et un serveur vient prendre notre commande. Aussitôt nos boissons servies, Jackson attaque.

— Pourquoi tu es dispensée de sport ?

Mes amies m'offrent des sourires compatissants et une pointe de gêne se fait ressentir. Parler de ma maladie est un tue-l'ambiance, mais je ne peux y échapper plus longtemps.

— J'ai une insuffisance cardiaque.

Le voile de pitié qui couvre son regard me fait détourner les yeux.

— Avalone... je ne sais pas quoi dire, je... je suis désolé.

— Ne le sois pas, je vis très bien avec.

Et je lui souris pour lui assurer que tout va bien, mais une ambiance étrange s'installe. Les secondes se succèdent avec une lenteur effrayante. Les dieux soient loués, grâce à Lola, les rires reviennent rapidement et l'atmosphère s'allège.

— Au fait, amorce Jackson, excité. Ma copine ne commence l'université que dans deux semaines. Elle va venir me rendre visite dans quelques jours, vous allez l'adorer !

Ses yeux brillent quand il parle d'elle, c'est touchant. Cette Aurora a l'air d'être une fille formidable. Elle le rend heureux et fait de lui un homme bon. C'est ce qu'il affirme, bien que j'aie du mal à l'imaginer mauvais.

— Et toi, Em', tu as un copain ? lui demande Lola.

— Non, je... je veux me concentrer sur mes études.

Le rouge qui lui monte aux joues la rend encore plus adorable qu'elle ne l'est déjà.

— Oh, j'ai l'impression d'entendre quelqu'un, me charrie Lola avec un sourire digne du chat du Cheshire.

Je lève les yeux au ciel.

— Quoi ? Toi aussi, Ava ? s'étonne Jackson.

— Les études sont primordiales pour moi. J'aurai tout le temps de tomber amoureuse plus tard, mens-je.

Étant donné que je vais mourir jeune, il est difficile de

comprendre mes choix. Pourquoi gaspiller des années à étudier au lieu de profiter ? La réponse est simple : la maladie a rendu mon quotidien anormal, alors que tout ce que je souhaite, c'est de vivre sans penser au temps qu'il me reste. Je veux un but, un objectif. Quelque chose à accomplir avant de passer l'arme à gauche.

— Je ne vous comprendrai jamais ! s'exclame Lola, qui se laisse tomber contre le dossier de son siège. « Primordial ». J'ai l'impression d'entendre mon père lorsqu'il parle du bon fonctionnement de son transit intestinal !

Nous explosons de rire, Emily également, même si elle reste plus discrète. Ça ne fait aucun doute, elle est bien mieux élevée que nous trois réunis. À moins que ce soit sa timidité et sa peur d'attirer l'attention.

Quand elle se rend compte que nous avons capté tous les regards sur nous, elle pique un fard et enfonce la tête dans les épaules pour disparaître. Je tente de la rassurer d'un sourire, mais lorsqu'elle a l'air au bord de la syncope, je donne un coup de pied sous la table à mes deux amis qui se taisent aussitôt.

Je me penche vers la jeune fille pour lui chuchoter à l'oreille :

— Ne t'empêche jamais de vivre à cause des regards. Même s'ils sont effrayants, ils ne tuent pas. Ils ne peuvent te faire mal que si tu leur en laisses la possibilité.

Ses yeux se mettent à briller, puis imperceptiblement, elle lève le menton, détend ses épaules et hoche la tête avec reconnaissance.

# 8.

Les dieux soient loués, j'ai une très bonne mémoire et me souviens du chemin pour aller chez Carter. Ça nous a évité d'envoyer un message aux garçons. J'ai dit à Clarke que je ne viendrai pas. Je refuse de lui donner satisfaction en réclamant l'adresse.

C'est sans voix que Lola remonte la grande allée entourée d'arbres avant de se garer à côté des voitures et motos déjà présentes.

Une fois sorties du 4x4, les marbres d'Odin et Sleipnir ont droit à un sifflement impressionné de la part de ma colocataire.

— La prochaine fois qu'il se sert de toi, nous lui volerons sa statue.

J'arque un sourcil et un sourire étire ses lèvres lorsqu'elle détourne le regard de notre dieu.

— Je plaisante. Je suis trop jeune pour mourir.

Je pouffe d'un rire sans joie et me demande si Carter serait capable de nous tuer si nous volions sa fontaine. Grâce à son lien de parenté avec Set, Lola est probablement immunisée, mais moi, je ne le suis pas. Et marcher sur des œufs n'est franchement pas mon activité favorite.

Nous reprenons notre route dans le silence. Mon amie

tourne sur elle-même pour observer notre environnement, subjuguée. Devant la porte d'entrée, au lieu de sonner, elle se tourne vers moi avec le plus grand sérieux.

— Avalone Lopez, nous sommes là pour nous amuser, cependant je connais ton sale caractère. Ne jette aucun regard meurtrier, défronce les sourcils au risque d'avoir des rides, et souris !

Face aux ordres de ce petit tyran, il est clair que je n'ai rien d'autre qu'une expression amusée sur le visage. Je remercie intérieurement Lola de ne m'avoir jamais dévisagée. Elle associe la dureté de mes reflets orange à un simple regard meurtrier. Ce n'est pas glorieux, mais c'est déjà bien mieux que ce mauvais présage que les païens voient en moi.

Satisfaite, elle sonne et trépigne d'impatience, alors que je peine à déglutir. La porte s'ouvre sur une femme, plus toute jeune, qui semble être un membre du personnel. Elle nous accueille avec un grand sourire, un éclat intense dans le regard, puis se décale pour nous laisser entrer.

La pression de me retrouver ici s'abat si brutalement sur moi que j'en perds mon éducation. Je suis incapable de saluer cette femme qui n'a visiblement pas l'air de s'en formaliser.

Les secondes se succèdent et Lola me donne un coup de coude pour me pousser à réagir. C'est elle qui m'entraîne ici, mais elle n'est pas assez courageuse pour faire le premier pas. Elle semble lire mes pensées dans le regard blasé que je lui lance, puisqu'elle me tire la langue. Je lui pince les côtes en retour et, les épaules dégagées, le port de tête assuré, je pénètre dans l'immense hall.

*Je ne dois pas avoir l'air d'une proie.*

L'arche dans le mur nous offre une vue sur la soirée qui se déroule au salon. Près de soixante-dix invités sont sur leur trente-et-un. Les chemises immaculées des hommes contrastent avec leurs tatouages et leurs airs de mauvais garçons, et les quelques femmes présentes ont revêtu de belles robes de soirée. Néanmoins, une grosse poignée ne se sent pas à sa place au milieu de cette abondance de richesses : épaules crispées, grimace aux bords des lèvres, urticaire... Six musiciens jouent de la musique classique dans un coin du salon et des serveurs flanqués de plateaux de coupes de champagne et de mets raffinés vont à la rencontre des invités.

— Par la barde d'Odin... souffle Lola.

*Sa réaction est-elle due à l'opulence ou au fait que tous les regards sont braqués sur nous ?*

Je n'aime pas beaucoup être sous les feux des projecteurs, mais ce désagrément est vite remplacé par un autre lorsque je croise le regard de Clarke. La désagréable surprise de me voir ici fronce ses sourcils et contracte sa mâchoire.

*Rassure-toi, beau gosse. Je ne veux pas être là non plus.*

Contre toute attente, ses yeux glissent le long de mon corps et je ne me prive pas de faire de même avec lui. Je suis étonnée de le découvrir dans un pantalon droit gris foncé. Un t-shirt blanc uni et moulant met en valeur ses muscles puissants qui roulent à chacun de ses mouvements. Ça change de la veste en cuir et des vêtements foncés, même s'ils le rendent incroyablement sexy, je dois le reconnaître. Sans parler de ses cheveux noirs en bataille et de ce regard...

— Avalone ! s'exclame Carter.

Les bras écartés, un grand sourire aux lèvres, le chef des Devil's Sons traverse la pièce pour nous rejoindre.

Les mots de mon amie me reviennent en mémoire – *ne pas oublier de défroncer les sourcils et étirer les lèvres vers le haut* –, mais j'en suis incapable. Je regarde Carter avec tout le mépris qu'il m'inspire.

— Je ne pensais pas que tu viendrais, reprend-il, victorieux.

— Il n'y a que les cons qui ne changent pas d'avis, n'est-ce pas ?

Lola retient un cri effrayé, tandis que Tucker, hilare, se place à côté de son boss.

— J'adore cette fille. Elle a de l'audace !

Mon attention n'a pas dévié de Carter, qui soutient mon regard en affichant un sourire crispé, aussi admiratif qu'agacé.

Les autres Devil's Sons – sauf Clarke – avancent dans notre direction avec l'assurance de personnes qui règnent en maîtres sur leur territoire.

— En effet, c'est une qualité, répond Carter, les yeux toujours rivés sur moi. Enfin, espérons qu'Odin ne lui coupe pas la langue pour lui apprendre la sagesse.

— Si Odin me coupait la langue pour mes paroles, je ne préfère pas imaginer ce que Tyr[13] vous couperait pour la justice.

Les Devil's Sons se figent derrière Carter et me regardent, stupéfaits. Lola n'a visiblement pas prévenu son frère que je partageais les mêmes croyances qu'eux.

*Surprise, bande de cons !*

Carter me dévisage. Un vif éclat d'une émotion que je ne parviens pas à déchiffrer brille dans ses iris.

— J'aurais dû m'en douter. Il n'y a qu'une païenne pour avoir autant d'audace sans craindre la riposte.

— Mes croyances ne font pas de moi qui je suis.

— Mais ça ne m'étonnerait pas de voir le sang de Thor bouillir dans tes veines. Je vous en prie, entrez et soyez les bienvenues.

Sur ce, il tourne les talons et disparaît parmi ses convives.

Le corps encore chaud de cette entrevue, je pénètre dans le salon aux côtés de Lola et Tucker, qui a lui aussi laissé sa veste en cuir au placard pour la soirée.

— Alors, qu'est-ce qui vous a fait changer d'avis ?

— L'alcool gratuit à volonté, répond Lola.

Tucker rigole, tandis que Set, Jesse, Sean et Justin nous rejoignent avec de grands sourires, l'air heureux de nous voir.

---

[13] Dans la mythologie nordique, Tyr est un dieu guerrier, le dieu du ciel, mais également de la justice.

Mais ce n'est pas mon cas. Ils se sont tous bien servis de moi et je ne l'oublie pas.

— Sérieux, Ava, tu aurais pu venir avec n'importe quelle personne et tu as choisi ma frangine ? râle Set.

*Je ne savais pas que nous étions passés aux surnoms.*

— Ferme-la, frangin, ce n'est pas parce que tu as la veste que tu es plus cool !

— Je suis d'accord, intervient Justin, la veste ne fait pas tout. Tu es cool, ton frère est cool, mais… il a *la* veste. Un sacré point en plus non négligeable.

Les Devil's approuvent dans les rires et, avec une moue triste, Lola me souffle :

— Il n'a pas tort.

— Si porter la veste est synonyme de manipulation, crois-moi, il ne vaut mieux pas l'avoir ! lui chuchoté-je.

Surprise par ma rancœur, elle relève le visage vers moi et perd aussitôt sa bonne humeur. Tout ça parce que j'ai fait ma rabat-joie. Si c'était pour être désagréable, j'aurais mieux fait de rester sur le campus. Je suis là pour elle, je ne veux pas la faire culpabiliser. Et puis, tant qu'à être ici, autant en profiter et s'amuser un peu.

— La veste n'est pas sur votre dos, messieurs. Devons-nous en conclure que pour la soirée, nous sommes tous sur le même pied d'égalité ?

J'offre un clin d'œil à Lola, qui retrouve aussitôt son superbe sourire.

— Nos vestes ne sont pas là, mais la réputation nous colle à la peau, me répond Clarke sur un ton de défi.

*Monsieur daigne enfin se joindre à nous…*

Sa présence hérisse mes poils et efface aussitôt ma bonne résolution. Je ne peux me montrer agréable face à quelqu'un de si… *Clarke*.

— Réputation qui m'est inconnue puisque je viens d'arriver en ville. Et ce que j'ai pu voir de vous ne me donne pas envie de fréquenter les légendaires Devil's Sons d'Ann Arbor.

En réponse à ma provocation, un éclair de rage traverse ses iris avant de disparaître, comme s'il avait conscience qu'il est en tort.

— Pourtant, tu es là, me dit-il d'une voix grave.

Je lutte contre son regard émeraude envoûtant et réplique d'une voix que j'espère ferme :

— Crois-moi, ce n'est pas pour vous que je suis venue !

À ses traits qui se durcissent, une infime partie de moi regrette de ne pas avoir baissé les armes. Je suis fatiguée de batailler et d'appréhender les représailles.

Dans une tentative pour détendre l'atmosphère, Tucker pose sa grosse patte sur mon épaule, un sourire niais sur le visage.

— Je pense que tu auras l'occasion de te faire ta propre opinion. Nous sommes de gros crétins un peu brusques, mais nous ne sommes pas méchants. Enfin, pas vraiment.

Ses mots ne devraient pas me rassurer et pourtant, son air un peu idiot et ses prunelles chaleureuses me détendent. Il est vrai que lorsque je les croise à l'université, ils ont l'air menaçants, dangereux et invincibles, mais il suffit qu'ils sourient pour devenir de gros nounours.

— Qui sont ces gens ? demande Lola, embrassant la pièce du regard.

— Des alliés. Ce sont des membres d'autres gangs qui ont des accords avec nous.

— Et pourquoi Carter a tenu à ce que nous participions à cette soirée entre alliés ? demandé-je, déstabilisée.

La question que je soulève et ma soudaine nervosité semblent atteindre les Devil's Sons d'une drôle de façon. Ils n'ont pas la réponse, mais partagent mon impression que quelque chose de louche est en train de se profiler. Et tout porte à croire qu'ils n'aiment pas être tenus à l'écart.

Le bruit d'un couvert qui tinte contre une coupe de champagne attire nos regards sur Carter, qui sollicite l'attention de ses invités. Il n'a pas à la demander deux fois : la musique cesse, tout comme les discussions, et chacun se tourne patiemment vers le propriétaire des lieux.

— Nos deux dernières invitées enfin arrivées, je peux d'ores et déjà vous révéler qu'elles sont sous ma protection.

Le bras tendu dans notre direction, Carter dirige tous les regards scrutateurs sur Lola et moi.

Paralysée par l'appréhension, je sens le poids de cette chape de plomb peser soudain sur nous.

*Cet enfoiré a une idée derrière la tête...*

— Avalone Lopez et Lola Collins nous ont aidés sur une affaire et interviendront de nouveau dans nos activités. S'il leur arrive quoi que ce soit de votre part, si minime soit-elle, la trêve sera rompue et des têtes tomberont. À présent que les menaces ont été proférées, vous pouvez profiter de la soirée et du champagne !

Mon cœur bat furieusement dans ma poitrine. Je regarde les festivités reprendre leur cours sans plus de cérémonie.

Ma rage étouffe mon environnement pour ne laisser que Carter dans mon viseur. Le sourire suffisant qu'il affiche lorsqu'il se dirige vers nous me donne envie de le lui faire ravaler, ce que j'aurais fait d'une gifle phénoménale s'il n'était pas le chef d'un gang et si la violence ne me révulsait pas à ce point.

— Intervenir *de nouveau* dans vos activités ? fulminé-je. La Vierge Marie vous a rendu visite durant la nuit ?

— Personne ne m'a rendu visite, Avalone.

Mes mains tremblent de rage, j'avance d'un pas dans sa direction.

— Je ne ferai plus rien pour vous, je pensais avoir été claire !

— Ça m'étonnerait. Tu as fait une déposition qui n'a rien donné et tu auras besoin de moi pour éloigner tous ceux bien plus haut placés que Bill.

*Par tous les dieux, il avait tout prévu depuis le début !*

Plus je cherche une échappatoire et plus je me décompose. Je suis probablement livide à l'heure qu'il est. C'est un désastreux retour à la case départ. Si je refuse d'aider Carter, c'est chez moi que la police viendra fouiner. Et si je parle à la police, j'incriminerai le frère de Lola et les Devil's Sons, et je pourrai tirer un trait sur mon diplôme universitaire.

— Vous n'avez pas le droit de me faire chanter après ce que j'ai fait pour vous ! craché-je.

— Tu apprendras bien vite que j'ai tous les droits dans cette ville, fille de l'Yggdrasil.

Le chef des Devil's Sons opère un demi-tour et s'éloigne tandis que Lola s'agrippe à mon bras comme à une bouée de sauvetage. En un coup d'œil, je comprends qu'elle est l'amie paniquée, et moi celle qui garde son sang-froid, du moins en apparence. Parce qu'une dizaine de scénarios tournent en boucle dans mon esprit, plus sordides les uns que les autres.

*Que va-t-il nous demander ? De transporter de la drogue ? De voler des armes ? De tuer quelqu'un ?*

— Nous sommes dans le pétrin, n'est-ce pas ? me souffle Lola d'une voix terrorisée.

Nous n'aurions jamais dû venir ici, nous sommes piégées. Enfin, en réalité, je suis la seule à l'être. Parce que Carter ne ressent pas le besoin ou l'envie d'avoir Lola à ses côtés. C'est uniquement pour faire pression sur moi. Il attend que je lui demande la faveur de la laisser en dehors de tout ça en contrepartie de ma coopération, sinon, pourquoi aurait-il mis aussi longtemps avant de l'attirer dans ses filets ?

Des jurons me font revenir à la réalité. Set et Clarke emboîtent le pas de leur boss, tous deux vraiment contrariés.

— Putain ! Désolé... s'excuse Sean, complètement largué.

Au bord des larmes, suppliante, Lola se tourne vers lui.

— Qu'est-ce qu'on peut faire ?

Tandis qu'il soupire, la colère grandit en moi. Je déteste être témoin de ce genre de détresse. Elle qui voulait seulement s'assurer que son frère allait bien, la voilà entraînée dans un bordel sans nom. L'injustice de la situation me révulse.

— Les gars sont en train d'essayer de le faire changer d'avis. C'est tout ce qu'on peut faire.

J'observe Set et Clarke, qui tiennent tête à leur boss avec nervosité, mais vu l'air mauvais de ce dernier, il n'apprécie pas que ses hommes contestent ses décisions.

— Quelles sont les chances qu'il change d'avis ? demandé-je.

— Quasi nulles, m'avoue Sean, fataliste.

Sans réfléchir plus longtemps, je quitte Lola pour rejoindre Carter, Clarke et Set. Je sais ce qu'il me reste à faire, je n'ai pas le choix. Si j'ai vu juste et que je peux tenir mon amie à l'écart de tout ça, je n'hésiterai pas. Je refuse que sa flamme s'éteigne, alors que la mienne vacille dangereusement depuis ma naissance. Ma vie est déjà faite, mais la sienne est prometteuse.

— Ta décision est à chier, le vieux ! Tu es sûr d'avoir toujours la tête sur les épaules ? s'énerve le second.

— N'oublie pas à qui tu t'adresses, Clarke. Soirée ou non, je te ferai bouffer mon flingue si tu me pousses à bout !

Arrivée à leur hauteur, je me glisse entre Clarke et Set pour faire face au quinquagénaire.

— Lola ne vous intéresse pas. Vous attendez de moi que je vous demande de la laisser en dehors de tout ça en contrepartie de ma collaboration, j'ai raison ?

Le regard de Carter brille de mille feux, impressionné.

— Tu as vu juste. Elle n'a pas l'éclat de la païenne qui danse dans tes yeux.

J'ignore sa remarque ridicule.

— Elle reste loin de vous et moi, et j'accepte de vous aider jusqu'à ce que la police ne soit plus un problème pour moi. Si vous refusez mon offre, je me débrouillerai seule avec la justice et vous pourrez vous brosser avant d'obtenir quelque chose de ma part.

Lorsqu'il avance d'un pas dans ma direction, je sens les murs se refermer sur moi. Son aura autoritaire est comme un pouvoir surnaturel qui s'abat sur vous et vous tient assujetti. L'impression qu'il vous reste un semblant de contrôle sur la situation n'est qu'un leurre. Vous suivez seulement le chemin que Carter a tracé pour vous.

— Entendu.

Le désespoir me tombe dessus quand il s'éloigne.

Que les Nornes entendent ma prière et que Carter se fasse écraser par un bus. Mais il est bien trop malin pour ça. Il est bien trop intelligent pour moi. Et je viens de tomber dans ses filets, comme une naïve petite fille.

Deux mains sur mes épaules me font pivoter et je me retrouve face à Set, on ne peut plus sérieux.

— Tu n'as pas à faire ça.

Je me perds dans mes pensées qui tournent autour des derniers événements. C'est moi que Bill a surprise avec Clarke, et c'est la façon dont j'ai rembarré le policier qui a appâté le chef de gang. C'est ça, le déclencheur de tout. Je ne peux pas revenir en arrière, mais je peux éviter un dommage collatéral.

— Si. Bien sûr que si.

Set fronce les sourcils, incapable de comprendre mes motivations, puis passe nerveusement les mains dans ses cheveux, stupéfait, embarrassé, soulagé, et surtout reconnaissant.

— Bordel… je te revaudrai ça, Avalone. Il ne t'arrivera jamais rien, je le jure sur Draupnir[14] !

Ni ses paroles ni ses mots ne m'atteignent. Je suis sacrément chamboulée par le tournant que vient de prendre ma vie. Je suis dans un état second où seuls les battements de mon cœur résonnent dans mes oreilles.

---

14 Draupnir est l'anneau d'Odin, confectionné par deux frères nains. Il est une source infinie de richesse : toutes les neuf nuits, il se démultiplie en huit autres anneaux.

Set rejoint sa sœur et le gang pour les prévenir des derniers rebondissements. Je me retrouve seule face à Clarke qui a les poings si serrés qu'ils tremblent.

— Tu n'aurais jamais dû faire ça !

*C'est moi qui viens de me faire embrigader dans cette histoire et c'est lui qui est en colère ? Mes dieux, j'aurai tout vu, ce soir !*

— Il avait tout prévu depuis le début, je n'avais pas le choix !

Ma voix qui se brise n'empêche pas le Devil's de partir dans un rire sardonique.

— C'est typique d'un chef de gang, Avalone. Il te fait croire que tu n'as aucune échappatoire pour obtenir de toi tout ce qu'il désire !

Je refuse de réfléchir à ses mots, de peur de comprendre que je me suis résignée à cette situation bien trop rapidement.

— Trop de choses, trop de personnes sont en jeu dans les machinations de Carter, m'exclamé-je. Et je ne suis pas du genre à faire des sacrifices. À présent, au moins, tout le monde est en sécurité.

Le mépris et la bêtise que je lui inspire sont flagrants, il ne s'en cache pas.

— *Personne* n'est en sécurité. Un gang, ça finit toujours par tomber, Avalone. En nous rejoignant, tu viens de te tirer une balle dans le pied. Tu n'as plus qu'à apprendre à vivre comme si chaque jour était le dernier que tu passais en liberté. Bienvenue dans le monde des gangs, Beauté...

À son tour, il disparaît, me laissant face à mes erreurs. Ce monde incertain et dangereux dont je ne connais pas les règles, sur lequel j'ai une porte d'entrée, mais pas de sortie avant les termes énoncés dans notre accord. Ma décision a un arrière-goût irrévocable et franchement désagréable. Je passe du statut de simple étudiante à celui de criminelle. Ce n'est pas de cette façon que j'avais imaginé mon intégration dans cette université, et j'en viens même à regretter d'avoir quitté Madison, qui était si calme en comparaison.

— Champagne ? me demande un serveur.

Je saisis deux coupes dont une que je vide d'un trait avant de la reposer sur son plateau. Je m'apprête à avaler la seconde pour décompresser au plus vite avant d'exploser, mais Lola se jette sur moi, encore toute tremblante.

— Ava, ne bois pas...

Je ne la regarde pas. Je fixe les invités qui ont l'air d'aller à merveille tandis que mon monde s'effondre sous mes pieds. Plus rien ne va.

— Tu as dit que tu ne m'empêcherais pas de m'amuser.

— C'est vrai. Mais je ne pense pas que tu boives pour t'amuser. Tu n'aurais pas dû passer cet accord avec Carter, c'est de la folie !

Mon instinct de protection se réveille lorsque je vois les larmes couler sur ses joues. Lola a pris une place énorme dans mon quotidien, dans ma vie. Je ressens le besoin de l'épargner, de la même manière que je le faisais avec ma mère. J'étouffe donc mes pensées noires et je lui souris avec amour.

— Tu veilles sur moi pour que je ne meure pas d'un arrêt cardiaque à cause de l'alcool. Moi, je veille sur toi pour que tu n'aies pas à te retrouver dans des activités illicites. Tes parents ne le supporteraient pas une seconde fois, la taquiné-je.

Elle tente de sourire, c'est un échec lamentable.

— C'est moi qu'il veut, Lola. Je n'ai pas le choix. Toi, si. Il est hors de question que je t'embarque dans tout ça. Je crois que je vais plus que jamais avoir besoin de quelqu'un de normal à mes côtés. Et si on enlève ta folie, tu l'es à peu près.

Elle part cette fois-ci dans un éclat de rire qui réchauffe mon cœur, avant de redevenir plus triste.

— Tout est de ma faute, Avalone ! Tu as rencontré les Devil's Sons parce que tu partages ta chambre avec moi ! Tu as fait une fausse déposition pour que je ne perde pas mon frère. Et tu ne voulais même pas venir ce soir ! Sans moi dans ta vie, tu n'aurais pas tous ces problèmes !

*C'était donc ça, son air honteux depuis quelques jours... Lola se croit coupable parce qu'elle est la sœur de Set !*

J'essuie tendrement ses larmes et pose mes mains sur ses joues pour capter son regard.

— Tu n'es pas responsable des actes des autres, Lola. Seul Carter est coupable, tu m'entends ? Et puis, après de longues années d'ennui mortel, on peut enfin dire que je vais vivre des choses hors du commun !

Elle renifle et essuie ses yeux rougis par les larmes.

— Promets-moi de ne pas me tuer dans mon sommeil, même si Carter te le demande.

Nos rires libèrent la tension, puis je la prends dans mes bras pour la réconforter une dernière fois.

— Sérieusement, promets-moi de tout me raconter. Si ça va trop loin, je ferai tout pour te libérer de ce Carter, me dit-elle avec dégoût. Et on volera cette foutue fontaine.

— C'est promis, Lola.

Elle hoche la tête, rassurée, puis crochète son bras au mien, prête à affronter la suite des événements.

— Maintenant que nous sommes là, nous allons profiter de la maison et du champagne de cette ordure.

Déterminée, Lola m'entraîne vers la terrasse, mais Tucker se glisse entre elle et moi et passe ses bras autour de nos épaules.

— Enlève ton bras de ma sœur ou je te fais manger le sol ! intervient Set, peu commode.

Tucker obtempère et lève la main en signe d'innocence.

— Ne t'en fais pas, je ne la toucherai pas... À moins qu'elle me le demande, ajoute-t-il, un sourire pervers aux lèvres.

— Dans tes rêves, Tucker ! lui répond mon amie par un doigt d'honneur.

— Jamais aucune fille n'a réussi à résister à mon charme !

Tucker glapit de douleur et me libère de son bras lorsque Lola lui écrase méchamment le pied. Il reçoit une bonne dose de moqueries de la part de ses amis et nous en profitons pour prendre la poudre d'escampette, direction le jardin.

Après avoir passé les portes-fenêtres, nous traversons une magnifique terrasse de pierre, descendons quelques marches encadrées par deux fontaines incrustées dans les murets, puis nous tournons à droite pour rejoindre un chemin tracé par des lattes de bois et de magnifiques lumières qui éclairent notre route. Nous débouchons sur une nouvelle terrasse de bois circulaire sur laquelle sont disposés des canapés extérieurs et une table basse, à proximité d'une grande piscine.

Le cadre est incroyable, digne d'un conte de fées.

*Dommage que ce soit un mauvais remake d'Hansel et Gretel...*

Nous prenons place sur les canapés, rapidement rejointes par les Devil's Sons qui posent trois bouteilles d'alcool sur la table basse, tandis que Jesse se met à rouler un joint.

Maintenant que je risque de les côtoyer bien plus souvent que je ne le souhaitais, je les regarde un à un sans parvenir à me détendre. Ils ont tous abandonné *la* veste pour des vêtements classes et il faut avouer que ça leur va à ravir. Même si je pense que certaines filles devraient garder un peu de dignité, je comprends pourquoi elles sont toutes à leurs pieds. Je n'ai jamais été entourée d'autant de beaux garçons. Ils ont des masses de muscles impressionnantes et une force qui dissuaderaient toute personne saine d'esprit. Pour avoir percuté plusieurs fois le torse de Clarke, c'est un vrai bulldozer. Je suis d'ailleurs soulagée de ne pas l'avoir en face de moi. Seuls les dieux savent où il se trouve.

Lorsque je sens le regard de Lola sur moi, je tourne le visage vers elle et rencontre ses prunelles brillantes de larmes. Déconcertée, je fronce les sourcils. Peut-être qu'elle paraissait apaisée après notre discussion pour m'éviter de m'inquiéter ? Afin de lui rendre la pareille, je lui souris sincèrement et elle me le rend. Pour ce qui est de paraître détendue, ce n'est qu'illusion. Il m'est difficile de ne pas en vouloir aux garçons, mais ils n'étaient visiblement pas au courant de ce que mijotait Carter. Je le répète en boucle dans ma tête jusqu'à l'imprégner.

*Ils ne sont pas coupables.*

Justin pose une grosse enceinte sur la table et y connecte son téléphone. La chanson qui en sort, du célèbre groupe pop-rock de notre génération, les Seven Deadly Sins, est en totale contradiction avec l'ambiance chic et posée de l'intérieur.

Je regarde Lola bouger en rythme, entraînée par la musique, et tout dérape lorsque son frère la fait danser. Les rires éclatent, les verres d'alcools fusent, les taquineries sont bon enfant.

Une contre-soirée, c'est manifestement ce qu'il fallait aux Devil's Sons. Sans les regards pesants des étudiants et la tension qu'apporte la présence d'autres gangs, les gars paraissent différents, sans faux-semblants. Ils ont perdu leur air dur pour la liberté d'être eux-mêmes.

— Eh bien, on peut dire qu'on ne va plus se croiser par inadvertance ! plaisante Jesse.

Malgré moi, un sourire étire mes lèvres. L'humour noir a toujours été mon carburant depuis ma tendre enfance, mais le Devil's au crâne rasé reprend son sérieux.

— Carter… Ce n'est pas quelqu'un de méchant ou de malveillant, au contraire. Il s'y prend simplement mal.

L'envie de rire me passe après l'entente de ce prénom qui ne m'apporte que du malheur. Je lui lance un regard noir.

— Vraiment mal ! craché-je.

Jesse affiche une moue embêtée et me tend son joint en signe de paix.

— Il y a du tabac ?

Il secoue négativement la tête.

— 100 % bio.

Je m'en empare et tire dessus. La fumée entre dans mes poumons et ressort dans un nuage blanc. Ce n'est pas la première fois que je fume du cannabis, même si ça aurait dû. Et après tout, c'est la nicotine qui est mauvaise pour moi. Un beau jour, j'ai donc pris mon courage à deux mains, quelque peu effrayée, et j'ai testé. Je sais que je ne devrais pas, mais j'en ai marre de me priver, et jusqu'à preuve du contraire, je suis toujours en vie. J'évite cependant la consommation abusive. Mes poumons étant déjà bien fragilisés, conséquence directe de ma maladie cardiaque, je dois les ménager.

Alors qu'un semblant de calme m'envahit, Carter entre dans le jardin et chacun de mes muscles est douloureux tant je redeviens tendue.

— Avalone, tu peux venir ?

Sa voix est étrangement douce. Ce n'est pas un ordre, mais bien une question. Je le regarde quelques secondes, désemparée, puis je fais l'effort surhumain de le rejoindre, au cas où je devrais être mise au courant de quelque chose d'important.

Carter me tend une enveloppe que j'ouvre avec une méfiance à la limite du grotesque. Elle contient une liasse de billets comme je n'en ai jamais vu.

Les yeux écarquillés, je lui plaque l'enveloppe sur son torse. Je ne souhaite pas toucher une seconde de plus cet argent sale.

Carter sourit faiblement, amusé de ma réaction.

— Deux mille dollars pour ta déposition. Tu seras payée pour chaque aide que tu nous apporteras. Si tu veux plus, nous pourrons en discuter.

Je pose mes doigts sur mes paupières closes, sidérée, mais surtout fatiguée. Il me force à les aider et il va faire passer ça pour un travail rémunéré ?

— Je ne veux pas de votre argent sale.

Carter range ses économies clandestines dans la poche intérieure de sa veste de costume, pas le moins du monde contrarié.

— C'est *ton* argent. Tu viendras me voir quand tu seras prête à le recevoir. Clarke se chargera de te prévenir pour chaque mission que j'attendrai de toi.

Je recule d'un pas, désirant mettre de nouveau le plus de distance entre lui et moi.

— Très bien.

— Bien évidemment, tu seras conviée à certaines de nos réunions. On viendra te chercher le moment venu. Si tu as besoin d'une voiture, nous pourrons en discuter également, mais je pense que ta réponse est négative.

Il fait demi-tour et retourne au salon avec ses invités. Quant à moi, je reste sur place comme une imbécile et j'essaie d'intégrer les événements de la soirée.

*Qu'est-ce qui ne tourne pas rond chez cet homme ?*

Il me force à les aider, mais il tient à me payer et me propose même de m'offrir un moyen de locomotion ?

*Je suis l'employée du mois ou quoi ?*

— C'est un enfoiré... lance Sean.

Je me tourne vers lui, un sourcil levé. De toute évidence, il pense sincèrement ce qu'il vient de dire, alors pourquoi travaille-t-il pour lui ? Est-ce que Carter les a recrutés de la même manière que moi ?

— ... mais nous sommes une famille et il fera tout pour nous garder la tête hors de l'eau. Tu découvriras vite que tu peux compter sur lui plus que sur quiconque.

Les Devil's Sons acquiescent assurément, en total accord avec Sean.

Je les dévisage, incapable de comprendre la loyauté qu'ils ont envers cet homme. Ils ne l'apprécient pas seulement. Je crois bien qu'ils l'aiment comme un père. Et c'est sans doute la chose la plus dingue.

Lorsque je me rassieds sur le canapé, Clarke fait son apparition. L'ambiance est si festive et les Devil's Sons si détendus que je suis la seule à remarquer une chose inhabituelle. Ses sourcils sont moins froncés, sa mâchoire n'est pas aussi contractée que d'habitude et ses muscles sont un peu plus détendus. C'est imperceptible, mais si improbable que je ne le rate pas.

Une bière à la main, son regard croise le mien et ne le quitte plus lorsqu'il prend place entre Sean et Justin avant de porter le goulot de sa boisson à ses lèvres. Mais autre chose a attiré mon attention : ses mains. Ou plutôt, ses phalanges abîmées et saignantes.

Il s'est encore battu. Et vu sa peau éclatée, ça a dû être violent. Je déglutis, prise de nausées. Je déteste la violence, hormis dans les films. Voir quelqu'un se prendre des coups dans la vraie vie, ça me chamboule profondément et me plonge dans un mal-être dont j'ai du mal à sortir.

La colère gronde en moi à l'idée du mal que Clarke vient de faire à quelqu'un, cependant le souvenir de ses parents assassinés s'impose à moi, alors la colère et le dégoût s'estompent légèrement. Je repousse la remarque cinglante qui naît au fond de ma gorge pour éviter d'intensifier l'amertume qu'il ressent déjà à mon égard. Je détourne les yeux et finis ma coupe de champagne pour stopper les questions qui fusent dans mon esprit. Je sens son regard persistant, mais je l'ignore et saisis le joint que me tend Jesse. Je m'apprête à tirer une taffe dessus quand il m'est arraché des mains par le second du gang qui se réinstalle sur son canapé, impassible.

*C'est quoi son putain de problème, à la fin ?*

Un vocabulaire très varié d'insultes se construit dans mon esprit, pourtant je n'en laisse sortir aucune. Au lieu de quoi, je prends un air paniqué en louchant sur ses blessures.

— Odin Tout-Puissant ! Qu'est-ce que tu t'es fait aux mains ?

Aussitôt dit, Clarke m'assassine du regard, tandis que l'attention des Devil's est attirée sur ses blessures. Un sourire vicieux étire mes lèvres et le clin d'œil que je lui décoche a pour mérite de faire redoubler sa rage.

— Putain, Clarke ! Ne me dis pas que tu as encore fracassé

Ange ! s'énerve Set. Si Carter l'apprend, tu vas prendre cher !

— Quand est-ce que tu vas apprendre à te contrôler ? enchaîne Jesse. On ne va pas pouvoir te sauver la mise éternellement !

Victorieuse, je m'affale sur le canapé et écoute les Devil's lui remonter les bretelles. Ils ne sont vraiment pas contents, c'est le moins qu'on puisse dire.

— Vous allez la fermer, oui ? Ce fils de pute d'Ange va bien ! J'ai empêché deux gars bourrés de s'incruster à la soirée.

— Pour repousser deux gars éméchés, on n'a pas besoin de les défigurer ! m'exclamé-je, hargneuse.

— Il y a un jour où tu vas te mêler de tes putains d'affaires ?

J'ouvre la bouche pour l'informer que je le ferai le jour où il ne se mêlera plus des miennes, mais Lola me coupe dans mon élan.

— Qui est Ange ?

Un silence explicite s'abat sur la terrasse, suivi d'une tension dans les épaules des garçons. Lola s'est aventurée sur un terrain miné, ce qui pique ma curiosité.

C'est un Sean au regard dur et sans faille qui répond :

— Le jour où il ne fera plus partie des Demon's Dads et qu'il n'aura plus l'immunité, j'en connais un qui va se défouler...

Il met une tape fraternelle sur l'épaule de Clarke, qui affiche un sourire en coin, l'air rêveur. Son impatience et l'ambiance étrange, lourde, qui s'est installée me provoquent un désagréable frisson.

— Ange, c'est celui qui a les cheveux blancs ? demande Lola.

— Ouais, grogne son frère. C'est un putain de salopard. Je regarderai Clarke le tuer. Il aura beau supplier les dieux, je ne bougerai pas d'un cil.

Tous les Devil's sans exception ont le visage mauvais, façonné par la haine. Même Jesse, qui arbore la plupart du temps un air je-m'en-foutiste.

— Qu'est-ce qu'il vous a fait ?

Je me redresse imperceptiblement et remercie en silence Lola d'assouvir ma curiosité malsaine.

— Il faisait partie des nôtres. Il était l'un d'entre nous, un putain de frère. Mais lors d'une mission avec Clarke, il a changé de clan. Il a laissé notre second se faire tirer dessus, puis il est parti avec nos ennemis de l'époque, les Demon's Dads.

Je regarde le concerné, le cœur battant à tout rompre. Il fixe un point invisible droit devant lui, la mâchoire contractée et les poings serrés de haine. Je ne suis plus scandalisée par son envie de violence, mais par ce qu'a fait Ange. Je déteste davantage les traîtres que les violents, et puisque les Devil's ont foi en les dieux nordiques, Ange devait y croire. Mais l'honneur est primordial pour nous, et cet homme l'a bafoué.

— Depuis, Carter a passé un accord avec les Demon's Dads. Ange est intouchable.

Perdus dans leurs pensées noires, la rage émane de tous leurs pores et nous enveloppe dans une bulle suffocante, à deux doigts de l'insoutenable.

— Enfin bref, finit Justin, il ne sera pas intouchable toute sa vie. Et à ce moment-là, il ne sera plus qu'un vieux souvenir. Hel[15] sera ravie de recevoir un traître comme lui dans son monde.

Ses mots sont clairs comme de l'eau de roche. Ils le tueront. Clarke va lui donner la mort, il n'attend que ça. Mais même si Ange le mérite, tuer quelqu'un de sang-froid est une chose abominable. Et savoir que Clarke en est capable me noie dans une peur indomptable.

Je me lève d'un bond sous leurs regards surpris et interrogateurs. Je me sens subitement en danger auprès d'eux. Sauvée par le gong, mon téléphone se met à sonner. Mes mains

[15] Hel est la déesse de la mort dans la mythologie nordique. Elle règne sur Helheim, le monde des morts. Ici, les Devil's Sons espèrent que la trahison d'Ange lui fermera les portes du Valhalla (lieu que rejoignent les valeureux guerriers morts au combat).

se mettent précipitamment à sa recherche et je m'éloigne des garçons le plus vite possible, décrochant sans prendre la peine de regarder le nom qui s'affiche sur l'écran.

— Ava ! Comment ça va, ma chérie ?

Je retiens de justesse le son désespéré que provoque mon sanglot en entendant la voix de ma mère. Je veux la supplier de venir me chercher et de m'emmener loin d'ici, mais la peur que Carter s'en prenne à elle me submerge.

La gorge serrée, je contourne la maison d'un pas chancelant.

— Super ! Et toi, Maman ? Tout va bien ?

Ma voix est douce et calme, je maîtrise à la perfection mon ton. Être malade, c'est savoir mentir à ses proches pour apaiser leur douleur.

— Oui, ma puce. Raconte-moi, comment ça se passe ? Tu es allée à ton rendez-vous médical samedi ?

*Rendez-vous avec mon nouveau docteur de l'hôpital qui s'est bien déroulé.*

— Pourquoi tu me poses la question, alors que tu as reçu le rapport du médecin aujourd'hui ?

L'entendre rire me réchauffe le cœur. Ça me fait un bien fou, et elle chasse par sa seule voix toutes mes peurs et angoisses. À ce moment-là, il n'y a plus de préméditation de meurtre, plus de gang, plus de manipulations et de menaces déguisées.

— Parle-moi du campus !

Le bonheur s'entend dans mon ton lorsque je lui réponds :

— C'est génial ! Les cours sont intéressants ; Lola, ma colocataire est une perle, et on s'est déjà fait pas mal d'amis ! Je suis aux anges...

C'est la vérité. Enfin, jusqu'à ce que je me souvienne de l'endroit où je me trouve.

Mon cœur se comprime dans ma poitrine et je lève les yeux au ciel pour retenir mes larmes.

— Je suis heureuse pour toi ! Et comment tu te sens ? Tu prends bien tes médicaments ? Tu ne bois et ne fumes pas, j'espère ?

— Oui, ne t'en fais pas.

*Si elle savait...*

— Parfait, parfait. Appelle-moi, si tu as le moindre problème. Je ne t'embête pas plus que ça. Passe une bonne soirée, chérie !

— Je t'aime, Maman.

— Moi aussi.

Je raccroche et range mon portable dans ma pochette avec peine. Elle me manque. Bien évidemment, je l'ai tous les deux jours au téléphone. Elle s'inquiète beaucoup pour mon état de santé et, le soir de mon premier jour dans cette ville, elle m'a appelée, la voix toute tremblante. Elle s'excusait d'être partie si vite et de ne pas être restée plus longtemps. Elle voulait me laisser tranquille pour que j'apprenne à connaître ma colocataire, sans avoir réellement réussi à intégrer qu'elle rentrait à la maison, mais que moi je restais là.

Je sursaute quand j'entends une branche d'arbre se briser derrière moi et recule de quelques pas, affolée. Je ne m'étais pas rendu compte que je m'étais autant éloignée de la soirée. L'angoisse qui s'empare de moi est la preuve que je n'ai pas ma place ici, ni dans cette maison ni auprès de ce gang.

Clarke apparaît dans l'obscurité de la nuit. Les ombres qui dansent sur son visage offrent un résultat effrayant. Cependant, je relève le menton pour ne pas paraître faible face à lui. Dans cet univers, je crains que montrer ses peurs n'incite les autres à vous écraser sans le moindre scrupule.

— Qu'est-ce que tu as ?

— Rien.

— Ne me mens pas, Avalone.

Il se tient à quelques mètres de moi et pourtant, je discerne parfaitement son regard pénétrant qui me déstabilise plus que de raison.

— Oh, je ne sais pas, je me retrouve liée aux activités d'un gang dont les membres n'ont aucun problème avec le meurtre. Est-ce que je dois te décrire le combat qui fait rage dans mon esprit ?

— Ange le mérite ! s'exclame-t-il avec colère.

Je recule d'un pas, terrifiée par sa haine, tandis que ses sourcils se froncent. Il n'a pas l'air d'aimer mon sursaut et je me maudis d'avoir perdu le contrôle de mon corps.

Troublé, il avance d'un pas vers moi.

— Tu as peur de moi ?

*Oui, j'ai peur. De lui, de la violence, de son univers.*

Je ne réponds rien. Je respire avec difficulté et le dévisage.

— Tu nous as vus ? s'agace-t-il. Tu crois sérieusement qu'on serait capables de faire du mal à un innocent ou à une femme ?

— Je ne vous connais pas, lâché-je d'un ton glacial.

— Alors, apprends à nous connaître avant de nous coller une étiquette de monstres !

Au fond de moi, je sens qu'ils ne sont pas des monstres, cependant, mon corps réagit en contradiction et je recule encore, au plus grand mécontentement de Clarke. Mais aussi surprenant soit-il, il me tend une main avec douceur et me laisse le choix de m'en saisir ou non.

— Nous ne sommes pas les méchants. Nous serions incapables de nous en prendre à toi, même si on nous menaçait avec un flingue. Reviens avec nous et vois de tes propres yeux, Avalone.

Dans mon esprit défilent mes souvenirs qui les concernent. Au *Degenerate Bar*, sur le campus, à la fraternité, dans le bureau du président. Je n'ai assisté qu'à une scène de violence, et c'était pour chasser des membres de gangs qui n'avaient rien à faire ici. S'il était question de meurtre, tous les fuiraient comme la peste sur le campus. Or, ce n'est pas le cas. Pourtant, les Devil's étaient on ne peut plus clairs au sujet d'Ange.

— Tu désires réellement la mort d'Ange ?

— Oui. Néanmoins, entre désirer et pouvoir, il y a tout un

monde.

Je ne sais pas s'il fait référence à l'immunité du Demon's Dad ou à sa capacité à tuer un homme, mais je préfère me bercer d'illusions.

Son regard troublé me donne envie de faire confiance à Clarke Taylor, malgré le côté sombre de sa personnalité.

Je ne réponds rien durant un long moment, puis je finis par avancer lentement et attraper sa main. Moi qui croyais que le courage m'avait abandonnée pour le reste de la soirée, il faut croire que j'en ai encore en stock. Enfin, ce n'est pas le plus déconcertant. Non. Le plus déconcertant, c'est la vague de chaleur qui se propage dans mon corps à son contact...

# 9.

Dans le silence, nous contournons la maison. Clarke serre ma main comme s'il s'attendait à ce que l'un de mes talons s'enfonce dans un trou et que je perde l'équilibre.

Arrivés dans le champ de vision des Devil's, il rompt brutalement notre contact. Je lève les yeux au ciel. Et pour effacer les picotements qui parcourent ma peau là où il m'a touchée, j'essuie ma main sur ma robe. À son tour, il lève les yeux au ciel.

Je reprends place sur le canapé, Clarke en face de moi, et je mets tout en œuvre pour éviter son regard. La chaleur et les picotements que j'ai ressentis à son toucher ne veulent rien dire.

— En tout cas, commence Sean, à partir de maintenant, il va falloir garder un œil sur toi, petite païenne.

— Ne t'en fais pas. Il ne t'arrivera rien, ajoute Set avec un regard rassurant. Tu as notre parole.

Un sourire crispé étire mes lèvres. J'ai dit à Clarke que j'allais apprendre à les connaître, mais je ne suis pas magicienne. Je ne peux pas être à l'aise en quelques pauvres secondes.

— On pourrait lui donner *la* veste !

Les mots sont à peine sortis de la bouche de Tucker qu'il se prend une claque à l'arrière du crâne de la part du second du gang.

— Hors de question ! Elle serait encore plus en danger, abruti !

Tucker hausse les épaules.

— La veste montrerait qu'elle fait partie des nôtres. Personne n'ose jamais s'en prendre à l'un des nôtres, on est bien trop redoutés.

— Je te rappelle que pour les flics, elle est allée nous dénoncer. S'ils la voient avec la veste, ils comprendront qu'elle a fait une fausse déposition, mais elle sera également dans leur viseur, reprend Clarke. Réfléchis un peu, putain !

— Que nos alliés sachent qu'elle est sous notre protection est une chose, intervient Justin, mais que nos ennemis l'apprennent en est une autre. Ils s'en prendraient à elle pour nous atteindre. La veste n'est définitivement pas une option pour elle.

Les garçons hochent la tête avec gravité.

— Nous discuterons avec Carter du comportement à adopter pour sa sécurité.

Le sérieux de tous me frappe de plein fouet, et toutes mes craintes s'estompent comme par magie. Ils ne me feront jamais de mal. Pour eux, je ne suis pas leur ennemie. Au contraire. Ils veulent me protéger, comme si j'étais l'une des leurs.

Sans arme, sans veste, souriants et détendus, ils ne sont pas différents de Lola et moi. Ce ne sont pas les pervers, violeurs, sadiques et meurtriers que l'on peut imaginer à l'entente du mot « gang ». Certes, ce sont des jeunes avec des activités extra-scolaires peu recommandables, mais ils se protègent les uns les autres. Lola avait raison. Ils sont une famille qui prend au sérieux la sécurité des siens.

Le sourire qui était en train de naître sur mes lèvres disparaît à l'apparition de trois hommes dans le jardin, dont un avec les cheveux blancs.

*Ange.*

Si des éclairs tombaient du ciel, je ne serais pas étonnée tant l'électricité crépite dans l'air. Chaque Devil's Son se tend instantanément, mais mon attention est portée sur le mystérieux homme en face de moi. Clarke fixe le nouveau venu et se redresse. Clarke, dont la haine émane de tous les pores de sa peau et nous enveloppe dans une nouvelle ambiance étouffante à mourir. Clarke, dont les jointures des doigts blanchissent à force de serrer l'accoudoir du canapé. Clarke, dont les doigts abîment le plastique dans un craquement sinistre.

— Bonsoir, les filles, nous tenions à nous présenter. Je suis Ange, et voici Tyler et Peter.

Les ondes négatives me contaminent. Les sourires des Demon's Dads me dégoûtent. Il est clair qu'ils viennent en provocation. Ils savent que si les Devil's tentent quoi que ce soit, ils seront punis par Carter. Mais Clarke a l'air de s'en foutre royalement puisqu'il tente de se lever. Les dieux soient loués, la main de Set se presse sur son épaule et, contre toute attente, les iris noirs de Clarke plongent dans les miens. Moi qui ne suis jamais parvenue à déchiffrer quoi que ce soit dans son regard, à présent, j'y vois une émotion destructrice qui, au lieu de m'effrayer, me serre le cœur. Le Devil's se retient de tout fracasser sur son passage. Il produit un effort surhumain, je lis la lutte dans ses yeux et ça me fait quelque chose d'inexprimable.

*Se maîtrise-t-il pour ne pas m'effrayer ?*

— Les Demon's Dads organisent un *after* dans leur appartement. Vous êtes les bienvenues, reprend Ange en mimant une révérence grotesque.

Il me suffit d'un regard échangé avec Lola pour me lever avec le sourire le plus radieux que je puisse afficher, et je tends ma main au nouveau venu.

— Avalone Lopez, me présenté-je.

Ravi, il attrape ma main et y dépose ses lèvres, puis procède de la même manière avec Lola.

Je ressens la colère de Clarke, encore plus violente, et je dois dissimuler un tressaillement.

— Merci pour l'invitation, glousse mon amie.

Si six paires d'yeux pouvaient tuer, ma colocataire et moi serions déjà enterrées sous terre, parce que je jure sur les dieux que je sens les regards assassins des Devil's Sons dans mon dos. Je les entends à présent se lever, dangereusement, et leurs ombres qui apparaissent derrière Ange sont monstrueuses. Mais ce dernier n'y prête pas attention et, alors qu'il nous propose d'abandonner le groupe pour leur compagnie, Lola et moi partons dans un rire franc incontrôlable.

Tandis que les Devil's ne bougent plus d'un cil, dans l'incompréhension la plus totale, Ange se joint à nos rires, quelque peu mal à l'aise.

Enfin, il croise mon regard et recule d'un pas, sous le choc.

— Tu aimes ce que tu vois ? ronronné-je.

— Pas vraiment, souffle-t-il, hypnotisé par les reflets orange.

— Tant mieux.

Sans chercher à comprendre la haine qui m'anime, je prends le verre que Lola me tend et renverse son contenu sur la tête du Demon's Dad.

Une fois la stupeur passée, ses traits se tirent sous l'effet de la colère. Il me foudroie du regard.

— Tu devrais déjà brûler dans les flammes du Ragnarök pour ce que tu as osé leur faire ! craché-je.

À l'évocation de la fin des mondes, une certaine pâleur s'installe sur son visage, comme s'il craignait que les flammes en question sortent de mon regard pour l'incendier. Malgré tout, il reprend un air menaçant :

— Je logerai une balle entre les yeux de tes chers amis avant de m'occuper de t...

Je pose une main sur son épaule pour l'agripper et envoie avec force mon genou dans ses parties génitales. Son corps se plie en deux et un grognement sourd s'échappe de sa gorge.

Certains Devil's Sons poussent des jurons de plaintes, comme si la douleur d'Ange était contagieuse ; et d'autres comme Tucker se foutent ouvertement de sa gueule ou semblent impressionnés.

— Je vais... te buter... sale... chienne, lâche Ange.

— Les garçons n'ont peut-être pas le droit de te toucher, mais moi, je n'ai reçu aucun ordre.

Le Demon's Dad se redresse brusquement et donne un violent coup dans ma pochette qui tombe au sol et se renverse.

Clarke et les Devil's avancent, prêts à intervenir, mais Ange lorgne mes médicaments avec une curiosité malveillante. Il s'abaisse et ramasse le flacon orange qui me maintient en vie.

— Ça m'a l'air important.

Sans que je ne m'y attende, il lance le flacon qui atterrit dans l'eau, au beau milieu de la piscine.

— NON ! hurlé-je.

Lola se précipite au bord du bassin, aussi paniquée que moi, et Clarke saisit déjà Ange par la gorge, lui coupant net la respiration.

— Stop !

Nous tournons tous le visage vers un homme qui avance dans la pénombre du jardin, mais le Devil's ne desserre pas son emprise, au contraire. Ange, tout rouge, commence à virer au bleu. Il se débat inutilement. Personne ne pourrait retirer la poigne de Clarke, à part lui-même.

Aucun de nous ne bouge ni ne parle. Les Devil's Sons ne sont pas rassurés de voir ce type du même âge que Carter. Ils me font comprendre que c'est le chef des Demon's Dads. Et Clarke est en train de s'en prendre à son homme en dépit des traités de paix.

— Clarke ! insiste le chef.

Mais le bad boy ne semble obéir à personne, il se fout des accords. Il va imploser s'il ne fait pas immédiatement son choix : lâcher Ange ou le cogner jusqu'à l'inconscience.

— Clarke !

Cette fois-ci, c'est la voix de Carter qui claque dans l'air. La main de son homme lâche prise et Ange tombe au sol en toussant.

Dans l'embrasure de la porte-fenêtre, le boss reste immobile, le visage impassible, à l'instar de son semblable. Mon cœur bat au ralenti, j'ai peur pour Clarke. Les deux chefs de gang l'ont vu s'en prendre à Ange, mais ont-ils assisté à ce qu'il s'est passé *avant* ?

J'avance d'un pas dans la direction de Carter pour attirer son attention.

— C'est ma faute. J'ai provoqué Ange.

Il hoche imperceptiblement la tête avant de se concentrer sur le concerné.

— Va récupérer ses médicaments, ordonne-t-il, la voix glaçante.

Je retiens ma respiration, stupéfaite que Carter ose donner un ordre à un homme qui n'est *plus* le sien. Ange lève un visage haineux, mais toujours soumis, vers Carter, qui semble être un dieu incontesté dans le milieu. Le chef des Demon's Dads croise les bras sur son torse, toujours parfaitement calme, et mon cœur s'emballe à l'idée qu'il puisse rompre la trêve avec les Devil's Sons.

— S'ils ont pris l'eau, je m'occuperai de toi après avoir laissé Clarke te régler ton compte. S'il reste quelque chose de toi...

Les yeux écarquillés, je n'en reviens pas qu'il appuie la décision de Carter au prix de la vie de l'un de ses hommes.

Ange contracte la mâchoire puis se relève, tendu, et avance jusqu'à la piscine. Les médicaments flottent à la surface, mais ne sont pas accessibles du bord.

Le Demon's Dad hésite quelques secondes. Finalement, il

saute dans l'eau tout habillé. Il sait que les deux chefs ne lui laisseront pas le choix. Il nage jusqu'à mes médicaments et ressort, trempé.

Sans dire un mot, il jette le flacon qui tombe à mes pieds.

— Ramasse-les et donne-les-lui, ordonne Carter.

Ange, en colère et humilié, avance jusqu'à moi, récupère mes médicaments et les dépose dans le creux de ma main.

— N'oublie surtout pas de t'excuser, ajoute son chef.

Les paupières closes, il soupire, excédé, et moi je m'en veux terriblement. Si j'avais su que ça prendrait une telle ampleur, je me serais abstenue.

— Je suis désolé.

— Ils ont pris l'eau ? me demande son chef.

Je lève le flacon à hauteur de mes yeux et lorsque j'aperçois quelques gouttes couler à l'intérieur du récipient, je déglutis avec difficulté.

— Non, mens-je.

Ange, le regard rivé sur mes pilules, me dévisage subitement. Il *sait* que j'ai menti. C'est une chose de lui verser un verre sur la tête ou de lui mettre un coup de genou bien placé, c'en est une autre d'annoncer sa mort prématurée. Sans rien laisser paraître, il tourne les talons, mais la voix ferme de Carter l'arrête dans sa lancée.

— Je ne répéterai pas une troisième fois qu'elles ont mon immunité. Tu ne les touches pas, coup de genou dans les couilles ou non.

Ange hoche la tête sans rien dire.

— Parfait, dit son boss. Dégagez tous les trois de cette maison. Ange, je m'occuperai de toi demain.

— Non ! m'exclamé-je. Je l'ai provoqué, je suis responsable. Je crois qu'il a suffisamment été puni.

J'attire une nouvelle fois les regards curieux, et après quelques secondes interminables, le chef des Demon's Dads fait signe à ses hommes de déguerpir.

Aussi vite qu'ils sont apparus, ils disparaissent tous les quatre. Cinq, avec Carter. Et la culpabilité m'assaille.

Même si Ange est une ordure pour ce qu'il a fait par le passé, je n'aurais pas dû me mêler de leurs histoires. Je déteste la trahison, alors j'étais folle de rage de le voir se pavaner devant les garçons, mais c'est moi qui ai attaqué en premier ce soir. Il n'a fait que se défendre et il va en payer le prix.

— C'était... *jouissif*, rigole Tucker.

Je me tourne vers les Devil's Sons qui sont soulagés que ça se termine de cette façon. Jesse se laisse tomber dans le canapé et se détend instantanément.

— On va faire quelque chose de toi, V ! me lance-t-il.

— *V* ?

— V, de *vicieuse*. C'était cruel, la petite mise en scène que vous nous avez jouée en les rejoignant.

Lola rigole dans un mélange de fierté et de soulagement et l'atmosphère s'allège. Enfin... jusqu'à ce que Set m'interroge du regard.

— Pourquoi tu as un traitement ?

Celle-là, je ne l'avais pas vue venir. Je pensais que Clarke les avait prévenus au détour d'une conversation.

Fixée intensément par le gang, même par Clarke qui connaît déjà la réponse, je me laisse tomber sur le canapé.

— J'ai un problème cardiaque.

Plus un bruit ne se fait entendre, comme si les neuf mondes venaient de s'arrêter de vivre.

Justin se jette brusquement sur moi, ou plutôt sur mes médicaments, et retourne encore et encore le flacon dans ses mains, l'air paniqué. Dieux merci, les cachets ont absorbé les gouttes d'eau.

— Tu es sûre qu'ils n'ont pas pris l'eau ? me demande-t-il, inquiet.

Ma main droite part frapper son épaule, alors que la gauche serre mon cœur qui tambourine dans ma poitrine.

— Tu m'as fait peur !

Tout le monde s'esclaffe, mais lorsque j'ai vu ce gars bourré de muscles se jeter sur moi, j'ai sérieusement craint pour ma vie.

Les regards inquiets se reposent peu à peu sur moi, jusqu'à ce que Lola explose de nouveau de rire sous l'incompréhension générale.

— Si vous aviez vu vos têtes quand vous avez cru qu'on allait partir avec ces connards !

Le clin d'œil discret qu'elle m'offre est sans équivoque : elle détourne la conversation pour me sortir de mon embarras, et à vrai dire, plus je pense à la tournure des événements, plus j'ai envie de rire. D'ailleurs, ils nous suivent tous dans notre joie, même Clarke, qui détourne le visage avec un sourire aux coins de ses lèvres.

— Vous vous êtes bien trouvées ! rigole Sean.

Dans un mauvais présage, Clarke et Set se lancent un regard du même genre que celui que Lola et moi avons partagé, puis ils bondissent du canapé et se jettent sur nous. Je suis soulevée du sol, probablement comme ma coloc' qui pousse des cris, et me voilà sur l'épaule de Clarke, la tête en bas tel un vulgaire sac à patates.

Les deux meilleurs amis se dirigent droit vers la piscine.

— Oh non, non, non, pas ça ! m'exclamé-je, mi-hilare mi-paniquée.

Lola et moi hurlons et nous débattons, puis Set saute dans la piscine sous les exclamations des garçons. Clarke s'apprête à le suivre, mais je m'exclame :

— Mon cœur va s'arrêter !

Le bad boy interrompt tout mouvement et plus personne ne parle ni ne respire.

Il me repose délicatement sur la terre ferme, les sourcils froncés par l'inquiétude.

— C'est vrai ?

— Aussi vrai que ton comportement est doux.

Je le pousse de toutes mes forces, mais il se raccroche à mon bras et me fait perdre l'équilibre. Dans notre chute, il m'attire contre son torse et nous tombons tous les deux dans le bassin, submergés par l'eau bien trop chaude pour que la température soit naturelle.

Lorsque je remonte à la surface, le Devil's m'offre un sourire victorieux.

— Tu devrais faire attention.

Pas besoin de l'interroger, je comprends son avertissement lorsque je me prends un raz-de-marée phénoménal causé par Justin, Tucker, Sean et Jesse qui sautent à leur tour.

Je passe mes mains sur mes yeux pour enlever l'excédent d'eau et découvre Lola en train de batailler contre sa robe qui se soulève à cause des remous. Je baisse le regard sur la mienne et constate que j'ai les fesses à l'air. J'affiche une moue embêtée, mais livre bataille à ses côtés. Nous rions de bon cœur.

Je finis par rejoindre le bord de la piscine pour retirer mes escarpins que je pose sur l'herbe.

— Carter ne va pas être content, lance Justin.

— On s'en fout, lui répond Set.

J'assiste à la noyade de ma copine par Jesse, qui a l'apparence la plus effrayante. Clarke est le plus dangereux par la violence de ses poings et de son regard, ça ne fait aucun doute, mais si je ne les connaissais pas, j'aurais juré que c'était Jesse qu'il fallait craindre. Son crâne n'a pas un millimètre de cheveux, il est recouvert de tatouages assez flippants. Et pourtant, ma copine remonte à la surface et l'insulte. Il explose d'un rire chaleureux en retour.

Ils sont seulement dangereux pour les gens hostiles. Enfin, Clarke, lui, est dangereux pour quiconque le regarde de travers.

Contre toute attente, ce dernier venge Lola et Jesse boit la tasse. Les voilà en train de se battre avec amusement, mais avec une puissance phénoménale. Lola s'écarte pour éviter les coups et me rejoint pour assister au spectacle, le dos contre le rebord du bassin.

— Ce sont de fantastiques personnes, malgré les apparences, me dit-elle, songeuse.

Je souris et observe les garçons se battre tous ensemble dans les rires. Clarke, Set et Justin contre Tucker, Sean et Jesse. Le spectacle est effrayant, mais magnifique. Parce qu'ils s'aiment, et cet amour transparaît dans leurs sourires, leurs taquineries et les injures qu'ils se lancent. On sent qu'ils seront toujours là les uns pour les autres, quoi qu'il advienne. Ce sont des frères et personne ne pourra leur enlever ça.

Contre mon gré, mes yeux se posent sur Clarke. Ses mèches de cheveux tombent sur son front et lorsqu'il secoue la tête pour dégager sa vue, son sourire devient éclatant. Ce spectacle m'étonnera et me fascinera toujours. C'est si rare, que ça en devient précieux.

Son t-shirt blanc transparent qui lui colle à la peau laisse apparaître de saillants pectoraux et des abdos en acier, sans parler des muscles de ses bras qui se bandent lorsqu'il soulève Sean au-dessus de sa tête et le jette plus loin.

Lola me donne un coup de coude.

— Arrête de baver !

Je fixe mon amie et bats innocemment des cils. Pour le coup, j'étais *effectivement* en train de baver.

Je profite de l'inattention des garçons pour sortir de la piscine en poussant sur mes bras. J'avance sur la pelouse, rejoins la terrasse et ramasse ma pochette au pied du canapé. J'ouvre mon flacon de médicaments, pose un cachet sur le bout de ma langue et l'avale sans eau. Lorsque je me retourne, je découvre Clarke au milieu de la piscine, immobile. Il me regarde intensément, ses cheveux noirs gouttant sur son visage.

Alors que Lola quitte le rebord pour se battre avec son frère, le bad boy s'en approche.

Comme attirée par un aimant, j'avance jusqu'à lui, m'assieds sur le bord et trempe mes jambes dans l'eau.

— Ça va ?

— Je ne suis pas mourante, Clarke.

*Pas encore.*

Lorsque j'essaie de l'éclabousser avec mon pied, il saisit ma cheville et m'électrise par la même occasion. Ses doigts enroulés autour de ma peau font remonter une douce chaleur insidieuse dans mon corps. Ça me surprend et m'inquiète, mais son regard perdu dans le mien fait taire mes questionnements intérieurs.

Ce soir, j'ai enfin l'impression qu'il ne me déteste pas, si bien qu'il garde ma cheville emprisonnée dans sa main.

— Je suis désolée d'avoir eu peur, tout à l'heure.

Il hoche la tête et son regard tombe sur l'endroit où nos peaux se rencontrent. De la pulpe de son pouce, il trace un cercle sur mon épiderme. Malgré mon jeune âge, mon cœur déjà bien fatigué rate un battement, puis Clarke relâche délicatement mon pied qui retrouve sa place dans l'eau.

— On se doit d'être craints pour notre travail. Nous avons souvent du mal à décrocher de cette image de criminel.

— Alors, Ava ? La veste rend plus cool ? me demande Tucker.

Je souris, attendrie, et réponds :

— Au contraire… Je vous trouve plus cool sans.

— Ou bien, tu ne nous connaissais pas suffisamment pour en juger, me lance Jesse, qui défend la veste coûte que coûte.

Je n'ai pas le temps de réagir que la voix de Carter retentit à l'autre bout du jardin.

— Dans mon bureau ! De suite !

La colère qui émane de sa voix me fait grimacer, et je ne suis pas la seule.

Il jure :

— Et passez par le jardin !

Un silence total règne quelques secondes. Plus personne

n'ose parler ou faire le moindre mouvement, de peur de s'attirer encore plus de foudre.

— Je vous l'avais dit... souffle Justin.

Il se dirige vers les marches avec une certaine agitation, tandis que je regarde la piscine se vider. Puis je sors mes pieds de l'eau et me relève. Chaussures et pochette en main, nous dégoulinons d'eau quand nous traversons le jardin. Lola et moi rigolons comme deux gamines grondées par leurs parents tandis que les garçons se taquinent. Finalement, personne ne semble réellement inquiet par ce qui nous attend.

Nous contournons la maison et, après que Set a ouvert une porte-fenêtre, nous entrons un à un dans la pièce. Nous voilà tous les huit en ligne devant Carter, assis derrière son bureau, prêts à nous en prendre plein la tête. Le visage dur, le chef de gang nous dévisage de son air supérieur, mais je ne ressens pas une once de peur ou d'appréhension. Les garçons ont fait voler en éclats tous mes doutes par leur légèreté.

— Par tous les dieux, vous savez pour quoi vous nous faites passer ?

— Il attend une réponse ? nous demande Tucker.

— Je ne crois pas, c'est une question rhétorique, lui répond Justin, les épaules haussées.

Je pince les lèvres pour me retenir de rire, pendant que Carter leur hurle de la fermer, hors de lui. Ses traits sont tirés, ses yeux lancent des éclairs et ses lèvres ne forment plus qu'une fine ligne droite.

— Les redoutables Devil's Sons piquent une tête dans la piscine durant une soirée de l'Alliance dont les principales préoccupations sont les traités de paix ! rage Carter en frappant du poing sur son bureau.

L'autorité qui émane de lui me fait plier l'échine. Personne n'ose le regarder dans les yeux, sauf Clarke, bien évidemment.

— Vous avez de la chance que personne ne vous ait vus ! Rentrez chez vous avant que quelqu'un ne se rende compte que mon gang ressemble à une putain de colonie de vacances !

Ne souhaitant pas nous attarder plus longtemps, nous pivotons vers la porte-fenêtre et Lola est la première à mettre le pied dehors.

— Clarke et Avalone. Restez là.

Je m'arrête net, seulement le bloc de glace derrière moi me rentre si fort dedans que, pendant une seconde, je crains d'être satellisée. Grâce aux dieux, il a eu le réflexe de me retenir par les épaules. Blasée, je me tourne vers Clarke et découvre une pointe d'amusement dans ses yeux.

— La prochaine fois, je porterai plainte contre ta salle de musculation… *abruti*.

— Essaie toujours, *Beauté*.

Avec ce qui se rapproche plus ou moins d'une complicité, nous retournons au milieu de la pièce pour faire face à Carter.

— Pourquoi tu as un traitement ?

« Ça ne vous regarde pas ! » ne le satisfera certainement pas. J'ai bien cerné le personnage, alors je soutiens son regard, mais je coopère.

— J'ai une insuffisance cardiaque.

De l'étonnement à une forme de désolation, Carter se redresse et croise les doigts sur son bureau.

— Tu aurais dû m'en parler. J'aurais pu te demander un service qui requiert un effort physique ou une pression trop intense pour ton cœur. Et crois-le ou non, je n'embauche pas pour envoyer à l'abattoir. Je veux que tu me tiennes au courant si ton diagnostic évolue.

— Je ne crois pas vous devoir quoi que ce soit, mais Carter Brown obtient toujours ce qu'il veut, n'est-ce pas ?

Il me lance un regard noir, piqué au vif.

— Exactement. Si tu ne me donnes pas ton dossier médical, c'est ton médecin qui me le transmettra en personne.

Une boule de rage naît dans ma gorge et nous nous dévisageons. Lorsqu'il comprend que je ne baisserai pas les yeux, il reporte son attention sur Clarke.

— En ce qui te concerne, Ange est toujours intouchable. Je te saurais gré de continuer à contenir ta colère envers lui. Notre accord avec les Demon's Dads est très précieux, cependant pas éternel. Encore un peu de patience. Un jour, tu lui rendras la monnaie de sa pièce.

Mon estomac se tord d'une manière peu agréable. Je ne devrais pas être étonnée que Carter encourage cette vengeance, mais tout de même ! Si Clarke touche Ange avec son autorisation, nous savons tous ce qu'il adviendra de lui.

— Comment se fait-il que vous ayez encore de l'autorité sur Ange devant son propre chef ? demandé-je.

L'étonnement marque le visage de Carter, pourtant ce n'est pas de l'implication de ma part, seulement de la curiosité.

— L'Alliance n'existe que grâce à moi. Non seulement mon gang est reconnu comme le plus puissant du traité, mais sans moi, les gangs se feraient la guerre et se mettraient des bâtons dans les roues. Je n'ai pas la pleine autorité sur eux, mais j'ai de l'influence, et je suis le seul à décider de l'entrée ou au contraire du renvoi d'un gang de notre alliance. Tu ne veux toujours pas de ton argent ?

— Non.

Il se retient de lever les yeux au ciel, puis s'adosse à son fauteuil.

— Est-ce que ces médicaments peuvent te...

— Non, le coupé-je. Je vais mourir. Demain, dans un mois, dans un an ou dans quinze, je vais mourir. C'est... *instable*.

Clarke se tend à mes côtés et j'ai l'impression que ni lui ni Carter ne respirent. Un silence de plomb tombe sur la pièce alors que je trépigne d'agacement.

— Maintenant que vous êtes au courant, allez-vous laisser la pauvre malade que je suis tranquille, loin de vous et de votre gang, pour qu'elle se repose sans surcharge émotionnelle ? tenté-je le tout pour le tout.

Son regard détaille lentement mon corps, mais il n'y a aucune perversité ou ce qui s'en approche, seulement une observation clinique comme le ferait un médecin.

— La pitié ne marche pas avec moi. Tu te reposeras sur ton lit d'hôpital.

Je lui lance un regard noir auquel il répond par un sourire dépourvu d'émotion.

— Pose-toi les bonnes questions, Avalone.

— Que voulez-vous dire ?

Son regard devient si intense que j'ai l'impression d'être à nu. Je gesticule, mal à l'aise.

— Pourquoi tu as accepté de nous aider sans te battre ?

— Parce que vous m'avez menacée ! craché-je, les poings tremblant de rage.

— Foutaises !

J'ouvre la bouche pour protester, mais je la referme aussitôt, coupée par Carter qui pointe la porte-fenêtre du doigt.

Furieuse, je quitte son bureau, Clarke sur mes talons. Je secoue plusieurs fois la tête pour empêcher ses mots de pénétrer mon cerveau, et nous rejoignons le parking en silence. La voiture de Lola n'est plus là, mais une moto, en plus de celle de Clarke, est encore présente.

— Un Devil's est toujours là ?

— Set a dû ramener sa sœur en voiture. Je reviendrai avec lui récupérer sa Harley.

Arrivés sur le campus, Clarke me raccompagne dans le silence jusqu'aux chambres. Je ne sais pas ce qui le tend, mais il est en colère et le semblant de complicité que nous avons partagé est loin derrière nous.

Dans le couloir du troisième étage, nous croisons Set qui, contre toute attente, me serre dans ses bras. Je reste figée, surprise par ce contact, puis le serre à mon tour contre moi avec un sourire qui flotte sur mes lèvres.

— Merci encore pour ce que tu fais pour Lola. Je n'aurais pas imaginé une meilleure amie pour ma petite sœur. Je ne savais même pas qu'une personne comme toi pouvait exister.

Je me détache de lui et balaie ses remerciements de la main.

— Tu n'as pas à me remercier, c'est normal.

— Crois-le ou pas, ça n'a rien de normal. Personne ne se serait vendu à un chef de gang pour sauver sa nouvelle copine. C'est ma sœur et pourtant, cette solution – ton sacrifice – ne m'a pas traversé l'esprit une seconde.

Je me demande si je ne suis pas bonne à enfermer et grimace, ce qui le fait rire franchement.

Je remercie les garçons pour cette soirée, plus particulièrement Clarke de m'avoir ramenée, et après un regard de sa part aussi froid que Niflheim[16], je me dirige vers ma chambre.

— À bientôt, ravissante petite Devil's, me taquine Set.

Je lève mon majeur au-dessus de ma tête et l'entends rire dans mon dos, ce qui a le don de m'arracher un sourire.

Je retrouve Lola en pyjama, allongée sur son lit à contempler le plafond, perdue dans ses pensées. Je me dépêche de faire ma toilette du soir et rejoins le mien.

— Ils savent faire les contre-soirées, murmure-t-elle avec une moue satisfaite.

Je rigole. D'amusement, de frustration, de colère. Cette soirée était lourde en émotions, et malgré tous les pépins qui me sont arrivés, je suis heureuse de l'avoir partagée avec les garçons. Ils ne sont pas comme je le pensais, je dois avouer que je les apprécie.

Je pense aux mots de Carter, à sa question : je connais la réponse.

*Pourquoi j'ai accepté de les aider sans me battre ? Lola a*

---

[16] Niflheim est l'un des neuf mondes de la mythologie nordique. C'est un royaume chaotique de glace et de givre.

*toute une vie devant elle. Moi, je vais mourir et...*

Je secoue la tête pour empêcher des pensées plus profondes de surgir. Cependant, le silence ne m'aide pas à les tenir à l'écart. J'ai accepté sans me battre pour l'avenir de Lola, mais également parce que je ne veux pas mourir sans avoir vécu. Lorsque je suis restée enfermée dans la salle d'interrogatoire après ma fausse déposition, lorsque j'ai cru que j'avais vendu les garçons à la police, toutes les émotions que j'ai ressenties étaient bien trop fortes, bien *plus* fortes que ce que j'avais pu ressentir jusqu'à présent. À ce moment-là, j'ai eu conscience plus que jamais que j'étais en vie. Douloureusement, certes, mais j'en avais bien conscience.

Lola change de position et se tourne sur le ventre, la tête posée dans ses paumes à me fixer.

— Que voulait Carter ?

— Papoter de maladie cardiaque et rappeler à Clarke qu'Ange est intouchable.

— Hum.

Elle éteint la lumière, nous plongeant dans le noir, pourtant je sais qu'elle a encore des choses à me dire, alors je patiente.

— Tu sais, reprend-elle, je trouve Clarke particulièrement bizarre quand tu es dans les parages. Et toi aussi. Vous avez un don incroyable pour passer de la prise de bec à *je te dévore du regard*.

J'arrache mon coussin de sous ma tête pour l'envoyer au visage de Lola, qui se le prend de plein fouet et éclate de rire.

— Tu racontes n'importe quoi !

— Tu es si aveugle que ça ? Il te plaît, Avalone ! Et en toute honnêteté, je crois que tu lui plais aussi. Sinon, pourquoi passer constamment de l'amour à la haine ?

*Amour ?* Il n'y a aucun amour ! Avec lui, je suis sur des montagnes russes. Il alterne entre son côté de *sombre abruti* et celui de *mec agréable*.

Je me lève, furieuse, et récupère mon oreiller avant de

retrouver mon lit, sans oublier de tourner le dos à Lola.

— Il n'y a aucun amour, on se supporte à peine.

— Mouais. Pour l'instant, il y a un temps mort, mais lorsque les Devil's reviendront, je parie que vous vous rapprocherez.

Je roule sur le matelas et jette un regard confus à Lola.

— Quand ils *reviendront* ?

— Ils partent demain pour le Texas. Clarke ne te l'a pas dit ?

*Ils sont quand même culottés !* Carter me lie à ses activités, mais ne me prévient pas de leur absence.

*Je suis donc censée attendre sagement qu'ils me tombent sur le coin de la gueule pour une nouvelle mission ?*

# 10.

Ce matin, je me suis réveillée en sachant pertinemment que je ne verrais ni Clarke ni aucun des Devil's Sons. Une semaine sans aider Carter à commettre des délits me va à ravir. Mine de rien, ça me soulage.

Lola et moi avons rejoint Daniel et Jackson à la cafétéria après leur premier entraînement, et nous avons fait la connaissance de Wyatt, le *running back* de l'équipe, qui nous a félicitées pour nos talents de groupies durant les sélections. Apparemment, le reste de l'équipe et lui étaient au bord du terrain, et n'ont entendu que nous. Il nous a encouragées à faire de même dans une semaine pour le premier match de la saison.

Daniel et Lola, quant à eux, n'ont pas arrêté de se lancer des regards langoureux. Ce n'est plus qu'une question de temps avant qu'ils se mettent ensemble.

À présent, je suis en cours et Jackson ne tient plus en place. Aurora, sa copine, arrive aujourd'hui. Ma montre annonce 15 h 59 et ses affaires sont déjà rangées dans son sac à dos. Emily et moi échangeons un regard amusé lorsque la sonnerie retentit et que notre ami bondit. Il descend les marches si rapidement que nous avons du mal à le suivre. Il est le premier étudiant à ouvrir les portes de l'amphithéâtre, et à une dizaine de mètres de nous, une fille tout à fait charmante qui patiente avec un grand sourire et une valise à ses pieds apparaît.

Lorsque les deux amoureux se rejoignent, ils s'embrassent passionnément, comme si plus rien ne comptait à part eux. Ils finissent par se détacher, à bout de souffle, et Jackson lui transmet tout son amour par un puissant baiser sur le front.

J'envie les personnes amoureuses. Je n'ai jamais aimé de garçon, je m'en suis toujours privée pour épargner l'heureux élu de ma maladie. Alors, je me trouve des excuses. Cette année, c'est « les cours sont ma priorité ». L'année dernière, c'était « un bon bulletin pour entrer dans la meilleure école », même si je savais pertinemment que seules les universités publiques seraient à ma portée financièrement.

Après quelques démonstrations de tendresse, Jack et Aurora nous rejoignent main dans la main.

— Les filles, je vous présente Aurora. Mon cœur, voici Avalone et Emily.

— On a beaucoup entendu parler de toi, l'accueillé-je avec un grand sourire chaleureux.

— Moi aussi, Jack vous adore !

Les amoureux, absorbés l'un par l'autre, ne voient pas Wyatt arriver au loin. Une fois à notre hauteur, le *running back* exécute un pas de danse qu'il réussit à la perfection.

— On organise une soirée au lac Whitmore avec les gars de l'équipe. Vous serez de la partie ?

Jackson et Aurora acceptent l'invitation tandis qu'Emily me lance un regard. Elle préfère attendre ma réponse avant de se prononcer.

— Nous serons là ! réponds-je pour nous trois.

J'inclus Lola dans le lot, cela va sans dire.

Wyatt sourit, content de notre présence, et Jackson en profite pour lui présenter sa copine.

— La voilà enfin ! J'ai hâte de faire plus ample connaissance ! Pour l'heure, il faut que j'aille en cours, mais je vous attends ce soir. On fait un barbecue. Il y a déjà tout ce qu'il faut, ramenez juste vos fesses.

Nous observons le sportif s'éloigner et saluer tout le monde sur son passage. Après quelques paroles échangées avec la nouvelle venue, Emily et moi quittons Jack et Aurora pour rejoindre nos chambres respectives.

Lorsque j'entre, je découvre Lola allongée sur le sol en étoile de mer qui contemple le plafond. Je rigole de ce petit clown qui a toujours le mot ou le comportement pour rire.

— Mais qu'est-ce que tu fais par terre, jolie brune ?

— Je ne sais pas. Le sol est frais et j'ai chaud.

Je pose mes affaires sur mon lit avant de m'allonger aux côtés de mon amie.

— Daniel.

Elle tourne un visage surpris vers moi.

— Tu es au courant ?

— Ça se voit comme le nez au milieu de la figure, Lo.

Elle rigole et pose ses mains sur ses yeux, son cerveau en ébullition.

— Il me plaît énormément, mais il entre dans l'équipe de football ! Et s'il changeait ? Et s'il prenait la grosse tête ?

— Si, si, si... Tu ne vas pas avancer avec des « si ». Laisse-toi aller, et tu verras. Tu n'as rien à perdre. Enfin, tu seras contente d'apprendre que nous sommes invitées à une soirée au bord du lac Whitmore par Wyatt. Les gars de l'équipe seront là, donc...

Mon amie se redresse brusquement, comme si je venais de lui ouvrir une porte sur Asgard[17].

— Daniel sera là !

Je commence à m'inquiéter lorsqu'elle ne respire plus. Je suis obligée de claquer des doigts devant son visage pour la ramener à la réalité.

---

[17] Asgard est l'un des neuf mondes de la mythologie nordique. C'est la résidence des dieux Ases dont Odin fait partie.

— Les soirées au bord du lac sont les plus romantiques.

Je m'esclaffe. Décidément, elle n'en rate pas une !

— Oui. Et nous avons rendez-vous à vingt heures.

Lola me sourit de toutes ses dents et se relève dans la précipitation. Elle saisit sa serviette et son gel douche.

— Je file ! dit-elle d'un air chantant.

Elle claque la porte derrière elle.

Je bâille à m'en décrocher la mâchoire et décide par la même occasion de descendre à la cafétéria pour me prendre un café. Cette boisson est systématiquement déconseillée pour les personnes en insuffisance cardiaque, car il y a un risque démontré par des études expérimentales chez le chien, mais rien n'a été confirmé chez l'homme. Je n'en bois donc qu'en cas de force majeure.

Je traîne des pieds et ressors du bâtiment avec mon gobelet à la main, quand je crois avoir une hallucination. Je cligne plusieurs fois des yeux, mais rien à faire, Ange se tient bien devant moi. Et le regard qu'il me lance est peu commode. Mais c'est son jour de chance, j'ai si mal dormi la nuit dernière que je n'ai pas la force de me battre.

— Qu'est-ce que tu veux ?

— Les Devil's étant absents, c'est moi qui suis chargé de veiller sur toi.

Je crois à une blague et pouffe de rire, puis je me rappelle que dans ce milieu, les plaisanteries ne sont pas courantes.

*Et merde...*

— C'est l'ironie du sort ! L'homme qui a trahi les Devil's Sons doit veiller sur moi ! Flash info : je n'ai pas besoin qu'on me chaperonne !

Ange semble partager mon avis, néanmoins, il ne doit pas avoir le choix. Tout comme moi.

Je croise les bras sur ma poitrine.

— Pourquoi tu gravites toujours autour des Devil's Sons si tu as changé de camp ?

— C'est ma punition pour les avoir trahis. J'ai changé de gang, mais Carter aura toujours du pouvoir sur moi. Il en a sur tout le monde, l'enfoiré.

Il secoue la tête.

— Écoute, je ne sais pas pourquoi tu ne lui as pas dit que tes médicaments avaient pris l'eau, mais je t'en dois une. Alors, crois-moi, je ne suis pas là pour te causer des problèmes. J'ai reçu des ordres, je n'ai pas le choix : soit tu acceptes, soit tu appelles ton boss pour lui dire que tu n'as pas besoin de moi, mais nous savons tous les deux qu'une fois qu'il a pris une décision, il ne revient pas dessus.

Il a raison. Carter ne révoquera pas son ordre et je n'ai pas envie de me battre avec qui que ce soit aujourd'hui. Mais je ne compte pas non plus laisser passer ça sans rien dire.

— Et en quoi consistent tes ordres ? Ce n'est pas comme si j'étais particulièrement en danger.

Il hausse les épaules et passe avec une certaine lassitude sa main dans ses cheveux.

— Rester dans le coin, pour être sûr qu'il ne t'arrive rien. Donne-moi ton téléphone.

Je fronce les sourcils, méfiante.

*S'il compte lui aussi le jeter à l'eau...*

— Je vais y enregistrer mon numéro, au cas où tu aurais un problème, précise-t-il face à ma réticence.

J'hésite quelques secondes, toutefois je souhaite rejoindre ma chambre au plus tôt, alors je finis par céder et lui tendre l'objet de ses désirs.

— Si tu peux aussi enregistrer celui de Carter, ce serait gentil.

Ange acquiesce et pianote sur l'écran.

— Préviens-moi quand tu auras des sorties de prévues, que je reste dans le coin.

— Je n'ai rien de prévu pour l'instant, mens-je.

Il me rend mon téléphone et reprend sa route après de

brèves salutations.

Je ne perds pas une seconde pour appeler Carter.

— Avalone !

*Comment sait-il que c'est moi ? Comment a-t-il eu mon numéro ?*

Je secoue la tête pour me concentrer sur le plus important.

— C'est quoi ce bordel avec Ange ?

— C'est pour ta protection.

— Je n'en ai pas besoin ! Et sérieusement ? Cet imbécile d'Ange ?

J'ai beau culpabiliser de lui avoir attiré des ennuis, ça n'efface pas ce qu'il a fait par le passé.

— Ange est très bon dans ce qu'il fait. C'est lui qui remplira au mieux cette fonction.

Je laisse échapper un rire nerveux.

— Oui, c'est vrai qu'il n'a jamais trahi les siens !

— Je dois raccrocher, on en reparlera une prochaine fois.

— Le redoutable Carter Brown qui fuit au lieu de donner des réponses ! Vous êtes conscient que vous ne faites que retarder l'inévitable ? Je commence à en avoir ma claque de vos manigances !

Quand il me raccroche au nez, un flot d'insultes sort des tréfonds de mon âme. Moi qui étais heureuse de ne pas avoir de mission sur le dos, je vais devoir passer les prochains jours à jouer à cache-cache.

Après une bonne douche apaisante, quelques explications à Lola et une préparation pour la soirée qui nous attend, nous rejoignons Emily sur le parking et nous mettons en route. Il ne faut rien de plus qu'une bonne musique pour réveiller les fêtardes qui sommeillent en nous. Même Emily est détendue et apprécie ce moment.

Une quinzaine de minutes plus tard, nous arrivons devant le lac. Nous nous garons sur le parking de terre et sortons de la voiture au moment où celle de Jackson arrive. Il se range à côté de nous, puis apparaît avec Aurora et Daniel. Ce dernier passe son bras autour des épaules de Lola et lui embrasse la tempe.

— Je vais rester en ville un peu plus longtemps que prévu, déclare Aurora.

Même Jackson est surpris, mais il ne tarde pas à sourire comme un con.

— Combien de temps ?

Elle nous regarde tous rapidement avec un sourire éclatant, puis se concentre sur son petit ami.

— Je dirais six ans...

Le visage de Jackson s'illumine comme je ne l'avais encore jamais vu.

— Sérieusement ? Tu restes ici pour tes études ?

— Oui.

Il pousse un cri victorieux et prend sa copine dans ses bras. Je souris, ravie pour notre ami, et contente d'accueillir Aurora parmi nous. Jackson la relâche et l'embrasse tendrement, les yeux brillants de bonheur.

— On est carrément en supériorité numérique, les filles ! s'exclame Lola. Fini les discussions interminables sur le foot !

Alors que les garçons protestent, Aurora rigole et affirme qu'elle est ravie d'être utile à la gent féminine. Après ça, Lola ne la lâche plus d'une semelle et décortique sa vie personnelle sur le chemin du lac.

Une vingtaine d'étudiants apparaît au bord de l'eau. Ils ont revêtu leur veste de l'équipe aux couleurs de l'université. Un feu de camp brûle à leurs pieds, de nombreuses glacières renferment différents breuvages, de la musique sort d'une enceinte et deux garçons s'occupent du barbecue.

Wyatt vient à notre rencontre avec le grand sourire chaleureux qui le caractérise.

— On attendait plus que vous !

Jackson et Daniel checkent leur *running back*, puis Wyatt

passe ses bras autour de mon cou et de celui d'Emily qui pique un fard, puis nous conduit aux autres. Après quelques présentations, Emily et moi prenons une limonade dans la glacière tandis que les garçons, Lola et Aurora optent pour une bière.

Mon téléphone vibre dans ma poche arrière et quelle surprise de découvrir un message d'Ange !

*Comment a-t-il eu mon numéro, bon sang ?* Il a enregistré le sien dans mon téléphone, mais je ne lui ai pas donné le mien.

**[La voiture de Lola n'est plus là.**
**Où es-tu ?]**

[Tu deviens flippant !<br>Rentre chez toi, je vais bien.]

Je range mon téléphone dans ma poche, mais il vibre aussitôt et m'arrache un grognement de pur agacement.

**[Avalone, j'ai reçu des ordres.**
**S'il te plaît, où tu es ?]**

Il doit vraiment être désespéré pour utiliser des formules de politesse. Et je ne suis pas une garce. Je n'aime pas qu'on me rende la vie impossible, alors je ne le fais pas en retour.

[Lac Whitmore.<br>Ne viens pas jouer les trouble-fête.]

Le capitaine de l'équipe coupe la musique et attire notre attention à tous.

— Nous savons que nos années universitaires seront les meilleures de notre vie, mais qu'elles seront aussi les dernières où nous pourrons vraiment nous lâcher avant d'être encombrés de responsabilités. Ce soir est une soirée en petit comité. Demain, ce sera projet X ! Toutefois, la règle reste toujours la même : je ne veux plus voir une seule bouteille pleine à la fin de la soirée !

Des cris approbateurs s'élèvent et nous trinquons dans une bonne ambiance. Le quarterback reçoit des accolades de ses équipiers sur le chemin de notre rencontre. Il fixe mes jambes et le sourire qui étire ses lèvres efface le mien.

— On n'a pas été présentés, nous dit-il à l'attention des filles. Je m'appelle Logan.

Daniel prend en main les présentations, mais cet abruti de joueur de foot est incapable de nous regarder dans les yeux. Il nous mate ouvertement et passe de nos décolletés à nos jambes, sans s'inquiéter de notre malaise.

Jack, qui n'apprécie pas qu'on regarde sa copine de la sorte, se racle la gorge, tandis qu'un inconnu vient à notre rescousse. Il parle à l'oreille de son capitaine et Logan acquiesce avant de croiser mon regard.

— Le devoir m'appelle. J'espère en savoir plus sur toi pendant la soirée !

Je ne lui réponds pas et il recule avec un sourire arrogant, puis passe sa langue sur sa lèvre inférieure et tourne les talons.

La tête de Lola apparaît au-dessus de mon épaule. Elle me souffle à l'oreille :

— Finalement, avec ton regard de tueuse, tu es à ta place chez les Devil's Sons.

Je pouffe de rire et m'apprête à me tourner vers elle, lorsqu'une douleur dans ma poitrine me coupe le souffle avec une violence inhabituelle. Inquiète, j'ouvre ma pochette à la recherche de mes médicaments. Seulement, impossible de mettre la main dessus. Le stress m'envahit lorsque je constate que je les ai laissés sur le campus. Je mords l'intérieur de mes joues, oppressée et faible. La douleur s'intensifie et la panique redouble lorsque je me rends compte que je ne les ai pas pris de la journée.

*Pas un seul cachet. Ça craint !*

Je sens le sang quitter mon visage et ma respiration devient plus forte, saccadée. Je saisis le bras de Lola et l'entraîne sur quelques mètres. Lorsque je lui fais face, elle se décompose.

— Tu es affreusement pâle !

— J'ai oublié de prendre mes médicaments aujourd'hui et...

je ne les ai pas avec moi.

La peur s'installe sur son visage, elle commence à paniquer et mes mains à trembler.

— OK, on rejoint le campus. *Maintenant.*

Elle prend le chemin de la voiture, cependant je lui attrape le bras pour l'arrêter.

— Non, reste ! Ange est dans les parages, il va m'y emmener et je reviens après. Profite.

— Il en est hors de question ! Je ne vais pas te laisser dans cet état, et encore moins avec ce barge !

Elle recommence à marcher, mais je lui coupe la route. Je refuse d'être la copine qui l'empêche de concrétiser avec celui pour lequel elle craque.

— Tout va bien, insisté-je. Ce sont juste des médicaments que je dois avaler. Et lorsque je reviendrai, je veux vous voir plus proches que jamais, Daniel et toi !

Elle me fixe, hésitante, puis pointe un doigt menaçant sur moi.

— Appelle-moi quand tu seras sur le campus, ou si tu as le moindre problème !

— Promis.

Je l'embrasse, puis m'éloigne de mon amie et du feu de camp. Je suis restée calme et sereine devant Lola, mais une fois hors du champ de vision de tous, je m'autorise à tout laisser transparaître sur mon visage.

Pendant quelques années, j'ai eu des tendances agoraphobes. Ce n'est pas la crainte de la foule, comme la plupart des personnes le pensent, mais la peur de ne pas pouvoir fuir si quelque chose ne va pas. J'ai plus que tout au monde honte de faire une crise devant des spectateurs. Parce que lorsque j'en fais une, il y a non seulement la douleur, mais également la peur de mourir qui me met dans un état pitoyable. Qu'on me voie à nu, aussi faible et terrorisée par quelque chose d'inéluctable, m'est insupportable. Ce regard curieux de l'autre où se lisent l'incompréhension et la pitié tandis que je me sens partir, je ne veux plus le voir.

J'ai fréquemment des palpitations et des essoufflements qui peuvent être violents, mais ce type de symptômes ne présage rien de bon. Je prends mon téléphone, les mains tremblantes, la poitrine douloureuse, et saisis le numéro d'Ange, qui décroche sans se faire désirer.

— Tout va bien ?

— Il faut que tu...

Ma tête tourne tellement que je suis obligée de m'accroupir pour retrouver un semblant d'équilibre.

— Viens me chercher, et vite ! J'ai oublié mes médicaments.

Un long silence s'ensuit, puis il pousse un juron.

— Rejoins-moi sur le parking !

Il raccroche et je me redresse, chancelante. J'avance jusqu'au terrain de terre, le souffle de plus en plus court. Ange m'attend déjà à l'extérieur de son véhicule et se précipite vers moi, les traits tirés par l'inquiétude.

— Tout va bien ?

*Question idiote.*

— Non. Il faut y aller.

Il m'ouvre la portière côté passager, puis court jusqu'à la sienne. Il met le moteur en marche et démarre au quart de tour. Les douleurs sont persistantes, je commence sérieusement à avoir peur.

— C'est grave si tu oublies tes médicaments le temps d'une soirée ?

— Non.

— Alors, pourquoi tu as l'air d'être en train de rendre l'âme ?

— Parce que je n'ai pas pris un seul médicament depuis hier soir. J'ai oublié.

Ange accélère brusquement. Il double les voitures qui nous klaxonnent. Je me concentre sur ma respiration comme mon docteur me l'a appris. Les yeux fermés, j'inspire et j'expire calmement afin de m'apaiser. Pour un malade cardiaque, l'angoisse n'est vraiment pas une amie.

— Tu as quoi au juste ?

— Une insuffisance cardiaque.

Il pousse un juron, puis accélère encore plus.

— Combien de médicaments tu n'as pas pris ?

— Huit.

— Putain, il fallait que tu les oublies quand tu es sous ma protection ! C'est le comble de l'ironie ! Tu veux me faire buter ?

Prise d'un élan de colère, je m'exclame :

— Tu ne vois toujours que par ta petite personne, comme lorsque tu as trahi les Devil's Sons !

Le Demon's Dad me dévisage, les sourcils relevés, puis détourne le regard.

*Bon, si j'arrive encore à me mettre en colère, c'est plutôt bon signe...*

— Je ne parlerai pas de ça avec toi, encore moins quand ton cœur peut lâcher à tout moment et que ton regard est aussi flippant. Mais pour ta gouverne, je n'ai jamais souhaité la mort de Clarke. Il était convenu que la balle ne touche aucun organe vital. C'était uniquement dans le but de détourner l'attention, pour que je puisse fuir avec les Demon's Dads.

— C'est ce que tu murmures à ta conscience le soir pour dormir sur tes deux oreilles ?

— Tu ne comprends pas ! Carter ne m'aurait jamais laissé partir sans un acte de trahison !

Je n'ai pas la force de lui répondre, car je me sens faiblir de seconde en seconde. Une douleur me transperce la poitrine et j'étouffe un cri qui me fait monter les larmes aux yeux.

Ange accélère toujours plus et nous arrivons rapidement sur le campus. Je descends de la voiture, pliée en deux, puis me dirige difficilement vers les escaliers, le Demon's Dad sur les talons.

Au pied des marches, il me soulève et me porte contre son torse, puis les monte deux par deux. S'il n'avait pas compris que la situation craignait, les larmes de douleur et de peur qui coulent sur mes joues le convainquent.

Ma respiration est haletante et ma poitrine me fait de plus en plus mal. Je me sens étouffer et j'ai l'impression de mourir. C'est à l'hôpital que j'aurais dû lui demander de m'emmener. Peut-être qu'à présent, il est trop tard...

— Allez, courage, plus que quelques marches !

Mes pensées ne sont pas très variées à ce moment-là. Elles tournent autour de ma mère et de la mort. Jamais je n'avais oublié de prendre mes cachets jusqu'à maintenant, et si je meurs à cause de ça, je jure de rendre la déesse de la mort tellement folle qu'elle me renverra dans le monde des vivants !

Aujourd'hui, chaque jour est un bonus pour moi. Je devrais être reconnaissante, mais je ne veux pas mourir. J'ai accepté ma maladie et le fait que j'allais passer l'arme à gauche bien plus tôt que les autres. Je crois que c'est pour cette raison que j'ai tant envie de vivre. Parce qu'accepter, ce n'est pas se résigner.

— Quel numéro ?

— 307.

Ange me pose avec précaution sur mes jambes en coton et me soutient. Je suis à bout de forces, ma vision se trouble.

Il fouille dans ma pochette et en sort mes clés, puis ouvre la porte, pendant que mes poumons se raréfient en oxygène. Son téléphone en haut-parleur, je ne comprends pas ce qu'il dit ni à qui il parle. Je me déconnecte peu à peu de la réalité.

Le premier pas que je fais dans la pièce m'est fatal. Mes jambes s'affaissent sous le poids de mon corps et je heurte le sol avec violence. Tout est flou autour de moi. Mon cœur va lâcher, je le ressens au plus profond de moi. Mes pensées sont embrouillées, mais une voix me parvient dans un écho.

— Je vous mets en relation avec son docteur, ne quittez pas.

Agenouillé devant moi, Ange est terrorisé et m'ordonne de garder les yeux ouverts. Hélas, mes paupières deviennent bien trop lourdes.

— Qu'Eir[18] te vienne en aide...

— Je ne veux pas mourir, soufflé-je dans un murmure.

Je sens les larmes sur mes joues et la peur envahissante en moi. Ange ne me regarde pas avec pitié, mais avec culpabilité et tristesse. Il serre fermement l'une de mes mains dans la sienne.

— Je ne te connais pas, pourtant avec un regard comme le tien, ce n'est certainement pas un simple cœur qui va te faire défaut ! Il faut que tu luttes, Avalone !

Je papillonne des paupières. Chaque respiration devient une torture et je refuse de résister plus longtemps.

— Allo ? Elle s'est effondrée ! Elle sombre dans l'inconscience ! Elle a oublié ses médicaments toute la journée !

— Calmez-vous, Monsieur. De qui parlez-vous ?

— D'Avalone Lopez !

Un silence de mort tombe sur la pièce puis :

— Hôpital ! *DE SUITE !*

---

[18] Eir est une divinité mineure. Elle est la servante de Frigga, la femme d'Odin, et est connue pour ses dons de guérisseuse.

# 11.

Un *bip* incessant. Un oreiller confortable. Le soleil à travers les rideaux.

*« Je peux vous envoyer le SAMU, mais le temps nous est compté. Pouvez-vous la conduire à l'hôpital ?*

*— Oui, on est en route.*

*— Surveillez impérativement son pouls... »*

Un *bip* incessant. Une sensation inconfortable dans tout le corps. Une douleur intense à la poitrine.

Je dois cligner plusieurs fois des paupières pour avoir une vision nette, mais la lumière m'aveugle. Après quelques secondes d'adaptation, je regarde autour de moi. Tout est d'un blanc immaculé. Je suis dans une chambre d'hôpital, cependant je ne suis pas seule.

Lola se tient devant la fenêtre et Ange feuillette avec agacement un magazine à l'autre bout de la pièce.

— Combien de temps j'ai dormi ?

Dans un sursaut, ils se tournent vers moi. Un sourire éclaire alors le visage d'Ange, et Lola fond en larmes en silence, dévastée.

— Vingt-quatre heures, souffle le Demon's Dad. Et puis ton réveil a été agité. Ils t'ont assommée d'anxiolytiques et tu as somnolé deux jours de plus.

Un soupir de frustration m'échappe. Se réveiller et apprendre qu'on vient de louper plusieurs jours de sa petite vie, c'est rageant et douloureux.

— Tu nous as fait une belle peur, reprend Ange avec un demi-sourire.

Il s'approche de moi.

Bizarrement, sa présence me dérange moins qu'il y a trois jours. Le fait qu'il m'ait sauvé la vie y est peut-être pour quelque chose... Je lui en suis reconnaissante, même si je ne suis qu'un ordre à ses yeux.

— Tu ne m'as pas dit que tu allais aussi mal ! me crie Lola, chamboulée.

La culpabilité me noue les tripes.

— Je suis en vie, Lola.

— EN VIE ? hurle-t-elle, les joues baignées de larmes. J'ai rejoint Ange sur la route, et lorsque nous sommes arrivés à l'hôpital, tu étais morte ! TON CŒUR AVAIT CESSÉ DE BATTRE !

Mon sang se glace dans mes veines. J'ai fait un arrêt cardiaque, il y a longtemps, mais c'est toujours aussi effrayant, d'autant plus que les médecins ont de moins en moins de chances de me réanimer.

Les épaules de Lola sont secouées par des sanglots incontrôlables.

— Ça a été les quatre-vingt-treize secondes les plus longues et les plus affreuses de mon existence !

Je la regarde avec toute la désolation dont je suis remplie, mais elle ferme les yeux et mord sa lèvre jusqu'au sang. Ange, qui passe son bras sur ses épaules et la réconforte, m'envoie un aperçu de la scène qui s'est déroulée trois jours auparavant : moi, sur le brancard ; les médecins et les infirmiers autour de mon corps qui tentent de me réanimer sur le parking de l'hôpital ; Lola qui hurle de terreur et pleure de tristesse ; Ange qui la prend dans ses bras pour la calmer ; son regard d'effroi posé sur mon corps sans vie. Alors, je me souviens de Nora, mon ancienne meilleure amie, qui a coupé les ponts avec moi pour ne pas être dans les parages lorsque je rendrai l'âme.

C'est à mon tour de fermer les yeux. Les mains tremblantes, je retire les tubes qui me rentrent dans les narines tandis que Lola et Ange se décomposent, paniqués.

— Mais qu'est-ce que tu fous ?

— Je respire sans souci.

Je me redresse délicatement. Je me sens vraiment faible et j'ai atrocement mal à la poitrine, probablement à cause du massage cardiaque.

— Vous avez prévenu ma mère ?

La peur qu'elle ait été informée de mon hospitalisation me donne la nausée.

— Non. Tu nous l'as interdit lorsque tu étais vaseuse.

Grâce aux dieux, même totalement à l'ouest, je reste prévoyante. Il ne faut pas que ma mère sache. Elle deviendrait folle de tristesse et me demanderait de rentrer à la maison.

Une infirmière entre dans ma chambre, suivie de près par mon nouveau médecin. Tous deux me sourient, heureux de me retrouver dans le monde des vivants.

— Comment te sens-tu, Avalone ? me demande l'homme en blouse blanche.

— Pas trop mal, ça va.

Il parcourt des yeux mes résultats d'analyses, et je sais d'avance que je vais avoir droit à un compte-rendu complet qui va m'ennuyer à mourir. Avant de se lancer, il demande à mes visiteurs de bien vouloir quitter la chambre, mais je l'autorise à parler devant eux.

Ils sont à mon chevet depuis trois jours, je leur dois bien ça.

— Les parois de tes ventricules se sont beaucoup rigidifiées depuis tes derniers examens. Comme tu le sais, ton cœur n'est plus capable d'assurer un débit de sang suffisant pour couvrir les besoins de ton corps en oxygène. Nous t'avons fait passer des analyses sanguines et... nous y avons trouvé des traces d'alcool et de cannabis. Je te rappelle que ces deux substances ne sont pas seulement à éviter. Elles te sont formellement interdites. Comme le sel, à présent. Donc, pas de charcuterie, pas de fromage ni de pain. Pas de boîte de conserve et pas de plat surgelé. Pour ce qui est de ton traitement, tu en auras un nouveau. Je ne vais pas prendre de pincettes avec toi, Avalone. Tu es une habituée des hôpitaux depuis ton plus jeune âge. Mais cette fois-ci, tu dois impérativement suivre nos restrictions, ou la prochaine fois, ce sera fatal pour toi. C'est déjà un miracle que tu sois encore en vie.

Lola porte ses mains à sa bouche, choquée par les mots du docteur, alors que de nouvelles larmes dévalent ses joues. Je n'ose pas regarder Ange. D'ailleurs, je n'ose plus les regarder tous les deux. Je n'ai jamais voulu qu'ils entendent ces derniers propos. Lorsque les gens savent que vous êtes aussi mal au point, tout change. Leur attitude, leur regard, et parfois même, ils vous voient déjà mort.

Quant aux mots du médecin, je ne ressens rien, comme à chaque fois. Son discours fait peur, certes, mais ces mots, je les entends depuis des années et je suis toujours là ! Seule la douleur me terrorise. Elle est la seule que je tiens pour vraie. Alors, en attendant que je rejoigne le monde de Hell[19], je suivrai mon régime alimentaire : je ne fumerai pas, je ne boirai pas, mais ça s'arrêtera là.

— En ce qui concerne ton arrêt cardiaque, tu n'auras aucune lésion cérébrale grâce à la réactivité de tes amis. En revanche, tu risques d'avoir des troubles de la mémoire et de l'attention. Tu pourras également ressentir de l'irritabilité, de la nervosité, et bien évidemment une intense fatigue, mais ça passera dans

---

19 Dans la mythologie nordique, Hell est la déesse de la mort qui règne sur Helheim, le monde des défunts.

les jours ou les semaines à venir.

— Quand est-ce que je serai libre de sortir ?

Le médecin sourit.

— D'ici quatorze jours.

Je me redresse brusquement et pousse un juron. Une pointe de douleur aiguë traverse ma poitrine.

— C'est impossible, j'ai des cours à suivre !

— Nous devrons te donner tes médicaments par intraveineuse pendant une bonne semaine. Repose-toi et nous réexaminerons ton cas dans sept jours.

Je veux protester, mais le docteur a déjà quitté la chambre, tandis que l'infirmière reste pour m'examiner.

Je grogne et m'affale contre le coussin, désespérée.

— Votre tension est faible, mais dans votre situation, c'est normal.

Elle me sourit, demande à Lola et à Ange de ne pas tarder pour me laisser me reposer, puis elle s'éclipse.

— Je n'ai pas tout compris, mais ne compte plus sur moi pour consentir à ce que tu boives et fumes après ça ! pleure Lola.

— Eh... tout va bien, OK ?

— TOUT VA BIEN ? hurle Ange, inquiet comme si nous étions amis.

Je fronce les sourcils de surprise, Lola prend les choses en main et le met à la porte sans ménagement. Elle revient vers moi, tremblante de la tête aux pieds.

— Lo... soupiré-je. Je vais bien.

— Je te crois. Parce que tu y crois aussi dur comme fer. Mais ce n'est pas le cas, Avalone. Tu étais *morte*. Ton cœur ne battait plus !

Cette semaine a été la plus longue de ma vie.

Une semaine allongée à ne rien faire.

Une semaine à regarder le plafond ou des téléfilms à l'eau de rose aux histoires improbables.

Une semaine à subir diverses analyses et traitements.

Une semaine à n'espérer qu'une seule chose : quitter ce fichu hôpital.

Ange est passé me voir trois fois pour prendre de mes nouvelles. Je le soupçonne de ressentir de la sympathie envers moi et, aussi surprenant que ça puisse paraître, je crois que je l'apprécie. Il s'est caché derrière Carter, à prétexter qu'il l'aurait envoyé prendre de mes nouvelles, mais lorsqu'il a reçu un appel de son boss lors de sa troisième visite, j'ai découvert le pot aux roses.

Lola et Emily sont venues au moins dix ou onze fois. Quant à Jack, Daniel et Aurora, ils ont essayé, néanmoins le médecin leur a interdit l'accès.

— Trop de visites, ce n'est pas bon, m'a-t-il dit. Repos, Lopez !

Lorsque mes amis quittaient les lieux, mon masque se brisait et je sombrais dans mes pensées noires. Mon cœur s'est arrêté de battre, encore une fois. Et comme m'a prévenue le médecin, l'anxiété ne m'a pas épargnée ces derniers jours. À plusieurs reprises, j'ai failli demander à ma mère de me rejoindre pour pleurer dans ses bras. Mais j'ai tenu bon, et elle n'y a vu que du feu. Durant mon absence de soixante-douze heures, Lola a eu l'intelligence de prendre mon téléphone pour répondre aux messages de ma mère. Lorsque cette dernière a tenté de m'appeler, ma colocataire lui a répondu que j'étais à la bibliothèque, en train de travailler sur un devoir important. Pour la première fois de ma vie, j'ai tenu ma maman à distance de mon état de santé. Et ma culpabilité est un vrai poison. D'une minute à l'autre, j'aurai ma date de sortie. J'espère décamper aujourd'hui. Je me sens bien, et rester ici me donne juste envie que mon cœur s'arrête pour de bon.

Je me redresse vivement lorsque la porte de ma chambre s'ouvre sur mon médecin et… Carter.

*Qu'est-ce qu'il fait là ?*

Je n'ai pas eu la moindre nouvelle de lui ces derniers jours, mais je sais qu'Ange l'a prévenu de mon admission dans l'établissement le plus ennuyeux des neuf mondes.

— Tu peux sortir dès à présent, m'annonce Carter avec un clin d'œil.

— À condition que tu ailles chez monsieur Brown le temps de ton rétablissement, précise le docteur.

*Hors de question !*

— Vous me confiez à un dangereux criminel qui en a après moi ?

Les lèvres de Carter s'ouvrent, mais se ferment aussitôt, tandis que les yeux du médecin sortent de leurs orbites.

— Je rigole. C'est d'accord !

L'homme en blouse blanche ricane, mal à l'aise, et après un regard noir de la part de Carter, ils sortent de la chambre afin de me laisser l'intimité dont j'ai besoin pour m'habiller.

En seulement une minute, je quitte à mon tour la pièce avec mon sac sur l'épaule. Je retrouve les deux hommes à l'accueil, bien décidée à remplir les formalités de sortie.

Je signe les papiers sans la moindre hésitation.

— Viens tous les vendredis à dix-huit heures. Nous allons te suivre de près, Avalone.

Je remercie le docteur, puis le chef des Devil's Sons et moi sortons de l'hôpital. Un SUV Mercedes noir nous attend sur le parking et là, Carter m'ouvre la portière passager pour s'assurer que je monte bien à l'intérieur.

Il lève les yeux au ciel lorsque je mime une courbette devant lui et m'exécute docilement. J'attends patiemment qu'il contourne la voiture pour s'installer derrière le volant.

— Je ne pensais pas que tu allais accepter ma proposition.

Si j'avais refusé, j'aurais dû rester à l'hôpital. Or, c'était inconcevable.

— Vous voulez plutôt parler de *chantage* ? Je n'étais pas

sérieuse, je n'irai pas chez vous.

Carter a tout juste démarré qu'il appuie brusquement sur le frein, manquant de me faire passer à travers le pare-brise.

Nous nous lançons tous les deux un regard réprobateur, moi pour sa conduite, et lui pour mon entêtement.

— Il y a tout le nécessaire médical dont tu as besoin chez moi, Avalone. Au campus, tu n'as rien.

— Je n'ai besoin de rien de plus que mon lit et mes médicaments.

Je secoue devant son nez mon sachet kraft.

À bout de patience, il lisse sa cravate bleu ciel pour garder son calme, mais à mon avis, il a tout sauf envie de rester courtois.

— Tu m'en fais baver, fillette, tu sais ?

— Je suis ravie de l'apprendre. Nous sommes deux, dans ce cas.

Il se frotte le front, puis redémarre la voiture.

— Très bien. Mais un des gars t'emmènera à tes rendez-vous médicaux.

— Non, je...

— C'est mon dernier mot.

Je ne proteste pas. Après tout, je ne m'en sors pas trop mal. Je peux bien faire des concessions ! Enfin, je n'ai pas d'autre choix que de faire des concessions, je le sais. J'accepte ou je suis sûre que Carter serait capable de m'enfermer chez lui contre mon gré. De plus, j'ai besoin de son aide. Je n'en reviens pas de ce que je m'apprête à faire, mais je ne vois pas comment je pourrais m'en sortir autrement.

— J'ai quelque chose à vous demander.

Il ne répond pas, il fixe la route.

— Il faudrait que vous interceptiez les factures de l'hôpital, parce que si elles atterrissent entre les mains de ma mère, je suis fichue.

— Ta mère ne recevra aucune facture.

— Pourquoi ?

— Parce qu'elles sont déjà payées.

Je le regarde avec une telle surprise que ça le vexe.

— Je ne suis pas un monstre ! Je connais ta situation financière et je sais le nombre de jobs que ta mère enchaîne. Vous n'avez pas les moyens de payer un séjour à l'hôpital, ni les rendez-vous hebdomadaires.

Il a quand même été jusqu'à se renseigner sur ma mère ! Je ne sais pas si je dois lui être reconnaissante pour sa charité, ou me méfier de lui être redevable.

J'opte pour la méfiance et croise mes bras sur la poitrine. Je garde la peur pour plus tard.

— Qu'attendez-vous de moi en échange ?

— Rien de plus que ce que j'attends déjà de toi.

J'ai beau être sceptique, je n'insiste pas, de peur qu'il change d'avis. Je murmure un faible « merci », auquel il réagit par un hochement de tête. Ensuite, le reste du trajet se fait dans le silence.

En temps normal, si ça ne concernait que moi, jamais je n'aurais accepté son argent. Ma fierté en prend un coup, et pas des moindres, mais une facture de plus et ma mère s'effondrerait définitivement sous les dettes. Je ne peux pas lui imposer ce nouveau fardeau qui a un double sens à ses yeux. Elle prend chaque nouvelle facture d'hôpital comme sa punition, en plus de sa peine de me voir m'éteindre, pour avoir consommé de la drogue lorsqu'elle était enceinte.

Carter s'arrête sur le parking du campus et je saute de sa voiture pour respirer l'air frais. Il n'y a pas à dire, je suis de merveilleuse humeur grâce à mon retour.

Après avoir claqué la portière, je passe la tête par la fenêtre ouverte.

— Pourquoi cette charité ?

Carter pousse un long soupir.

— Tu ne veux pas croire que je peux me montrer bon, hein ?

Très bien. À l'hôpital ou morte, tu ne me sers à rien, Avalone.

Je porte une main à mon cœur et feins d'être blessée.

— Vous êtes très attachant, Monsieur Brown.

— Je sais, on me le dit souvent.

Le moteur rugit et je bondis en arrière, juste avant qu'il ne démarre au quart de tour.

*Il devrait sérieusement revoir sa conduite !*

Tout en sifflant, je rejoins le bâtiment des chambres, mais économise mon souffle dans l'ascension des trois étages. Avec plus de temps qu'il ne m'en faut habituellement, j'atteins mon palier. J'entre dans la chambre et me prépare à recevoir Lola dans mes bras, ce qui ne manque pas. À peine ai-je fait un pas dans la pièce qu'elle me saute au cou.

— Je ne pensais pas que tu rentrerais aujourd'hui ! Comment tu te sens ?

Elle se détache de moi pour m'observer sous toutes les coutures.

— Je vais bien, Lo. Aussi bien qu'il y a quatre heures, quand tu m'as posé la question, la taquiné-je.

— J'ai peur, Avalone.

Ses yeux se remplissent de larmes, comme à chaque fois que nous évoquons mon état de santé ces derniers jours, et je la prends dans mes bras. Je m'en veux terriblement de lui avoir fait vivre ça, je crois que je n'oublierai jamais cette peur dans son regard. Elle non plus, d'ailleurs. Mon arrêt cardiaque l'a traumatisée.

— Je suis désolée. Je vais bien mieux, je te le promets.

Nous nous asseyons sur mon lit pour discuter et rattraper le temps perdu, même si ma colocataire m'a tenue informée des moindres potins par SMS.

Elle n'a pas beaucoup vu Daniel, cette semaine. Il a été très pris par le football et elle par moi. L'emménagement d'Aurora s'est bien passé. Elle et Jackson sont plus heureux que jamais. Quant à Emily, elle est particulièrement à l'aise aux côtés d'Aurora. Elle semble avoir trouvé la personnalité qui convient le mieux à la sienne.

— Ils me demandaient sans arrêt de tes nouvelles. Tu nous as beaucoup manqué.

C'est son enthousiasme et sa joie de vivre qui m'ont beaucoup manqué, à moi.

— En ce qui concerne les Devil's, leur *excursion* s'est allongée. Ange m'a promis qu'ils allaient tous bien, en revanche, ils sont au courant de ton séjour à l'hôpital. Si Carter ne les avait pas menacés, ils seraient rentrés. Ils ne te connaissent pas beaucoup, mais ils t'apprécient déjà.

Leur inquiétude ne me touche pas. Tout ce qui retient mon attention, c'est qu'auprès des Devil's Sons, l'état de santé n'est pas confidentiel, et je déteste ça.

Par Odin, ils savent que mon cœur a arrêté de battre par simple fatigue !

— Ce n'est pas si grave que ça, Ava...

— Si !

Je prends mon visage dans mes mains et grogne de colère.

— Lorsque les gens saisissent la gravité de mon état, ils voient le sablier au-dessus de ma tête ! Ils me regardent et agissent différemment. Je voudrais juste être normale aux yeux des autres.

— Tu es païenne, Ava, tu ne seras jamais normale aux yeux des autres.

Une seconde de flottement s'écoule, puis j'éclate d'un rire qui m'étale du baume sur le cœur.

Complice, Lola dégage mon visage d'une mèche de cheveux.

— Les Devil's ne te regarderont pas différemment, tu peux me croire. Ils ont tous leurs forces et leurs faiblesses, et aussi surprenant que ça puisse paraître, ils les acceptent sans porter de jugement.

J'affiche une moue dubitative au moment même où quelqu'un frappe à la porte. Lola sursaute avant de se lever, tout excitée, pour aller ouvrir.

— On nous a prévenus que notre lionne était de retour ! s'exclame Jackson.

Daniel, Aurora et Emily sont là, des sacs dans les mains et des sourires aux lèvres. Je bondis sur mes pieds, plus qu'heureuse de les voir, et je les prends dans mes bras. C'est bon d'être de retour !

— Une lionne ? questionné-je Jackson.

— C'est le surnom que t'a donné Logan.

Je plisse les yeux sans comprendre la situation.

— Le capitaine de l'équipe. Tu lui aurais lancé un regard noir à la soirée et il s'est donné le défi de te mettre dans son lit. *Une lionne*. Ce sont ses mots.

Mes amis sont hilares tandis que je me décompose. Ce genre de comportement est tout ce qu'il y a de plus repoussant. Ce type rêve s'il croit pouvoir me toucher ne serait-ce qu'avec un bâton.

— Comment tu te sens ? me demande Emily avec inquiétude.

— Beaucoup mieux.

Elle sourit, rassurée, et j'observe mes amis prendre place sur le sol. Ils sortent de leurs sacs des salades de pâtes, des œufs durs, des parts de pizzas froides ainsi que des bières et du jus de fruits.

— Tu as loupé le premier match de la saison ! me réprimande Daniel.

Il m'envoie la bouteille de jus que je réceptionne, et découvre l'étiquette 100 % d'origine naturelle.

— Tu as pensé à moi.

Je lui décoche un clin d'œil auquel il répond par un sourire malicieux.

— Tu es déjà morte une fois, faudrait pas tenter le diable...

Plus un bruit ne se fait entendre. Tout le monde est choqué par sa remarque et Lola, folle de rage, lui donne une claque derrière la tête.

— Imbécile !

Mes éclats de rire rompent le silence.

— Elle rigole ! s'exclame Daniel, les mains levées en signe d'innocence.

Leur compagnie m'avait tellement manqué que je ressens le besoin de les taquiner. Alors, je plaque ma main contre ma poitrine et simule un cri de douleur. Le silence revient, puis un brouhaha s'élève dans la pièce. Tous se lèvent, les visages terrifiés, et se précipitent sur moi. Certains jurent, d'autres poussent des cris de panique. Jackson est déjà à mes genoux et me tend mes médicaments. Aurora lui prend le flacon des mains pour l'ouvrir, blême. Emily accourt avec une bouteille d'eau, tandis que Lola se jette sur son téléphone. C'est lorsque Daniel s'emmêle les pieds en sortant de la salle de bains avec un gant de toilette humidifié et qu'il tombe sur Jackson, que je ne peux me retenir plus longtemps. J'explose de rire sous leur nez.

Ils suspendent tous leurs gestes dans l'incompréhension, puis Jackson repousse Daniel et me lance un regard noir.

— Tu abuses !

Ils soupirent de soulagement lorsqu'ils comprennent que ce n'était qu'une taquinerie et Daniel part dans un fou rire.

— Cette fille est géniale !

— Avalone, je t'assure que si tu nous refais un coup comme ça, commence Lola, je ferai en sorte que ton cœur lâche pour de bon et crois-moi, personne ne pourra te réanimer, tu m'entends ?

Ses narines frémissent de colère et je repars dans les rires, suivie par tout le monde, cette fois-ci.

# 12.

Je ne commence qu'à dix heures ce matin, ce qui m'a permis de passer une bonne et longue nuit de sommeil dès le départ de mes amis en fin de soirée.

Je me sens en forme et je suis excitée de faire enfin quelque chose de constructif après plus d'une semaine de léthargie.

Lorsque j'arrive devant ma salle de cours, Jackson est en train de discuter avec Lola, qui se montre consternée de me voir ici.

— Avalone Lopez, pourquoi n'es-tu pas dans ton lit à rêver d'une greffe de cœur ?

Je pince les lèvres pour retenir mon rire. Jackson, lui, semble encore avoir du mal avec cet humour et manque de s'étouffer.

Je songe quelques secondes à répondre honnêtement à Lola en l'informant que je ne suis pas éligible à la greffe de cœur. Que ma maladie cardiaque a abîmé mes reins, qu'ils ne sont plus correctement irrigués et qu'ils ne filtrent plus le sang de manière adéquate. Qu'elle a rempli mes poumons de liquide et que, par conséquent, à cause de cet état général assez déplorable, je ne peux être greffée, au risque de ne pas supporter l'intervention. Mais à la place, je réponds :

— Parce que je suis en pleine forme et que j'ai du retard à rattraper !

— Ava, tu devrais te reposer, insiste Jackson.

— Vous ne me ferez pas changer d'avis, dis-je d'un ton catégorique.

Je leur souris et les quitte pour entrer dans l'amphithéâtre. Je prends place et Jackson ne tarde pas à me rejoindre.

— Têtue et suicidaire, me dit-il avec un sourire.

Je rigole et lui mets gentiment un coup de coude dans les côtes.

*Finalement, il commence à s'y faire, à l'humour noir...*

Le psychologue que ma mère me forçait à voir dans mon enfance me disait que mon cynisme me servait à affronter ma pathologie, à la rendre plus légère à vivre, à relativiser. Ma mère pensait que j'allais trouver un autre exutoire moins sordide en grandissant, mais non. L'humour noir me convient et me soulage.

Après un déjeuner en compagnie de mes amis, je regagne ma chambre avec Lola, qui voulait absolument que je l'accompagne chercher son short de sport. J'ai cru que j'allais perdre un poumon dans ces fichus escaliers, et me voilà dans mon lit à récupérer pendant que la brune se change dans les toilettes.

Je crois que la digestion est en train de m'épuiser. Mes paupières se ferment malgré ma lutte. Les secondes passent et je sombre peu à peu dans le sommeil, quand j'entends Lola sortir des W.-C.

— Je me repose un instant, murmuré-je, à moitié endormie. Attends-moi...

Je sens des mains retirer délicatement mes chaussures, puis je suis recouverte d'un drap.

— Dors bien.

Des lèvres se posent sur mon front et avant de sombrer, une

dernière pensée me traverse l'esprit : *Lola n'a pas sport, aujourd'hui.*

Le soleil me tire de mon sommeil. Je cligne des yeux, le cerveau embrumé, et regarde mon téléphone. Il est midi et quart. Je fronce les sourcils, désorientée. Quand je suis revenue ici avec Lola pour chercher son short de sport, il était quatorze heures passées. Je me redresse en sursaut.

*J'ai dormi près de vingt-quatre heures ? Par tous les dieux, il faut vraiment que j'apprenne à écouter mon corps ! Ou Lola…*

Assoiffée, je traîne ma carcasse jusqu'aux toilettes pour prendre un verre d'eau et en profite pour me laver les dents. Une douche ne serait pas de refus non plus.

Je m'apprête à me rendre à la salle de bains commune lorsque la porte de la chambre s'ouvre sur Lola, victorieuse.

— Qui est-ce qui avait raison ?

Je m'incline devant elle et m'assieds sur mon lit où elle me rejoint. Elle me demande comment je me sens et une fois soulagée, elle m'informe :

— Carter a envoyé une infirmière qui t'a injecté tes médicaments par intraveineuse durant ton sommeil.

Face à mon visage terrifié, elle se précipite d'ajouter :

— J'ai appelé ton docteur pour qu'il me confirme l'identité de cette infirmière, pour qui tu me prends ?

Je pousse un long soupir de soulagement suivi d'un petit rire et Lola claque un baiser sur ma joue.

— Tu comptes te reposer cet après-midi ou venir en cours ?

— Je vais me reposer encore un peu.

Elle hoche la tête, rassurée.

— Il y a une soirée à la fraternité ce soir, mais si tu veux que je reste avec toi pour te tenir compagnie, c'est avec plaisir.

— Tu rêves ! Je vous accompagne !

Elle prend un air sévère et secoue la tête de gauche à droite.

— Lo, j'ai passé vingt-quatre heures à dormir après dix jours à l'hôpital. J'ai besoin de prendre l'air ! Je boirai de l'eau, je ne fumerai pas ni ne danserai. Parole de scout !

Mon amie me dévisage avec une moue hésitante, pourtant je vois dans son regard qu'elle a cédé.

Par principe, elle ajoute tout de même qu'elle va y réfléchir et je trépigne déjà d'impatience.

— Je dois retourner en cours, me dit-elle. Tiens, je t'ai pris ton repas.

J'ouvre le sac plastique qu'elle me tend pour inspecter le contenu, bien décidée à suivre mon régime alimentaire, mais mon nom est inscrit sur le couvercle de la boîte.

— La cuisinière est venue me trouver à la cafétéria. Apparemment, Carter lui a donné la liste des ingrédients que tu n'as pas le droit de manger. Pas mal de faire partie des Devil's, hein ?

Elle m'envoie un bisou de loin et quitte la chambre. Je hausse les épaules, puis dévore ce plat, morte de faim.

Le reste de la journée passe aussi lentement qu'une après-midi à l'hôpital. Après une bonne douche et la prise de mes médicaments, je me suis penchée sur les cours qu'Emily m'a donnés la veille, cependant la concentration n'est pas là. Un rien attire mon attention et je suis incapable de retenir la moindre information.

À dix-neuf heures, Lola rentre avec Aurora, à mon plus grand soulagement.

— Tu es prête à faire la fête ?

— Plus que jamais !

Ma coloc' va à la douche tandis qu'Aurora et moi nous préparons pour la soirée.

— Je suis si heureuse de rester ici !

— Comment as-tu rencontré Jackson ? lui demandé-je, curieuse.

Elle s'assied sur mon lit avec un sourire béat en se remémorant d'anciens souvenirs.

— Je suis arrivée à Chelsea en 2012. J'étais la nouvelle du collège et, crois-le ou non, Jackson était un bel enfoiré. Il faisait partie d'un groupe d'amis bien plus vieux que lui, des lycéens. Ils étaient inséparables, mais violents. Influencé, il se battait sans arrêt à l'école et était détestable.

Je la regarde, les yeux écarquillés.

*Je n'en reviens pas ! Jackson, un connard ? Alors il n'exagérait pas ?*

— Pour mon plus grand malheur, poursuit-elle, l'année suivante, je me suis retrouvée dans sa classe. Contre toute attente, il avait l'air d'avoir changé. Nous étions assis à côté en mathématiques, et à chaque cours, nous parlions un peu plus. Il avait toujours le même groupe d'amis, néanmoins, il s'était détaché d'eux, comme s'il réfléchissait enfin par lui-même. Nous sommes rapidement devenus inséparables. Mais arrivé au lycée, Jackson a pris ses distances avec moi sans aucune raison apparente. Il ne m'a plus adressé la parole pendant six mois. Un soir, je l'ai croisé à une soirée. Il était accompagné de son meilleur ami, grimace-t-elle. Une dispute a éclaté entre nous au sujet de notre éloignement, et il a fini par m'embrasser. De semaine en semaine, il a beaucoup changé pour devenir celui qu'il est aujourd'hui.

Je n'arrive pas à y croire. Je n'imagine vraiment pas Jackson dans la peau d'un mauvais garçon, ça me semble irréel.

Aurora rigole face à l'expression de mon visage.

— C'est dur à concevoir, hein ?

Les yeux grands ouverts, j'acquiesce.

— Qui était son meilleur ami ? demandé-je, même si je connais la réponse.

— Clarke Taylor, le roi des enfoirés en personne. Je l'ai croisé quelques fois au début de ma relation avec Jackson. Puis Clarke et lui sont devenus trop différents et ont arrêté de se fréquenter. Jackson a très mal vécu cet éloignement. Ils se connaissaient depuis si longtemps... Aujourd'hui, il fait partie d'un gang.

— Je sais, lui avoué-je. Je le connais un peu. C'est le meilleur ami du frère de Lola.

Aurora en perd sa mâchoire.

— C'est toujours le même enfoiré ? demande-t-elle avec une certaine rancœur.

*Que répondre à ça ?* Clarke est un trop grand mystère pour donner une réponse convenable en quelques mots.

— Je ne sais pas, je ne le connais pas assez, mais sa réputation le précède.

— Je te conseille de rester loin de lui. C'est une bombe à retardement. Il finit par faire du mal à tous ceux qui l'entourent.

J'avale ma salive avec difficulté.

*Une bombe à retardement.*

Une métaphore remplie de sens qu'on m'a déjà attribuée.

Lola ne tarde pas à revenir de sa douche. Toutes pomponnées, nous rejoignons Emily et Jackson sur le parking et filons en direction de la fraternité. La bonne musique dans la voiture nous met déjà dans l'ambiance et lorsque nous arrivons à destination, nous sommes prêts à nous amuser.

Nous entrons dans la maison, mais la forte odeur de cigarette déclenche une alerte dans mon esprit. Un nuage de fumée flotte dans la pièce principale et des dizaines de braises rougeoient un peu partout. Je n'ai pas besoin de dire un mot pour que Lola me tire brusquement hors de la fraternité, à l'air libre.

Nous voilà sur le perron, la soirée inaccessible pour moi. Ce serait trop jouer avec le feu. Cette fois-ci, je ne peux plus. Je me vois déjà rentrer sur le campus la queue entre les jambes.

Nos amis nous rejoignent avec des moues désolées, sans trop savoir quoi dire, puis Wyatt, Logan et quelques membres de l'équipe de football apparaissent.

— Avalone ! Ça fait longtemps qu'on ne t'a pas vue, me dit Wyatt en me prenant dans ses bras. Je suis navré pour ta tante, toutes mes condoléances.

*Je n'ai pas la moindre tante...*

Lola s'avance d'un pas, gênée et paniquée, et j'arque un sourcil interrogateur.

— Je sais que tu ne voulais pas que j'en parle, mais tu es partie si rapidement du lac l'autre soir que je les ai prévenus du décès de ta tante.

Je retiens un rire et essaie de paraître convaincante, alors je hoche la tête avec reconnaissance.

Logan s'avance vers moi et par réflexe, je recule. Mais il n'a pas l'air de le remarquer puisqu'il s'approche un peu plus. Son regard planté dans le mien est presque révulsant et je ne crois pas une seconde à son petit sourire timide.

— Qu'est-ce que tu veux boire ? me demande-t-il.

Il fait un signe vers l'intérieur de la villa, mais je n'esquisse pas le moindre pas.

— Rien, merci.

Logan rigole.

— J'adore ton sens de l'humour !

— Ce n'est pas une blague.

Il hausse les sourcils, surpris.

— Ah, j'ai compris. Tu préfères les joints !

Je croise les bras sur ma poitrine et le dévisage sévèrement.

*Pour lui, une personne qui ne boit pas et ne fume pas n'existe pas ?*

— Non plus.

Le quarterback recule, le regard méprisant. Il me détaille de la tête aux pieds avec un air malsain.

— Bon, et si on allait se fumer une cigarette ? tente-t-il encore.

J'ai toujours été très expressive quant à ce que je ressentais vis-à-vis des gens. Ils savent si je les aime bien ou non, mais Logan n'a pas l'air de se rendre compte que sa présence et cette discussion ne me plaisent pas.

*À moins qu'il prenne ça pour un jeu...*

— Non. Je ne bois pas et ne fume pas, lui expliqué-je avec le peu de patience qu'il me reste.

— Attends ! Mais quel étudiant ne boit pas et ne fume pas ?

Il commence sérieusement à me taper sur le système. Comme dirait Lola, qui discute toujours avec les autres, c'est un regard de tueuse que je lui lance.

— Moi, de toute évidence.

Mais Logan ne l'entend pas de cette oreille. Ses doigts se referment autour de mon poignet et voilà qu'il me tire de force à l'intérieur de la villa. Surprise, je bascule en avant et je suis obligée de mettre un pied devant l'autre pour ne pas tomber. Une fois mon équilibre retrouvé, je plante mes talons dans le sol afin de l'arrêter, mais il est bien trop fort pour moi et je suis sur des échasses. Sa poigne me fait mal. J'ai beau me débattre, lui hurler de me lâcher, je me retrouve au milieu du salon, exposée à la fumée de cigarette. Dans un réflexe, je retiens ma respiration, cependant je n'ai pas de souffle. Je suis obligée d'inspirer brusquement lorsque je manque d'air, et la peur me gagne. J'ai fait un arrêt cardiaque il y a seulement quelques jours : je ne peux pas me permettre de rester ici plus longtemps.

— Lâche-moi !

Il se retourne vers moi sans pour autant me libérer. Il doit aimer me voir me débattre puisqu'un sourire ignoble étire ses lèvres. Lorsqu'il se trouve suffisamment proche de moi pour que je sente son haleine et que je voie le fond de ses yeux, je comprends qu'il est déjà bien trop bourré.

— Mec, qu'est-ce que tu fais ? intervient Wyatt.

Le *running back* fonce droit sur nous, mais Logan le repousse violemment. Wyatt lève les mains en signe de paix et regarde gravement son capitaine. Il comprend qu'il va être la cause de problèmes ce soir.

— Relâche-la, Logan. Elle a été claire, elle ne veut pas de ta compagnie !

Wyatt, toujours si gentil, est à présent tendu comme un arc et s'apprête à en découdre avec son ami – si c'est bien ce qu'ils sont. Mais plus je respire, et plus la panique me submerge. J'en perds mes moyens et tire sur mon bras.

— Tu me fais mal ! m'énervé-je.

— Fais un effort et bois !

Logan me tend un verre d'alcool dans lequel je donne un violent coup. Le gobelet tombe au sol et le liquide se répand un peu partout. Son propriétaire se fait encore plus mauvais. Alors que Wyatt essaie de régler le conflit calmement, je cherche désespérément du regard mes amis qui entrent dans le salon, affolés de me retrouver ici.

Un glapissement de douleur m'échappe quand Logan me tord le poignet tout en criant sur Wyatt. Je m'apprête à lever la jambe pour enfoncer mon talon dans son pied, lorsqu'une voix grave et haineuse claque dans l'air. Une voix qui me donne envie de pleurer de joie.

— LÂCHE-LA !

Ma tête se tourne instantanément vers Clarke et les Devil's Sons, toujours aussi beaux, forts, et craints. Je ne peux dissimuler mon sourire, alors qu'un silence de mort s'abat sur la maison. Je n'ai jamais été aussi heureuse de les voir, à tel point que je serais prête à les embrasser.

En revanche, le visage de Clarke est froid, fermé et menaçant. Sa mâchoire est contractée, ses poings serrés et ses yeux remplis de rage ne quittent pas Logan en lui promettant mille souffrances.

Le soulagement laisse place à l'angoisse. L'angoisse de voir du sang gicler. L'angoisse de voir Clarke défoncer jusqu'au K.O. le capitaine de l'équipe de football. Ils n'auraient peut-être pas dû arriver à ce moment-là, finalement.

Logan ne me lâche pas et dévisage le second de Carter avec un air de défi. Je tire une nouvelle fois sur mon bras, mais je ne parviens pas à me libérer. *Il est suicidaire ou quoi ?*

— À partir de maintenant, rugit Clarke à l'attention de l'assemblée, si vous voulez fumer c'est dehors ! Si je vois un con s'allumer une clope ou un joint à l'intérieur, je l'envoie à l'hôpital !

Instantanément, les étudiants éteignent leur cigarette et d'un simple signe de tête de Jesse, certains ouvrent grand les fenêtres pour laisser l'air entrer et la fumée sortir. Mon cœur qui bat furieusement dans ma poitrine s'apaise imperceptiblement, toutefois le pire n'est pas derrière moi. Tous les fêtards ont stoppé leurs activités et observent la scène avec crainte. Plus personne ne parle, on n'entend plus un bruit. Clarke avance avec une lenteur menaçante dans notre direction.

— Qu'est-ce que tu ne comprends pas ? Elle ne veut pas de ce que tu lui proposes. Et moi je t'ai dit de la lâcher !

Le vert de ses iris a disparu pour laisser place aux ténèbres. Ses poings ne rêvent que d'une chose : fracasser sa nouvelle victime.

Mes amis ont les yeux rivés sur nous. Jackson et Daniel esquissent un pas dans notre direction, mais savent qu'il ne faut pas se mettre en travers du chemin de Clarke. Bien décidée à ce que ça ne dégénère pas, je profite de l'attention que porte Logan au Devil's pour me dégager brusquement de son emprise, ce qui me vaut un regard noir du capitaine. Néanmoins, Clarke continue de s'approcher et savoure chaque pas qui le conduit à la violence. Alors, je lui barre la route. Il s'arrête net et quitte enfin Logan des yeux pour m'accorder son attention. Ses iris, noirs de haine, me sondent pour vérifier que je n'ai rien. Lorsque l'un de ses poings se lève à la hauteur de mon visage, je tressaille. Mais ses doigts se desserrent et après un temps d'arrêt qui marque son hésitation, il replace une mèche de cheveux derrière mon oreille. Et la réalité me percute de plein fouet.

*Aussi surprenant que ça puisse être... je crois que j'avais hâte qu'il rentre.*

La seconde d'après, les poings de Clarke se resserrent. Alors, je le supplie du regard. Je l'implore de laisser tomber et de ne pas se battre, mais Wyatt avance jusqu'à nous et brise la connexion que j'étais en train d'établir avec lui, le rendant encore plus nerveux.

Le second du gang se tourne vers le *running back*. Il le surpasse largement en taille, mais aussi en masse, et il est prêt à donner le premier coup, ça se ressent dans toute la villa.

Lola m'a dit que lorsque Clarke se bat, il faut fuir parce qu'il détruit tout sur son passage. Et beaucoup de personnes innocentes sont justement sur sa route.

— Dégage de mon chemin !

La voix de Clarke me glace le sang.

— Ça ne sert à rien de te battre, affirme Wyatt, courageux. Logan est un sale con, mais il est surtout bourré. Tu vas le tuer.

Le Devil's Son saisit le *running back* par le col de sa veste et tout le monde retient son souffle. Wyatt ne cille pas. Clarke ne frappe pas. Comme si l'un et l'autre se respectaient trop pour franchir un point de non-retour.

— LAISSE-LE VENIR, QUE JE LUI CASSE LE CUL ! hurle Logan qui, malgré ses mots, reste en retrait.

— FERME-LA ! lui crie Wyatt, sans lâcher Clarke des yeux.

Un sourire sadique étire les lèvres du biker lorsqu'il tourne le visage vers le capitaine. En pure provocation, ce dernier tente un mouvement dans ma direction, cependant il est vite stoppé par Clarke qui est déjà à ma hauteur, déterminé à laisser sa violence exploser. Il s'apprête à me contourner, mais je le retiens par le bras. Je capte une nouvelle fois ses prunelles assombries. Ses yeux descendent sur mes mains tremblantes, puis reviennent à moi.

— Clarke, s'il te plaît...

Les Devil's suivent la scène avec amusement et piochent dans le paquet de chips de Tucker comme on mange du pop-corn devant un bon film. Ces imbéciles ne comptent-ils pas intervenir pour calmer la situation ?

*Ils ne se rendent pas compte qu'un accident est vite arrivé ?*

— Tu protèges ta petite amie, Taylor ? se moque Logan.

Cette fois-ci, je n'ai plus aucun impact sur Clarke, qui se dégage facilement de mon emprise et me contourne. Lorsque je fais volte-face pour regarder avec horreur ce qu'il va se passer, Jesse me dépasse et pose sa main sur l'épaule de son ami. Il lui chuchote quelque chose à l'oreille que seul le concerné entend, puis déclare :

— Allez, viens... Il n'en vaut pas la peine.

Jesse me décoche un clin d'œil. Cependant, je reste en alerte, pas encore convaincue qu'il ait réussi à calmer Clarke. Mais contre toute attente, le bad boy finit par tourner le visage vers moi et après quelques secondes durant lesquelles il me fixe, il s'éloigne à contrecœur de Logan, les poings toujours aussi serrés d'une rage contenue.

— Sale chienne ! lâche Logan à mon attention.

Clarke fait aussitôt demi-tour, le visage déformé par la colère, mais les Devil's Sons sont déjà à quatre sur lui pour le retenir, alors qu'il se débat violemment.

Un bruit sourd attire notre attention à tous sur Logan qui tombe lourdement par terre. Son nez cassé recouvre son visage de sang tandis qu'un Jesse fou de rage se tient au-dessus de lui.

— C'EST QUI QUE T'INSULTES DE CHIENNE ? lui hurle-t-il.

Je porte aussitôt ma main à ma bouche, choquée par la violence du coup, mais surtout par le geste de Jesse. Lui qui a l'air de se moquer et de s'ennuyer de tout, habituellement...

Un sourire de satisfaction frémit sur mes lèvres et je le laisse s'épanouir sans scrupule. À la différence de Clarke, qui aurait cogné Logan jusqu'à ce que dix personnes l'éloignent de force, Jesse sait se contenir et ne frapper qu'une fois. Pile ce qu'il fallait au quarterback pour recouvrer ses esprits.

Certains joueurs de football esquissent un pas vers lui, plus pour le paraître que par réel courage, mais s'abstiennent finalement, dans la mesure où les Devil's Sons les attendent de pied ferme.

— Faites dégager votre capitaine, ou nous vous ferons tous sortir, les menace Jesse.

Il n'a plus rien d'un je-m'en-foutiste. Ce qu'il dégage est aussi effrayant que son physique. S'il ne venait pas de prendre ma défense, j'aurais peur de lui comme chaque personne présente.

Les étudiants se lancent des regards inquiets avant de fixer avec insistance les joueurs. Ils prient pour qu'ils obtempèrent afin d'éviter un carnage. Ils ont peur.

— Allez, on le sort, ordonne Wyatt.

Il met une tape sur l'épaule de Derek, mais ce dernier ne bouge pas et lorgne Jesse, l'air mauvais.

— C'est *notre* fraternité.

— Financée par Carter ! rage Sean. Nous n'allons pas nous répéter.

Je quitte Derek des yeux pour évaluer la crédibilité du gang. Je n'ai besoin que d'une seconde pour affirmer que le joueur de football a intérêt à se bouger. Disparus, les gentils Devil's que j'ai pu côtoyer au bord de la piscine. Ils ne sont plus que des corps tendus à l'extrême qui dégagent de mauvaises ondes étouffantes, les traits figés par la colère. Il n'y en a pas un moins nerveux que les autres, ils sont tous impliqués.

Les dieux soient loués, Derek finit par obtempérer et marche jusqu'à son quarterback, à présent dans les vapes. Daniel et Jackson les aident à le soulever. Ils le portent et le sortent de la maison sous tous les regards. L'ambiance est au point mort, les étudiants restent figés, comme s'ils s'attendaient à ce que les choses dégénèrent encore. Puis, brusquement, la soirée reprend son cours. Tucker avale les mètres qui nous séparent avec inquiétude et, contre toute attente, il me prend dans ses bras puis pousse un soupir de soulagement.

— Comment tu vas ?

Il se détache de moi et me scrute avec attention.

— Bien, ça va.

— Tu devrais te reposer, me conseille Jesse lorsqu'il arrive à notre hauteur.

— J'ai bien assez dormi, lui réponds-je avec un faible sourire, encore secouée par les événements. Merci pour...

Je laisse mes mots en suspens, incapable d'en trouver d'autres pour achever ma phrase.

— On te l'a dit. On se soutient entre nous, V.

Ce surnom me fera toujours rire et mon cœur s'apaise. Moi qui pensais que les Devil's Sons ne m'apporteraient que des ennuis, ils viennent probablement de me sauver la vie.

Nous sommes rejoints par Wyatt, soucieux.

— Je suis désolé pour Logan. Si ça ne tenait qu'à moi, je l'aurais déjà viré de l'équipe, des soirées et de l'université.

Ils ne sont donc pas amis. Le *running back* supporte la présence de son capitaine uniquement parce qu'il n'a pas le choix.

Je lui assure que tout va bien, mais les deux Devil's restent tendus, protecteurs. J'affiche une moue gênée à l'adresse de Wyatt avant qu'il ne tourne les talons, puis je cherche Clarke des yeux et le regrette instantanément. Il embrasse une fille à pleine bouche, appuyé contre le mur, une main dans ses cheveux et l'autre sur ses fesses.

Ma gorge se noue, ce qui accentue ma colère, même si je dissimule toutes mes émotions face aux deux garçons qui me tiennent compagnie.

Je traîne des pieds lorsqu'ils me conduisent au reste du

gang. Je me force à me retrouver à moins d'un mètre de Clarke et de sa nouvelle conquête.

— Tu ne devrais pas être dans ton lit, Lopez ? m'envoie Sean avec un grand sourire.

— Je vais finir par le détester si on me parle encore de lui !

Sean rigole et Set passe un doigt sous mon menton pour attirer mon attention. Il me regarde avec inquiétude.

— Comment tu vas, Déesse ?

Lassée de cette question, je prends sa main et la pose sur ma poitrine pour qu'il ressente les battements de mon cœur. Il se concentre quelques secondes pour s'assurer que mon organe musculaire fonctionne convenablement, puis un large sourire aguicheur étire ses lèvres.

— Si tu voulais que je te touche les seins, il suffisait de le demander.

Je m'étrangle avant de lui mettre un coup dans l'épaule, sous ses rires et ceux des Devil's Sons.

Justin m'attire contre lui et je crois voir Clarke froncer les sourcils, alors même que sa compagne lui dévore le cou. *Quel crétin !*

— Il faudra que tu m'expliques ce que veut dire ce charabia médical, je n'ai pas tout compris à tes résultats d'analyses.

Je lève les yeux vers lui et fronce les sourcils.

— Tu as eu mes résultats d'analyses ?

— Bah oui ! J'avais quand même pour projet d'être médecin avant de devenir un gros méchant criminel. Faut croire que côtoyer Tucker me ramollit le cerveau. Dis-moi, est-ce que tu as rencontré Hell durant les quelques secondes où tu as cessé de vivre ?

Sa question efface aussitôt l'agacement qui montait en moi et, lorsque je réponds par la négative, il semble déçu, ce qui m'arrache un sourire. Quand il tend un billet à un Tucker victorieux et que je comprends qu'ils ont parié sur ma potentielle rencontre avec la déesse de la Mort, j'éclate carrément de rire en secouant la tête.

Décidée à rejoindre Jackson et Daniel qui sont de retour dans la maison, j'intercepte une discussion entre Clarke et Lola.

— Pas besoin de poings quand on sait viser les parties génitales ! lance ma copine.

— Une femme qui vise les couilles, c'est prévisible. Une femme qui met une droite, non.

*Va dire ça à Ange.*

Je rejoins mes amis et me retrouve dans les bras d'Emily qui me demande comment je me sens. Puis Daniel et Jackson s'excusent auprès de moi pour le comportement de leur capitaine. Ils semblent choqués, alors que je ne le suis pas une seconde. Logan est un emmerdeur, ça se voit à des kilomètres.

Lola nous rejoint avec un grand sourire malicieux et une idée derrière la tête.

— Emily, action ou vérité ?

Notre copine répond timidement par « vérité ».

— Si tu pouvais te taper n'importe qui dans cette pièce, qui choisirais-tu ?

Emily devient rouge écarlate et baisse les yeux. Elle avoue doucement :

— Sean Olson.

Après un temps mort d'extrême surprise, nous nous esclaffons. Jamais on n'aurait pensé que notre amie si discrète et douce pouvait être attirée par un Devil's Son. Mais à l'évidence, avec ses cheveux châtains bouclés, ses pommettes hautes et sa mâchoire carrée, Sean est indéniablement un homme magnifique.

Nous charrions gentiment Emily et parvenons même à la faire rire, puis, avec une arrière-pensée en tête, je me tourne vers Daniel.

— Action ou vérité ?

— Action !

Je souris, satisfaite.

— Offre ton verre à la fille qui te plaît le plus dans cette soirée.

Je sens Lola se tendre instantanément. Quant à Daniel, sourire aux lèvres, il contourne ma colocataire. Ma mâchoire m'en tombe, je suis dans l'incompréhension la plus totale.

Je retrouve espoir quand il s'arrête derrière elle, alors qu'elle reste de marbre et refuse de se tourner pour découvrir qui est l'heureuse élue.

Il fait apparaître son verre devant les yeux de Lola et dépose ses lèvres sur sa joue. Le visage de la jolie brune s'illumine et ma tension redescend. Elle ronronne et s'empare du gobelet, tandis que Daniel enroule ses bras autour de sa taille.

— Action ou vérité ? lui demande-t-il.

— Action.

— Et si tu sortais prendre l'air avec moi ?

Lola glousse de plus belle, Daniel la prend par la main et ils s'éclipsent sous nos regards amusés.

— Ce n'est pas trop tôt, lâche Jackson.

— Les pizzas sont là ! crie un homme.

Les étudiants poussent des exclamations de joie et se ruent vers les tables sur lesquelles quatre types déposent une quinzaine de cartons de pizzas. Une sublime odeur s'en échappe. Mon ventre gargouille férocement, mais les mots du médecin me reviennent en tête. Mon régime est strict : pas de sel, pas de fromage. Je ne peux donc rien manger.

— Je pars à la guerre, nous informe Jackson.

Il se dirige vers la nourriture et joue des coudes pour atteindre le Graal. Il manœuvre subtilement pour doubler les autres et doit même faire preuve de souplesse. Enfin, il revient avec une assiette remplie de parts.

— Servez-vous.

Les filles se jettent dessus pendant que je détourne le regard, blasée de ne pas pouvoir manger.

Une trentaine de minutes plus tard, Daniel et Lola

reviennent main dans la main et, arrivés à notre hauteur, ils s'embrassent sous nos yeux.

Nous poussons des cris de joie tandis que Jackson met une tape amicale sur l'épaule de son ami.

— Prends bien soin d'elle, mon pote.

— T'en fais pas, c'est prévu.

Lola est si heureuse qu'elle illumine la pièce. Je ne l'ai jamais vue comme ça et j'ai presque envie de lâcher une larme. En prenant conscience de ça, je réalise que je traîne trop avec elle pour être aussi sentimentale.

Mes yeux tombent sur Set, qui dévisage Daniel d'un air menaçant, voire meurtrier.

*Et merde !*

Il marche droit dans sa direction, mais je lui barre la route. Il pose sur moi un regard furieux.

— Ta belle gueule ne me retiendra pas. Laisse-moi passer, Avalone.

Je secoue négativement la tête. Nous avons suffisamment eu d'émotions fortes pour ce soir.

— Set, c'est un mec bien.

Il plonge son regard dans le mien. Ses traits sont tendus, pourtant il m'écoute. Tous les Devil's ne sont donc pas comme Clarke Taylor.

— Ne t'en prends pas à lui pour quelque chose qu'il ne fera peut-être jamais, comme blesser Lola.

— Et s'il le fait ? Sur l'œil d'Odin, je le...

Je pose une main apaisante sur son épaule.

— Alors, ta sœur sera triste un moment, mais elle s'en remettra. Je serai là pour elle, et tu le seras également. C'est la vie, tu ne peux rien y faire.

Il fixe sa sœur, la peur dans le regard, puis se reconcentre sur moi et soupire.

Son inquiétude est touchante, il ne veut que le meilleur pour Lola. Je lui offre un tendre sourire qui se transforme en grimace lorsque je me racle la gorge. Je déglutis à plusieurs reprises, je tousse, mais rien n'y fait. Quelque chose m'irrite les poumons et m'empêche de respirer convenablement. Je tousse une nouvelle fois et mon corps se plie en deux, ce qui inquiète Set. Il pose sa main sur mon épaule, le regard grave.

— Il y a encore de la fumée. Viens, on sort prendre l'air.

Je me râcle la gorge en guise de réponse et mes pieds quittent le sol. Je me retrouve dans ses bras, en train de suffoquer, alors qu'il traverse le salon d'un pas rapide. Je vois mes amis nous suivre et les regards des Devil's Sons se poser sur nous. Je secoue la tête à plusieurs reprises et Set comprend immédiatement : je ne veux pas qu'on me voie dans cet état. Il leur ordonne de rester là, puis m'emmène hors de la maison. L'air frais et pur entre brutalement dans mes poumons pour chasser l'air pollué à la cigarette, ce qui me cause une nouvelle quinte de toux sèche encore plus douloureuse.

Je me recroqueville contre son torse, dans un état d'anxiété intense. Ce que je déteste le plus dans ma maladie, c'est lorsque je manque d'air. Cette sensation d'étouffer est la pire chose que j'aie connue. Quand l'air manque, on se rend réellement compte du rôle qu'il joue et on ne pense qu'à une chose : lui. On cherche à tout prix à le retrouver pour mettre fin au calvaire. Mais comment réfléchir posément, alors que notre cerveau semble en feu ?

Après avoir ordonné à tous les étudiants de quitter le jardin, Set me dépose délicatement sur l'herbe et s'agenouille à mes côtés, vraiment inquiet. Mais je le suis encore plus. À cause de ma maladie, je suis sujette aux œdèmes pulmonaires. Du liquide dans les poumons, voilà ce que je récolterais trop souvent si les traitements préventifs n'existaient pas. Puisque mon cœur ne pompe plus correctement le sang, ce dernier est enclin à stagner dans les vaisseaux du poumon. Et lorsque la pression sanguine devient trop conséquente dans ses vaisseaux, il y a une fuite de liquide vers les alvéoles pulmonaires. Si ma crise ne passe pas dans les prochaines minutes, je suis bonne pour retourner à l'hôpital. Et je n'en ressortirai probablement pas, cette fois-ci.

De mes mains tremblantes, je vide ma pochette sur le sol et attrape mon téléphone, mais je m'étouffe sans répit. Lorsque Set réalise ce que je veux faire, il prend mon portable et entre dans mes contacts. Il tape « Doc » sur le clavier en m'interrogeant du regard. Je hoche la tête. Il m'entoure de ses bras, colle mon dos contre son torse et appelle mon docteur qui décroche à la première sonnerie.

— Avalone ? Tu vas bien ?

— Non, répond Set par-dessus ma toux.

Ma gorge me brûle, mes yeux brillent de larmes qui finissent par rouler sur mes joues. Sans les bras de Set, qui me retient contre lui, je me serais écroulée au sol, face contre terre.

— Elle a inhalé de la fumée de cigarette par voie passive. Elle tousse depuis une bonne minute sans parvenir à s'arrêter. Est-ce que je dois la conduire à l'hôpital ?

— Si elle parvient à se calmer rapidement, non. Je vais tenter quelque chose. Est-ce qu'elle m'entend ?

Set lui répond qu'il est sur haut-parleur.

— Avalone, je t'ai donné les traitements nécessaires en prévention des œdèmes pulmonaires. Tu n'as pas de liquide dans les poumons, tu es seulement anxieuse à la suite de ton arrêt cardiaque. *Ce n'est que de l'angoisse.*

J'entends ses mots, mais ça ne change rien à mon état. Set me serre plus fort, je sens ses mains trembler contre moi.

— Est-ce que tu craches du sang ou un liquide mousseux ? demande le docteur.

Set répond pour moi par la négative.

— Est-ce que ton visage et tes mains sont bleus ?

Le Devil's pose une douce main sur mon visage pour le ramener vers lui et je rencontre son regard profondément bouleversé. Il observe la couleur de ma peau, puis lève ma main à la hauteur de ses yeux.

— Non, répond-il.

Il referme son bras sur moi et dépose ses lèvres sur le haut de ma tête.

— Est-ce que tu as des douleurs thoraciques ?

Je secoue négativement la tête, puis Set traduit ma réponse au docteur, qui pousse un soupir de soulagement, comme s'il n'était pas sûr de ses précédentes affirmations. Il faut avouer que dans mon cas, tout est possible.

Peu à peu, et grâce au médecin, je comprends que, mis à part la toux, je n'ai pas les symptômes de l'œdème pulmonaire.

— Ce n'est que de l'angoisse, Avalone. Tu n'es pas morte il y a deux semaines, et tu ne mourras pas aujourd'hui, tu m'entends ?

— Oui...

Ma voix me surprend autant qu'elle surprend Set et le docteur. Je tousse encore une fois, puis une autre, la gorge irritée. Je tousse une troisième fois quelques secondes plus tard et enfin, je peux prendre ce qui ressemble à une inspiration normale mais sifflante.

— Tu as réussi à te calmer, tes symptômes s'apaisent. Si c'était un œdème, ils seraient toujours là. Alors, je n'aurais pas hésité à t'envoyer à l'hôpital. Tout va bien, Avalone.

Set me relâche délicatement et je me laisse tomber à quatre pattes pour reprendre ma respiration. J'inspire douloureusement et expire doucement. Mes dernières larmes tombent sur l'herbe, mais mon corps tremble encore.

*Je ne fais pas un œdème.*

*Je suis en vie.*

Set remercie le Doc, lui confirme que je vais mieux et raccroche pendant que je m'allonge sur le dos, le regard rivé vers les étoiles. Je suis vidée de toute énergie.

— Ça va mieux, Beauté divine ?

— Oui. Merci...

Il se laisse tomber sur le dos à mes côtés, affecté par ce qu'il vient de voir et d'entendre.

— Ça t'arrive souvent ?

Je tourne le visage vers lui pour le regarder. Je ne sais pas si sa question concerne les œdèmes pulmonaires, l'incapacité à respirer ou les autres soucis qui sont les conséquences de ma maladie.

— Certaines choses plus que d'autres.

Il soupire et passe une main encore tremblante sur sa barbe naissante.

— Je n'ai jamais rencontré de personne qui ait une telle maladie et qui soit aussi forte que toi… Sans l'intervention d'Ange chez Carter, jamais je ne me serais douté que tu avais une insuffisance cardiaque.

Face à l'idée qu'à ses yeux, maladie et force puissent coexister, je détourne le regard et souris, pensive.

— Petite, je pensais que combattre ma maladie ferait de moi une guerrière et m'ouvrirait les portes du Valhalla[20] quand ce serait la fin. Lorsque j'ai compris que ce ne serait pas le cas, j'ai décidé de porter une couronne en plastique. Si elle tombait, je me punissais. Je me forçais donc à garder la tête haute, peu importe que je sois à la maison ou à l'hôpital, une guerrière ou une simple survivante éphémère.

— Putain ! Ne raconte pas ça à Tucker, ou il va pleurer comme un bébé…

Je m'esclaffe et Set ouvre un bras pour m'attirer contre lui

[20] Le Valhalla est le lieu qui reçoit les valeureux guerriers morts au combat choisis par les Valkyries d'Odin sur le champ de bataille. Les Einherjar (habitants du Valhalla) boivent et festoient la nuit à la table d'Odin et se combattent la journée en prévision du Ragnarök. Lors de ce jour funeste, ils viendront grossir les rangs des dieux pour combattre leurs ennemis. Pour chaque homme adepte de cette religion, c'est une quête et un honneur d'atteindre le Valhalla après sa mort.

dans un geste réconfortant, comme si c'était la chose la plus naturelle au monde.

— Je m'incline, Majesté.

Je souris de longues secondes, appréciant ce moment de calme en sa compagnie. Lola avait raison. Les faiblesses ne les repoussent pas, au contraire.

— Pourquoi tu as rejoint les Devil's Sons ? Ta sœur m'a dit que tes parents te réservaient un tout autre avenir, mais je crois qu'il existait des solutions bien moins radicales pour leur faire comprendre que tu aspirais à autre chose.

Set éclate d'un rire communicatif qui m'entraîne avec lui. Il secoue la tête sans se départir de son sourire.

— J'étais en deuxième année. Mes parents et moi ne nous parlions plus depuis plusieurs mois, parce que je leur avais avoué que je ne voulais pas du fameux avenir qu'ils avaient planifié pour moi. Ils m'ont coupé les vivres. Ils pensaient que j'allais accepter de faire ce qu'ils voulaient pour avoir droit à leur argent, mais il en était hors de question. Il me fallait un boulot pour payer ma chambre sur le campus, et Clarke est tombé à pic. Je l'ai rencontré au *Degenerate Bar*. Il se battait avec deux gars qu'il a bien défigurés, quand six autres sont apparus. Il a beau être vraiment très fort, contre six hommes munis de barres de fer, il allait forcément se faire éclater la gueule. Alors, je me suis battu avec lui sans hésiter. On ne s'en est pas trop mal sortis, pourtant il ne m'a même pas remercié, le salopard. Il était froid et me regardait d'un air méprisant, comme s'il voulait m'en mettre une à moi aussi. Et c'est ce qu'il a fait.

J'écarquille les yeux tandis que Set rigole avant de préciser :

— Comme tu as pu le constater, Clarke déteste qu'on se mêle de ses affaires. Crois-le ou non, avec la droite qu'il m'a mise, j'ai compris que ce type était complètement fou et je l'ai directement trouvé sympathique. Il est parti sans un mot, mais quelques jours plus tard, il est venu à moi et m'a proposé de rencontrer Carter. Au début, je faisais ça pour l'argent, puis j'ai découvert chez les Devil's Sons une véritable famille, alors que celle biologique m'avait tourné le dos. Dans ce gang, nous nous acceptons tels quels, avec nos qualités et nos défauts. Personne n'essaie de nous changer, pas même Carter. Au contraire, il nous apprend à faire de nos faiblesses une force. Je n'ai jamais été aussi à ma place que chez les Devil's Sons.

# 13.

Un raclement de gorge attire notre attention sur le coin du jardin où Clarke se tient, les bras croisés sur son torse, adossé contre le mur. À sa posture, il ne vient certainement pas d'arriver, et j'espère de tout cœur qu'il ne m'a pas vue manquer d'air, même si les paroles de Set sur les faiblesses m'ont rassurée.

— Retourne à l'intérieur. Je veille sur elle.

Set acquiesce et embrasse mon front, puis je me redresse pour lui permettre de se relever.

— Et laisse Daniel tranquille, lui lancé-je.

— Tu as ma parole !

Il m'offre un clin d'œil avant de disparaître, emportant mon sourire avec lui.

Les mains dans les poches, Clarke marche jusqu'à moi et s'assied à la place que Set occupait quelques secondes plus tôt.

Je ne sais jamais comment agir avec lui, c'en est frustrant. Il souffle le chaud et le froid. Son humeur est imprévisible, ce type est impossible à cerner.

— Tu n'es pas avec ta copine ? lui demandé-je pour briser le silence.

— Ce n'est pas ma copine.

S'ensuit un long silence, mais je comprends parfaitement les mots qu'il ne dit pas. Il ne sort avec personne. Les relations sérieuses ne l'intéressent pas.

Il regarde droit devant lui sans me montrer le moindre intérêt.

*Pourquoi est-il là s'il s'ennuie ?*

— Tu devrais retourner à l'intérieur.

Il tourne le visage vers moi, les yeux plissés.

— Pour supporter les tentatives d'approche de personnes plus ridicules les unes que les autres ? Non, merci. Je préfère encore rester avec toi.

Je ne sais pas comment je dois le prendre, mais je pouffe d'un rire amusé ou las, je ne sais pas encore, et un sourire étire le coin des lèvres de Clarke. Malgré tout, je suis compréhensive. Je détesterais être au centre de l'attention pour l'image que je renvoie, et non pour celle que je suis réellement. Je ne supporte pas l'hypocrisie et les gens intéressés.

— Tu ne crois pas en l'amour ?

S'il est surpris par ma question, il n'en laisse rien paraître.

— Je crois seulement en ce que je vois.

— Tu crois pourtant aux dieux.

— J'y crois, sans pour autant les vénérer.

Sa révélation me prend de court. J'aimerais lui demander s'il a perdu confiance en eux à la mort de ses parents, seulement ça me semble déplacé, alors je garde le silence et je le laisse poursuivre.

— Comme je crois en l'amour sans avoir foi en lui. Je pense qu'on le définit mal. Ce qu'on qualifie d'amour aujourd'hui, ce n'est qu'une illusion, un mensonge ancré et entretenu pour se sortir de la solitude.

Le regard que je pose sur lui est empli de stupéfaction. J'étais loin de me douter que s'il le voulait, Clarke pouvait avoir de l'éloquence.

Je me perds dans ses prunelles hypnotiques capables de dire

mille choses s'il les laissait s'exprimer.

— Donc, pour toi, l'amour qu'on voit aujourd'hui n'est plus ce qu'il est censé être à l'origine ?

Il acquiesce et je secoue la tête, en désaccord avec lui.

— L'amour va bien au-delà du simple passe-temps. Il est réel. Regarde Jackson et Aurora, ou...

Clarke rigole, méprisant.

— Si Jackson et Aurora se séparaient, ils ne mettraient que quelques semaines à se remettre de leur rupture. Ils rencontreraient d'autres personnes et retomberaient amoureux. C'est ça pour toi, l'amour ? Remplaçable ? Éphémère ?

J'ouvre la bouche, mais les mots ne me viennent pas. Il existe des amours qui ne meurent jamais, néanmoins, ils sont rares. Et si Clarke avait raison ? Et si l'amour qui s'éteignait avec le temps n'était en fait qu'un vague écho de ce qu'il devrait être ?

— Alors, l'amour devrait être éternel ? Si demain l'une des deux personnes venait à mourir, l'autre devrait dépérir de chagrin ? Être incapable de s'en remettre et de vivre sans elle ? demandé-je.

— J'imagine. Mais il est en voie de disparition, alors ne compte pas trop dessus.

Je me renfrogne instantanément.

— Je ne veux pas d'amour, encore moins un amour comme celui-là.

Clarke arque un sourcil, dubitatif, mais mon sérieux finit par le convaincre.

— Pourquoi, si tu y crois ? Et ne me donne pas la version en deux lignes pour changer de sujet. Je veux la *vraie* raison.

Dérangée par la tournure que prend la discussion, je me lève sous son regard curieux et le contourne.

— Qu'est-ce que tu...

— Ne bouge pas. J'ai besoin de m'adosser contre quelque chose.

Je me rassieds sur l'herbe et m'appuie contre son dos avant de tendre les jambes devant moi et de les croiser. Même si avoir un mur derrière moi me soulage, je fais surtout ça pour échapper à son regard scrutateur.

— Les études, c'est trop important pour que je sois distraite par un mensonge ancré et entretenu, comme tu dis.

— Je t'ai demandé la vraie version, Avalone. Pas celle que tu sors à tes amis.

Je me mords l'intérieur des joues et me demande pourquoi je me confierais à lui. Nous ne sommes pas amis, et discuter de ce genre de sujet sur lequel il est sans appel ne me semble pas une bonne idée.

Aurora avait choisi une expression pour qualifier Clarke, et c'est exactement la même qu'avait utilisée mon ancienne meilleure amie quand ma maladie est devenue trop dure à supporter pour elle.

« Je t'aime tellement, que je ne veux pas être dans les parages quand tu exploseras », m'avait dit Nora.

— Alors ?

— Je suis une bombe à retardement.

Je ne vois pas son visage, mais le silence qui s'ensuit ne laisse pas beaucoup de place à l'imagination. Il a probablement les sourcils froncés et l'expression indéchiffrable.

J'hésite à continuer, mais maintenant que j'ai commencé, autant en finir rapidement.

— Je ne mourrai jamais de vieillesse. Je peux tenir quelques années, si je continue d'être bénie des dieux, comme je peux mourir demain. Et je laisserai tous ceux qui m'aiment derrière moi.

Je sens Clarke se tendre dans mon dos. Je passe mes doigts dans l'herbe avec nervosité.

— Tu mérites d'être heureuse.

— Pas si c'est au détriment d'autrui. Véritable amour ou pas.

Je sursaute lorsque Clarke se lève brusquement et se tourne

vers moi, les yeux noirs de colère.

— Tu es idiote.

— Pardon ?

— Tu es idiote ! répète-t-il, agacé. Tu vas te priver de ce que tu veux parce qu'il y a une possibilité que tu meures demain ? Je vais t'apprendre quelque chose, Avalone. Tout le monde peut mourir du jour au lendemain et abandonner ses proches. C'est la vie !

Je sais qu'il fait référence à la mort de ses parents, cependant ses insultes et son ton me font monter dans les tours. En colère, impulsive, je bondis sur mes pieds.

— Oui, tout le monde peut mourir du jour au lendemain. Mais pour moi, ce n'est pas qu'un risque, c'est ma fatalité ! Je suis *mourante* ! Je ne devrais même pas être en vie à l'heure qu'il est !

Ses yeux deviennent encore plus sombres... si c'est possible.

— ALORS, PROFITE !

— COMMENT ?

Un silence durant lequel nous nous dévisageons, tous deux le souffle court, s'abat sur nous. Je passe mes mains tremblantes sur mon visage.

— Depuis ma naissance, je vais d'hôpital en hôpital, de rendez-vous médical en rendez-vous médical, de restriction en restriction et de traitement en traitement, en ayant de plus en plus de chances de mourir le lendemain. Je dois faire attention à ce que je mange, à ce que je bois, à l'endroit où je me trouve, parce que la simple fumée m'empêche de respirer. Je ne peux pas courir, je dois tout le temps penser à prendre mon traitement et si je l'oublie, mon cœur cesse de battre ! Alors, je suis d'accord avec toi, Clarke. Tout le monde peut nous quitter du jour au lendemain. Mais dans mon cas, c'est inévitable. Voilà pourquoi je profite avec mes amis et j'enfreins les restrictions de mon docteur pour vivre des expériences que tout le monde est censé vivre. Néanmoins, je n'emporterai pas un quelconque homme dans ma chute, même si, comme tu le dis, il s'en remettra !

J'inspire profondément pour reprendre mon souffle tandis que Clarke me scrute sans rien dire. *Bien.*

— Je retourne à l'intérieur.

Je fais demi-tour, mais le Devil's prend la parole.

— Et pour la fumée ?

Éreintée, je ferme les yeux afin d'empêcher mes larmes de couler. Je ne peux pas rejoindre la villa. Même si plus personne ne fume, l'air a du mal à se renouveler.

— Tu n'aurais pas dû venir. Tu aurais dû te reposer.

Je l'entends s'approcher dans mon dos et me tourne lentement vers lui.

— Je te ramène sur le campus.

Sa voix douce a le mérite de m'amadouer. Je hoche la tête et sors mon téléphone pour prévenir Lola que je rentre.

Lorsque je relève le nez de mon écran, Clarke n'est plus là. Je soupire et le retrouve sur sa moto, le moteur allumé. J'enjambe la Harley, puis enroule mes bras autour de sa taille, mais alors qu'il s'apprête à démarrer, son téléphone sonne. Il grogne de mécontentement et décroche.

— Quoi ?

Il marque une pause.

— Non, je suis avec Avalone. Je la ramène sur le campus.

Nouveau silence.

— J'irai après, ce n'est pas le moment.

Avant qu'il ne raccroche, j'aperçois le nom de Carter inscrit sur l'écran.

— Un problème ? demandé-je.

— Encore un connard qui ne respecte pas les conditions du traité.

À cran, il accélère brusquement et s'élance dans les rues de la ville.

J'ai tout le trajet pour me remémorer la fois où j'ai vu Clarke faire passer l'envie à un homme de revenir sur le territoire des Devil's Sons. Le sang n'avait pas été le seul à gicler. Il y avait des dents, aussi. Et je sens que c'est exactement ce qu'il va se produire ce soir. Ce sera peut-être même pire, étant donné qu'il n'a pas pu cogner sur Logan.

Arrivés sur le campus, nous descendons de sa moto et je me plante devant lui.

— Tu n'as jamais pensé à utiliser les mots plutôt que la force ?

Sans un regard pour moi, il me contourne et se dirige vers le bâtiment de pierre.

— La communication, ce n'est pas mon truc.

— Sans blague ! Si tu ne me l'avais pas dit, je ne m'en serais jamais douté !

Au pied des escaliers, Clarke me laisse passer devant lui. Les premières marches sont un jeu d'enfant, mais celles qui suivent deviennent une torture. Ma respiration est courte et sifflante, mes jambes toutes tremblantes. Chaque pied que je lève semble peser de plus en plus lourd.

— Tu as besoin d'aide ?

— Absolument pas.

Je me tiens à la rampe d'escalier et ma vitesse ralentit considérablement. Je suis obligée de prendre des micro-pauses pour faire disparaître les points noirs qui apparaissent sous mes yeux.

Clarke soupire dans mon dos et son ton se radoucit.

— Laisse-moi t'aider, Avalone.

— Je sais monter des marches !

— Je n'en doute pas, mais... Et puis, merde !

Deux mains sur ma taille me font pivoter face à lui et en une fraction de seconde, je me retrouve sur son épaule. Je pousse un juron, mais ne m'arrête pas là. N'ayant pas la force de me débattre, un flot interminable d'injures franchit mes lèvres sous les ricanements de Clarke.

*Parce qu'en plus, il a le culot d'en rire !*

Lorsqu'il me repose devant ma porte, je souffle bruyamment sur mes cheveux pour les dégager de mon visage et ainsi le fusiller du regard.

— Qu'est-ce qui ne va pas chez toi ? Ça t'arrive de prendre en compte mes souhaits ?

— Non. Pas quand ils vont à l'encontre de ce qui est le mieux pour toi.

Sidérée, je ris nerveusement.

— Ah ! Tu sais ce qui est le mieux pour moi ? Je rêve ! Tu es vraiment...

— Attention à ce que tu dis, me coupe-t-il. Une si jolie bouche ne devrait pas prononcer ces insanités dont tu as le secret.

Il incline la tête sur le côté et ses yeux tombent lentement sur mes lèvres. Une seconde passe, puis deux. J'ouvre la bouche, mais la referme aussitôt, incapable de me souvenir de la raison de ma colère.

— Bonne nuit, Avalone.

Clarke tourne les talons, ce qui permet à mon cerveau de se libérer de la prison de brouillard dans laquelle il venait d'être piégé.

— Va te faire voir !

Son éclat de rire résonne en réponse et, agacée, je récupère mes clés pour ouvrir la porte de ma chambre. Mon esprit est en ébullition et mes pensées se cognent les unes contre les autres, rendant toute réflexion incompréhensible.

Je m'apprête à refermer la porte derrière moi, cependant un pied apparaît dans l'encadrement et m'en empêche. Cette chaussure n'appartient pas à Clarke. Surprise, je laisse la porte s'ouvrir lorsque le nouveau venu la pousse.

Un regard vitreux et une forte odeur d'alcool, l'étudiant que j'ai devant moi est bien éméché. Son état d'ébriété et l'absence de toute autre personne dans le couloir ne me rassurent pas.

— Je peux faire quelque chose pour toi ?

Ses yeux remplis de désir qui me détaillent de la tête aux pieds me donnent froid dans le dos. Je réfléchis déjà à trouver un objet à portée de main qui pourrait m'aider à le repousser si besoin, mais il entre brusquement dans ma chambre, m'obligeant à bondir en arrière.

Les battements de mon cœur accélèrent à vitesse grand V.

— Tu devrais partir !

Mon ton est sec et j'essaie de dissimuler ma peur, pourtant je recule en réponse à chacun de ses pas. Je me retrouve rapidement acculée contre mon bureau.

Je sors à peine de l'hôpital, alors l'idée d'y retourner pour viol me donne la nausée. Je n'ai pas survécu pour *ça*.

Mon cerveau se remet en marche, analyse la situation et réfléchit à des solutions pour me sortir de ce pétrin, mais l'homme plaque son corps contre le mien et toutes mes pensées cohérentes se volatilisent.

— Dégage !

Mon poing part cogner sa mâchoire. Un élancement vif dans mes doigts me fait grimacer de douleur. Malheureusement, l'homme n'a même pas reculé sous le choc. Il lâche un rire mauvais avant de me lancer un regard déterminé qui accentue ma panique, comme si c'était encore possible.

Brusquement, sa bouche se colle à mon cou et ses mains parcourent mon corps. J'ai un haut-le-cœur puissant. J'essaie de me débattre et de le repousser, mais plus je gesticule et plus il accentue le poids de son corps sur moi. Des larmes se forment aux coins de mes yeux et finissent par brouiller ma vue. Lorsque sa main se pose sur mon entrejambe, je hurle de terreur, puis appelle à l'aide. Dans un espoir vain, je tente de le mordre. Il me pousse alors si violemment contre le mur que mon souffle se coupe pendant des secondes interminables.

— S'il te plaît... arrête...

Mais il revient à l'attaque. Il touche, caresse, embrasse mon corps, extorquant par la même occasion mon droit de propriété. Il viole mon corps et souille mon âme.

Alors qu'il s'apprête à glisser une main dans mon short, je réunis mes dernières forces pour enfoncer mon talon dans son pied. Il jure et relâche sa prise sur moi.

— Tu n'aurais jamais dû faire ça !

Il me gifle si fort que mon oreille siffle et que des étoiles dansent devant mes yeux. Je pleure, je gémis de douleur et le supplie. Puis il colle sa bouche à la mienne. Mes jambes lâchent, cependant il me retient contre son corps. Je n'ai plus la force de me battre, plus la force de crier. Alors, je le laisse faire. Je le laisse attraper mes cheveux et les tirer en arrière. Je laisse sa langue goûter ma peau. Et je suis vide. Je n'entends plus, je ne pense plus, je ne respire plus, je ne vis plus. Je sens mon âme quitter mon corps, mon esprit s'envoler vers autre chose de moins cruel.

Mes genoux entrent brutalement en contact avec le sol, suivis de mes mains. Il me faut de très longues secondes pour me rendre compte que je ne sens plus le corps de l'homme sur le mien. Il n'a plus ni ses mains, ni sa bouche, ni sa langue sur ma peau.

*Et Clarke est là.*

Il plaque mon agresseur contre le mur avant de mettre toute sa force dans son coup. Du sang gicle du nez de l'étudiant et sa tête retombe mollement sur le côté, les yeux clos.

— Je vais te faire passer l'envie de poser tes mains sur elle !

Sa voix sort tout droit des abîmes de Helheim[21], aussi glaciale et sinistre, et promet tout autant que ce monde : la fatalité. Aucun retour en arrière n'est possible.

Clarke attrape le visage de l'homme de sa grande main et fracasse son crâne contre le mur, puis enchaîne les coups, plus violents les uns que les autres.

---

[21] Helheim est le monde des morts sur lequel règne la déesse Hel.

Je regarde la scène comme si je n'étais pas vraiment présente, comme si un voile me séparait de la réalité. Les bruits m'atteignent en écho. Je ne parviens ni à bouger ni à parler, et encore moins à faire cesser mes larmes.

Le sol est couvert de sang. Clarke soutient le corps inconscient de l'étudiant et le roue de coups. Il frappe toujours plus fort. Il est destructeur, son besoin d'anéantir se ressent dans chacun de ses uppercuts.

Mes pensées se remettent à circuler et une sonnette d'alarme se déclenche dans mon esprit.

— Clarke… le supplié-je entre deux sanglots.

Il ne m'entend pas, il ne s'arrête pas. Le visage de l'homme est méconnaissable, il est totalement ensanglanté et gonflé.

— Clarke !

Ma voix ne le raisonne pas, toutefois la situation devient urgente. Je ne sais pas où je trouve la force, mais je hurle :

— CLARKE, TU VAS LE TUER !

Il lâche le corps de l'étudiant qui tombe et gît au sol dans son propre sang, puis se tourne brusquement vers moi, le regard submergé par la haine.

— JE T'INTERDIS DE LE DÉFENDRE !

— C'EST POUR TOI QUE JE M'INQUIÈTE !

Le sanglot incontrôlable qui m'échappe secoue tout mon corps.

— Je ne veux pas que tu ailles en prison…

Le regard de Clarke se radoucit aussitôt et, pour la première fois de ma vie, j'arrive à le décrypter. Il ressent une forte culpabilité.

— Reste ici et n'ouvre à personne.

Je secoue la tête, me noie davantage dans mes larmes.

— Je t'en supplie, ne me laisse pas ! Ne me laisse pas, ne me laisse pas, ne me laisse pas…

En une seconde, Clarke est sur moi et me soulève du sol pour me poser avec douceur sur mon lit. Il prend mon visage dans ses mains, aussi fraîches et douces qu'une caresse, qui ne me veulent pas de mal. Ses yeux verts trahissent l'inquiétude.

— Je te promets de revenir, Avalone. Je le sors de ta chambre et je reviens te chercher, OK ?

Ses mots calment mes sanglots et je parviens à hocher la tête. Son regard reste plongé dans le mien, il hésite à me laisser seule, mais il finit par grogner et se détourner de moi. Il ramasse l'homme avec une facilité incroyable, s'empare de mes clés et quitte ma chambre en prenant soin de refermer derrière lui.

Le silence tombe sur la pièce et les tremblements de mon corps redoublent.

C'est lorsque mes yeux se posent sur la quantité impressionnante de sang sur le sol et au mur que je bondis de mon lit pour courir jusqu'aux toilettes. Je remplis une bassine d'eau et me voilà à nettoyer le parquet en utilisant tous les tissus que je trouve. Je frotte comme une acharnée, je passe de temps à autre ma main sur des parties de mon corps pour effacer les vestiges d'abus. Mais rien n'y fait, cette sensation persiste. J'ai envie de hurler et de brûler ma peau pour ne plus sentir les mains et la langue de cet inconnu sur moi. Alors, je frotte mes bras et mon cou. Je frotte mes cuisses à les faire rougir, tout en plongeant le tissu dans la bassine pour le rincer. Des mains abîmées se posent sur les miennes pour interrompre mes mouvements rapides et répétitifs, et lorsque je lève les yeux, je rencontre ceux de Clarke. Je ne sais pas pendant combien de temps nous nous fixons, mais il finit par me prendre le t-shirt des mains avant de le jeter dans la bassine et de ramener le tout aux toilettes. Je suis en train de frotter les dernières taches de sang sur le sol avec mon haut de pyjama, lorsque la voix du Devil's au-dessus de mon épaule me fait sursauter.

— Je m'en occuperai plus tard.

Il me soulève du sol, me tourne face à lui et s'assure que je tiens bien sur mes jambes.

Terrorisée, complètement chamboulée et sous le choc, je me jette dans ses bras. Surpris, il met du temps à me serrer contre lui, mais au moment où il le fait, les battements de mon cœur ralentissent malgré mes larmes intarissables.

— C'est terminé. Ça n'arrivera plus jamais, je te le promets.

Je ressens toute sa colère dans sa voix, ses mains tremblent de retenue lorsqu'il les pose sur mes joues pour m'observer.

— Il t'a fait du mal ?

Je ne réponds rien parce que mon attention est attirée par sa main écorchée à vif, et je m'active aussitôt. Je sèche mes larmes et me détache de lui.

— Il faut désinfecter.

— Ça va, ne t'en fais pas.

— Il faut désinfecter. Ça va prendre cinq minutes, insisté-je, la voix tremblante.

Je lui tourne le dos dans l'intention d'entrer dans les toilettes à la recherche de la trousse de secours, mais il m'en empêche et attrape mon menton pour plonger son regard au cœur du mien.

Sa rage me percute. Elle tourbillonne dans ses pupilles dilatées sans fond et engloutit toutes les autres émotions afin de prendre le monopole. Elle me submerge.

— Je devrais le retrouver et le tuer pour ce qu'il a osé te faire ! crache-t-il entre ses dents serrées.

Le Devil's m'attire contre son torse et glisse sa main dans mes cheveux pour s'agripper à ma tignasse, comme si ça apaisait sa rage. Je comprends alors qu'il a besoin de moi autant que j'ai besoin de lui.

Nous nous imprégnons de ce que l'autre possède, mais qui nous fait personnellement défaut, dans l'espoir de nous calmer.

Après un certain temps, Clarke s'éloigne de moi et fouille dans les quatre coins de ma chambre.

— Tu dors chez moi.

Je ne discute pas. Je le regarde préparer mon sac. Je n'ai pas la moindre envie de rester seule ici. Je me sens si faible et vide que je crains de nouveau pour mon cœur. Cette soirée ne l'a pas épargné. Les derniers événements l'ont fait battre beaucoup trop vite. Clarke semble partager mes inquiétudes, puisqu'il passe le sac de sport sur son épaule et me soulève comme si je ne pesais rien. C'est dans ses bras que je quitte la chambre et je suis toujours plaquée contre son torse quand il monte sur sa moto.

Pendant tout le trajet, je ne vois rien d'autre que son t-shirt, je ne sens rien d'autre que son odeur, et je ne touche rien d'autre que son corps. Sa chaleur corporelle a pour effet de m'envelopper dans une bulle protectrice qui efface la sensation des mains de l'étudiant sur moi. Je me sens en sécurité avec lui, bien plus qu'auprès de n'importe qui. Parce qu'il est Clarke Taylor. Il est fort, puissant, et personne ne s'en prend à lui.

Mais il a beau être une boule de rage à l'état pur, il m'apaise. Bercée par les battements de son cœur, je parviens à sécher mes larmes.

C'est douloureux et j'ai toujours du mal à mettre de l'ordre dans mes pensées, cependant je me rends compte de la chance que j'ai eue. Clarke a entendu mon appel à l'aide. D'autres n'ont pas eu cette chance. D'autres encore n'ont pas crié, victimes de manipulations ou de chantage affectif.

Malgré cette chance, ça me rend malade de me sentir dépossédée. Victime d'agression sexuelle ou de viol, les dommages psychiques sont réels.

Le Devil's Son arrête sa moto devant l'entrée d'un bel immeuble. Il s'apprête à me porter, mais je mets un terme à mon moment de faiblesse. Je lui murmure que je vais bien et il me regarde descendre de sa Harley. Pour une fois, il accepte mon choix. Néanmoins, il s'attend à ce que je m'effondre d'une seconde à l'autre et me suit de près.

Nous traversons un hall d'immeuble spacieux, puis Clarke

me conduit au premier étage. Il ouvre une porte qui donne sur un magnifique salon d'une très grande taille. Ça rapporte visiblement beaucoup de faire partie d'un gang.

Lola m'avait déjà informée qu'il vivait avec Set et Tucker, donc je ne suis pas surprise par le nombre de pièces. En revanche, c'est bien agencé et d'une propreté immaculée.

Je suis Clarke jusqu'à une chambre. Elle est aussi *clean* que le salon, mais je remarque aussitôt qu'elle est dépourvue d'effets personnels. Pas de photo, aucun objet n'indique que quelqu'un en particulier dort ici. Les murs blancs contrastent avec le sommier du lit deux places et les draps noirs. Une porte donne probablement sur une salle de bains à l'opposé de la penderie, noire elle aussi.

— Il y a des serviettes propres dans le tiroir, m'indique-t-il.

Il pointe la fameuse porte du doigt.

Je hoche la tête et après un dernier regard où il s'assure que je vais bien, il pose mon sac sur le lit avant de quitter la chambre.

En pilote automatique, je récupère mes affaires et entre dans une splendide salle de bains en marbre noir. Je n'observe pas mon reflet à travers le long miroir par peur de ce que je risque d'y découvrir. Au lieu de quoi, je m'empresse de retirer mes vêtements pour entrer dans la douche à l'italienne.

L'eau chaude qui coule sur mon corps me fait un bien fou, mais se teinte de rouge en raison du sang que j'ai sur moi. Je plaque mes mains contre le mur et ferme les yeux. Je patiente de longues minutes pour être sûre que lorsque je les rouvrirai, toute trace d'hémoglobine aura disparu.

Enfin, je me lave le corps et les cheveux avec des produits d'homme déjà entamés. D'un coup d'œil vers le lavabo, je comprends que cette chambre n'est pas inoccupée. Une brosse à dents, du dentifrice, un rasoir et une serviette sur le porte-serviettes.

Une fois rincée, séchée et mes dents propres, j'enfile mon

short en coton et un débardeur.

Je quitte la salle d'eau, puis la chambre, et traverse le couloir, hésitante. J'entre dans le salon où Clarke se tient face à la baie vitrée, son téléphone contre son oreille.

— Elle va bien. Il lui a fallu quelques petites minutes pour remettre sa couronne sur sa tête.

Je me fige de surprise. Il a visiblement entendu ce que j'ai raconté à Set tout à l'heure dans le jardin de la fraternité.

Il soupire, puis retire quelque chose de l'arrière de son jean et le pose sur la commode. Horrifiée, je recule d'un pas en reconnaissant l'objet. Un revolver. *Ils ont des flingues, bordel !*

— Non, j'appellerai Carter demain. Je crois qu'elle a eu une soirée suffisamment merdique comme ça.

Il marque une pause, le temps que Set lui réponde.

— Je n'en ai rien à foutre que ça déplaise à Carter ! De toute façon, elle n'acceptera jamais de dormir chez lui !

Il n'a pas tort.

— Si, j'ai bien cru que j'allais le tuer. Va effacer toute trace de sang de sa chambre. Elle n'a pas besoin de revivre ce cauchemar demain.

Clarke raccroche, et après avoir passé une main sur son visage, il se retourne. Son regard se pose aussitôt sur moi. Lorsque ses yeux descendent sur mes jambes nues, sa bouche s'entrouvre, ses sourcils se froncent. Ses expressions faciales sont peut-être imperceptibles pour beaucoup, mais elles me donnent un coup de chaud.

Il se racle la gorge et me regarde droit dans les yeux.

— Tu n'as pas pu manger de pizza, ce soir. Tu as faim ?

Je dis « non » de la tête. Ce qui s'est passé m'a coupé l'appétit. En revanche, je pensais qu'il était trop occupé à embrasser son étudiante pour se rendre compte que je n'avais rien avalé.

— D'accord. Alors, dors bien. Si tu as besoin de quoi que ce soit, je serai ici.

— Rassure-moi, je ne vais pas trouver de sous-vêtements ou de sécrétions vaginales liées à l'excitation sexuelle dans tes draps ?

Ses yeux s'arrondissent de surprise, puis il éclate d'un rire qui fait vibrer toute mon âme. Elle est bien là, elle ne m'a pas abandonnée après mon agression, et je parviens même à sourire face à son hilarité.

— Ça ne risque pas, aucune fille ne vient ici.

J'affiche une moue sceptique.

— Je ne suis pas du genre à les prendre dans mes bras après les avoir baisées, Avalone. Ça m'évite de devoir les foutre à la porte et de subir leurs jérémiades.

Je lève les yeux au ciel.

— Quel gentleman !

— Le gentleman, aussi surprenant que ça puisse être, te laisse son lit. À moins que tu ne préfères le canapé ?

Je lève les mains en signe d'innocence et recule d'un pas.

— Si ça ne tenait qu'à moi, je prendrais le canapé, mais mon docteur me l'interdit formellement, mens-je.

Je hausse les épaules en réponse à sa moue dubitative.

— Question de degré d'angle, ou je ne sais quoi...

Il retient son sourire alors que ses yeux pétillent d'amusement. Après lui avoir souhaité bonne nuit, je remonte le couloir. Avant de disparaître de sa vue, je tourne une dernière fois le visage dans sa direction et ce que je vois m'arrête net.

La tête inclinée sur le côté, Clarke a les yeux rivés sur mes fesses. Lorsqu'il se rend compte qu'il vient de se faire prendre la main dans le sac, il se redresse et hausse les épaules.

— Ce short est ridiculement petit.

— C'est toi qui l'as choisi, lui rappelé-je.

Le coin de ses lèvres s'étire et je lève les yeux au ciel avant de rejoindre sa chambre, reconnaissante qu'il m'y laisse dormir.

Après avoir avalé mes médicaments, j'éteins la lumière et

m'allonge sur le lit. Maintenant, j'en suis sûre, c'est bien sa chambre. Et ses draps sont imprégnés de son odeur.

Je me réveille en sursaut, les joues baignées de larmes, dans l'incapacité de respirer. Je tremble de tout mon corps. Des images de mon agresseur tournent encore dans mon esprit. Il était là, dans mon cauchemar, et Clarke ne venait pas à ma rescousse. Je hurlais et me débattais, en vain.

Il me faut un certain temps pour me souvenir que je suis dans la chambre de Clarke. Faible et en train d'asphyxier, je repère mon sac sur la table de chevet, mais lorsque j'essaie de l'attraper, je le fais tomber par terre avec fracas. Je me redresse et quitte le lit pour le récupérer. Mes jambes lâchent et des bras puissants me retiennent. Ce sont ceux de Clarke, que je repousse. Je refuse que quelqu'un me voie une nouvelle fois dans cet état. Mais le Devil's Son resserre son emprise sur mon corps et bientôt, je n'ai plus la force de me débattre. Je le laisse me porter et me ramener sur le lit, le cerveau embrumé par le manque d'oxygène.

— Je...

— Tout va bien, me souffle-t-il.

Blottie contre son torse nu et chaud, je vois sa main s'ouvrir sous mes yeux pour révéler le médicament que je cherchais quelques secondes plus tôt. Je m'en empare aussitôt, le pose sur le bout de ma langue et l'avale. L'effet du Xanax ne tarde pas à se faire ressentir.

Dans un sifflement peu agréable à l'oreille, l'air parvient à mes poumons. Je pars dans une quinte de toux incontrôlable, retenue fermement contre Clarke qui m'entoure de ses bras, comme s'il voulait me protéger de mon anxiété elle-même.

Peu à peu, je retrouve mon calme et respire de manière convenable. Je prends soudainement conscience de sa peau nue contre la mienne qui se recouvre de chair de poule. Une douce torture que je découvre pour la première fois. La chaleur de son corps perce mon débardeur et rend ma peau bouillante. Chacune de ses respirations intensifie la pression de son torse contre mon dos, et son souffle...

— Tu devrais essayer de te rendormir, me chuchote-t-il, le nez dans mes cheveux.

Son souffle contre mon oreille provoque un frisson que j'aurais dissimulé si je n'étais pas dans les vapes. Mais je sens Clarke sourire, signe qu'il n'est pas passé inaperçu.

Il m'allonge sous les draps et sa peau qui quitte la mienne entraîne un sentiment d'absence, de manque. Il se relève et s'apprête à partir, mais ma main se referme sur son poignet. Il se retourne vers moi, surpris.

— Dors avec moi...

Je regrette instantanément mes mots, et lorsque je vois le Devil's Son tendu comme un arc, je donnerais tout pour les ravaler.

Clarke me fixe de longues secondes, je ne peux même pas décrypter son expression dans cette obscurité. Sans répondre, il tourne les talons et se dirige vers la sortie. Je ferme les yeux en poussant un soupir, mais je n'ai pas la force de m'insulter. Lorsque la porte claque, je découvre à mon grand étonnement qu'il ne l'a pas passée. Les battements de mon cœur accélèrent, alors que sa main reste plaquée contre le bois. Il hésite, je le sais, et je peux même voir ses muscles se tendre de ses hanches à sa nuque. Lentement, il se retourne vers moi et m'offre une incroyable vue sur son torse et les ombres qui y dansent.

Une fois sa décision prise, il n'y a plus de retour en arrière possible. Le Devil's avance jusqu'au lit et le contourne pour s'y allonger. Il prend une longue inspiration qui affole tous mes sens, puis son bras passe sous mon corps et m'attire à lui. Lorsque ma tête se loge au creux de son épaule et que ma main se pose sur son torse nu, il tressaille.

Un silence pesant s'installe, durant lequel je n'ose pas bouger ni même respirer. Puis il grogne d'agacement et l'instant d'après, il me retourne sur l'autre flanc. Ses bras s'enroulent autour de ma taille tandis qu'il attire mon dos contre son torse.

Dans cette position, son souffle qui tombe dans mon cou me fait frissonner une seconde fois… et je sens Clarke sourire tout contre ma peau.

# 14.

Voilà dix minutes que je suis réveillée et que je ne bouge pas d'un cil afin de réfléchir aux événements de la veille. Clarke n'est plus à mes côtés depuis un long moment. Sa place est froide et je n'ai pas la moindre idée du temps que j'ai passé dans ses bras. A-t-il attendu que je sombre dans le sommeil pour prendre la fuite ou a-t-il dormi avec moi ?

Cette fois-ci, j'ai la force de m'insulter mentalement pour avoir quémandé sa présence cette nuit. C'est probablement le plus beau garçon que j'aie jamais rencontré, et j'avoue ressentir certaines choses lorsqu'il n'est pas le plus gros abruti des neuf mondes. Mais il reste quelqu'un de violent avec des activités illégales, il ne sort pas avec les filles et je ne veux pas d'un copain. Alors, à quoi suis-je en train de jouer ?

Je pousse un long soupir, me dégage des draps et quitte le lit. Le soleil est déjà bien haut dans le ciel, ce qui n'est pas étonnant, puisqu'il est presque midi.

Je pénètre dans la salle de bains pour me rafraîchir le visage avant d'enfiler des affaires propres, choisies à la va-vite par Clarke la veille.

D'un pas peu assuré, je sors de la chambre et traverse le couloir. La voix de Tucker parvient jusqu'à mes oreilles et me détend. Je n'aurai pas à affronter Clarke dès à présent. Je vais pouvoir l'ignorer et me concentrer exclusivement sur les garçons.

J'entre dans le salon et des sourires se dessinent sur les lèvres de Set et Tucker lorsqu'ils me voient. Ils sont torse nu, assis devant leur petit déjeuner, et il n'y a aucune trace de Clarke, ce qui, étrangement, me déçoit.

*Mais bon sang, qu'ils sont bien foutus !*

— Si tu as besoin d'être rassurée sur un point, malgré la nuit de merde que tu as passée, tu restes resplendissante, me lance Set. Je dirais même carrément divine.

Je secoue la tête, amusée, mais le sourire des garçons s'évanouit bien trop vite. Ils scrutent mon regard pour vérifier que mon âme est en un seul morceau.

— Je préfère quand vous jouez les gros durs plutôt que les grands frères inquiets. Alors, arrêtez ça, bande d'idiots, je vais bien !

Ils éclatent de rire et me taquinent sur mon sale caractère, puis Tucker me fait signe de les rejoindre et je prends place à leurs côtés devant des couverts.

— Du jus d'orange ? me propose Set, la bouteille à la main.

— Oui, s'il te plaît. Clarke n'est pas là ?

— Non, il est chez Carter.

La conversation téléphonique de Clarke et Set la veille me revient à l'esprit. Il va sûrement avoir des ennuis pour m'avoir ramenée chez lui plutôt que chez le boss.

— Il va avoir des problèmes ?

Set me sourit malicieusement, Tucker joue des sourcils et je plisse les yeux, méfiante. Je ne sais pas ce qu'ils tentent de sous-entendre, mais ça ne me dit rien qui vaille.

— Ne t'en fais pas. Ce n'est pas la colère de Carter qui viendra à bout de Clarke.

Je hoche la tête, puis me tartine un toast, lorsque la porte d'entrée s'ouvre sur Jesse et Justin. Tandis que le blond me pince la joue avant de croquer dans mon pain pour m'embêter, celui au crâne rasé enroule ses bras autour de mon cou et me serre tendrement. Même si je déteste Carter, je dois admettre que j'apprécie les garçons et cette familiarité qui s'est installée entre nous.

— Comment tu vas, V ?

Jesse me libère et contourne la table pour se placer avec Justin face à moi et ainsi mieux m'examiner. Je ne sais pas ce qu'ils lisent sur mon visage, mais ils sont inquiets et une certaine colère émane d'eux, même s'ils essaient de la dissimuler.

— N'attendez pas de réponse de sa part, elle n'aime visiblement pas qu'on se fasse du souci pour elle, lance Set, taquin.

Justin se penche sur la table pour poser sa lourde patte sur ma tête et m'ébouriffer les cheveux. Je peste et tente de le repousser.

— Ça ne m'étonne pas de *la lionne* !

Je me décompose et les garçons se marrent. Voilà que je jure à faire pâlir les dieux, ce qui accentue leur hilarité.

*Cet abruti de capitaine est franchement détestable !*

Lorsque les rires se tarissent, Jesse et Justin tirent des chaises et prennent place à table.

— Alors, où est-ce que tu as dormi ? me questionne Justin.

Mon couteau tombe bruyamment dans mon assiette, Set et Tucker arborent de grands sourires. *C'était donc ça... Je prête serment sur l'Yggdrasil que s'ils l'ouvrent...*

— Dans la chambre de Clarke, répond Tucker.

— *Avec* Clarke, précise Set.

Je les fusille du regard.

— Clarke n'était pas sur le canapé ? demande Justin, pour être sûr de bien comprendre la situation.

— Personne sur le canapé ! confirme Tucker. Il s'est éclipsé de sa chambre il y a deux petites heures, laissant une belle endormie derrière lui !

Justin jure et Tucker lui tend la main, victorieux.

— Tu me dois cinquante dollars, mon frère !

Justin grommelle dans sa barbe, glisse ses doigts dans la poche arrière de son jean et remet plusieurs billets à Tucker.

*Les enflures !*

Je m'apprête à clarifier la situation, mais le téléphone de Set sonne. Le nom de Clarke s'affiche sur l'écran. Il décroche et plaque l'objet sur son oreille tandis que les Devil's Sons crient toutes sortent d'absurdités pour taquiner Clarke au sujet de sa nuit passée avec moi. Si je pouvais disparaître, je n'hésiterais pas une seconde. Au lieu de quoi, je m'enfonce dans ma chaise pour me faire toute petite sous l'hilarité générale. Set semble tout de même comprendre ce que lui dit son ami puisqu'il lui répond :

— OK, on arrive.

Il raccroche et me lance :

— Carter veut te voir. Prépare-toi et on y va !

Ça a au moins le mérite de faire cesser les jacassements des garçons.

Résignée, je soupire et me lève de table avec mon toast, puis me dirige vers la chambre du Devil's. J'avale ma nourriture, me brosse les dents, et une fois mes affaires rangées dans mon sac, je rejoins Set devant la porte d'entrée.

— Tu devrais emménager avec nous, on rigolerait bien ! me lance Tucker.

— Tu crois vraiment qu'elle a envie de voir ta gueule de bon matin ? rétorque Justin.

— Tout le monde veut voir ma gueule dès le matin ! Je suis un putain de Devil's Son ! Et le plus sexy !

Je lève les yeux au ciel, amusée, puis Set et moi quittons l'appartement. La porte n'est pas encore fermée derrière nous que j'entends Jesse répliquer :

— Si tu es le plus sexy, tu m'expliques pourquoi c'est avec

Clarke qu'elle a passé la nuit ?

Tucker jure, Set pouffe de rire et je m'étouffe avec ma propre salive. Lorsque le frère de Lola ouvre la bouche, je lui lance un regard menaçant pour lui retirer toute envie de poursuivre sur cette voie-là, et me concentre sur mon agacement envers Carter pour penser à autre chose.

Je commence à en avoir ma claque de ses appels surprise. Je ne suis pas à sa disposition !

Devant la fontaine d'Odin sont garées les motos de Clarke et Sean, les deux absents du petit déjeuner. Nous entrons dans la maison, puis dans le salon, et trois regards se braquent sur moi. Une seconde plus tard, il n'y en a plus que deux : Clarke a détourné le sien, le visage fermé. Moi qui pensais que nous avions passé un cap dans notre relation, quelle qu'elle soit, je me suis bien trompée. C'est retour à la case départ.

— Avalone.

Carter se lève de son fauteuil et en plus de la légère inquiétude qui barre son front, il a l'air d'avoir pris un coup de vieux pendant la nuit, ce qui me rappelle la mission qu'il avait confiée à son second avant que nous quittions la fraternité.

— Je suis content que tu ailles bien.

Je hoche la tête par politesse et le laisse poursuivre.

— Tu vas emménager ici le temps que le campus devienne plus sûr.

Il n'en rate jamais une, décidément ! J'aimerais pouvoir être encore surprise des idées qui passent dans la tête de cet homme, mais je crois que plus rien ne peut m'étonner venant de lui.

Je croise les bras sur ma poitrine.

— Non.

Carter se tend et son visage se durcit. Je ne sais pas ce qui lui est arrivé pendant la nuit, mais aujourd'hui, il ne semble pas avoir de patience.

— Ce n'était pas une question. Tu n'es pas en sécurité sur le campus.

— Pas moins que les autres. Hébergez Lola. Hébergez toutes les potentielles victimes de l'Université, dans ce cas !

Il fait un geste las de la main.

— Si c'est la condition pour que tu acceptes, Lola viendra aussi.

— Non ! Je n'emménagerai pas ici ! Aucun endroit n'est vraiment sûr, et le campus ne sera pas moins dangereux dans un mois !

— Qu'est-ce que je t'avais dit ? intervient Clarke.

Assis sur le canapé noir, il détourne les yeux lorsque je croise son regard.

*Par Odin, mais c'est quoi son problème ? Nous avons partagé un lit, pas des alliances !*

Carter me dévisage, impatient, pourtant je ne changerai pas d'avis. Je suis déjà mêlée à leurs activités contre mon gré, je ne vais certainement pas loger sous le toit de celui qui me force à les aider.

— Écoutez, je vous remercie de vous préoccuper de ma sécurité, cependant je veux vivre normalement. Il y a des étudiants bourrés partout. Chaque femme, chaque homme peut se faire agresser n'importe quand, c'est comme ça. Toutefois, il est hors de question que je change mon quotidien à cause de la peur.

Carter soupire et passe nerveusement ses mains sur son visage. En tant que chef de gang, il ne doit pas souvent essuyer de refus, mais j'ai déjà accepté bien trop de choses, c'est à lui de faire des efforts.

— Très bien. Alors, accorde-moi une faveur : affiche-toi avec les Devil's Sons, que tout le monde sache que s'il t'arrive le moindre mal, les coupables paieront.

Sa demande me laisse perplexe.

*A-t-il oublié le premier service que je lui ai rendu ? Parce que moi, non !*

— Et Bill ? Et la fausse déposition ?

— Ne t'en fais pas, je m'en occupe.

Incertaine, je lance un regard aux garçons qui acquiescent pour m'encourager à lui faire confiance. Après tout, depuis la fausse déposition, Bill n'a pas cherché à entrer en contact avec moi, comme Carter me l'avait promis si j'étais dans son camp.

*Bon, eh bien, s'il le dit, j'imagine que je n'ai plus qu'à croire en lui…*

J'accepte sa demande et aussi surprenant soit-il, il hoche la tête en remerciement. La fatigue qui marque ses traits m'interpelle, mais je refuse d'éprouver ne serait-ce qu'une once d'inquiétude pour cet homme.

— J'ai besoin que vous traversiez la frontière canadienne, reprend Carter en nous regardant à tour de rôle. Avalone, tu vas accompagner les gars chez notre fournisseur.

*Ça y est, les Devil's sont à peine de retour en ville que ça recommence. Ils ne prennent donc jamais de vacances ?*

— Je peux savoir ce qu'on va récupérer ?

— Des armes. La frontière ne posera pas de problème, j'ai des autorisations pour chacune d'elles. Vous partez à quatorze heures. Clarke et Avalone, vous utilisez le SUV. Set et Sean, vos Harley.

Carter passe l'arcade dans le mur pour rejoindre un placard de l'entrée et en sort une veste en cuir noir. Il revient vers nous et me la tend.

— Tu mettras ça devant les fournisseurs. C'est la tienne, à partir de maintenant.

Je saisis *la* veste, puis découvre l'écriture blanche « The Devil's Sons » qui apparaît au-dessus de la fameuse tête de mort et du Vegvisir. Elle semble parfaitement à ma taille, mais à mes côtés, Clarke se tend, comme à chaque fois que Carter m'inclut dans le gang. J'ai bien compris qu'il ne voulait pas que je fasse partie des leurs, et même si je n'en ai pas non plus envie, son comportement m'agace.

*Je n'ai pas la peste et je ne compte pas semer la zizanie !*

— Échangez vos numéros avec Avalone et ramenez-la sur le campus avant le départ. Laisse ta moto ici, Clarke.

Carter quitte le salon sans un mot de plus et les garçons sortent leur téléphone.

Après avoir partagé nos numéros, Clarke me fait signe de le suivre. Nous longeons le couloir aux œuvres d'art et nous nous arrêtons devant la porte en face du bureau de Carter. Clarke ouvre un boîtier fixé au mur, s'empare d'une clé au logo Mercedes et passe de l'autre côté.

De splendides voitures s'étendent sous nos yeux dans un gigantesque garage que je n'avais pas remarqué. Mercedes, BMW, Bentley, Audi, Porsche... Toutes sont plus éclatantes les unes que les autres.

Nous montons dans le SUV et Clarke allume le moteur. Lorsqu'il s'approche de la porte du garage, elle s'ouvre automatiquement.

Nous quittons enfin la propriété, et plus nous roulons, plus je me demande si Carter ne m'a pas menti.

— Nous allons seulement chercher des armes légalement ? questionné-je Clarke avec scepticisme.

— Oui.

— Je peux te faire confiance ?

Il fronce les sourcils avant de plonger son regard dans le mien.

— Oui.

Je me sens rassurée. Il est hors de question que je me retrouve de nouveau dans des plans foireux et criminels. Néanmoins, je ne comprends pas pourquoi Carter tient à ce que je vienne. Ce n'est pas comme si ma présence allait faire baisser le prix des flingues.

— On va aller à Leamington. C'est à une heure et demie de route. Les hommes du fournisseur sont armés et assez nerveux, alors si tu pouvais éviter de les contredire, ce serait gentil.

— Je ne suis pas suicidaire et je sais me tenir.

Un long silence s'installe.

Agacée par la question que je voudrais lui poser depuis que nous avons quitté la villa, je me tourne vers lui, bien décidée à obtenir des réponses.

— Pourquoi ça te dérange tant que Carter me mêle à vos affaires ?

— Je n'ai jamais dit que ça me dérangeait.

— Pourtant, c'est le cas, n'est-ce pas ?

Il quitte la route des yeux pour me regarder durement.

— Oui. Ce n'est pas un job pour les filles.

Un rire nerveux m'échappe.

— Ce n'est pas un job tout court. Ce que vous faites, c'est illégal, alors homme ou femme, c'est pareil !

Il arrête brusquement la voiture sur le parking de l'université et je manque de décoller de mon siège.

— Ah ouais ? Si ça tourne mal, tu te sens capable d'appuyer sur la détente d'un flingue et d'ôter la vie à quelqu'un ? Tu as raison, je n'aurais pas dû dire que ce n'est pas un job pour les filles. Ce n'est tout simplement pas un job pour *toi*.

Son ton plein de mépris décuple ma colère. Comme quoi, il faut que je me fasse agresser pour avoir droit au gentil Clarke.

— Tu ne me connais même pas !

— Dis-moi que j'ai tort !

Je bouillonne de rage.

— Non, tu n'as pas tort. Désolée d'avoir une humanité et de ne pas pouvoir tuer quelqu'un !

Clarke me rit au nez. Il me tape sérieusement sur le système.

— Donc, j'imagine que toi, tu as déjà tué ?

Je ne sais pas pourquoi je lui ai posé la question. Je ne veux pas entendre la réponse.

— Chaque fois que je n'ai pas eu le choix, oui.

Ces mots ne me font pas l'effet d'une douche froide. C'est un tsunami que je me prends en pleine face. De ceux qui décomposent avant de couper le souffle et de stopper le cœur. Cette vérité est si violente que je n'ai pas la moindre idée du comportement à adopter. J'avale ma salive de travers, ce que ne manque pas Clarke. Un sourire en coin apparaît sur son visage, comme s'il était fier de lui.

*Par Hell, il a déjà tué !*

— On a toujours le choix ! craché-je avec haine.

Dans son regard se reflète la naïveté qu'il lit en moi, mais il ne me juge pas une seconde. Il a seulement l'air nostalgique d'un passé qui ne lui appartient plus.

— J'aurais aimé que tu gardes ton innocence, Avalone. Hélas, dans ce milieu, elle n'a pas sa place. On n'a pas toujours le choix. Pas quand un flingue est pointé sur toi ou sur l'un de tes amis. À ce moment-là, tu n'as qu'une fraction de seconde pour te décider à tuer pour rester en vie, ou pour sauver ceux qui comptent à tes yeux.

Il a raison, je le sais. Pourtant, je n'arrive quand même pas à admettre à voix haute que parfois, ôter la vie peut être nécessaire. Ça me paraît totalement dingue, je ne veux pas y croire. Jusqu'à me rappeler qu'il évolue dans un univers de gang : tuer ou se faire tuer.

— Vous avez déjà tous... ?

Clarke soupire, son crâne posé contre l'appuie-tête de son siège.

— Non, pas tous. Ce genre de responsabilités m'incombe, la plupart du temps. Carter doit penser que je suis le seul sans conscience.

— C'est ridicule... Tu *as* une conscience !

Il pouffe d'un rire ironique, les lèvres closes.

— Tu pourras faire croire ce que tu veux à n'importe qui, mais moi, je sais que ta conscience est bien présente. Je l'ai rencontrée, hier soir. Et si ce genre de tâche te revient, c'est parce que Carter sait que tu n'hésiteras pas à sauver ceux que tu aimes, quitte à sacrifier ton âme. Une nouvelle preuve que tu es pourvu d'une conscience.

Je sors de la voiture sans attendre de réponse et rejoins ma chambre. Lola me saute au cou. J'ai non seulement droit au regard inquiet et à l'inspection détaillée pour s'assurer que je ne suis pas blessée, mais également aux larmes de culpabilité et de rage dans un mélange explosif. Lola est dans tous ses états : elle insulte mon agresseur, puis elle-même pour son absence ; elle pleure pour moi et pour ce que j'ai vécu. Lorsqu'elle me demande si je veux en parler, je secoue la tête, la gorge nouée. Grâce à Clarke et Set, il n'y a plus une trace de ce qu'il s'est passé dans la chambre, mais le souvenir est trop récent dans mon esprit. J'essuie une larme solitaire sur ma joue et finis par mettre Daniel sur le tapis pour changer au plus vite de sujet. À ce moment-là, le visage de Lola s'illumine comme je le souhaitais. Son bonheur chasse la noirceur de mes pensées.

— Il est tellement mignon ! Il m'a envoyé un message hier soir pour s'assurer que j'étais bien rentrée.

Rêveuse, l'esprit de Lola s'égare si loin que je pensais ça possible uniquement dans les films. Mais non. Mon amie est à des années-lumière de moi et du campus. Elle s'imagine probablement déjà mariée avec plein d'enfants, alors je m'assieds sur mon lit et patiente.

— Et toi ? Tu as dormi chez les garçons ?

Son retour brutal me fait sursauter. Je hoche la tête.

— Clarke m'a laissé sa chambre. Puis j'ai fait un cauchemar et il a dormi avec moi.

Lola a le sommeil si lourd qu'elle ne m'entend jamais lorsque je me réveille en pleine nuit, à court d'oxygène. Elle a déjà subi les mots directs de mon médecin, je ne veux pas qu'elle s'inquiète davantage de mon état et qu'elle culpabilise de dormir paisiblement alors que parfois, je suffoque, prise de panique.

Devant ses yeux écarquillés et sa mâchoire tombante, je

reprends :

— Le naturel est revenu au galop. On s'est pris le bec il y a moins d'une heure.

— Attends ! Il t'a laissé son lit ? Puis il t'a rejointe dans la nuit ?

Je hoche de nouveau la tête, pensive.

La proximité que j'ai eue avec Clarke m'a retourné le cerveau. Je mentirais si je disais que je n'ai pas apprécié m'endormir dans ses bras, mais avec lui, quand j'ai l'impression de faire un pas en avant, on en fait dix en arrière quelques heures plus tard. Je crains qu'on ne devienne même jamais amis.

— Odin Tout-Puissant ! Je n'en crois pas mes oreilles ! Tu sais qu'il n'a *jamais* dormi avec une fille ?

Certes, ça m'a fait plaisir, cependant je ne pense pas que ça veuille dire grand-chose. La preuve, il est redevenu bien vite détestable.

J'informe Lola de mon expédition prévue pour cet après-midi, et avant qu'elle n'en fasse tout un plat, je lui confie sa propre mission.

— Tu es forte pour enquêter ?

— J'ai refusé un poste au FBI, pourquoi ?

— J'ai besoin que tu trouves toutes les informations possibles sur Carter. Ce qu'il fait exactement dans la vie et ce qu'on dit à son sujet. Avec tout ce que je fais pour lui, je veux savoir à qui j'ai affaire.

Elle hoche la tête, déterminée et excitée, puis me marmonne quelque chose à propos du temps que nécessite un travail de qualité pendant que je prépare mon sac. Je ferme seulement la fermeture Éclair de celui-ci qu'on frappe à la porte et que Clarke apparaît.

— Prête ?

Je pose mon sac sur mon épaule en réponse, salue Lola et nous quittons la chambre pour rejoindre la Mercedes. Je pense à ce que j'aurais pu faire cet après-midi, si Carter ne m'avait pas réquisitionnée comme ses loyaux toutous. Puis j'hésite à effectuer un demi-tour, avant de revoir les yeux remplis de larmes de Lola lorsque Carter l'a prise dans ses filets. Enfin, je réfléchis à mon manque de résistance face à Carter et à mes motivations.

Nous atteignons la voiture, ainsi que Set et Sean qui nous attendent sur leurs motos.

— Prête pour ton premier braquage ? me demande Sean.

Mon visage doit se décomposer puisque les deux Devil's explosent de rire et qu'un sourire se dessine sur celui de Clarke.

— AH. AH. AH. Très drôle ! Loki en tombe de sa chaise.

Clarke disparaît dans la Mercedes, m'incitant à faire de même, et nous quittons le parking, suivis des deux Harley-Davidson.

Le silence est pesant dans l'habitacle, je sens que le voyage va être long. J'ai compris que le Devil's n'était pas un bavard, mais il pourrait faire un effort pour rendre cette mission plus agréable.

— Tu as tellement envie de combler le silence que je le ressens. C'en est agaçant.

J'arrête de gesticuler, et les lèvres pincées pour me retenir de rire, je tourne lentement le visage vers lui.

— Tu es sérieux ?

Il lève les yeux au ciel pour seule réponse et connecte son téléphone à la voiture. Lorsque je reconnais la chanson qui sort des enceintes, je me fige un instant, étonnée, et me dépêche de me mettre à l'aise. Je retire mes chaussures pour poser mes pieds sur le siège en chantant les paroles de *I Don't Want This Night to End* en chœur avec Luke Bryan. Clarke semble épaté que je connaisse ce chanteur, mais je le suis tout autant. Jamais je n'aurais cru qu'il écoutait ce genre de musique et j'en suis agréablement surprise. Tout compte fait, peut-être que le voyage va être plaisant.

Lorsque le refrain débute, j'oublierais presque la présence du conducteur tellement j'aime cette chanson. Tout en regardant les immeubles défiler, je bouge sur mon siège au rythme de la musique.

Mon regard est attiré par lui lorsqu'il ouvre sa fenêtre. Ses cheveux noirs se soulèvent dans le vent. Il garde une main sur le volant et retire sa veste en cuir, se retrouvant en t-shirt blanc à manches courtes qui laisse apparaître sa peau tatouée, ses muscles et ses avant-bras sillonnés de veines. J'en perds les paroles de la chanson.

— Tu as un peu de bave au coin des lèvres.

Je suis arrachée de ma contemplation par le Devil's et son sourire moqueur.

— Tu n'es pas si irrésistible, mens-je avec une moue mitigée.

Sa langue sort à travers ses lèvres charnues et sensuelles pour les humidifier. À ce simple spectacle, mes battements de cœur s'emballent et une vague de chaleur parcourt mon corps.

Me voir désorientée engendre chez lui un air orgueilleux. Il m'offre un clin d'œil.

— Tu n'es pas mon style, affirmé-je, de mauvaise foi.

Je me renfrogne dans mon siège et regarde l'horizon défiler, agacée de l'effet qu'il a sur moi.

— Tu te mens à toi-même, tu en es consciente ?

— Tu es toujours aussi sûr de toi ?

— Je sais que tu as bon goût, c'est tout.

Sidérée, je pouffe de rire et lève les yeux au ciel.

Sur l'autoroute, Set apparaît à notre gauche et donne une claque provocante à Clarke à travers sa fenêtre ouverte.

— Enfoiré !

Set se marre et accélère pour se retrouver devant nous, mais Clarke met les gaz. Je suis plaquée contre le siège lorsqu'il double Set et lui offre un doigt d'honneur. Puis il accélère davantage, propulsant la voiture à plus de 200 km/h. Sean arrive à ma hauteur, me décoche un clin d'œil, puis nous double et se rabat devant nous. Il zigzague dangereusement, il semble cependant avoir fait ça toute sa vie.

— MONTE LE SON ! crie Set.

Clarke pousse le volume au maximum et *Don't Stop Me Now* de Queen est craché par les enceintes. J'adore cette chanson. Les scientifiques ont prouvé qu'elle était celle qui rendait le plus heureux au monde.

Set prend de la vitesse pour rejoindre Sean. La musique est si forte que les deux motards la perçoivent, même devant nous. Je chante le début de la chanson et lorsque le rythme change, je suis stupéfaite d'entendre Clarke se joindre à moi.

— *I'm burning through the shy, yeah, two hundred degrees that's why they call me Mister Fahrenheit, I'm travelling at the speed of light, I wanna make a supersonic man out of you,* chantons-nous en chœur.

Je crois bien ne l'avoir jamais vu aussi détendu et profiter d'un moment banal comme celui-là. Ça lui va à merveille, il devrait le faire plus souvent.

Il me fixe avec un sourire qu'il n'essaie pas de dissimuler comme à son habitude et bien sûr, même sa dentition est parfaite.

Il change de vitesse et accélère, obligeant les motards à s'écarter pour nous laisser rouler à leur hauteur, Set du côté de Clarke et Sean du mien. Ils slaloment, puis accélèrent avant de revenir à notre niveau. Ils s'amusent sur la route et j'en souris. Il y a une super ambiance, je passe un excellent moment qui me prouve une fois de plus que les Devil's Sons ne sont pas uniquement dangereux.

Clarke me tend son téléphone lorsque la musique de Queen s'achève.

— Impressionne-moi.

Je n'ai pas besoin de réfléchir. Je m'empare de son portable et sélectionne un morceau. Il affiche une moue conquise lorsqu'il reconnaît *Knockin' On Heaven's Door* des Guns

N' Roses.

— C'est bien ce que je disais, tu as de bons goûts.

Je secoue la tête, amusée, et vois son sourire s'élargir.

*Faites qu'il reste de cette humeur pendant tout le trajet*, prié-je silencieusement.

Set agite la main en direction de la première sortie et nous quittons l'autoroute.

Nous nous arrêtons dans une station-service et j'en profite pour faire un tour aux toilettes. Après avoir vidé ma vessie, je m'apprête à regagner la voiture, mais change rapidement d'avis. Je me charge donc les bras de gâteaux, bonbons et boissons. J'en prends pour tous les goûts, même si je n'ai droit à rien de tout ça. Alors, j'ajoute à mes emplettes des biscuits nature et une bouteille d'eau. Après avoir payé, je sors du bâtiment et rejoins les garçons qui m'attendent, appuyés contre la Mercedes, en train de rigoler à propos de je ne sais quel sujet.

— Tu as décidé de gagner le concours de celui qui claque le plus rapidement ? me demande Sean.

J'éclate d'un rire franc sous le regard désapprobateur de Clarke, puis les informe que c'est pour eux.

Après le passage de Set et Sean, il est clair que je suis moins chargée. Clarke me débarrasse du reste et fourre le tout sur les sièges arrière de la voiture. Les garçons en selle et les moteurs allumés, nous regagnons l'autoroute. La musique de nouveau forte, Clarke tape sur le volant en rythme. Je me tourne pour m'emparer de la bouteille d'eau, en bois quelques gorgées, puis Clarke tend la main pour s'hydrater à son tour. Je lui donne la bouteille et le questionne :

— Chips, bonbons ou gâteaux ?

— Bonbons.

J'attrape le sachet que j'échange avec lui contre l'eau pour le débarrasser, et il me remercie d'un clin d'œil qui échauffe mes joues.

Nous atteignons rapidement la frontière canadienne et

arrivons à Leamington. Après avoir quitté le centre-ville, nous roulons de longues minutes sur un chemin de terre qui finit par déboucher sur un gigantesque entrepôt. « Arinson Arms » est inscrit en grandes lettres sur la devanture.

Clarke gare la voiture et les garçons arrêtent leurs motos à quelques mètres de l'unique porte. L'endroit est désert et éloigné de tout. Je commence légèrement à angoisser à l'idée que si ça tourne mal, personne ne nous viendra en aide.

— Tu es prête ? me demande Clarke, sérieux.

Je déglutis avec difficulté, puis hoche la tête.

— Mets la veste, m'ordonne-t-il, avant de quitter la Mercedes.

Je sors à mon tour et claque la portière derrière moi. Je passe mes bras dans les manches et enfile la veste des Devil's Sons qui est, soit dit en passant, parfaitement taillée. Une merveille.

— La plus ravissante des Devil's ! me complimente Set.

Je mime une révérence et le remercie.

Nous nous dirigeons vers l'entrée de l'entrepôt. Clarke tape six fois distinctement contre le métal et la porte s'ouvre sur un homme armé jusqu'aux dents. Il nous dévisage d'un air menaçant, mais le second de Carter lui met une tape dans le dos à décrocher un poumon.

— Toujours aussi chaleureux ! ironise le bad boy.

Il contourne le molosse et entre, comme s'il était chez lui.

*Et c'est à moi qu'il a demandé de bien se tenir ?*

Set et Sean me poussent pour que je suive le mouvement et nous voilà à l'intérieur du gigantesque entrepôt rempli de caisses en bois sur des centaines de rayonnages. Un nombre incalculable d'hommes s'activent, dont quelques-uns qui font une ronde, plus armés encore que les Expendables[22]. Mes yeux

---

[22] Les Expendables forment une unité de mercenaires dans la série de films du même nom.

se perdent sur l'immensité de l'arsenal que renferme ce lieu. Cet Arinson n'est pas un petit vendeur du dimanche. Il a bâti un véritable empire.

Je me concentre lorsque six hommes équipés de mitraillettes se dirigent vers nous.

— Les païens ! s'exclame le type du milieu en écartant les bras.

— Pitt.

Clarke avance dans leur direction. Nous l'imitons.

— C'est qui, elle ?

Le fameux Pitt me dévisage. Il doit avoir tout juste la trentaine et ne m'inspire rien de bon avec son doigt sur la gâchette et son regard qui me déshabille.

— Une nouvelle recrue.

Clarke reste fidèle à lui-même, impassible et peu bavard.

— Putain ! Pas mal, la Devil's ! Lequel d'entre vous se la tape ?

Je me fais violence pour ne rien répliquer, alors que ce n'est pas l'envie qui me manque.

Ne pas les contredire, c'est la seule règle que Clarke m'ait donnée, et je compte bien la respecter. Je dois avouer que les armes prêtes à l'emploi m'aident à me tenir tranquille.

— Aucun de nous, répond Set, le ton ferme.

— On peut se la taper, alors !

J'arque un sourcil et Clarke serre les poings.

— On récupère ce qu'on doit récupérer et on se barre, à moins que tu veuilles nous offrir le thé ? lâche-t-il froidement.

— Allez, mec, laisse-la-moi une heure !

Les souvenirs de la veille ressurgissent et s'imposent douloureusement à moi, mais la nervosité du bad boy me ramène à la réalité. Incapable de se contenir, il avance d'un pas menaçant vers Pitt.

— Oh, mais c'est ta petite amie, Taylor !

Pitt se marre, ce qui n'aide pas le second de Carter à

redescendre. Je veux rentrer en un seul morceau, cependant si je ne fais rien, c'est Clarke qui va agir, et nous savons tous qu'il ne dialogue pas.

— Tu es à ce point nul en drague pour t'adresser à une femme par un intermédiaire ?

Pitt perd vite son sourire, mais je continue :

— Personne ici ne décide à ma place avec qui je passe l'heure suivante. Pose-moi la question directement et tu auras ta réponse !

Son sourire renaît lorsqu'il me demande :

— On passe la prochaine heure ensemble, chérie ?

— Non. Maintenant, donne-nous ce qu'on est venus chercher.

J'ai à peine fini ma phrase qu'il me ramène contre lui de ses mains sur mes fesses. La seconde d'après, Set me tire en arrière et Clarke abat son poing sur le visage de Pitt, qui s'étale par terre. Ma respiration se coupe quand ses compagnons braquent leurs armes sur nous et rapidement, chaque homme armé dans cet entrepôt nous braque à son tour. Tous les employés cessent de travailler pour observer la scène. Plus un bruit ne se fait entendre.

Je recule instinctivement tandis qu'une vague de panique me submerge. De ma vie, je n'ai jamais eu un flingue pointé sur moi, mais aujourd'hui, j'en ai une petite centaine, et le frisson d'horreur qui me traverse l'échine est tellement intense que je dois réunir toutes mes forces dans mes jambes pour qu'elles ne cèdent pas.

— Fils de pute, je vais te buter ! crache Pitt, qui se relève, le nez et la bouche en sang.

Clarke dégaine son arme et la colle contre sa tempe. Cependant, un homme pointe la sienne sur le crâne du Devil's, à qui ça n'a l'air de faire ni chaud ni froid. Set réagit et pointe de son flingue celui qui attente à la vie de son meilleur ami, et ainsi de suite. Face à l'ampleur qu'a pris la situation, je me croirais dans un film.

*Par tous les dieux, comment ça a pu dégénérer aussi rapidement ?*

Clarke retire le cran de sûreté de son arme, ce qui vient rompre le silence, et brusquement, une série de *clics* retentit. Tous ont suivi l'exemple du Devil's Son. Ce n'est plus qu'une démonstration de force et d'ego qui se joue devant moi, alors j'applaudis.

— Vous, les hommes, vous avez le chic pour créer des problèmes là où il n'y en a pas ! « Si la non-violence est la loi de l'humanité, l'avenir appartient aux femmes. » Pour les incultes, c'est de Gandhi, qui, soit dit en passant, était un pervers polymorphe. Ça doit te parler Pitt, non ?

Hargneux, il sort son arme et colle son canon contre mon front. Mon cœur loupe un battement, pourtant je ne suis pas terrorisée. Personne ne mourra aujourd'hui, je le sais, alors même si le métal froid du revolver sur ma peau m'est insupportable, la colère et l'impulsivité s'emparent de moi.

— Tire, et tu signeras ton arrêt de mort ! À la seconde où la détonation retentira, Clarke t'achèvera d'une balle et on tombera tous comme des dominos ! lui craché-je. C'est vraiment ça que tu veux ? Perdre la vie pour une démonstration de force, alors que la seule chose qu'il y a de gros chez toi, c'est ton flingue ?

— Toi, chérie, tu as la langue bien trop pendue.

— Et toi, abruti, niveau bagage neuronal, tu voyages léger.

Le silence qui règne est perturbé par des bruits de pas à l'autre bout de l'entrepôt.

— BAISSEZ VOS ARMES, BANDE D'ABRUTIS ! hurle un homme.

Aussi rapidement qu'elles se sont pointées sur nous, toutes les armes sont baissées, et je peux enfin respirer correctement. J'ai envie de passer ma main à l'endroit où le revolver a touché ma peau pour la réchauffer, mais je n'en fais rien. Au lieu de quoi, je regarde le nouveau venu approcher à grandes enjambées. Et d'après l'ordre qu'il a donné, c'est lui, monsieur Arinson. Il n'a pas l'air content.

Arrivé à notre hauteur, il arrache l'arme de l'un de ses hommes et la pointe sur Pitt, qui baisse aussitôt le regard et fait beaucoup moins le malin.

— Cette fille à qui tu viens de manquer de respect est sous la protection de Carter Brown, sale con ! Présente-lui tes excuses !

Pitt lève les yeux vers moi avec un sourire pervers qui me donne envie de vomir.

— Désolé.

Je sursaute quand son boss lui met un coup de crosse dans la mâchoire. Du sang gicle de sa bouche.

— SANS TON SOURIRE DE PÉDOPHILE ! hurle-t-il.

Pitt porte sa main à sa lèvre déjà bien enflée et grimace de douleur à son contact.

Il me regarde, presque honteux, et même si je n'aime pas la violence, j'en tire une certaine satisfaction.

— Je m'excuse.

— Maintenant, dégage !

Pitt quitte la pièce sans se faire prier.

Les Devil's Sons ont rangé leurs armes et Arinson se tourne vers ses hommes, fou de rage.

— Remettez-vous au travail et apportez-leur la cargaison !

Ses employés reprennent leurs activités sans broncher. C'est ce qui s'appelle « se faire respecter ».

Le boss passe nerveusement ses mains dans ses cheveux, tiraillé, comme s'il n'aimait pas être violent, mais détestait par-dessus tout que ses hommes se comportent mal avec ses clients. Il jure, puis nous rejoint, et lorsque ses yeux se plantent dans les miens, toute sa colère disparaît. Il n'est plus l'homme qui a remis Pitt à sa place. Son regard est doux et un sourire timide apparaît sur ses lèvres.

— Je suis désolé, Avalone, ça n'aurait jamais dû se produire.

— Vous connaissez mon prénom ? demandé-je, surprise.

Les rides qui émergent aux coins de ses yeux lorsqu'il sourit un peu plus lui donnent un air inoffensif.

— Oui. Carter m'a averti que tu serais là. C'est pourquoi j'ai décidé de venir à cette vente. Laisser une fille avec des abrutis pareils, ce n'est pas une bonne idée. Malheureusement, Carter m'a prévenu bien tard et je n'ai pas pu arriver plus tôt.

C'est impressionnant, le contraste entre celui que j'ai en face de moi et celui qu'il était il y a quelques secondes. J'ai l'impression de ne pas observer le même personnage.

Ses hommes nous apportent de grosses caisses de bois et monsieur Arinson leur fait signe de les ouvrir pour que les Devil's Sons vérifient le contenu.

Pendant ce temps, le quinquagénaire avance à ma hauteur et d'un accord silencieux, nous nous éloignons sous les regards du gang.

— Je suis content de te rencontrer, Carter m'a beaucoup parlé de toi.

Je hausse les sourcils, prise au dépourvu.

— Désolée, mais, au vu de nos échanges peu courtois, je n'ai pas la moindre idée de ce qu'il a bien pu vous raconter.

Il rigole d'un rire franc, joyeux et contagieux.

— Carter et moi sommes de vieux amis. Il m'a parlé de ton arrivée et de ta tête de mule.

Je grimace, ce qui amuse davantage l'homme dont le nom est inscrit en grosses lettres sur cet entrepôt.

— On ne peut pas dire qu'on s'entend bien, lui et moi...

— Laisse le temps au temps. Ce n'est pas quelqu'un de mauvais.

J'aimerais lui cracher qu'une bonne personne n'en obligerait jamais une autre à lui rendre des services illégaux sous la menace, cependant son regard est si bienveillant que je n'ai pas envie d'avoir ce genre de discussion avec lui.

Les caisses ont l'air correctes puisque des hommes les

sortent de l'entrepôt et se dirigent vers la Mercedes pour les charger. Nous rejoignons le parking de terre en compagnie des Devil's Sons.

— La frontière est strictement contrôlée pour cause d'un problème technique des caméras. Ne rentrez pas ce soir. Attendez plutôt demain que cet incident soit résolu.

Les Devil's acquiescent et j'ai brusquement l'impression de chuter de dix étages. Mon sang ne fait qu'un tour dans mes veines. *C'est pas vrai...*

J'essaie de garder mon calme, alors que les garçons remontent sur leurs motos.

— Mike Arinson, se présente le boss, la main tendue. Ravi de t'avoir rencontrée, Avalone.

Je lui souris poliment et serre sa main, incapable de faire mieux au vu de mon état de nerfs.

Clarke s'engouffre dans la voiture et je l'imite, furieuse. Le bad boy démarre et nous quittons aussitôt le parking, laissant derrière nous Pitt et monsieur Arinson. Mon corps tremble de rage. Je ne parle pas pendant de longues minutes, jusqu'à ce que je ne puisse plus me contrôler. Je me tourne en furie vers Clarke.

— Laisse-moi deviner : le dieu que vous vénérez particulièrement, c'est Loki ? Tu n'es qu'un sale menteur !

Devant son manque de réaction, je poursuis :

— Tu m'as dit que je pouvais te faire confiance ! Or, Mike nous a conseillé de ne pas traverser la frontière ce soir, mais si les armes étaient légales, elles ne devraient pas poser de problème, que la douane soit strictement contrôlée ou non !

— Tu es perspicace.

S'il n'était pas en train de conduire et qu'il n'avait pas ma vie entre ses mains, je lui aurais déjà sauté à la gorge.

— J'ai un cerveau, Clarke, et je m'en sers ! Qu'est-ce qu'il y a dans ces caisses dont je n'ai pas vu le contenu ?

— Des flingues illégaux et des faux billets.

Je suis si horrifiée que mon visage doit être déformé.

– VOUS VOUS FOUTEZ DE MA GUEULE ? JE CROYAIS POUVOIR TE FAIRE CONFIANCE !

— On ne t'a jamais conseillé de ne pas faire confiance à un criminel ? répond-il, agacé.

Je suis hors de moi. La colère me submerge, je me sens terriblement trahie. Je pensais pouvoir compter sur lui, surtout après la soirée que nous avons passée la veille, mais je suis trop naïve.

— Pourquoi Carter a tenu à ce que je vous accompagne ?

— Je ne sais pas.

— POURQUOI ? hurlé-je.

— JE NE SAIS PAS ! hurle-t-il à son tour.

Ses mains serrent tellement le volant que ses jointures blanchissent.

Je le dévisage quelques secondes, prête à lui crier un flot d'insultes, mais j'y renonce et m'installe au fond de mon siège, les bras croisés sur ma poitrine pour cacher le tremblement de mes mains.

Sa présence m'est insupportable. Je n'en reviens pas qu'il m'ait menti. Qu'ils m'aient *tous* menti. Les Devil's Sons ne sont pas honnêtes envers moi, ils ne l'ont jamais été.

# 15.

Le trajet a été totalement silencieux. Nous avons roulé une vingtaine de minutes pour rejoindre un motel. Nous garons la voiture sur le parking désert et les garçons descendent de leurs motos. Je m'apprête à ouvrir la portière, mais Clarke prend la parole.

— Tu aurais refusé de venir si on t'avait dit la vérité.

Je me tourne vers lui, épuisée par cet univers malsain. Je joue au jeu de Carter, alors que si je le voulais, il me suffirait d'aller voir la police et de les dénoncer. Je n'avais aucune obligation, seulement quelques menaces qui ne m'auraient pas coûté la vie, pourtant je les ai aidés avec cette fausse déposition. Je l'ai fait pour Lola et pour mon avenir, mais également pour eux, parce que je ne désirais pas qu'ils paient à cause d'un boss insouciant. J'ai accepté d'aider les Devil's Sons afin de m'éviter d'affronter la police, qui aurait fini par me soutirer des informations, encore une fois pour eux et leur futur. C'est comme ça qu'ils me remercient ?

— Bien évidemment, réponds-je, à bout de forces. Si vous mettez en péril votre liberté, c'est votre choix. Mais vous m'avez privée du mien.

— On a eu des ordres, Avalone.

Sa voix est aussi faible que la mienne, cependant il ne comprend pas ma position.

— Je t'ai demandé si je pouvais te faire confiance et tu m'as menti. Vous vous êtes servis de moi, encore une fois. Vous me manipulez pour arriver à vos fins et maintenant, vous me mettez dans une situation horrible, parce que je n'ai pas d'années devant moi à sacrifier en prison.

Sans attendre de réponse, je sors de la voiture et Set ainsi que Sean nous rejoignent. L'un d'eux lance une clé à Clarke.

— On a de la chance. Ce sont les dernières chambres. On vous laisse la deuxième.

Je ne pouvais pas imaginer pire. Moi qui, à cet instant, le déteste comme je n'ai jamais détesté personne, je vais devoir passer la nuit avec Clarke.

Je prends mon sac et nous nous dirigeons vers les escaliers. Je ne prononce pas un mot, trop déçue pour dire quoi que ce soit. Une fois à l'étage, nous nous arrêtons devant les portes 213 et 214. Clarke enfonce la clé dans la serrure et ouvre la chambre. Seul un lit apparaît dans la pièce. Set et Sean jettent un coup d'œil à l'intérieur en ricanant.

— Un lit double ! dit Set.

— Vous allez *encore* devoir dormir ensemble ! ajoute Sean.

Le visage indéchiffrable, le bras droit de Carter met une claque à l'arrière des crânes de ses compagnons de crimes qui éclatent de rire.

*Comment osent-ils trouver quelque chose d'amusant à la situation ?* Même si la frontière n'est plus autant contrôlée demain, il y aura toujours des risques.

— Ça va, Ava ? me demande Set devant ma froideur et mon regard assassin.

— Moi qui ai fini par croire que vous étiez de bonnes personnes, je me suis bien trompée. Vous êtes tous pourris jusqu'à la moelle, vous ne valez pas mieux qu'Ange. Lui, au moins, il a le mérite de vous avoir poignardés de face.

J'entre dans la chambre et, après avoir jeté mon sac sur le lit, je m'enferme dans la salle de bains, le souffle court. J'entends les garçons discuter, mais pas suffisamment fort pour percevoir le contenu de leurs échanges.

J'ouvre le robinet, me passe de l'eau sur le visage, puis je pose mes mains sur le lavabo, la tête baissée. Je me retrouve bloquée au Canada avec des personnes qui agissent avec moi comme des amis, mais qui m'utilisent sans le moindre scrupule.

Lorsque mon téléphone sonne de l'autre côté de la porte, je quitte la pièce. J'ignore Clarke qui se débarrasse de sa veste en cuir et attrape mon sac pour prendre à temps l'appel de ma mère.

— Avalone Lopez, peux-tu me dire ce qu'il se passe dans ta tête ?

Je me tends instantanément. Sa voix est le calme avant la tempête, je le sais. Alors, je réfléchis à ce qu'elle peut bien me reprocher.

— Je n'en reviens pas que tu ne m'aies pas prévenue ! Depuis quand es-tu aussi irresponsable ?

— De quoi tu parles ? lâché-je finalement, complètement larguée.

— DE TON ARRÊT CARDIAQUE !

J'éloigne le téléphone de mon oreille pour éviter d'avoir le tympan percé.

*Odin Tout-Puissant ! Comment l'a-t-elle su ?*

— Maman, tout va bien. Je ne voulais pas t'inquiéter.

— BORDEL, AVALONE, TON CŒUR S'EST ARRÊTÉ !

Je grimace et baisse précipitamment le volume du son.

— Rentre à la maison !

Si j'écoutais mon cœur sur le moment, je dirais « oui » sans la moindre hésitation tant je me sens manipulée. Cependant, mes études sont primordiales, je ne peux pas me permettre de quitter Ann Arbor.

— Non ! J'ai des rendez-vous quotidiens avec le docteur et j'ai un nouveau traitement, alors détends-toi, je fais attention. Je ne peux pas trop te parler, Maman, je te rappelle demain.

— Par tous les dieux, Ava, que le tonnerre de Thor te frappe si tu oses me raccrocher au nez !

Pourtant, je le fais et j'éteins mon téléphone.

La seule personne qui aurait pu me mettre du baume au cœur n'est actuellement pas en capacité de le faire. Je passe mes mains sur mon visage, hésite entre me défouler sur Clarke, ou pleurer et me glisser en boule sous les draps. Depuis que je suis entrée à l'université, je n'ai plus aucun contrôle sur ma vie, et je déteste ça.

Je me débarrasse de ma veste en cuir avec des gestes brusques, avant de m'asseoir sur le lit.

— Elle n'était pas au courant ? me demande Clarke.

Je ne réponds pas, je ne lui lance même pas une œillade. Il ne mérite rien venant de ma part.

— Tu aurais dû lui dire.

Je lutte pour ne pas le fusiller du regard. L'indifférence est la meilleure vengeance dont je sois capable pour le moment, mais voilà que je l'aperçois s'approcher de moi du coin de l'œil.

— Allez, lève-toi.

Je m'obstine à ne pas le considérer. Après ce qu'ils ont fait, il croit sérieusement pouvoir m'ordonner quoi que ce soit ?

— Lève-toi ! Outre le fait qu'on t'ait agressée, Carter m'a demandé de t'apprendre deux ou trois techniques de défense.

Je retiens un rire jaune. Ce sont les Devil's Sons qui me mettent en danger, alors qu'ils gardent pour eux leurs faux-semblants d'hommes altruistes, bienveillants et protecteurs.

— Je suis peut-être coincée ici avec toi, mais je ne veux ni te parler ni te voir, alors cours toujours, je ne me lancerai pas dans une quelconque activité en ta compagnie.

— Comme si je te laissais le choix, Beauté.

La seconde d'après, les mains de Clarke me saisissent par les bras. Mes fesses quittent le lit et je me retrouve sur mes pieds contre mon gré. Je me dégage de son emprise et lui jette un regard noir.

— Ne fais pas l'enfant ! perd-il patience. C'est pour ta sécurité.

— Eh bien, c'est ridicule. Je ne peux rien faire contre un gabarit comme le tien !

— Tu peux gagner du temps et fuir, donc ce n'est pas ridicule.

Je pouffe de rire et croise les bras sur ma poitrine.

— Si, ça l'est. J'ai un problème au cœur, je te rappelle. Je ne peux pas courir !

Il ne prête pas attention à ma remarque et saisit ma main droite qu'il lève entre nous.

— Le tranchant externe de la main est très efficace au niveau du cou, de la nuque et des côtes. Utilise la paume pour frapper au menton dans un mouvement rapide du bas vers le haut. Les zones vulnérables sont les genoux, la mâchoire, les oreilles, le cou et les yeux.

En même temps que ses explications, Clarke me montre les différentes techniques en conduisant ma main aux endroits où heurter, sans prêter attention à mon air bougon que je persiste à garder.

— Si on t'attrape par le poignet, tire ton bras vers l'endroit où le pouce et les doigts de ton adversaire se rejoignent : il s'agit de la zone où la prise est la plus faible en matière de force. Allez, essaie de te dégager.

Sa poigne est puissante, mais indolore. Ça me paraît impossible, cependant Clarke m'encourage d'un petit signe de tête. Alors, comme il me l'a indiqué quelques secondes plus tôt, j'essaie de me dégager de son emprise et tire sur mon bras au niveau de la zone où la saisie est la plus faible. Mais rien à faire, ses doigts restent de marbre. Je me mets à m'agiter dans tous les sens, sérieusement agacée par cet exercice stupide.

— Tu serres trop fort !

— Tu ne fais aucun effort, concentre-toi.

Je n'ai pas le temps de protester que la porte de notre chambre s'ouvre sur Set et Sean. À leurs regards amusés, ils croient nous prendre sur le fait accompli.

— Arrêtez avec vos têtes de cons ! leur lance Clarke. Je lui apprends seulement à se défendre. Sean, à toi l'honneur.

Il me relâche et s'éloigne de moi, vite remplacé par un Sean déterminé.

— Si tu me fais mal, je te tue, le menacé-je, pas sereine du tout.

— Je sais remettre une épaule en place, me taquine-t-il.

Comme Clarke, il me saisit le poignet.

Sans réfléchir, je lève rapidement mon genou à la hauteur de ses parties intimes, ce qui provoque un mouvement de recul de sa part et un relâchement de sa prise. Je suis les instructions de Clarke, tire sur mon bras et parviens du premier coup à me dégager de son emprise.

Les spectateurs explosent de rire et se foutent ouvertement de la gueule de leur ami.

— Tocard !

La fierté écrase peu à peu ma colère, je suis contente de moi. Je n'ai pas beaucoup de force, mais l'imagination ne me manque pas et, grâce à elle, j'ai réussi l'exercice haut la main.

Sean, vengeur, se déchaîne sur mes cheveux. Je revoie son visage blanc lorsqu'il a cru que j'allais le frapper, et je ne peux m'empêcher de me marrer à mon tour.

— Et si on allait manger avant que Sean ne soit terrorisé par Ava ? propose Set.

— Ferme-la, enfoiré, je me suis vu castré !

Les garçons rient de plus belle. Après avoir mis nos vestes sur le dos, nous quittons la chambre.

Nous abandonnons les motos sur le parking pour atteindre la voiture.

— Que ce soit clair, je vous en veux toujours !

— Oh, arrête ! rétorque Sean. Tu sais qu'on ne voulait pas te mentir. Et puis, être rancunière, ça ne te va pas, Lopez.

Il affiche une moue triste et un regard suppliant qui m'arrachent un sourire.

Avec eux, rien n'est grave. Une fausse déposition ? *Un jeu d'enfant*. Se faire braquer par cent hommes ? *La routine*. Traverser la frontière avec des choses illégales dans le coffre ? *Un parcours de santé*. Ils prennent la situation avec tellement de légèreté qu'à ce moment, je ne crains plus la douane. Leur confiance est si intense qu'elle me contamine.

Je lui donne tout de même un coup dans les côtes, agacée d'être aussi faible et de ne pas parvenir à leur faire la gueule plus longtemps. En échange, il passe son bras autour de mes épaules et m'attire contre lui avec complicité pendant que Clarke conduit.

— Où dînons-nous ?

— *Chez Poppy* ! répondent-ils en chœur.

— Les meilleures pizzas du Canada ! ajoute Set, enthousiaste.

Ils sont tellement heureux d'y aller qu'on dirait trois gosses à qui on offre des places pour Disneyland. Avec mon estomac qui crie famine, j'aurais été aussi ravie qu'eux de déguster une bonne pizza, malheureusement, je dois suivre mon régime pour rester en vie jusqu'à ce que je botte le cul de Carter.

Nous atteignons rapidement l'enseigne et lorsque nous entrons dans la brasserie, une merveilleuse odeur fait gargouiller mon ventre.

Dans ce restaurant, il n'y a pas de murs qui séparent l'espace réception de celui des cuisines, ce qui nous permet de voir en direct la préparation des pizzas et des différents plats. J'adore le concept.

— Les Devil's Sons !

Un homme de la soixantaine, habillé d'un tablier, nous accueille avec un grand sourire. J'en conclus qu'il connaît mes camarades d'activités illégales.

— Tu as pris un coup de vieux, mon pote, lui lance Clarke.

— Espèce d'enfoiré ! T'as pas changé ! Qu'est-ce que vous faites dans le coin ?

— Les affaires.

— Oh ! Mais qu'est-ce que je vois là ?

Poppy m'observe sans se départir de son sourire, légèrement surpris de me trouver en compagnie des garçons.

— Je te présente Avalone, lui dit Set.

— Qu'est-ce qu'une fille comme toi fait avec des brutes pareilles ?

— Je me pose souvent la question, réponds-je ironique, ce qui me vaut un coup de coude de la part de Sean.

Le restaurateur éclate d'un rire franc très agréable à l'oreille, puis me souhaite bonne chance.

— Allez vous asseoir, j'arrive de suite.

Nous obtempérons et, après un bref appel à Lola pour lui expliquer que nous allons passer la nuit au Canada, Poppy vient prendre notre commande. Des pizzas pour les garçons et un plat de lasagnes faites maison sans fromage et sans sel pour moi. Ce n'est pas si mal, finalement.

— Il connaît vos activités ? demandé-je, une fois Poppy reparti en cuisine.

— Il sait tout. Les rumeurs disent qu'il était membre d'un des gangs les plus puissants d'Amérique du Nord quand il était jeune ; il n'a jamais démenti, comme il n'a jamais confirmé ces allégations, m'explique Sean.

Je fixe le personnage, stupéfaite et curieuse. Avec son ventre rond et son sourire qui ne le quitte pas, il n'a pas l'air d'avoir fait partie d'un gang. Cependant, j'ai compris que dans ce milieu, les apparences étaient trompeuses.

— Pourquoi il ne veut pas en parler ?

— Il est très mystérieux, m'informe Set. Personne ne sait comment il occupe son temps libre. Néanmoins, d'après les échos, il ne vaut mieux pas le chercher. Les personnes qui s'en sont pris à lui se seraient réveillées à l'hôpital sans aucun souvenir.

De mes yeux ronds, je regarde le cuisinier revenir vers nous avec trois pintes de bière et une carafe. Je ne peux pas y croire, il a l'air si inoffensif !

Je secoue la tête afin d'arrêter de le dévisager et le remercie pour nos boissons. Set me sert un verre d'eau, alors j'en profite pour prendre mes médicaments sous les coups d'œil répétés des garçons.

— Rassurez-vous, je ne compte pas claquer en votre compagnie. Vous n'êtes franchement pas les dernières personnes que je veux voir avant de passer l'arme à gauche.

Set et Sean s'esclaffent avant de prendre un air offensé. Ils se mettent à protester et à vendre leur incroyable présence auprès des malades sur leur lit de mort, tandis que Clarke reste de marbre.

Je lui donne un petit coup de coude dans les côtes.

— Détends-toi.

Il me regarde durement.

— Je n'ai pas l'habitude de rigoler sur ce genre de sujet.

— Tu finiras par t'y habituer.

Je lui souris faussement de toutes mes dents, lui arrachant un vrai petit sourire.

— Seulement si on ne se fait pas arrêter demain à la frontière, me lance-t-il, l'air de rien.

Je me fige instantanément, la bouche grande ouverte et les sourcils haussés. Cette phrase m'a achevée.

Clarke me rend le faux sourire que je lui ai offert il y a quelques secondes avant de préciser :

— C'est une blague.

Je n'aime pas tant que ça l'humour noir, finalement. Je n'aime pas ça du tout.

Une quinzaine de minutes plus tard, Poppy nous apporte nos

plats. Nous nous jetons dessus comme des affamés. Les garçons avaient raison, c'est bien plus que délicieux, c'est un régal. En seulement dix minutes, il n'y a plus une miette dans leur assiette tandis que je peine à finir la mienne, au plus grand bonheur des gars qui s'en emparent. Puis Set se raidit et fait un signe de tête en direction de l'entrée. Je me tourne et découvre deux hommes, du même âge que les Devil's, entrer chez Poppy. Eux aussi portent une veste en cuir noir, ce qui trahit leur appartenance à un gang. Lorsque leurs regards croisent les nôtres, ils se tendent et avancent dans notre direction avec une agressivité évidente.

— Qu'est-ce que vous faites là ? demande l'un d'eux avec rage. Ce n'est pas votre territoire !

À force de côtoyer les Devil's, j'ai compris que respecter le territoire des autres était fondamental, et pourtant, nous nous trouvons visiblement sur le leur.

— Ça ne te concerne pas, Ducon, crache Clarke.

— Vous n'avez rien à faire ici !

Le second des Devil's Sons se lève, provocateur.

*Odin Tout-Puissant !* Il ne rate jamais une occasion de se battre. À ce niveau-là, ça relève du problème psychiatrique.

*Il devrait sérieusement penser à consulter !*

— Aucune baston chez moi ou je me charge de tous vous mettre dehors ! s'écrie Poppy.

Clarke ne l'écoute pas et s'approche des deux hommes. Je prie pour que ça ne dégénère pas, car si les rumeurs sont vraies concernant Poppy, je n'ai pas la moindre envie d'assister à ce carnage.

— Nous ne sommes pas des Devil's Sons, mais simplement quatre amis qui veulent manger, intervient Set. De ce fait, on ne transgresse aucune règle.

— Alors, pourquoi tu portes ta veste, enfoiré ? Barrez-vous d'ici !

Clarke saisit le type par son col et sans réfléchir à mon geste, je lui envoie un bout de pain qui percute l'arrière de son crâne.

— Non mais, vous imaginez si tout le monde agissait comme vous ? Ce n'est pas parce que vous portez une veste en cuir que vous avez le droit de partager votre mécontentement et vos désaccords avec tous les gens qui vous entourent ! Des personnes sont venues ici pour manger, et certainement pas pour voir cinq abrutis se mettre des coups sur la gueule. Vous pouvez respecter ça ? Vous pouvez respecter Poppy qui sue à longueur de journée pour satisfaire ses clients ?

Le concerné me regarde fièrement, les bras croisés sur son torse.

J'en ai ma claque. J'ai l'impression d'être la mère qui dispute ses gosses.

— À présent, nous allons finir de dîner tranquillement et vous, dis-je aux nouveaux venus, vous allez vous trouver une table à l'autre bout du restaurant. Et comme je déteste conclure sur une mauvaise note, Carter Brown paiera l'addition de tous ici présents !

Un sourire aux lèvres, Poppy m'applaudit et la seconde d'après, tous les clients poussent des cris d'approbation.

Les deux hommes du gang adverse me dévisagent, remarquant mon existence seulement depuis que je l'ai ouverte. Sans un mot, ils passent leur chemin et m'offrent une vue sur l'écriture blanche qui orne leur dos : « *The Reapers of Death.* »

Je souffle un grand coup avant de reprendre correctement place sur la banquette. Clarke nous rejoint.

— La prochaine fois que tu m'envoies un bout de pain, je te fais bouffer ta nouvelle veste en cuir.

— On peut finir notre repas tranquillement. De rien.

— Ce n'est pas comme ça que ça marche.

Je croise les bras sur ma poitrine et le regarde durement.

— Et pourquoi pas ?

— On doit nous respecter.

— Ah ! Et on ne peut pas vous respecter si vous ne cassez pas de mâchoire ? Tu es ridicule, Clarke.

Un éclair de rage passe dans ses yeux, mais je ne me démonte pas.

— Tu as vraiment de la chance d'être une fille.

D'humeur provocante, j'approche mon visage du sien pour articuler « Ri-di-cule » sous les rires de Set et Sean.

— Elle ne manque pas de cran, faut bien l'avouer.

Clarke, qui n'a pas l'esprit à plaisanter, fusille Sean du regard, puis se lève, marquant la fin de notre repas.

— Mets toutes les notes sur le compte des Devil's Sons, lance Clarke à Poppy. Carter te fera un virement.

Le maître des lieux acquiesce avec amusement sous les remerciements des clients.

— Gardez cette fille proche de vous, vous en aurez b'soin !

Clarke, toujours d'humeur massacrante, lance un coup d'œil mauvais au patron, qui l'ignore pour m'offrir le sourire le plus gentil qui soit, chose que je lui rends.

Sans plus de cérémonie, nous nous dirigeons vers la sortie, mais alors que les garçons ont déjà passé la porte, quelqu'un me retient par le poignet. Le blond des Reapers of Death dépose quelque chose dans le creux de ma paume.

— Si tu veux changer de gang, appelle-nous. On t'offrira bien plus que les Devil's Sons.

Je découvre dans ma main un bout de papier sur lequel est inscrit son numéro de téléphone suivi de son prénom : Troy.

Il s'éloigne déjà et lorsque je me retourne vers la sortie, Clarke est encore là à me tenir la porte, le regard rempli de haine.

*La provocation du Reapers of Death n'a pas loupé !*

— Qu'est-ce qu'il te voulait ?

— Rien d'intéressant.

Il fronce les sourcils, mécontent, mais ne dit rien de plus.

Lui expliquer ce que me voulait Troy reviendrait à mettre de l'huile sur le feu, chose que je ne souhaite pas, alors nous rejoignons la voiture dans le silence.

# 16.

Devant les chambres du motel, Clarke annonce aux garçons que nous décampons à neuf heures demain matin.

— Évitez de vous prendre la tête, nous lance Set.

— Ou de baiser. On veut dormir et les murs ont l'air plutôt fins, finit Sean.

Scandalisée, je les regarde avec de gros yeux.

— Il y a des boules Quiès dans la commode, répond Clarke.

Je m'étouffe sous les rires des Devil's. Je préfère entrer dans la chambre avant que la discussion ne dérive encore plus.

— Dormez bien, nous lance Sean sur un ton rempli de sous-entendus.

Je rejoins le lit sur lequel je m'assieds et enlève ma veste, puis mes Converse, tandis que mes pensées flottent jusqu'à Clarke.

Ce n'est pas un homme qui parle beaucoup et ses yeux ne trahissent la plupart du temps aucune émotion. Mis à part se crier dessus, nous n'avons jamais réellement discuté. Je ne sais rien de lui et il ne sait rien de moi, alors pourquoi m'attire-t-il ? C'est physique, mais ça va au-delà. Il transpire la sécurité et j'aime son côté sûr de lui. Clarke a conscience qu'il plaît, qu'il est affreusement beau et qu'il a toutes les filles à ses pieds. Il sait également que tout le monde le respecte par crainte et pourtant, bien qu'il soit nerveux, il ne s'en est jamais pris gratuitement à quelqu'un et n'a jamais rabaissé personne. Il m'a déjà menti à de multiples reprises, et je suis persuadée qu'il le refera sous les ordres de Carter, mais malgré ça, je me sens en confiance avec lui.

— Va te laver, j'irai après.

Je le regarde d'une drôle de façon, perturbée par mes pensées, puis j'acquiesce et entre dans la salle de bains. Une fois déshabillée, je pénètre sous la douche et laisse mes muscles se détendre après cette journée forte en émotions. J'ai l'impression qu'avec les Devil's Sons, il n'y a aucun instant de répit. Néanmoins, c'est dans ces moments intenses que j'ai le plus conscience de mon existence.

Je reste quelques minutes sous le jet d'eau brûlant, puis me lave et sors de la cabine. J'enroule une serviette autour de mon corps, cherche mon sac des yeux, mais il n'est pas là. Je l'ai laissé sur le lit.

J'entrouvre la porte de la salle de bains et y passe la tête. Clarke est assis sur le matelas devant la télé. Il me regarde droit dans les yeux avant de dériver sur mes clavicules, puis sur la naissance de ma poitrine. Mon traître de corps réagit aussitôt, mes joues s'échauffent. Aussi surprenant soit-il, je suis persuadée de lire du désir dans ses iris, qui disparaît aussitôt au profit d'une expression indéchiffrable.

— Tu peux me donner mon sac, s'il te plaît ? articulé-je avec difficulté.

Il plisse les paupières avant de dire « non ».

— Merc... Attends, quoi ?

— Non.

Ses yeux pétillent d'amusement, à l'inverse des miens. Ma serviette est si petite qu'elle cache à peine mes parties intimes. Je ne peux pas sortir dans cette tenue.

— Clarke !

— Tu as des jambes ?

— Je n'ai qu'une serviette ! le supplié-je.

Il hausse les épaules et je grince des dents, irritée.

J'avance furieusement dans la chambre sous le regard déstabilisant du bad boy. Je saisis mon sac avant de décamper bien vite et claque la porte de la salle de bains si fort derrière moi qu'elle tremble sur ses gonds.

Je ne comprendrai jamais son comportement. Ce type devrait être fourni avec une notice ou le manuel diagnostic et statistique des troubles mentaux.

Après m'être lavé les dents avec la brosse mise à disposition par le motel, je pars à la recherche de mon pyjama, mais bien évidemment, je ne l'ai pas pris. Je n'étais pas censée dormir ici, néanmoins je suis tout de même heureuse de découvrir dans mon sac une culotte propre. Malheureusement, je vais être obligée de garder mes vêtements pour dormir, ce qui renforce mon agacement envers Clarke. S'il m'avait informée du contenu des caisses, j'aurais envisagé de prendre une tenue de rechange.

— Si je suis d'humeur massacrante demain parce que j'aurai passé la nuit dans un jean plus serré que l'intervalle entre tes sautes d'humeur, ce sera uniquement de ta faute !

Je jette mon sac au pied du lit et m'y assieds, tournant le dos au Devil's. La seconde d'après, je reçois un bout de tissu sur la tête. Je reste figée quelques secondes avant de le retirer de mon visage. Je pivote vers lui, prête à l'incendier, mais rien ne sort de ma bouche.

*Clarke est torse nu.*

Je n'avais jamais vu un corps si beau, des muscles aussi bien dessinés, sans parler de ses tatouages que je découvre pour la première fois sous la lumière et qui se combinent tous à la perfection. Une horloge sur son pectoral droit est brisée et ses aiguilles arrêtées sur 9 h 47. Elle est entourée d'une forêt dense mais incendiée, qui s'étend sur ses côtes, habitée d'un loup solitaire en haut d'un rocher, devant une nuit étoilée.

Le loup devrait signifier la famille, car il appartient à une meute, mais celui-ci hurle à la lune, seul, tandis que son foyer et ses congénères sont en train de brûler. Et pourtant, les étoiles continuent de briller dans le ciel, parce que même lorsqu'une atrocité se produit, la Terre ne s'arrête pas de tourner. Nous sommes les seuls impactés.

*The Devil's Sons* est tatoué sur sa clavicule, différentes runes sont formées par des entrelacs de tiges de roses piquantes et un nombre incalculable d'autres dessins couvrent la totalité du haut de son corps, hormis son visage. Mais celui qui attire le plus mon attention est encré sur sa poitrine. Deux douilles de revolver gravées des initiales « J.T. » et « W. T. ». Je me demande si ce ne seraient pas les initiales de ses parents tués par balle.

Mon cœur se comprime à cette idée.

— Mon t-shirt : il te fera une robe.

Clarke me tire de ma contemplation et je me fais violence pour détourner le regard de son corps. Puis je saisis que son lancer de tissu sur ma tête n'avait rien de moqueur.

— Merci.

Il m'offre un clin d'œil et entre dans la salle de bains à son tour, me laissant apercevoir un tas de nouveaux tatouages dans son dos, dont les différents mondes de l'Yggdrasil qui sont placés les uns en dessous des autres le long de sa colonne vertébrale.

La porte fermée derrière lui, j'attends d'entendre l'eau couler pour retirer mon jean, puis mon body, et d'enfiler son t-shirt noir qui m'arrive à la moitié des cuisses. Je lutte pour ne pas penser au fait que je respire son odeur.

Cinq minutes plus tard, Clarke apparaît en jogging gris dans l'encadrement, les cheveux mouillés qui gouttent sur son corps.

*Dieux Tout-Puissants !*

Tout est proportionnel et très développé chez lui. Ses épaules sont larges et carrées et ses trapèzes ressortent. Ses bras font plus du double des miens et je peux voir d'ici les veines qui sillonnent ses avant-bras. Ses pectoraux ont l'air durs comme de l'acier, ses six abdominaux apparaissent naturellement, et pour finir, la cerise sur le gâteau : il a la ceinture d'Apollon, cette forme en V qui démarre de ses hanches et descend sous son jogging.

Clarke m'observe, un sourcil levé. Je me rends compte que je l'ai maté ouvertement et reprends aussitôt mes esprits.

— Ça te fait rire, hein !

Je lui lance un coussin pour lui faire ravaler son arrogance, mais il le rattrape avant qu'il n'entre en contact avec sa tête. Il me le renvoie, je l'évite à la dernière seconde.

— Oui, ça me fait rire.

Son regard est doux, ce qui me plaît plus que de raison. Mes yeux, désireux de découvrir tous ses tatouages, tombent sur son sourire en coin, puis sur son corps, et je me perds dans mon exploration. Je suis la courbe de ses muscles, le...

— Tu baves encore, Avalone.

Je ramasse l'oreiller et le lui envoie une seconde fois, néanmoins celui-ci, il se le prend en plein visage. Le coussin s'écrase au sol, et pendant les quelques secondes de silence qui suivent, le regard de Clarke se transforme pour me lancer des éclairs.

*Oh, merde...*

Je me lève précipitamment du lit et cours vers la porte, Clarke sur mes talons. Je sors de la chambre, mais je sais d'avance que je suis fichue. D'ici quelques secondes, je n'aurai plus aucun souffle et cracherai mes poumons.

— Je suis désolée ! rigolé-je. Mais si tu continues de me poursuivre, je vais mourir !

— Tu n'as qu'à t'arrêter de cavaler.

Quand j'entends sa voix, je me rends compte qu'il se rapproche dangereusement de moi, alors j'accélère.

— Instinct de survie !

Je décolle du sol, pousse un cri et me retrouve la tête en bas sur son épaule. Je rigole tellement que j'en ai mal au ventre. Et je ne parle même pas de l'état de mon souffle.

— Pose-moi !

Je me débats, mais il est beaucoup trop fort. Il rebrousse chemin, victorieux.

— Je suis désolée. Je pensais que tu allais le rattraper ! Ce n'est pas de ma faute si au premier envoi, tu as eu la chance du débutant !

— Tu t'enfonces, Beauté !

La porte voisine s'ouvre pour laisser apparaître les têtes de Set et Sean. Nous stoppons tout mouvement et les contemplons comme si on venait de se faire choper en pleine élaboration d'une connerie. De cet angle-là – la tête à l'envers –, ses deux amis ont l'air encore plus massifs.

Les sourcils levés, ils explosent de rire face au spectacle qui s'offre à eux.

— Aidez-moi... les supplié-je.

Les garçons esquissent un pas vers nous, mais le regard de Clarke les dissuade de me prêter main-forte.

— Vous n'avez pas intérêt.

— Bonne chance ! me lance Set.

Les deux Devil's retournent d'où ils viennent et Clarke entre dans notre chambre. Il claque la porte derrière nous, et me jette sur le lit. Il se saisit des deux coussins et s'approche de moi, un sourire sadique sur son beau visage, puis il écrase le premier oreiller sur ma tête.

Je me débats dans un fou rire.

— Arrête de te démener, tu vas t'épuiser ! rigole Clarke.

Il m'offre quelques secondes de répit pour me permettre de respirer, avant d'écraser le second coussin sur mon visage. Je fais entrer mes jambes dans le combat et j'essaie de le repousser, mais Clarke abandonne les oreillers. Il parvient à attraper mes poignets beaucoup trop facilement et les maintient de part et d'autre de ma tête. Lorsqu'il appuie son bassin contre le mien, mes jambes s'écartent pour l'accueillir.

C'est à ce moment précis que nous nous rendons compte de la position dans laquelle nous nous trouvons. J'ai brusquement conscience de chaque endroit où nos corps se touchent. Nos sourires s'effacent peu à peu et nos souffles, déjà rendus courts par l'effort, deviennent erratiques, accélérant les battements de mon cœur. Le regard brûlant de Clarke plongé dans le mien me provoque une poussée de fièvre. Le temps paraît durer une éternité, comme si tout s'était arrêté autour de nous. Ses yeux devenus noirs tombent sur ma bouche et expriment une convoitise féroce auquel mon corps répond. Je suis à sa merci. Il pourrait me faire ce qu'il veut, je ne pourrais rien lui refuser.

Brusquement, tout redémarre lorsque Clarke écrase ses lèvres sur les miennes et qu'une boule de chaleur implose dans mon bas-ventre. Je réponds instantanément à son baiser, gémis, brûle ardemment de désir. Il n'y a rien de doux. C'est sauvage, violent, rempli d'urgence. Il me veut et je le veux.

Là.

Maintenant.

Tout de suite.

Je n'ai définitivement plus de souffle quand sa langue trouve la mienne. Nous nous embrassons à en perdre haleine, à en perdre la tête. Il enlace nos doigts au-dessus de ma tête et, lorsqu'il mord ma lèvre inférieure, un gémissement m'échappe, renforçant l'urgence que nous ressentons. Mes jambes s'enroulent autour de sa taille et ses lèvres quittent les miennes pour dévorer mon cou, le mordre, le lécher. Mes paumes courent sur son corps, ses doigts s'enfoncent dans mes hanches. Je me cambre contre lui, halète de plaisir, et Clarke gronde contre ma peau.

Mon cerveau est totalement en vrac, mon cœur sur le point d'exploser. Jamais je n'aurais pensé qu'un tel homme existait. Ses gestes sont sûrs et tellement excitants que je ne tiendrai pas plus longtemps. Ses baisers, ses caresses, sa fermeté, tout chez lui est fait pour me séduire.

Lorsque sa main se pose sur ma joue et que son pouce effleure ma lèvre, je le prends dans ma bouche et enroule ma langue autour de son doigt. Son corps devient plus lourd sur le mien, comme s'il perdait pied, et le regard qu'il pose sur moi met le feu à mon être. Nos respirations chaotiques se mélangent et son désir puissant que je sens contre moi menace de m'achever.

Mais voilà que ses lèvres quittent brusquement les miennes. Il bondit en arrière. Je ressens immédiatement le manque de la fermeté de ses mains sur mon corps, alors qu'il se tient debout devant le lit, en train de me fixer, troublé. Sa respiration est aussi courte que la mienne, il détourne le regard et passe nerveusement ses mains dans ses cheveux.

— On ne peut pas faire ça.

Sa voix est douce, mais ferme. Je fronce les sourcils, perdue.

— Pourquoi ?

— On ne peut pas faire ça ! répète-t-il en haussant le ton.

Cette fois-ci, il est vraiment en colère. Ses traits sont tirés et ses poings serrés. Toute la magie qui nous entourait il y a quelques secondes s'est envolée en un claquement de doigts. Je n'ai jamais été aussi larguée de toute ma vie.

Clarke tourne en rond comme un lion en cage, fou de rage. Il finit par enfiler rapidement ses chaussures et se dirige vers la porte.

— Repose-toi, on part tôt demain.

Il quitte la chambre et me laisse dans l'ignorance.

Me voilà seule, frustrée et dans l'incompréhension la plus totale. Je reste assise sur le lit à réfléchir à la source de sa contrariété, mais ne trouve rien. Si c'était moi le problème, je n'aurais jamais lu le désir dans ses yeux. Il me voulait autant que je le voulais, je le sais !

Je grogne de mécontentement et me lève pour éteindre la

lumière, puis me glisse dans les draps, perturbée par ce qu'il vient de se passer. Une chose est sûre, Clarke Taylor fait accélérer les battements de mon cœur. Mais Clarke Taylor est dangereux pour les filles. Il vient de me le prouver une fois de plus.

Un bruit sourd me tire de mon sommeil. Mes paupières s'ouvrent sur la place vide à côté de moi. Clarke n'est toujours pas rentré. Je me redresse et me frotte les yeux, avant de sursauter à la suite d'un nouveau choc provenant de l'extérieur. Et encore un.

Le réveil annonce 5 h 39, je peste contre celui qui fait autant de grabuge. Je me lève du lit à contrecœur et me dirige vers les fenêtres pour tirer les rideaux.

Mon cœur loupe un battement face à la scène qui se déroule plus bas : Clarke, sur le parking du motel, passe à tabac un homme. Malgré tout ce qu'il s'est passé, j'arrive encore à être sous le choc. Sa violence est phénoménale, sans limite. Elle lui est propre et les ondes qu'elle dégage pourraient être reconnaissables entre mille.

Il esquive un coup de poing, puis frappe le type qui tombe en arrière. Le Devil's se positionne au-dessus de lui et le cogne sans s'arrêter, mais sa victime ne bouge plus. Elle est K.-O., ou peut-être même morte.

Je devrais pour une fois laisser Clarke face à ses responsabilités, mais je ne peux assister à ça sans rien faire. Ce serait de la non-assistance à personne en danger et jamais la culpabilité ne me quitterait. Si la personne est en vie, je dois stopper tout ça à temps.

J'aimerais pouvoir dire que c'est uniquement pour cette victime que je sors de la chambre et dévale les escaliers, mais c'est aussi pour lui. Je suis persuadée qu'il mérite une vie bien plus belle que celle d'un détenu coupable de meurtre. Alors, tant que je serai là, je l'empêcherai de franchir ce point de non-retour.

Tandis que Clarke arme son bras pour cogner l'homme, je le retiens avant le choc, comme le soir de notre rencontre au *Degenerate Bar*.

— Arrête, je t'en supplie...

Le Devil's Son se tourne vers moi bien trop rapidement, les yeux noirs de rage injectés de sang. Dans un réflexe, je lève les mains devant mon visage pour me protéger au mieux de ce qui m'attend, puisque son poing fermé part déjà dans ma direction.

Cette fois-ci, je l'ai davantage surpris qu'à notre première rencontre. Je vais goûter au fameux coup de Clarke Taylor et je vais avoir du mal à m'en remettre.

Mais une fois encore, le choc et la douleur ne viennent pas. Je ne me rends compte que j'ai fermé les yeux qu'à partir du moment où je les rouvre.

Son poing est en suspens, redoutablement proche de mon visage. Clarke s'est décomposé. Il n'y a plus une once de haine dans son regard, il me reconnaît. Et je me remets à respirer, le corps tremblant.

— Je...

Il ne continue pas sa phrase, la culpabilité l'assaille. Dans un élan de colère, il se tourne et frappe violemment dans le mur. Ses phalanges éclatent et saignent aussitôt.

— FAIT CHIER ! hurle-t-il.

Il fait volte-face, marche vers moi avec détermination et une fois à ma hauteur, il saisit mon poignet pour m'attirer contre lui. Je suis plaquée contre son torse, entourée de ses bras puissants.

— Je suis désolé... souffle-t-il dans mes cheveux.

Ses doigts s'enfoncent entre mes mèches et s'y agrippent.

Je savoure comme une bénédiction son retour à la réalité et m'apaise.

— Je suis désolé, répète-t-il doucement.

— Ce n'est rien.

Il me serre si fort contre lui que j'entends son cœur battre furieusement.

— J'ai bien cru que...

— Tu n'as rien fait, Clarke, le coupé-je pour le rassurer. Tu ne m'as pas frappée, je vais bien.

Tout le monde dit de Clarke qu'il n'a aucun self-control, mais c'est faux. La première fois que j'ai retenu son bras au *Degenerate Bar*, il s'est retourné aussi vite que son poing s'est levé. J'ai eu du mal à croire qu'il ne m'avait pas cognée. Et ce soir, c'est allé encore plus vite. Cette fois-ci, j'étais sûre que j'y passerais, mais encore une fois, son poing s'est arrêté. Une personne sans self-control aurait tapé sans pouvoir se contenir, peu importe qui se trouvait en face d'elle. Mais pas Clarke. Je sais que son problème ne vient pas de là. Je pense tout simplement qu'il a tellement de colère en lui, qu'il a le besoin impérieux de la faire sortir avant de se noyer, et pour ça, il saute sur la première occasion qui se présente à lui pour se battre. Il n'a pas trouvé d'autre moyen pour évacuer cette haine qui le consume.

Il desserre son emprise de mon corps et je recule d'un pas. Je sais qu'il me scrute pour s'assurer que je vais bien, mais je suis incapable de soutenir son regard après ce que nous avons partagé et son rejet. Alors, je rejoins sa victime étendue sur le sol et manque de pleurer de soulagement lorsque je sens son pouls.

— Il faut appeler une ambulance.

— Elle est déjà en route.

Incrédule, je tourne le visage vers Clarke.

— J'étais au téléphone avec Carter quand j'ai croisé cet abruti qui m'a insulté.

*Carter savait donc comment ça allait se finir*. Une insulte contre un passage à tabac. Les dieux soient loués, grâce à lui, les secours ne devraient plus tarder.

J'aimerais me lancer dans un long monologue où

j'expliquerais à Clarke qu'il ne peut pas continuer comme ça, mais mes mots tomberaient dans le vide. Ça fait probablement des années qu'il adopte cette conduite et ça ne changera pas en un claquement de doigts.

— Viens, on retourne à la chambre, me dit-il d'une voix hésitante.

Je secoue négativement la tête.

— Vas-y, je te rejoindrai lorsque l'ambulance sera là.

— Carter a déjà dû pirater les caméras de surveillance pour effacer mon agression. Si tu es sur les lieux lorsque les secours arriveront, ils te poseront des questions.

Il n'a pas tort. La police est probablement en route, elle aussi, pourtant je ne peux me résoudre à abandonner l'homme ici.

— Il peut succomber à ses blessures, je dois veiller sur lui.

— Sa vie n'est pas en danger, Avalone. Je sais où frapper.

Je dévisage alternativement le Devil's et sa victime, partagée. Est-ce que je peux faire confiance à Clarke ? Il m'a prouvé que non, mais avec son expérience dans la baston, il doit savoir ce qu'il fait.

Clarke me tend la main, le regard presque suppliant, et j'en suis complètement retournée. Il veut que je rentre avec lui, s'assurer que je ne le fuis pas après avoir assisté à ça et que je suis de son côté. Même s'il a conscience que son comportement est néfaste.

— Je n'arrêterai jamais de te retenir, Clarke.

Il grogne de mécontentement, néanmoins il hoche tout de même la tête. Alors, je parcours la distance qui nous sépare et prends sa main pour nous conduire aux escaliers.

Je sens son regard sur moi. Je fournis tous les efforts du monde pour ne pas y prêter attention. C'est seulement quand je me rends compte qu'il ne marche pas tout à fait droit que je me tourne vers lui. Ses yeux toujours injectés de sang me prouvent que ce n'est pas la colère et la violence qui les ont rendus comme ça.

— Tu es bourré.

Il me lance un regard noir, sans aucune raison valable, confirmant mes propos.

— Tu es plus beau quand tu souris, soupiré-je.

Sans se faire désirer, un sourire ravageur étire ses lèvres et électrise tout mon corps. Même ivre, cet homme a la prestance d'un dieu. Je n'ai qu'une envie : l'embrasser de nouveau. Il a l'air si fort et pourtant, pour la première fois, toutes ses émotions sont lisibles sur son visage. Il n'est plus le Clarke indéchiffrable et impénétrable que je connais. Je comprends facilement que lorsqu'il est dans cet état, il est plus fragile émotionnellement. Tout le monde pourrait l'atteindre par des mots et des actions. Un Clarke Taylor bourré est beaucoup plus dangereux qu'un Clarke Taylor sobre. Il pourrait mettre le monde à feu et à sang. Et pourtant, j'ai envie de prendre soin de lui, d'étouffer momentanément ses blessures.

Je m'apprête à le tirer par le bras pour reprendre notre route, mais sa main sur mes reins me plaque contre son torse. J'en perds mon souffle, et probablement même mon cœur. Je me noie dans le noir de ses iris.

Désir.

Frustration.

Colère.

Je manque de défaillir lorsque ses lèvres embrassent les miennes. En contraste avec notre baiser échangé plus tôt dans la soirée, celui-ci est résigné, mais passionnel. Il nous consume. C'est comme s'il voulait se souvenir de mon goût pour toujours. J'avais déjà perdu mon souffle dans son regard, à présent je perds mon âme dans ce baiser. Clarke m'a définitivement tout pris pour ne me laisser que le manque de ses lèvres.

Alors que je n'ai pas retrouvé ma respiration, il écarte les cheveux de mon oreille pour me murmurer d'une voix grave :

— Jamais personne ne t'embrassera comme je t'embrasse,

Avalone.

Je pensais qu'il m'avait déjà tout volé, je me suis bien trompée. Il vient d'emporter ma raison. Parce qu'à partir de maintenant, je *veux* Clarke Taylor.

Il s'éloigne de moi, à mon plus grand regret, cependant je suis incapable de dire quoi que ce soit ou de faire le moindre geste. C'est à son tour de me tirer jusqu'à la chambre. Il pousse la porte du pied et, au milieu de la pièce, ses yeux se baissent sur nos doigts entrelacés. Il les regarde pendant de longues secondes. Je sais qu'il n'a pas envie de briser ce contact, tout comme moi, et pourtant, il le fait avant de se détourner. Il ne prononce pas un mot en retirant son t-shirt. J'observe sa main droite vraiment très abîmée, puis saute sur l'occasion afin de m'occuper et faire taire mes pensées. J'entre dans la salle de bains pour mouiller une serviette et lorsque je reviens dans la chambre, Clarke est assis sur le lit. Je m'agenouille devant lui et prends délicatement sa paume dans la mienne. Il ne dit rien, il me laisse faire, mais son regard posé sur moi me rend folle. J'applique la serviette sur ses blessures pour les nettoyer, il ne cille pas.

Lorsque j'en conclus que je ne peux pas faire mieux avec si peu à disposition, je ramène le linge taché de sang à la salle de bains pendant que Clarke se glisse sous les draps. De retour dans la chambre, j'éteins la lumière et m'allonge de mon côté. Je lui tourne le dos, trop perturbée par ce qu'il me fait ressentir. J'ai le cerveau qui va exploser si mes pensées continuent de fuser dans tous les sens, cependant, tout s'apaise en moi lorsque ses bras s'enroulent autour de ma taille et m'attirent contre lui. Son geste me fait l'effet d'une délicieuse torture que je ne refuse pas. J'aime son torse contre mon dos, j'aime son souffle dans mon cou et j'aime ses lèvres qui se posent sur mon épaule.

— Je ne pourrai jamais être celui que tu veux que je sois, mais nous ne pourrons *jamais* être amis non plus. Alors, ne me présente plus aucun gars si tu souhaites qu'il garde ses dents.

À ces derniers mots, ses doigts se sont enfoncés dans ma peau et ses bras ont resserré leur emprise autour de mon corps, pour me prouver que quoi que je fasse, peu importe qui je rencontre, son territoire est marqué.

# 17.

Je suis tirée de mon sommeil par un *dring* insupportable : le réveil. Le Devil's gronde de mécontentement. Il me faut quelques secondes pour sentir sa peau chaude sous la mienne. J'ouvre brusquement les yeux, Clarke et moi nous tendons simultanément. La moitié de mon corps est allongée sur le sien, ma tête repose sur son torse, ses bras m'enlacent fermement et ses mains sont enfouies sous mon t-shirt, qui est d'ailleurs bien trop remonté.

— Qu'est-ce que tu attends pour bouger ? grommelle-t-il.

— Il faudrait d'abord que tu me lâches.

Un silence pesant plane dans la pièce, mais lorsque ses doigts caressent ma hanche, mon cœur manque un battement. L'instant d'après, il me libère, je me laisse alors tomber sur le dos à côté de lui. Il tend le bras pour éteindre la sonnerie, puis je me redresse pour m'asseoir au bord du lit.

Le réveil est dur, et en plus d'être totalement perdue, l'histoire de la frontière me revient en mémoire et me fait paniquer.

— Ça va bien se passer, ne t'inquiète pas.

Je tourne le visage vers Clarke. Ses deux bras puissants croisés derrière sa tête font ressortir un tas de muscles, de veines et de tatouages. J'acquiesce en guise de réponse, mais comment peut-il en être sûr ? À moins que Carter soit le génie d'Aladdin et transforme la marchandise illégale en pistolets à eau et billets de Monopoly, rien n'est sûr.

Je saisis mon sac et m'enferme dans la salle de bains pour une toilette expresse. Eau sur le visage, lavage de dents, changement de vêtements... J'attache ma crinière en une queue-de-cheval haute et laisse quelques mèches rebelles s'échapper, puis je sors, anxieuse.

— Merci beaucoup, dis-je à Clarke en lui tendant son t-shirt.

Il m'offre un clin d'œil et reprend ce qui lui appartient.

Ses cheveux en bataille et sa voix rauque du réveil le rendent encore plus sexy qu'à son habitude. S'il a la gueule de bois, il n'en laisse rien paraître.

Il s'enferme à son tour dans la salle d'eau et en ressort apprêté quelques minutes plus tard, juste à temps pour ouvrir la porte à ceux qui viennent de toquer.

Sean et Set entrent avec des sachets de boulangerie dans les mains.

— Petit déj', lance Set, qui s'installe dans le fauteuil tandis que Sean s'affale sur le lit. Alors, vous vous êtes pris la tête ou vous avez baisé ?

*Ils ne sont pas croyables, ces deux-là, ils n'en ratent jamais une !*

— On s'est pris la tête.

*Et revoilà le Clarke impassible et froid. Je le préfère définitivement bourré...*

— Où est-ce que tu as tapé ? demande Sean.

Les sourcils froncés, il pointe du doigt la main abîmée de mon compagnon de chambre.

Sean me lorgne, horrifié, et cherche une blessure sur mon corps. Le bad boy, qui a suivi le regard de son ami, le dévisage d'un air mauvais.

L'atmosphère devient brutalement lourde et chargée d'électricité.

— Espèce de connard ! explose Clarke. Tu crois sérieusement que je l'ai frappée ?

Sans que j'aie eu le temps de placer le moindre mot pour éclaircir la situation, il le saisit par son col et le force à se lever du lit. La méfiance de Sean perdure et la colère s'empare également de lui.

— J'espère que tu n'as pas cogné sur Lopez !

— TU TE FOUS DE MA GUEULE ?

Il secoue violemment son ami, les deux sont fous de rage.

— AVEC TOI, ON NE SAIT JAMAIS À QUOI S'ATTENDRE !

Avant même que Clarke ne prépare son coup, Set et moi nous plaçons entre eux pour les séparer. Je pose mes mains sur le torse de Sean et le fais reculer, attirant son attention sur moi par la même occasion.

— Il ne m'a pas touchée !

— IL EN EST CAPABLE !

D'un mouvement d'épaule, ce dernier se dégage de son meilleur ami et son poing s'abat sur la mâchoire de Sean, qui jure après avoir craché du sang.

Le coup n'a pas été aussi puissant que ce à quoi Clarke nous avait habitués et, malgré sa colère évidente, je sais qu'il n'a pris aucun plaisir à frapper son ami. Il l'a fait pour lui remettre les idées en place et pour lui rappeler qu'il doit le respect au second de Carter. Et même si je ne suis pas pour la violence, je suis rassurée qu'il s'en tienne à ce simple coup. Nous le sommes tous.

Il tourne en rond dans la chambre, serre et desserre les poings pour se calmer.

— On s'est pris la tête et je suis sorti prendre l'air. J'ai cogné un mec dans la rue. Le prochain qui pense que j'aurais pu m'en prendre physiquement à Avalone, je le tabasse. Et toi, dit-il à Sean, brûle dans les putains de flammes du Ragnarök, enfoiré !

C'est la première fois que je l'entends faire allusion à sa religion, et c'est pour une insulte. Je passe mes mains sur mon visage, dépitée. La journée ne pouvait pas plus mal commencer.

Set et Sean haussent les épaules, comme si ce qui venait de se passer ne comptait plus. Ils prennent une brioche et m'en donnent une. Je regarde la mâchoire rougie de Sean qui grimace de douleur lorsqu'il mastique son petit déjeuner.

— Allez, on y va, nous ordonne le second de Carter.

Dans une ambiance pesante, nous récupérons nos affaires et quittons la chambre.

Sur le parking, les garçons retirent leur veste en cuir et Clarke me fait signe d'en faire de même. Je ne discute pas, je m'exécute en comprenant que c'est pour éviter d'attirer l'attention sur nous à la frontière. Nous les cachons sous le siège passager de la voiture et, tandis que Set et Sean s'arrêtent devant leurs motos, je m'apprête à monter dans la voiture, mais Clarke me stoppe.

— Tu montes avec Set.

Je fronce les sourcils, sans comprendre.

— C'est une blague ?

Je me tourne vers Set qui me tend un casque, et me décompose.

Si Clarke ne me laisse pas monter dans la voiture avec lui et la cargaison illégale, c'est que ça doit être imprudent.

Les battements de mon cœur accélèrent, j'écarte les bras en le regardant, apeurée et en colère.

— J'étais persuadée que la frontière n'était pas sûre !

Il m'a dit qu'il n'y avait aucun danger, alors qu'il savait que le moment venu, il prendrait le risque seul.

— Je t'accompagne.

Le Devil's se redresse, me surpassant largement.

— Comme tu l'as dit, tu n'as pas d'années à sacrifier en prison.

— Mais si je monte avec toi, il y a moins de chances que la voiture soit contrôlée !

Un mec tatoué au regard glacial dans une voiture de luxe interpellera les douaniers. En compagnie d'une blonde assez frêle, ça pourrait apaiser la suspicion des agents.

— Il en est hors de question. Tu enfourches la moto de Set, Avalone !

— Je ne changerai pas d'avis !

Je croise les bras sur ma poitrine pour lui prouver mon sérieux, mais je n'ai aucune crédibilité, aucun impact sur sa décision.

— Reste ici alors, parce que tu ne prendras pas place dans cette voiture.

Clarke est agacé, impatient et en colère, cependant je le suis tout autant.

— Ce n'est pas ça, faire partie des Devil's Sons ? Prendre les risques ensemble ?

Il plisse les yeux, pourtant son regard est indéchiffrable.

— J'ai choisi d'en faire partie malgré les risques qui vont avec. Toi, tu n'as pas eu le choix.

— Tu continues de me priver de mon libre arbitre, Clarke ! Hier, en me mentant sur le contenu des caisses, et actuellement, en m'interdisant de t'accompagner !

Je passe nerveusement mes mains sur mon visage.

— J'aurais pu prendre un taxi et rentrer immédiatement lorsque j'ai appris ce que contenait la voiture, ou j'aurais pu appeler la police pour vous dénoncer. Mais je suis toujours ici, avec vous. J'ai ma part de responsabilités à présent, et il n'y a aucune raison pour que tu encoures les risques tout seul !

Pendant une fraction de seconde, son regard brille d'un éclat que je ne reconnais pas, mais il se ressaisit très vite et sans un mot, il monte dans la voiture. Puis il verrouille les portières et me refuse l'accès.

Je ferme les yeux et prends le temps de soupirer. Je me sens atrocement mal. Le moteur de la Mercedes rugit et Set passe sa main sur mon bras. Résignée, je me tourne vers lui et m'empare du casque qu'il me tend.

Ils font ça pour me protéger, je le sais, cependant ils ne peuvent pas prendre de moi seulement ce qui leur plaît. À un moment, ils devront m'accepter entièrement ou me laisser partir.

Le trajet jusqu'à la frontière me paraît interminable, mais lorsque nous nous retrouvons dans la file des conducteurs et attendons de traverser la douane, mon cœur s'emballe. Je stresse tellement que c'en est insupportable. Nous sommes devant le SUV et la marchandise, quelques voitures nous séparent. Je ne me sens vraiment pas bien, je suis terrifiée, et Set le ressent.

— Ça va bien se passer. C'est loin d'être la première fois que nous faisons ce genre de chose.

Il pose sa main sur la mienne, je la presse pour me rassurer.

— Eh, ne me casse pas les doigts non plus ! rigole-t-il.

— Désolée.

Notre tour arrive rapidement. Je feins d'être parfaitement à l'aise quand nous atteignons les deux douaniers. Ils ne nous lancent pas un regard et pourtant, mon cœur loupe un battement lorsque l'un d'eux nous annonce :

— Contrôle d'identité. Rangez-vous sur le côté.

Si nous nous faisons contrôler, Clarke a de très grandes chances d'y passer. Je reste cependant détendue en apparence pour éviter de donner aux agents des raisons d'être suspicieux.

Set et Sean acquiescent et roulent vers la bande d'arrêt. Nous descendons des motos et enlevons nos casques pendant qu'un douanier se dirige vers nous.

— Papiers d'identité, s'il vous plaît.

Mon sac étant dans la voiture, je ne les ai pas sur moi, cependant, alors que Sean sort un passeport, Set en présente deux, dont le mien.

Je laisse les garçons échanger des banalités avec l'homme et cherche le SUV des yeux, de plus en plus inquiète. Mes mains sont moites et ma respiration saccadée.

Ce stress intense me ronge de l'intérieur, il est à deux doigts de me faire perdre les pédales. Il me prend aux tripes et me donne envie de passer sous un bus rien que pour penser à autre chose.

— Qu'est-ce que vous êtes allés faire au Canada ?

— On a un ami qui habite à la frontière. C'était son anniversaire.

La voiture de Clarke apparaît à la hauteur des agents. Mon souffle se coupe, je ne peux détourner le regard, quitte à paraître suspecte. Il faut qu'il passe sans se faire contrôler, sinon il gagnera un aller simple pour la prison.

J'ai l'impression que Midgard se met à trembler sous mes pieds quand le SUV est arrêté par les douaniers. Mon estomac se tord violemment, la nausée monte. Cette fois-ci, c'est tout l'Yggdrasil qui tremble lorsque Clarke se dirige vers la bande d'arrêt d'urgence pour une inspection du véhicule.

Me connaissant, je dois être pâle comme la mort. Aux fourmis qui remontent le long de mes membres, la crise approche à grands pas. L'air se raréfie dans mes poumons, un nœud énorme se forme dans mon ventre. Mes pensées fusent dans tous les sens, alors je me tourne vers les garçons.

— Je ne me sens pas bien du tout.

Trois paires d'yeux convergent vers moi et à leur inquiétude, je ne dois pas être très belle à voir. C'est grâce au regard de Set qui se pose une seconde derrière moi que je comprends que le SUV arrive à quelques mètres de nous. Alors, je me laisse tomber au sol, me faisant mal un peu partout, pour feindre le malaise. Il n'y a plus qu'à espérer que les garçons sautent sur l'occasion pour sauver Clarke.

Set et Sean se jettent précipitamment à mes côtés, pourtant je garde les yeux fermés.

— Qu'est-ce qu'elle a ? demande le douanier.

— Une insuffisance cardiaque !

Les Devil's Sons jurent et tentent de me réveiller, terriblement inquiets. J'aimerais leur dire que je ne suis pas en si mauvais état que je le prétends, mais pour la liberté de Clarke, je reste muette.

— Il faut l'emmener à l'hôpital immédiatement !

J'entends Set se lever et faire quelques pas précipités.

— EH ! TOI ! hurle-t-il.

J'attends quelques secondes, puis :

— Tu peux la conduire à l'hôpital ?

La réponse ne me parvient pas, cependant Set revient vers moi.

— Il faut la porter, aidez-nous ! ordonne-t-il au douanier.

Je suis soulevée du sol. Une portière s'ouvre et on m'allonge sur une banquette arrière. Je reconnais immédiatement l'odeur de l'habitacle et celle du conducteur.

Si j'avais les paupières ouvertes, des larmes de soulagement se seraient créées aux coins de mes yeux.

— Vous avez besoin qu'on l'accompagne ?

— Non, merci. On va suivre la voiture à moto, répond Sean.

La portière claque, la Mercedes démarre au quart de tour et Clarke tape sur le volant.

— BORDEL ! hurle-t-il.

Mon plan a fonctionné, ils ont réagi comme je l'espérais.

Le poids sur ma poitrine se dissipe instantanément, cependant l'adrénaline coule encore dans mes veines. Je me sens en vie. Le seul souci : ils pensent tous les trois que j'ai besoin d'aller à l'hôpital.

J'ouvre les yeux et d'une voix faible, j'annonce :

— Je t'avais dit que je voulais monter dans cette voiture...

Clarke se retourne, le regard empli de soulagement. Mais la peur et l'inquiétude persistent et barrent son front.

— On va à l'hôpital, tiens le coup !

Il se reconcentre sur la route et accélère, les doigts crispés sur le volant. Je me redresse et laisse échapper un petit rire. Il me lance une œillade dans le rétroviseur.

— Il se pourrait que j'aie surjoué. Je n'ai pas besoin de voir un médecin, en réalité...

— Quoi ?

— Je ne me sentais pas bien, mais certainement pas au point

de perdre connaissance. Ça m'a donné l'idée de jouer la comédie, en espérant que Set en profite pour te demander de me conduire à l'hôpital, détournant ainsi l'attention des douaniers sur le contrôle de la voiture. Et… ça a fonctionné.

Il me regarde, totalement ahuri, alors que je souris, victorieuse.

— NE ME REFAIS PLUS JAMAIS ÇA ! hurle-t-il.

Il frappe un bon coup sur le volant, avant de reprendre peu à peu son calme. Il me dévisage à travers le rétroviseur. Je ne perds pas mon sourire, même s'il est faible.

— Tu es sûre que tu n'as pas besoin d'aller aux urgences ? Tu n'as pas l'air bien, Avalone.

— Sûre à 2000 %. Je dois seulement dormir un peu.

Tout stress ayant quitté mon corps, je me sens bien, comme anesthésiée. Je ferme mes paupières trop lourdes et pose ma tête contre la fenêtre.

— Avalone va bien.

— Quoi ? s'exclame la voix de Set à travers les haut-parleurs de la voiture.

— Elle n'a pas besoin d'aller à l'hôpital. Elle a surjoué pour sauver mon cul.

— Par Odin ! Moi qui croyais que j'avais tout le mérite, j'étais seulement un pion dans son plan !

Un lit confortable, *vraiment* confortable.

Des draps doux… de la soie.

Une odeur florale, et celle du coton.

Des cris d'oiseaux apportés par une légère brise.

J'ouvre brusquement les paupières, consciente de n'être ni chez moi ni chez Clarke.

Je balaie la pièce des yeux. La chambre est plus que spacieuse : elle fait au moins le quadruple de la mienne sur le campus. Les meubles en bois massif ont l'air neufs et transpirent l'argent. Des moulures habillent les murs immaculés et des rideaux blancs ondulent sous une légère brise que libère l'une des portes-fenêtres entrouvertes. Il y a une magnifique cheminée en marbre sur laquelle sont sculptées des runes, et en face d'elle, une méridienne capitonnée rose taupe, de la même couleur que la tête de lit qui remonte jusqu'au plafond – qui est d'ailleurs si haut que je ne peux être que chez Carter. Des tas et des tas de coussins reposent dans mon dos, tous plus moelleux les uns que les autres.

Cette chambre est d'un luxe indéniable, mais elle n'est pas dépourvue d'âme. Elle est si chaleureuse et accueillante que pendant une infime seconde, je me demande si je n'aurais pas dû accepter la proposition du chef de gang de dormir sous son toit.

Puis tout me revient en mémoire. Les mensonges, la frontière, et la voiture de Clarke arrêtée par les douaniers.

Je saute du lit, traverse la pièce et ouvre la porte à la volée pour déboucher sur un couloir de la propriété que je n'avais jamais emprunté auparavant. Je le longe et me guide aux voix des Devil's Sons qui parviennent jusqu'à mes oreilles. Une fois dans l'entrée, je passe l'arche dans le mur pour rejoindre le salon.

Tous les regards se braquent sur moi, mais je les ignore. Je me dirige droit sur Clarke et la gifle part toute seule. Cette fois-ci, il ne la retient pas. Il sait qu'il la mérite, même si sa mâchoire se contracte de désapprobation.

— Tu n'es qu'un menteur !

Je n'attends pas de réponse et pivote vers Carter. J'avance jusqu'à lui avec une détermination alimentée par une rage explosive.

— Et vous... Soyez heureux de me faire peur, sinon c'est mon poing que je vous aurais mis dans la gueule, enfoiré de première !

Le boss me dévisage sévèrement, mais je n'en ai rien à faire. Je suis beaucoup trop en colère pour juger l'ampleur de mes paroles – qu'il mérite, soit dit en passant.

— C'est comme ça que vous protégez vos hommes ? Clarke a failli se faire choper à la douane ! Il serait en taule à l'heure qu'il est ! Vous n'êtes qu'un...

— Tu vas te calmer et m'écouter, Avalone.

Sa voix posée me coupe dans mon élan. Carter se redresse avec une confiance qui m'irrite. Comme s'il avait des explications rationnelles qui pourraient changer ma vision des choses !

— Il n'y avait rien d'illégal dans cette voiture. Ni faux billets, ni armes de contrebande, ni quoi que ce soit d'autre. Les caisses étaient vides.

Je reste de marbre, impénétrable. Je suis incapable de délier le vrai du faux tellement le gang se joue de moi.

— C'était un test que tu as relevé haut la main, reprend Carter. Vous n'avez rien risqué, à aucun moment. Je suis beaucoup plus prudent que tu ne le penses.

Je scrute les Devil's pour avoir confirmation, mais tous évitent mon regard, sauf Clarke qui le soutient durement.

*C'est pas vrai...*

Un rire nerveux s'échappe de ma bouche. Je serre si fort les poings que mes ongles se plantent dans mes paumes.

— Donc, si je comprends bien, vous m'aviez dit la vérité dès le départ sur notre sécurité, pour ensuite me faire croire le contraire une fois sur place afin de relever ma réaction et la décision que je prendrais ?

Je regarde les garçons un à un, mais là encore, ils ne m'affrontent pas, hormis Clarke, qui n'affiche aucune émotion ni aucun regret.

La colère que je ressentais il y a quelques secondes n'a rien à voir avec celle que j'éprouve à présent. Ils se sont payé ma tête, *une fois de plus*, multipliant les manipulations, *une fois de plus*, pour obtenir de moi ce qu'ils voulaient. Je me sens bafouée, humiliée et utilisée.

— Vous êtes un chef de gang respecté et craint, je l'ai compris. Mais vos manières de faire n'ont rien d'honorable. Personne n'ose se confronter à vous, mais pas moi !

Avant même que je ne puisse réfléchir à mon geste, ma main claque violemment la joue de Carter. Sa tête se tourne sous le choc et tout le monde retient sa respiration. J'ai l'impression d'avoir touché à Mjöllnir[23], le légendaire marteau de Thor.

Lorsque le visage de Carter revient à moi, je rencontre son regard menaçant qui promet mille souffrances à ses ennemis. Mais si je l'étais, je ne verrais pas cet éclat émerveillé dans ses prunelles.

— Je suis heureuse d'être celle qui a le courage d'essayer de vous remettre les idées en place. Vous prônez la sécurité de vos hommes et votre prudence. Mais vous n'avez pas pensé à la crise que j'aurais pu faire sous une telle pression. De plus, vos stratagèmes et vos tests ne fonctionnent pas avec moi. Si quelqu'un doit faire ses preuves ici, c'est bien vous. Je marche aux bonnes relations et à la confiance, choses que vous bafouez sans cesse. Le respect va dans les deux sens, Carter. Si vous voulez le mien, commencez par me donner le vôtre. Je vous ai protégés à de multiples reprises et j'en sais suffisamment sur vous pour vous porter préjudice. À votre place, je réfléchirais à deux fois à vos prochaines actions. Maintenant, je vous prie d'aller tous brûler dans les flammes du Ragnarök !

Je quitte la pièce, toute tremblante, puis retourne à la chambre pour récupérer mon sac et la veste en cuir, avant de traverser de nouveau le couloir. Je passe alors devant le salon et jette le vêtement au visage de Carter. Sans m'arrêter dans ma lancée, je me dirige vers la porte d'entrée et l'ouvre.

— V...

Furieuse, je fais volte-face vers Jesse qui, lui, a tous les regrets

---

[23] Mjöllnir est l'arme ultime des dieux, la plus redoutable, offerte à Thor par deux frères nains à la demande de Loki pour expier ses fautes. Le marteau peut briser des montagnes sans jamais s'abîmer, ne manque jamais sa cible et revient à la main du lanceur. Il est la meilleure protection contre les ennemis des dieux.

des neuf mondes dans les yeux. Mais sa culpabilité ne m'atteint pas. C'est beaucoup trop facile de s'excuser après avoir agi en toute connaissance de cause.

— V de « vicieuse » ? Tu ne crois pas que vous méritez ce surnom bien plus que moi ?

Je les regarde avec dégoût avant de passer la porte.

*Et dire que Clarke, Set et Sean semblaient sincèrement désolés de m'avoir soi-disant menti...* Même là, ils me mentaient. Tout était prévu depuis le début. Carter avait tout orchestré, des paroles de Mike nous conseillant de traverser la frontière le lendemain, jusqu'aux douaniers qu'il a dû payer pour nous arrêter.

Mais cette fois-ci, c'est terminé. Je ne croirai plus aucun mot qui sortira de leurs bouches. Je ne suis pas leur ennemie, pourtant ils n'ont jamais pensé à m'avoir comme amie. Il n'y a ni confiance ni respect.

Je descends les marches du perron, puis la route de la propriété, bouillonnant de haine envers les Devil's Sons, tous autant qu'ils sont.

— Avalone.

Clarke saisit mon poignet et me force à lui faire face, mais son contact m'est insupportable. Je me dégage de son emprise et il gronde de mécontentement.

— Je ne pouvais pas te dire la vérité. Il fallait que tu passes ce test pour savoir si on pouvait réellement compter sur toi !

— TU SAVAIS TRÈS BIEN QUE JE NE VOUS AURAIS PAS LAISSÉS TOMBER ! hurlé-je.

Pour la première fois depuis longtemps, une larme coule le long de ma joue. Je l'essuie furieusement du dos de ma main et reprends mon calme. Néanmoins, la colère s'agite sous la surface.

— Depuis le début de notre rencontre, tout chez moi vous prouve que vous pouvez me faire confiance, contrairement à vous. Tu as décidé de jouer avec moi. Vous avez *tous* décidé de jouer avec moi, alors que je ne fais que vous aider !

Je secoue la tête, bien plus que déçue, et recule de quelques pas.

— C'est terminé. Oubliez-moi. Je ne veux plus avoir affaire à vous. Je sais ce que je vaux et vous ne méritez rien de ma part.

— On en a tous conscience, murmure-t-il.

Je me détourne, incapable de le regarder plus longtemps. Une image de ce que nous avons partagé la veille me revient à l'esprit tandis que je reprends ma route et serre les dents. Je m'imagine, enfant, avec ma couronne en plastique sur le haut de mon crâne. J'inspire profondément et relève la tête pour qu'elle ne tombe pas.

Une fois en dehors de la propriété, j'appelle Lola pour lui demander de venir me chercher. Elle arrive bien trop vite, n'ayant probablement pas levé le pied de l'accélérateur, et je lui en suis reconnaissante.

Je m'engouffre dans la voiture et lui intime de démarrer pour m'éloigner au plus vite d'ici, ce qu'elle fait.

— Que s'est-il passé ? me questionne-t-elle d'une voix douce.

Je lui raconte l'histoire dans son intégralité.

Dans un premier temps, mon amie est hors d'elle. Elle maudit les garçons et me supplie de ne plus les côtoyer, puis après quelques secondes où elle reprend son souffle, elle dévie sur les baisers que j'ai partagés avec Clarke.

— Qu'est-ce qui le retient ? Clarke a toujours fait ce qu'il voulait. Alors, pourquoi se priver avec toi ? s'interroge-t-elle, les sourcils froncés.

— Je ne sais pas, mais ça n'a plus la moindre importance.

Nous n'aurions jamais dû nous embrasser, ça ne se reproduira pas, parce que c'est lui qui m'a le plus blessée dans toute cette histoire. Moi, Avalone Lopez, je ne désire aucune relation avec les hommes, je suis trop concentrée sur mes études.

Assise sur l'herbe en compagnie de personnes saines, j'écoute

Aurora et Emily nous expliquer les démarches qu'elles ont faites pour partager une chambre, au même étage que Lola et moi. Une minute plus tôt, Jackson me conseillait de rester loin de Clarke. La veille, il m'a vue monter dans le SUV en compagnie des trois Devil's Sons, et je n'ai pu que l'approuver.

Alors que j'observe Aurora et Lola dans les bras de leurs copains respectifs, je ne peux m'empêcher de songer à ma dernière relation, qui date d'il y a deux ans. Pour mon ex, on formait le couple parfait du lycée, mais je voyais les choses d'une façon différente. Il était gentil et très attentionné, toutefois il me prenait pour une poupée de porcelaine, trop fragile pour porter son propre sac à main, trop malade pour se balader plus de dix minutes. C'en était étouffant. J'avais beau lui expliquer les choses, sur le moment, il comprenait, mais le lendemain, il recommençait. Même en plein acte sexuel, il refusait que je mène la danse pour éviter tout risque. Je l'ai quitté au bout de cinq mois de relation.

— Une nouvelle drogue circule dans les universités.

Je reviens à la réalité et regarde alternativement Daniel et Jackson.

— La Démone. Elle développe les capacités physiques, comme si on avait des superpouvoirs ! Logan en a consommé la semaine dernière. Sa force avait doublé. Il m'a dit qu'il ressentait les choses plus intensément, mais que la redescente n'était franchement pas agréable. Ce sont les Demon's Dads qui la commercialisent.

Lola et moi échangeons un regard. Nous pensons toutes les deux à Ange, dont nous n'avons pas eu de nouvelles depuis mon séjour à l'hôpital. J'espère qu'il va bien.

Alors que mes amis s'apprêtent à partir pour la fraternité, je décline l'invitation, préférant étudier et me reposer. Nous nous relevons de la pelouse et j'époussette mes fesses.

— Avalone.

Je me fige de la tête aux pieds.

— Bordel ! juré-je. Les Nornes ont vraiment une dent contre moi, ce n'est pas possible !

Moi qui voulais particulièrement échapper à la soirée pour éviter de le croiser, le voilà qui se pointe sur le campus.

Je prends sur moi pour ne pas laisser la colère me submerger et me tourne lentement vers Clarke. Les mains dans les poches, le regard qu'il détourne témoigne de son embarras et pourtant, il transpire la supériorité et le charisme.

— On peut parler cinq minutes ?

Venir jusqu'ici, se tenir devant mes amis, et surtout devant Jackson pour *parler,* a dû lui demander un terrible effort. Son visage est fermé, mais ce n'est rien comparé à ce qu'il devient lorsque le jeune homme s'interpose entre nous.

— Laisse-la tranquille, Taylor !

Tout dans l'attitude de Clarke exprime le mépris qu'il ressent envers son ancien meilleur ami. Il n'y a plus une seule trace d'affection passée, comme si leur relation n'avait jamais existé.

— Ce n'est certainement pas à toi de me donner des ordres, crache Clarke.

— Laissez-la tranquille ! répète-t-il.

À un mètre de Jackson, Clarke le surpasse largement en taille et en largeur. Il le considère comme s'il n'était qu'un moins que rien, un incapable.

— Mais qu'est-ce que tu crois ? Elle a des engagements auprès des Devil's Sons, comme toi à l'époque. Manque de bol, j'ai déjà utilisé mon joker pour sauver ton petit cul de dégonflé et je n'en ai pas de deuxième pour la splendide demoiselle.

Une double vérité vient d'éclater et jette un froid sur nous tous. Elle n'épargne personne.

Les regards de mes amis se posent successivement sur Jackson, puis sur moi. Plus personne ne parle.

Jackson n'est pas ravi que Clarke ait avoué son secret, mais semble encore plus choqué de mon implication dans le gang. Il me fixe, confus et visiblement déçu.

*C'est l'hôpital qui se fout de la charité !*

Je secoue la tête avant de me reconcentrer sur le Devil's Son.

— Je ne rigolais pas quand je t'ai dit que c'était terminé, Clarke.

— Tu as entendu ? lui lance Jackson. Dégage, ou je te jure sur Draupnir que...

Le regard de Clarke s'assombrit et le peu de patience qui lui restait s'envole.

— Je n'en ai rien à foutre qu'on ait grandi ensemble, Jackson, ne me cherche pas !

Ce dernier avance vers lui, mais Daniel intervient et le tire en arrière, sachant pertinemment qu'il ne fera pas le poids contre le Devil's Son. Mais Jack est obnubilé par Clarke. Il ouvre les bras, provocateur.

— Vas-y, je t'attends ! crie-t-il.

En réponse au regard suppliant que me lance Daniel, je me mets en travers de la route du bad boy, mais il pose sa main sur mon épaule et me décale sur le côté avec une facilité qui me laisse coite.

Daniel ne perd pas espoir, il fait reculer son coéquipier. Il jure et lui ordonne de se calmer, mais Jackson le repousse avec agressivité.

Nous sommes tous abasourdis par le comportement de notre ami. *Qu'est-ce qu'il lui prend, bon sang ?*

— TU N'AS PAS ÉTÉ FICHU DE PROTÉGER TES PARENTS ! ELLE VA ÉGALEMENT Y PASSER À TES CÔTÉS, FILS DE PUTE !

Je me fige. Tout comme Lola, Aurora, Emily et Daniel. Le temps lui-même se fige.

Malgré le regret qui assaille aussitôt Jackson, c'est trop tard. Aucune douleur ne transparaît chez le Devil's, son regard est vide de toute âme. L'appréhension me noue les tripes, j'ai peur pour la suite des événements. Peu à peu, les lèvres de Clarke s'étirent. Le sadisme dans son sourire remonte jusqu'à ses yeux.

Je baisse le visage et ferme les paupières, résignée. Je ne peux pas le retenir après ça, ce serait hypocrite de ma part. Si j'étais à sa place, si j'avais vu mes parents se faire tuer devant mes yeux, je sauterais sur Jackson avec un désir de meurtre. Je n'en reviens pas qu'il ait osé dire ça. Non seulement il s'est servi du pire jour de la vie de Clarke, mais il a également insulté sa mère. Alors, je ne sursaute pas lorsque le poing du Devil's s'écrase sur la mâchoire de Jackson, qui s'étale par terre sous les cris d'horreur des filles.

— Cette pute, comme tu dis, venait te chercher à l'école et t'essuyait le cul quand tu portais encore des couches. Parle encore une fois de mes parents et je te tue !

Après un seul et unique coup, Clarke fait demi-tour. Il passe devant moi et rejoint le parking d'une démarche hâtive, prêt à imploser.

Je me tourne vers Jackson qui pose ses doigts sur sa lèvre éclatée et grimace.

— Tu n'es qu'un imbécile ! lui assène Aurora.

— Il se sert d'Avalone !

— ARRÊTE ! Ce n'est qu'une excuse ! Tu te sers toi-même d'elle pour exprimer ta colère envers Clarke pour ce qu'il t'a fait par le passé !

Jackson ouvre la bouche afin de protester, mais se ravise au dernier moment. Il me lance un regard désolé.

Je soupire, dépassée par les événements.

— Oui, les Devil's Sons m'utilisent. Pourtant, pendant ces deux dernières minutes, tu es tombé bien plus bas qu'eux. Pas parce que tu t'es servi de moi pour extérioriser ta rage envers lui, mais parce que tu as fait usage du pire jour de sa vie dans le but de l'atteindre. Quand Clarke s'en prend à quelqu'un, il a au moins le mérite de gagner sans avoir besoin de recourir à la faiblesse de l'autre. Tourne la page, Jackson. Parce que ce qu'on vient de voir, ce n'est pas toi. Tu vaux mieux que ça. Enfin, je l'espère.

Sans un regard en arrière, je rejoins Clarke, qui a atteint sa moto. Il passe ses mains dans ses cheveux avec nervosité, puis frappe violemment le lampadaire de son poing. Un bruit sourd résonne dans les alentours. J'accélère la cadence pour le rattraper, mais à deux mètres de lui, le Devil's fait volte-face, le visage déformé par une haine profonde et trop longtemps enfouie.

— Ne t'approche pas !

Je m'arrête net, le cœur battant à tout rompre. Je le déteste pour tous ses mensonges, mais à cet instant, j'ai terriblement mal pour lui. Jackson n'avait pas le droit de faire usage de ses parents décédés contre lui, c'est inhumain.

Clarke va et vient devant sa Harley. Il serre et desserre les poings, contracte la mâchoire encore et encore. Il jure, incapable de désamorcer la bombe que Jackson a placée entre ses mains.

Sa plus grosse blessure a été rouverte et je n'ai pas la moindre idée de comment le soulager.

— Clarke...

— QUOI ?

Il se tourne brusquement vers moi, les traits tirés par une émotion destructrice qui le plonge dans la confusion. Il avance dans ma direction avec une détermination sadique qui déclenche une alerte dans mon cerveau, puis il se fige et se décompose ; recule, titube ; avant de reprendre ses allers et retours, plus nerveux que jamais.

Mes mains se mettent à trembler. Je ne l'ai jamais vu dans un tel état, je ne peux pas le laisser comme ça. Il souffre et c'est bien trop dangereux pour ceux qui croiseront sa route. J'avance vers lui, cependant Clarke recule et me hurle de ne surtout pas approcher.

Mon cœur saigne dans ma poitrine lorsque je comprends qu'il ne me repousse pas, mais qu'il craint simplement d'être violent envers moi. Sa haine est en train de le submerger et la seule personne qu'il a devant les yeux, c'est moi. Alors, il croit que, même si habituellement il la domine, cette fois-ci, c'est différent. Que les émotions qu'il a en lui sont trop puissantes et qu'à un moment, il va exploser. Et il a peur de le faire quand je me trouve devant lui.

— Tu as le contrôle, dis-je, la lèvre tremblante.

— TU N'EN SAIS RIEN !

Et pourtant, je continue d'avancer, incapable de l'abandonner.

— Arrête, Avalone...

Sa voix qui se brise me fend le cœur, pourtant je ravale mes larmes. Plus que deux petits mètres nous séparent, et s'il cesse de battre en retraite, je pourrai le rejoindre en trois pas.

— Ta colère est plus intense que d'habitude, mais elle provient toujours de la même source. Tu sais la contrôler, Clarke.

Il ne me répond pas. Néanmoins, son visage tiraillé est la preuve qu'il m'entend.

J'avance lentement d'un pas. Clarke ne recule plus, ses poings tremblent de retenue. La respiration bruyante, tout son corps réagit à chacun de mes gestes.

— BORDEL, RENTRE CHEZ TOI !

Je ne cille pas. Lorsque j'amorce la seconde foulée et distingue nettement ses iris, ses émotions me percutent et me coupent le souffle. Je n'ai jamais croisé un regard si torturé. C'est une porte ouverte sur son âme suppliciée, dénaturée, qui ne sait plus animer ce corps de façon saine.

Clarke gronde et quand il s'apprête à reculer, je ne lui en laisse pas le temps. Je me jette contre lui et enroule mes bras autour de son cou. Les siens se referment instantanément sur mon corps et il inspire brusquement une bouffée d'air.

Mon cœur tambourine fortement contre le sien. Je le serre encore plus fort et prie pour alléger ses tourments.

— Tu n'es pas coupable, Clarke.

Il tressaille, mais ne me relâche pas, au contraire.

Je ferme les paupières, déchirée par sa douleur au point de

mal respirer.

— Tu n'es pas coupable, chuchoté-je. Tu n'es *pas* coupable.

J'inspire dans son cou, m'imprègne de son odeur, puis je dépose mes lèvres sur sa peau, déclenchant un frisson.

Ma colère à son égard semble s'être envolée dans l'espoir d'amadouer sa douleur. Je ne sais pas combien de temps nous restons l'un contre l'autre, mais peu à peu, je sens ses muscles se détendre et sa respiration devenir plus régulière. Cependant, j'ai peur de le lâcher. Peur de ne pas l'avoir réellement soulagé, peur de découvrir que ses bras me manquent.

— Les gangs ne sont pas des œuvres de charité, Avalone. Si le chef ne te donne pas son accord, tu ne peux pas le quitter.

Je reviens brutalement à la réalité et me crispe. La colère réapparaît à une telle vitesse qu'elle me donne l'impression de ne m'avoir jamais désertée.

— Je ne fais pas partie des Devil's Sons et je ne serai jamais l'une des vôtres ! réponds-je d'une voix glaciale.

— Il fallait y penser avant de revêtir la veste.

Clarke me relâche, mes bras retombent le long de mon corps et, après avoir enjambé sa moto, le Devil's Son démarre au quart de tour, puis quitte le parking du campus.

# 18.

Plus d'une semaine s'est écoulée depuis l'incident entre Clarke et Jackson sur la pelouse du campus. Plus d'une semaine que je n'ai ni croisé les Devil's Sons ni reçu de mission. Même si j'en suis ravie, je me retrouve souvent à regarder le ciel en m'attendant à ce qu'un ordre me tombe sur le coin de la tête.

De ce que j'ai pu voir, Carter n'est pas du genre à abandonner et se fiche éperdument de ce à quoi j'aspire.

Le temps s'est égrené avec une lenteur pesante. Je n'ai pas vu Jackson pendant plusieurs jours, bien trop en colère pour l'affronter ; mais jeudi soir, je me suis rendu compte que mon ami me manquait. Après un texto, nous nous sommes rejoints pour discuter. Il s'est excusé avant de m'expliquer comment il a failli faire partie des Devil's Sons.

Quand Clarke est entré dans le gang, Jackson a souhaité le suivre. Il pensait que ça allait renforcer leur amitié qui avait sérieusement décliné. Cependant, toute discussion était inutile. Il n'était pas majeur et Carter ne voulait pas entendre parler de « collégien presque lycéen ». À l'époque, Clarke avait promis à Jackson que lorsque ce dernier entrerait à l'université, il lui présenterait Carter. Pendant presque quatre ans, les deux amis n'ont plus eu un seul contact, ce qui a mis Jackson en colère. Il est entré à la fac l'année dernière, et Clarke a tenu sa promesse, bien qu'ils soient devenus deux étrangers l'un pour l'autre : il lui a présenté Carter. Le chef des Devil's Sons savait que Jackson n'avait pas sa place dans son gang, qu'il abandonnerait vite, mais il a accepté, comptant les heures avant qu'il ne se désiste.

*Seize heures.*

À ce moment-là, Carter n'a pas autorisé Jackson à partir et a mis sur le dos de Clarke la responsabilité de la situation, pour retirer l'envie à ses hommes de lui présenter un fils à maman. Clarke devait payer pour son erreur, et le boss a fait de lui un exemple. Jackson ne sait pas ce que son ancien meilleur ami a dû faire pour convaincre Carter, mais il y est parvenu en y laissant son ego et son honneur. À partir de là, la rancœur s'est installée entre les deux garçons, allant jusqu'à la rage pour Jackson.

Ces aveux ont rendu la haine que j'éprouvais pour Carter encore plus grande. Cet homme n'a donc aucun respect pour les autres ? Quel était l'intérêt de faire de Clarke un exemple au lieu de renvoyer tout simplement Jackson chez lui ? J'ai conscience qu'entrer dans un gang n'est pas une décision à prendre à la légère, mais bon sang, à dix-huit ans, nous sommes encore des gamins ! Jackson était buté, il n'a pas mesuré l'ampleur de la suite logique des événements.

*Un peu d'indulgence ne serait pas de refus, Carter...*

J'y pense toujours lorsque je suis allongée sur mon lit à lire mes cours. Lola étant au restaurant avec Daniel, je profite au maximum de la chambre silencieuse, jusqu'à ce que mon téléphone sonne. Set m'appelle.

*Et merde, ça recommence !*

Je fixe l'écran sans bouger, dans l'attente qu'il tombe sur ma messagerie. C'est sans compter sa persévérance : il réitère son appel. Je m'apprête à couper le son, mais je pense brusquement à Lola. *Et si elle avait eu un problème ?*

Je me jette sur mon portable et décroche avant qu'il ne soit trop tard.

— Ava, écoute-moi attentivement !

Sa voix me glace le sang et accélère les battements de mon cœur. Il parle vite, le souffle court, et derrière lui, on pousse des jurons, suivis de grognements de douleur.

Je me redresse, attentive.

— Tucker ne devrait pas tarder à arriver sur le campus. Il passe te prendre pour t'emmener à l'appart. On a vraiment besoin de toi sur ce coup-là, alors ne nous lâche pas, s'il te plaît.

Après ses mots suppliants, il raccroche et me laisse angoissée. Je me lève brutalement de mon lit sans penser une seconde à refuser. Quelque chose de grave s'est produit, et si je ne réponds pas présente, seules les Nornes sauront ce qu'il adviendra.

Je quitte précipitamment la chambre, descends les marches deux à deux, et lorsque je débouche sur le parking, Tucker et sa Harley freinent devant moi. Je grimpe derrière lui et il démarre au quart de tour.

Nous roulons dangereusement dans les rues d'Ann Arbor. Il grille les feux rouges, zigzague entre les voitures et s'arrête seulement lorsque nous atteignons l'appartement des garçons. Je mets pied à terre et Tucker me lance ses clés, les traits tirés par l'urgence.

— Monte ! Set ne va pas tarder à arriver.

Il s'éloigne aussi vite qu'il a fait irruption, sans me donner la moindre explication. Je commence sérieusement à paniquer. Je pénètre dans l'immeuble et rejoins l'appartement, espérant trouver la raison de ma venue.

Seulement, les lieux sont vides. Personne n'est présent, il n'y a aucun indice.

*Je jure sur les dieux que si c'est encore un test ou de la manipulation, je fous le feu à la propriété !*

J'avance jusqu'au salon et m'assieds sur le canapé pendant quelques minutes qui me paraissent durer une éternité quand, brusquement, des coups contre la porte se font entendre. Je me lève dans la précipitation pour ouvrir à Set et Justin. Ils portent le corps inconscient de Clarke qui laisse une traînée de sang derrière lui.

Mon cœur fait un bond dans ma poitrine tandis que je reste paralysée, sous le choc. Je parviens seulement à me décaler pour permettre aux garçons d'entrer. Ils tournent dans le couloir et disparaissent. C'est lorsque j'entends l'un des Devil's frapper dans un mur que je retrouve l'usage de mes membres. Alors, je cours jusqu'à la chambre et découvre Clarke allongé sur son lit.

— Que s'est-il passé ?

— Il s'est pris une balle et a perdu beaucoup de sang.

*Odin Tout-Puissant...*

Alors que Justin fait les cent pas, terriblement inquiet, Set m'attrape par les épaules pour être sûr que je comprenne bien les mots qui vont franchir ses lèvres.

— Un gars va venir le soigner. Nous, on doit y retourner. Ouvre-lui quand il sonnera.

Je cligne des yeux et les gars sont déjà repartis sans me dire où et pourquoi.

Je suis pétrifiée, sans la moindre idée de ce que je pourrais faire, mais je sais que si on ne s'occupe pas de lui rapidement, il risque d'y passer.

Les mains tremblantes de peur, je rejoins Clarke, toujours inconscient. Son visage est blême, presque translucide, comme s'il n'y n'avait plus de vie en lui. Lorsque je pose ma main sur sa peau et me rends compte qu'il est bouillant, je cours à la salle de bains pour mouiller une serviette, puis retourne près de lui et humidifie son front. Sa respiration me tranquillise et son sang semble avoir arrêté de couler. Pour m'en assurer, je remonte délicatement son t-shirt troué, transpercé par la balle.

J'ai un puissant haut-le-cœur. Je plaque ma main sur ma bouche avant de reculer, chancelante, sans parvenir à détourner le regard de cette boucherie.

Plusieurs compresses sont posées sur sa blessure, mais elles semblent toutes si imbibées de liquide écarlate... sans parler du sang séché sur sa peau qui forme des traces de mains et de doigts.

Dieux merci, lors de mes nombreux séjours à l'hôpital, j'ai entendu dire qu'il ne fallait pas retirer les gazes, quitte à en rajouter d'autres par-dessus. L'impact situé dans l'abdomen me dissuade de faire un point de compression. Le sang ne coule plus, mais qui sait quel organe la balle pourrait toucher si elle se déplaçait à la suite d'une pression sur la plaie.

*Par tous les dieux, c'est à l'hôpital qu'il devrait être !*

— Putain, Clarke, ne meurs pas...

Le voir dans cet état me bouleverse. Lui qui est habituellement si fort et imposant, il n'est pas invincible pour autant. Et je le découvre d'une cruelle façon.

Je remonte le drap sur son corps pour qu'il n'ait pas froid. Mon impuissance menace de me faire imploser. C'est alors que mon regard croise la paire de ciseaux sur sa commode. J'inspire brusquement, soulagée à l'idée que je puisse finalement accomplir quelque chose pour lui, et je m'en empare.

Sans hésitation, je plante la pointe de l'outil dans la paume de ma main. Je siffle de douleur, serre les dents et m'entaille la peau sur trois centimètres.

Je rigole de nervosité et m'agenouille au côté de Clarke sur le lit, à la recherche d'un endroit où sa peau est vierge, sans tatouage. À l'intérieur de ses deux poignets, quelques centimètres s'offrent à moi. Je plonge mon auriculaire dans mon sang et entreprends de dessiner avec cette encre des runes liées, puissants symboles magiques de ma religion.

Fehu et Uruz, pour la guérison.

Lorsque j'applique mon petit doigt sur son épiderme afin de

tracer Fehu, je récite le *Galdarbók*[24] :

— « J'ai le pouvoir de t'aider dans la maladie, les soucis et la douleur. Mais songes-tu parfois à la fin ? Tu es livré à toi-même et tu fais pourtant partie d'un tout. »

Je relève ma main tremblante. Fehu est tracée.

Je plonge de nouveau mon auriculaire dans ma paume pour le couvrir de rouge, dans l'intention de superposer Uruz à Fehu, et je déclame :

— « Je suis la Rune des guérisseurs, je soigne les blessures et les douleurs. Je suis l'origine de toute chose, le temps originel. Si tu me comprends, tu connaîtras le sens de la vie. »

La première rune liée dessinée, j'inspire profondément et passe à la seconde sur son deuxième poignet.

Thurisaz et Ehlaz, pour une puissante protection.

Je reproduis Thurisaz sur sa peau et prononce distinctement :

— « Je suis la force instinctive et je suis attaquante pour défendre. La foudre est en toi. Ressens-la pour que tu puisses découvrir tes forces. »

Je superpose Ehlaz et récite :

— « Je suis le roseau, je te donne de la résistance. Tu peux te plier sous le vent de tempête, tu ne seras pas brisé. »

J'achève ma deuxième rune liée et me laisse tomber sur les fesses, le cœur un peu plus léger. Cependant, je n'ai pas le temps de souffler que quelqu'un tambourine sauvagement à la porte d'entrée. Je saute du lit et y cours le plus vite possible pour l'ouvrir sur un homme dans la trentaine, lui aussi tatoué de la tête aux pieds.

— Avalone, c'est ça ?

Je hoche la tête, il entre dans l'appartement, chargé de deux

---

[24] Le *Galdarbók, La Voix des 24 Runes,* est composé de trois livres explicatifs sur l'utilisation des Runes et leur puissance énergique, écrit par Galdar Sechador.

sacs à dos.

— Moi, c'est Ethan.

Sans plus de cérémonie, il traverse le couloir et pénètre dans la chambre de Clarke. Il pose ses bagages au pied du lit et les ouvre rapidement sur de nombreux instruments chirurgicaux, conscient de l'urgence de la situation.

— J'ai laissé du désinfectant dans la boîte à pharmacie de la salle de bains principale. Apporte-le-moi !

Je m'exécute et cours à travers l'appartement. Lorsque je reviens dans la chambre avec le récipient, Ethan porte des gants stériles, Clarke s'est réveillé et il grimace de douleur. De gros cernes se dessinent sous ses yeux et des gouttes de sueur perlent sur son front. Il m'aperçoit et se décompose tandis que je suis à deux doigts de pleurer de soulagement.

— Qu'est-ce qu'elle fout là ?

*Sa voix est sèche, mais ce que je suis contente de l'entendre !*

— Ravie de te voir aussi, beau gosse.

— Sors-la d'ici, je ne veux pas qu'elle assiste à ça !

— Ferme-la, j'ai besoin d'elle.

Clarke peste et repose sa tête sur le lit, le visage défiguré par la douleur.

— Verse-lui la bouteille sur la plaie, m'ordonne Ethan.

J'ouvre le bouchon sans discuter et rejoins le lit. Le trou béant dans l'abdomen du Devil's me soulève le cœur. Je détourne le regard en pinçant les lèvres.

— Tiens, mords ça.

Ethan jette un torchon à Clarke, qu'il porte à sa bouche, puis me fait signe d'y aller. J'inspire profondément et d'une main tremblante, je verse le désinfectant sur la plaie. Il grogne de douleur et se casse presque les dents sur le tissu.

Ethan se saisit d'une pince et d'un écarteur, puis s'approche de la blessure. De l'un de ses instruments, il ouvre la plaie de son patient qui gronde de plus belle, tandis que de l'autre, il fouille la chair. Le bad boy frappe du poing sur le matelas avant de retirer furieusement le tissu de sa bouche.

— Tu n'imagines pas à quel point je rêve de t'enfoncer mon poing dans la gueule !

— J'essaie de te sauver la vie, enfoiré !

Le pseudo médecin – je prie pour qu'il ne soit pas vétérinaire – bouge l'instrument dans la plaie, et Clarke jure sans relâche. Mon cœur bat tellement vite que je crains qu'il n'explose. J'assiste à cette horrible scène sans pouvoir faire quoi que ce soit pour apaiser sa douleur.

— Retire cette putain de balle, fils de pute !

Je m'assieds aux côtés du blessé, dont le visage devient encore plus inquiétant. Il a le teint maladif, la douleur marque chacun de ses traits tirés.

Ethan enfonce un peu plus la pince à la recherche du projectile. À la nouvelle plainte de Clarke, je ne peux m'empêcher de saisir sa main, partageant une infime partie de ses lancinations. Le regard qu'il pose sur moi a perdu en intensité, il est vide, sans éclat. Ses paupières se ferment, sa tête retombe mollement sur le lit.

— Il a perdu connaissance ! m'exclamé-je, en panique.

— Ce n'est rien. Ça vaut mieux pour lui qu'il soit absent le temps de l'extraction. La balle n'a touché aucun organe vital, mais la douleur n'en est pas moindre.

Quelques secondes plus tard, Ethan tient le plomb du bout de sa pince.

— La salope !

J'écarquille les yeux, trouvant l'objet du crime pas si petit que ça.

*Dieux Tout-Puissants, ça doit faire un mal de chien !*

Ethan dépose la balle et l'instrument sur une serviette, puis attrape de quoi refermer la plaie et désinfecte enfin ses outils.

À partir de là, plus un bruit ne se fait entendre. Seules nos respirations brisent le silence pendant que j'observe les gestes précis et techniques du potentiel vétérinaire.

En cinq minutes, la peau est refermée avec quatre points de suture. Un poids immense s'échappe de nos deux poitrines.

— Il va morfler. Va falloir le surveiller de près.

Ethan verse les derniers centilitres de désinfectant sur la blessure soignée de Clarke et se laisse tomber sur le sol, dos contre le lit.

— Cet abruti se retrouve toujours dans des situations à la con, rigole-t-il.

Il a l'air las, mais maintenant que l'urgence est passée, il est bien plus souriant.

Je le rejoins et m'assieds à ses côtés.

— Ce n'est pas la première fois ?

— Oh, loin de là ! C'est au moins la troisième balle que je lui extrais, mais la plupart du temps, je le recouds simplement pour des coups de couteau ou d'autres conneries dans le genre.

Je pousse un petit cri aigu de terreur, ce qui l'amuse.

— Faire partie d'un gang, ce n'est pas sans risque. Mais il est vrai que Clarke est celui qui encaisse le plus.

— Pourquoi ?

— Parce qu'il se sacrifie pour sa famille.

J'ouvre la bouche pour répondre, mais rien ne s'en échappe. Clarke est protecteur, j'ai pu le constater à maintes reprises rien qu'avec moi, cependant, je ne pensais pas que c'était au point de se prendre une balle à la place de ses amis.

Ethan fouille dans son sac et en sort une lotion désinfectante. Je sursaute lorsqu'il m'attrape la main, mais quand je comprends ce qu'il veut faire, je lui offre un sourire reconnaissant.

— Des runes liées, c'était une bonne idée.

Mes yeux sortent de leurs orbites. C'est statistiquement impossible et pourtant, il a reconnu les symboles sur les bras de Clarke.

— Tu es...

— Païen ? Comme nous tous, visiblement, toi y compris.

Je commence sérieusement à me poser des questions sur le sujet. Pourquoi Ann Arbor regorge de néopaïens ? Carter fait-il du bourrage de crâne ou est-il à ce point obsédé par la religion pour enrôler uniquement des païens nordiques ?

— Comment tu t'es retrouvée à aider les Devil's Sons ? me questionne Ethan.

Il se relève et range son matériel.

— Probablement au mauvais endroit au mauvais moment.

Il se met à rire.

— Un peu comme nous tous.

Puis il imbibe des compresses de liquide et les maintient sur la plaie suturée de Clarke avec un bandage.

— C'est un mélange de cicatrisants puissants qui favorise la réparation des tissus. Je dois laisser reposer le pansement au moins une heure avant de lui en mettre un propre. Allez, viens, on va boire un verre pour évacuer tout ce stress.

J'observe le Devil's une dernière fois. Il est toujours inconscient, mais sa poitrine se soulève au rythme de sa respiration. Je suis Ethan au salon. Alors qu'il se dirige vers le bar, je prends place sur le canapé.

— Je ne te propose pas d'alcool. Carter m'a envoyé ton dossier médical quand tu as été hospitalisée. J'espère que ça ne te dérange pas.

Il vient s'asseoir sur le fauteuil en face de moi, me tend un verre d'eau tandis que lui est au whisky. Je secoue la tête pour toute réponse et avale une longue gorgée. Un de plus ou un de moins à être en possession de mon dossier médical, je ne suis plus à ça près.

— Pourquoi est-ce que tu soignes des membres de gangs ?

— J'étais chirurgien dans l'armée, mais j'ai eu un accident. Le tendon de mon bras s'est déchiré. Une fois guérie, ma main tremblait, ce qui a mis fin à ma carrière, et me voilà...

— Je suis désolée...

— Ce n'est rien. Je ne pense pas que les choses arrivent au

hasard, comme je ne pense pas que ton intégration chez les Devil's Sons soit une coïncidence. Chacun a la place qu'il doit avoir. Tu as sûrement de grands exploits à accomplir... comme redonner un peu d'humanité à ces brutes.

Il m'offre un clin d'œil, tandis qu'un sourire étire mes lèvres. Soudain, la porte d'entrée s'ouvre sur les Devil's au complet, sauf Carter. Le boss n'est jamais présent quand ça tourne mal.

— Comment va le champion ? demande Tucker, inquiet.

— Il va bien. Il s'est réveillé avant de reperdre connaissance. Il a besoin de repos.

Les Devil's disparaissent dans le couloir pour constater par eux-mêmes que le cœur de Clarke bat toujours. Ils reviennent rapidement avec des têtes d'enterrement. Ils n'ont pas l'air en forme, ils sont tous cernés.

— Merci, Beauté divine, me dit Set avec un petit sourire hésitant.

La dernière fois que je les ai vus, je leur ai dit d'aller brûler dans les flammes du Ragnarök, et une part de moi le pense encore, alors je garde une certaine froideur.

— Que s'est-il passé ?

— Cet enfoiré a pris une balle pour moi ! s'agace Set.

Sa culpabilité est intense. Il frotte nerveusement son visage, le souffle court. Sa douleur est palpable, il se torture l'esprit. Comme quoi, ils n'ont pas besoin de moi pour conserver un peu d'humanité. Tant pis pour la rancœur, je tends la main pour attraper la sienne.

— Clarke va bien, lui dis-je d'une voix douce.

Il pose un regard surpris sur moi avant de me sourire avec reconnaissance et désolation. Alors qu'il ouvre la bouche pour me faire part de quelque chose, la sonnerie de son téléphone l'interrompt. Il décroche et je devine que Carter est à l'autre bout du fil. Set lui communique des nouvelles de Clarke, et Ethan lui confirme qu'il a besoin de repos pour guérir, ce qui n'est visiblement pas chose facile puisque d'après Justin, le second de Carter sera debout dès demain matin.

Set met fin à l'appel et souffle d'épuisement.

— Qui va se charger de l'empêcher de sortir ? demande Jesse. J'ai déjà donné la fois dernière, et je me suis pris une droite !

En réponse à la question posée, tous les regards se braquent sur moi.

*Et merde !*

— Vous n'êtes pas sérieux ?!

— On risquerait notre peau ! Mais toi, Clarke ne te touchera pas. Et tu sauras le convaincre.

Tucker n'a pas tort. Cependant, je n'ai franchement pas envie de l'affronter à nouveau. Je croise les bras sur ma poitrine, en signe de désapprobation, mais personne ne tente de trouver une autre solution. Je les regarde un à un, hésitante, puis finis par soupirer.

— OK. Mais je ne vous promets rien !

Justin m'attire contre lui pour embrasser ma tempe.

— Tu es la meilleure.

— Vous allez me dire que ces cinquante kilos vont réussir à convaincre Clarke ? demande Ethan, sceptique.

— Mon ego surdimensionné va en prendre un coup, mais cette nana est bien plus douée que nous, lance Tucker.

Une heure plus tard, Ethan revient dans le salon après avoir ausculté Clarke. Il est réveillé et sa vie n'est plus en danger. Nous saluons et remercions le chirurgien qui doit nous quitter, puis nous nous dirigeons vers la chambre du blessé. Les garçons entrent dans la pièce tandis que je reste dans l'encadrement de la porte, les bras encore croisés sur ma poitrine.

Clarke, assis sur son lit, est en train d'enfiler un t-shirt. Il siffle de douleur à chacun de ses mouvements.

Bon sang, j'ai eu envie un nombre incalculable de fois qu'il sorte de ma vie, ne souhaitant plus l'entendre, plus le voir, seulement lorsqu'il est apparu inconscient et blessé, j'ai compris que c'était faux. Je n'ai jamais autant voulu qu'il me parle, que ce soit pour me crier dessus ou me mentir. Tout ce qu'il désire, tant qu'il se réveille. Maintenant que c'est chose faite, je redoute déjà le moment où il ouvrira la bouche.

— Il faut que tu restes au lit, tente Set.

Comme on s'y attendait, il ricane, mauvais.

— Lopez ? m'appelle Sean.

Je ne sais pas pourquoi les garçons croient que Clarke va m'écouter, mais au moins, j'aurai essayé.

Je hoche la tête et Set me met une tape sur l'épaule en guise d'encouragement, puis les Devil's quittent la chambre. Une fois que je me retrouve seule avec Clarke, j'avance jusqu'à lui et m'assieds à son côté.

— Comment tu te sens ?

— Si tu es là pour me convaincre de rester au lit, tu perds ton temps, *Lopez*.

Il a l'air d'une humeur massacrante, néanmoins il est en vie. Et ça, ça n'a pas de prix. Son visage a repris des couleurs, il semble avoir moins mal qu'avec une balle logée en lui. Quand je pose ma main sur la sienne, il stoppe tout mouvement.

— Je t'ai juste demandé comment tu allais.

Ses yeux plongent dans les miens et sans comprendre comment nous en sommes arrivés là, nos doigts s'entrelacent. Ma respiration marque un temps d'arrêt sous la caresse de son regard.

— Je vais bien.

— Tu aurais pu y rester.

Savoir qu'il fait partie d'un gang, assister à ses bagarres ou le voir pointer son flingue sur des marchands d'armes, c'est une chose, mais le découvrir blessé par balle... La mortalité de ce monde est bien réelle et à présent, j'en prends pleinement conscience.

— Je suis en vie.
— Jusqu'à quand ?
Il me fixe sans répondre, la bouche entrouverte et les sourcils légèrement froncés. Je me lève et romps le contact de nos mains.
— Repose-toi, s'il te plaît.
Il rit jaune.
— J'en étais sûr...
— Je suis comme toi, Clarke ! Malade ou pas, je refuse de rester clouée au lit. Je comprends ce que tu ressens mieux que quiconque, mais plus vite tu te reposeras, et plus vite tu seras remis sur pied.
— Je vais bien ! s'agace-t-il.
— Si demain je fais une crise, tu aimerais que je calme le jeu, n'est-ce pas ?
— Je ne te laisserais pas le choix.
— Alors, moi non plus.
Déterminée, je quitte la pièce à grandes enjambées. Je traverse le couloir et entre dans le salon sous les regards des garçons.
— Tu l'as convaincu ?
— J'en ai pour trente secondes.
J'ouvre le bar et m'empare d'un alcool, puis je retourne dans la chambre de Clarke. Il fixe le whisky avec méfiance.
— Reste au lit, ou je vide la bouteille...
Il rigole sans m'accorder du crédit une seule seconde. C'est ça son problème : il me sous-estime bien trop souvent.
— Tu ne le feras pas.
— Tu veux parier ?
Il me dévisage, moins sûr de lui tout à coup. J'ouvre la bouteille et jette le bouchon au sol, lui offrant une dernière chance de me prendre au sérieux, mais un air de défi se peint sur son visage.
S'il croit que je ne le ferai pas, il se trompe. J'espère

seulement qu'il cédera avant que j'en boive trop.

Sans le quitter du regard, je porte le goulot à mes lèvres. Les garçons apparaissent dans l'embrasure de la porte et se décomposent.

— Tu es folle ! s'étrangle Justin, paniqué.

Ils avancent tous dans ma direction, mais je les stoppe d'un regard noir avant de reporter mon attention sur le blessé. La colère monte en lui, et lorsque j'avale la première gorgée, il se lève brusquement. Le liquide me brûle la trachée et me pique les yeux. Je m'apprête à en consommer une seconde rasade, quand Clarke m'ordonne d'arrêter, fou de rage.

J'éloigne l'alcool de mes lèvres et le juge sévèrement.

— Tu vas te reposer le temps de ton rétablissement ?

— Oui ! me répond-il, exaspéré.

— Merci.

Je pose bruyamment la bouteille sur la commode et passe devant les Devil's pour sortir de la chambre. J'attrape un bras au hasard et entraîne l'un d'eux à ma suite. Je traverse le couloir, pousse une porte et me retrouve dans une salle de bains disposant de W.-C. Légèrement angoissée, je me tourne vers le Devil's et découvre Tucker. Il fera parfaitement l'affaire.

J'ai franchi les limites un bon nombre de fois, pourtant je suis toujours en vie. Cette gorgée ne me tuera probablement pas, néanmoins les choses sont différentes à présent. J'ai fait un arrêt cardiaque il n'y a pas si longtemps, et j'ai peur. Je suis terrorisée à l'idée de mourir pour de bon et de passer à côté d'expériences incroyables. Pour la première fois de mon existence, mon quotidien est trépidant, et même si ça me fait mal de l'admettre après ce qu'ils m'ont fait, c'est grâce aux Devil's Sons. Je ne suis pas prête à tirer un trait dessus. Je veux encore vivre.

On ne peut plus sérieuse, je lui annonce :

— Il faut que je vomisse avant que l'alcool que j'ai ingurgité soit absorbé par mon métabolisme. Et tu vas m'aider.

Tucker se décompose, puis recule d'un pas en s'étranglant. Je l'attrape par les épaules et insiste :

— Je n'ai que très peu de réflexe nauséeux, alors tu vas mettre tes doigts au fond de ma gorge, Tucker.

Le Devil's Son déglutit avec peine, puis secoue négativement la tête.

— Notre amitié ne va pas survivre à ça.

— Tant mieux, nous ne sommes pas amis.

— Bien sûr que si ! s'exclame-t-il.

— Alors, mets tes putains de doigts au fond de ma gorge !

Un peu pâlot, Tucker lève la main à la hauteur de mon visage. Il n'a pas l'air dans son assiette, je me demande si ce n'est pas lui qui va finir par régurgiter. Mais j'ai vraiment besoin de lui sur ce coup. Même si je n'ai bu qu'une petite quantité d'alcool, je préfère l'évacuer.

— Ce ne sont pas des doigts que j'ai l'habitude de mettre dans la gorge d'une nana.

— Tucker !

— Très bien !

Il tente de se ressaisir, pose une main sur ma nuque pour m'empêcher de bouger et j'ouvre la bouche. Lorsque ses doigts entrent dans ma cavité buccale, le Devil's détourne le visage, grimace et ferme les yeux.

Il les enfonce profondément, touchant mon palais et ma langue, mais alors que je devrais avoir envie de vomir, je n'ai qu'un réflexe de rejet accompagné d'un bruit de gorge auquel Tucker fait écho... en plus puissant.

Presque plié en deux, sa bouche est grande ouverte, et il semble sur le point de rendre son dîner. J'éclate de rire, mais j'ai un nouveau réflexe de rejet qui accentue les bruits de reflux émis par Tucker.

— Mais qu'est-ce que vous foutez ?

Mon rire devient incontrôlable lorsque je pose les yeux sur Jesse qui observe cette scène invraisemblable.

Le pauvre Tucker est pris de soubresauts. Son corps produit les sons caractéristiques d'un vomissement sans que rien n'en sorte. Ses doigts quittent ma bouche, il se plie en deux et poursuit ses interminables bruits de gorge. À chaque fois, je pense qu'il va vomir, mais non. Mon rire est si puissant que j'en ai mal au ventre, et Jesse me fait écho. Nous sommes bien trop hilares pour reprendre notre souffle, ça en devient douloureux.

Il finit par enrouler son bras autour de ma taille et attire mon dos contre son torse.

— Tu veux vomir ?

Je hoche la tête, les larmes aux yeux, incapable de me calmer.

Jesse enfonce deux doigts dans ma gorge, mais mes rires compliquent la chose. Je m'étrangle, accentuant l'hilarité de Jesse et le mal-être de Tucker.

Je bouge tellement que le Devil's au crâne rasé doit me tenir fermement contre lui. Il touche un endroit que je ne pensais même pas atteignable, mais rien n'y fait, je n'ai pas le moindre réflexe nauséeux.

— Par Freyja[25], V, tu dois faire des pipes d'enfer !

Cet abruti me provoque un nouvel éclat de rire et je m'étouffe, produisant un nouveau bruit de gorge qui signe la fin pour Tucker. Il se jette sur les toilettes et vomit toutes ses tripes.

Aussitôt, Jesse nous tire en dehors de la pièce et claque la porte pour nous épargner l'odeur. Nous nous écroulons par terre contre le mur, incapables de reprendre notre respiration tant nous rions.

— Mais, qu'est-ce qu'il se passe ?

Nous tournons le visage vers le couloir où le reste de l'équipe

[25] Vivant en Asgard, mais originaire de Vanaheim, le monde des dieux Vanes, Freyja est la déesse de la fertilité, de la beauté et de la sexualité.

nous observe bizarrement.

— Je ne savais pas qu'il avait l'estomac aussi mal accroché, avoué-je entre deux rires. Je lui ai demandé de me faire vomir, et...

Les bruits de régurgitations de l'autre côté de la porte finissent les explications pour moi. Tout le monde se marre, sauf Clarke, qui me dévisage dans les bras de Jesse. Je hausse un sourcil à son attention et il me fusille du regard. Néanmoins, ses yeux ont perdu de leur intensité et sa douleur se lit jusque dans sa posture.

# 19.

Lorsque nous comprenons que tant que Tucker vomira, nous ne parviendrons pas à recouvrer une certaine tranquillité, nous décidons de rejoindre le salon. Sean m'aide à me relever et j'en fais autant avec Jesse. Je finis par inspirer profondément pour calmer mes derniers rires et je secoue la tête, toujours amusée par la situation.

— Il faut que je rentre sur le campus. Je dois prendre mes médicaments.

Set sort mes pilules d'un tiroir de la cuisine.

— Carter nous les a filées. Il veut qu'on en ait ici en cas d'urgence.

Soulagée, j'ouvre les différents flacons et le Devil's remplit un verre d'eau qu'il me tend. J'avale mes trois cachets et vide le contenu d'un trait.

— Par la tête de Mimir[26], tu sais que tu es complètement malade ? me questionne Sean.

— Vous m'avez demandé de m'en occuper, c'est chose faite.

---

[26] Dans la mythologie nordique, Mimir est le dieu de la sagesse. Décapité par les dieux Vanes à la suite de la guerre qui opposait ces derniers aux dieux Ases, Odin a ressuscité sa tête pour garder accès à ses connaissances.

Clarke me lance un regard noir auquel je réponds par un clin d'œil.

— Cette fille va me rendre fou ! grogne-t-il.

— Fou amoureux, oui… lâche Sean.

— Ferme-la, fils de pute !

Alors que tous rigolent, Tucker revient parmi nous. Il s'est passé de l'eau sur le visage et s'est lavé les dents. Son retour est ponctué de moqueries et de taquineries tandis que je lui offre une moue désolée.

— Je te déteste !

— C'est faux, rétorqué-je.

— C'est faux, mais c'est presque le cas !

Amusée, je lève les yeux au ciel et prends le chemin du canapé avant de me figer, flairant un inconvénient d'une plus grande ampleur.

Suspicieuse, je me tourne vers Tucker.

— Le moindre bruit de gorge te cause cet effet ?

— Si tu te demandes si Tucker peut se faire sucer, la réponse est non ! m'informe Justin.

— Ce n'est pas aussi simple que ça ! réplique le concerné.

J'écarquille les yeux et tous s'esclaffent, sauf Tucker, qui semble réellement agacé par cette vérité.

— Putain les gars, il faut y retourner ! s'exclame Set, qui louche sur son téléphone.

Il n'a pas besoin d'en dire plus, les Devil's Sons s'activent. Ils remettent leurs vestes et saisissent leurs clés, le visage dur. Clarke se lève instinctivement, mais je pointe un doigt accusateur sur lui.

— On a un accord !

Son envie de meurtre envers ma personne n'est pas dissimulable. Il observe ses amis prêts à partir, puis pousse un juron et se rassied sur le canapé.

— Ava, je compte sur toi pour l'occuper, me lance Set.

Il me décoche un clin d'œil plein de sous-entendus et les

Devil's Sons quittent l'appartement, le rendant brutalement désert et silencieux. Je n'ai même pas eu le temps de leur dire de faire attention.

— Qu'est-ce qui se passe ?

Clarke reste si longtemps muet que je doute qu'il me réponde. C'est l'air grave et les yeux fixés dans le vide qu'il prend la parole.

— Un gang rival veut s'emparer de notre territoire. Ça va mal se finir. Carter ne pardonne pas ce genre de choses.

— Clarke, je ne parle pas votre langage. Qu'est-ce que ça veut dire ?

— Soit ils décident de quitter la ville et si Carter est clément, on en reste là, soit ils ne partent pas et...

Il ne poursuit pas. J'avale bruyamment ma salive.

— Qu'est-ce qui se passera s'ils ne se retirent pas ?

Il soupire et pose enfin les yeux sur moi.

— Ils ont tiré, Avalone. C'est la guerre. On doit les dégager... et si pour ce faire, on est contraints de les tuer jusqu'au dernier, on le fera.

Je me décompose et l'atmosphère devient trop pesante pour moi. Je sens planer une ombre qui me provoque une sueur froide.

*Tuer tout un gang ?* Non seulement ça ferait un paquet de morts, mais qui dit que les Devil's Sons n'y laisseraient pas leur peau ?

Je secoue la tête, et par je ne sais quelle folie, je réponds :

— Je peux vous aider. Vous savez vous battre, mais moi je sais parler et convaincre. On peut éviter cette guerre !

L'expression qu'il dégage n'est que confusion.

— Hors de question.

— Clarke, je...

— J'ai dit non ! s'exclame-t-il, en colère.

Il se lève et marche jusqu'au comptoir sur lequel il pose ses mains à plat, les bras tendus. Sa décision est sans appel, toutefois il me semble important de lui rappeler les risques.

Je me lève à mon tour et avance vers lui.

— Alors, la seule solution envisageable pour toi, c'est la violence ? Clarke, vous pouvez *mourir* ! Set peut mourir ! Sean, Justin, Jesse, Tucker...

— Ils connaissent les risques, me coupe-t-il.

Il se tourne vers moi, le regard dur.

*Après s'être pris une balle pour sauver Set, il ose me dire une telle chose ? Ce sont ses amis, sa famille, sa propre vie !*

*Il n'a donc aucun instinct de survie ?*

*C'est à ce point si impossible pour lui de privilégier la discussion à la barbarie ?*

Même Carter a créé une alliance avec d'autres gangs, parce qu'il a conscience que la violence n'est pas la réponse à tout ! Et je sais à présent que c'est à lui que je dois parler pour éviter une guerre de territoire.

— Tu tiendrais les mêmes propos si j'étais moi aussi en danger ?

Son visage se décompose une demi-seconde avant de se figer dans le marbre.

— Non. Toi, c'est différent. Tu n'as pas *choisi* de faire partie des nôtres.

— Et si je l'avais décidé ?

Il commence à articuler une syllabe, mais se ravise. Il me regarde, troublé.

— Tu connais la réponse, finit-il par dire.

Il s'approche de moi d'une démarche lente et terriblement dangereuse pour mon cœur.

— Si tu avais choisi d'être l'une des nôtres, est-ce que je te laisserais te mettre en danger sous prétexte que tu étais informée des risques ? Analyse la situation.

Sa proximité, lorsqu'il s'arrête à quelques centimètres de moi, m'empêche d'analyser quoi que ce soit.

— Tu n'as pas choisi d'être l'une des nôtres, en revanche tu veux négocier avec un gang ennemi en toute connaissance de cause. Cette fois-ci, c'est *ta* décision. Et c'est parce que ça te mettrait en danger que tu as mon refus.

Mon cœur s'affole dans ma cage thoracique. Je déglutis avec peine lorsque le regard de Clarke tombe sur mes lèvres. Il humidifie les siennes, rendant ma respiration lourde. Puis quelqu'un frappe à la porte, je sursaute, et le Devil's se détourne pour aller ouvrir. Je pousse un long soupir de frustration.

— Faites vos affaires, je vous emmène chez Carter ! Ce sont ses ordres.

Je reconnais la voix d'Ange et m'affole.

Je rejoins l'entrée au pas de course, inquiète à l'idée que les deux hommes s'affrontent. Je retrouve un Clarke moins tendu qu'à son habitude dans ce genre de situation. Peut-être que la balle qu'il s'est prise y est pour quelque chose ? Il a repris des couleurs, mais demeure bien trop pâle.

Je me concentre sur les mots qu'Ange vient de prononcer et fronce les sourcils.

— Quoi ? Mais, pourquoi ?

— S'ils savent que tu existes, tu seras en danger, m'explique le Demon's Dad. Carter veut que vous restiez chez lui quelques jours. Et cette fois, tu n'as pas le choix, Avalone. Désolé...

Par « ils », Ange doit probablement parler du gang rival qui essaie de s'emparer du territoire des Devil's Sons. J'ai beau être têtue et détester Carter, j'ai un instinct de survie, *moi*. Je compte sur les explications du boss pour m'aider à décider si je me plie à ses exigences ou non. En attendant, je hoche la tête. Une fois chez lui et au courant de la situation, je me prononcerai.

Clarke me dévisage, s'attendant à ce que je proteste, mais je hausse les épaules. Il grogne de mécontentement avant de disparaître dans le couloir. Je prends des nouvelles d'Ange, puis le Devil's revient quelques minutes plus tard, un sac de sport à la main. Nous quittons l'appartement dans une ambiance électrique. Le Demon's Dad se dirige vers la portière conducteur du SUV Mercedes de Carter, cependant Clarke le retient par le bras.

— C'est moi qui conduis.

Ange fronce les sourcils.

— Mon boss m'a chargé de venir vous chercher et de vous ramener.

Les traits de Clarke se durcissent lorsqu'il s'approche de son ennemi.

— Tu ne fais plus partie des nôtres. Tu ne conduiras pas cette voiture si je suis là.

— Tu es blessé !

— Dix points pour Serpentard ! interviens-je.

Leurs deux visages se tournent vers moi et tandis qu'un sourire amusé étire les lèvres d'Ange, le Devil's me fusille du regard. Cela dit, il ne peut pas prendre le volant alors qu'il vient de se faire tirer dessus.

— Je peux conduire, vous savez ? proposé-je.

Les deux hommes me lorgnent avec méfiance et touchent mon ego.

— File-moi les clés ! ordonné-je à Ange.

— Tu n'es pas sérieuse ? Ce petit bébé débridé a plus de six cents chevaux sous le capot ! Est-ce que tu as ton permis, au moins ?

Je lui arrache les clés des mains et grimpe derrière le volant. Clarke contourne la voiture pour prendre la place de devant et Ange soupire, puis monte à l'arrière.

Je mets le contact et, après avoir retiré le frein à main, j'appuie sur la pédale avant de piler brusquement, évitant de peu le véhicule garé devant nous.

— Mince ! Ça, ce n'était pas la marche arrière...

Les deux hommes me fixent avec horreur, les mains sur les poignées de portes, prêts à prendre la fuite, et un petit rire s'échappe de mes lèvres.

— Je plaisante !

La blague ne leur a visiblement pas plu.

J'enclenche la marche arrière et braque le volant pour sortir de la place avant de m'engager sur la voie à toute allure.

— Ralentis ! peste Ange.

— Mais quel rabat-joie !

— Ralentis ! m'ordonne Clarke.

J'accélère encore plus et m'éclate comme une folle.

Après quelques minutes de route où les garçons ont cru y passer, nous pénétrons dans la villa, puis dans le salon. Le propriétaire des lieux y est, accompagné d'une splendide femme de son âge que je n'avais encore jamais rencontrée. Longs cheveux bruns, robe qui épouse ses formes et hauts escarpins, elle est magnifique. Elle se lève à notre arrivée et Clarke l'embrasse sur la tempe, ce qui me procure un drôle d'effet. Elle lui sourit chaleureusement en retour, puis son regard curieux se braque sur moi. Carter la rejoint et pose sa main sur ses reins.

— Avalone, je te présente ma femme, Kate.

J'aurais voulu cacher ma surprise, mais c'est au-dessus de mes forces et ça a l'air de divertir Kate, à qui je lance :

— Frottez-vous la paupière gauche si Carter vous retient contre votre gré et je vous sortirai de là.

Alors qu'Ange s'étouffe bruyamment, la femme part dans un rire franc, tandis que Clarke et Carter lèvent les yeux au ciel.

Je plonge un regard dur dans celui du boss des Devil's Sons et pose mes mains sur mes hanches avec sévérité.

— Elle sait qui vous êtes ? Vous lui avez parlé de vos penchants franchement douteux ?

— Oui.

— Vous en êtes sûr ? Elle est au courant de *tout* ? demandé-je, sceptique.

— De tout.

Il n'est pas le moins du monde vexé ou en colère face à mes insinuations. Au contraire, la situation l'amuse beaucoup.

— Incroyable...

— C'est bon ? Tu as fini ?

— Oui, enfin non. Elle a l'air saine d'esprit, c'est ça qui est incroyable. Quoique, vous paraissez équilibré, vous aussi. Comme quoi, les apparences sont vachement trompeuses. Je vous ai diagnostiqué une sociopathie sur test-de-personnalité.com, vous devriez songer à consulter.

Ange est pris d'une quinte de toux et Clarke, fidèle à lui-même, en profite pour lui asséner une tape dans le dos à lui décoller les deux poumons.

— Tu n'es qu'une emmerdeuse, me lance Carter.

Je mime une petite révérence, puis souris à Kate.

— Je suis heureuse de vous rencontrer.

— Moi aussi, rigole-t-elle. Ta présence dans cette maison va être rafraîchissante !

Carter me fait signe de prendre place sur le canapé, je m'exécute, tout comme les autres.

Le boss arque un sourcil à l'attention d'Ange, qui s'est assis à mes côtés.

— Toi, tu vas attendre sagement dehors.

Le Demon's Dad ne discute pas. Bien que Carter l'oblige aujourd'hui encore à lui rendre des services pour le punir, sa trahison lui retire tout droit de participer à ce genre de discussion.

Ange passe la porte-fenêtre et Carter s'assied face à moi.

— Comme tu as dû en être informée, les Kings of the Law cherchent à nous déposséder de notre territoire. Clarke a pris une balle. Je ne peux pas laisser passer ça, alors en attendant de régler cette affaire, tu vas rester ici. S'ils apprennent ton existence, ils s'en prendront à toi pour nous atteindre. Il est hors de question que nous nous retrouvions dans cette situation. Seule ma propriété est sûre.

— S'ils ne connaissent pas mon existence, pourquoi je devrais me cacher ?

— Les rumeurs vont vite, Avalone. Tes amis savent que tu fais partie des nôtres. Des centaines d'étudiants ont vu les Devil's Sons te défendre et tout le campus t'a observée en leur compagnie. Ce n'est qu'une question de temps avant que les Kings of the Law découvrent qui tu es.

Je déglutis avec peine et imagine des fous furieux tendre un piège aux Devil's Sons en m'utilisant comme appât.

— Combien de temps va durer cette affaire ?

— S'ils ne capitulent pas d'ici quarante-huit heures, nous serons obligés d'abattre nos cartes. Dans quatre jours maximum, cette histoire sera derrière nous et tu pourras retourner sur le campus.

Bon, je passerai les prochaines nuits ici, pas parce que Carter me l'ordonne, mais parce que je ne veux pas permettre aux Kings of the Law d'atteindre les Devil's Sons. Néanmoins, mon besoin de protéger ces derniers est beaucoup plus important que je ne l'aurais cru. Malgré toutes les crasses qu'ils m'ont faites, je ne peux nier mon attachement à ces garçons. C'est quelque chose qui échappe à mon contrôle.

Ce que je m'apprête à demander à Carter va probablement précéder un refus, mais qui ne tente rien n'a rien.

Je lève un regard déterminé vers le boss.

— J'accepte, à une condition.

Carter me fait signe de continuer, tandis que Clarke se redresse brutalement et me fixe avec l'espoir que je ne n'oserai pas. Il ne me connaît pas encore assez bien.

— Le but, c'est que vos hommes restent en vie tout en gardant votre territoire, nous sommes d'accord ?

Carter hoche la tête, le regard brillant d'un vif intérêt.

— Si vous voulez ces deux choses, laissez-moi parler aux Kings of the Law.

Le visage de Clarke s'assombrit, mais je l'ignore. Kate est

plus que surprise et Carter me scrute méticuleusement. Je poursuis.

— Pas seule, bien évidemment, ce serait du suicide. Organisez une négociation. Les Devil's seront là, à mes côtés, au cas où ça tournerait mal. Je serai votre porte-parole. Je ne sais pas utiliser un revolver ni me battre, cependant je suis douée avec les mots. Je sais convaincre. Il suffit de m'expliquer en détail qui ils sont, ce qu'ils veulent exactement, leurs points faibles et...

— C'est ridicule ! me coupe Clarke.

— C'est jouable, tranche Carter.

Je me redresse, les sourcils haussés, et le Devil's Son se décompose.

— Ne me dis pas que tu es sérieux ? s'énerve-t-il.

— Je *suis* sérieux.

Clarke se lève brusquement, ignore la douleur qui s'est réveillée dans son abdomen et contracte sa mâchoire, puis il avance jusqu'à la fenêtre devant laquelle il reste planté, les muscles tendus. Il ignore Ange à quelques mètres de lui et fixe l'horizon.

— Dès demain, je t'informerai de tout ce que tu as besoin de savoir.

Par tous les dieux, Carter me fait confiance au point de mettre entre mes mains sa ville et la sécurité de ses hommes !

J'ouvre la bouche, stupéfaite, et un sourire étire mes lèvres. Je suis heureuse de me rendre utile et bizarrement, je n'ai pas peur. Je suis même excitée.

— Bien. Quelles sont vos conditions à mon emménagement ? Je ne veux pas tomber dans un traquenard.

— Tant que l'affaire ne sera pas réglée, tu dormiras ici. Tu iras en cours flanquée d'un gars. Si tu ne rentres pas directement après l'université, tu me préviens et tu seras escortée. Aucune sortie en douce. Et ne cherche pas à semer ton accompagnateur, sinon je te retire de la négociation.

— Entendu.

Carter sourit, satisfait. C'est la première fois que nous parvenons à nous mettre d'accord. Il me paraît bien plus sympathique, tout à coup.

— Il faut que je repasse à ma chambre. Je n'ai aucune affaire.

Le boss fait signe à Ange de revenir parmi nous. Le Demon's Dad ouvre la porte-fenêtre et, sur ses gardes, contourne Clarke, au cas où le second de Carter déciderait de se défouler sur lui.

— Conduis Avalone sur le campus. Et Clarke, avant que tu ne dises quoi que ce soit, tu restes ici pour te reposer. C'est non négociable.

Face au jardin, le concerné ne répond pas et ne bouge pas d'un cil.

Ange et moi sortons de la maison. Il pousse un soupir de soulagement lorsque je lui envoie les clés de la voiture et nous quittons la propriété.

— Jamais je n'aurais pensé que Carter te donnerait son aval, m'avoue-t-il. Tu es courageuse.

— Comment est-ce que... ?

— Je sais lire sur les lèvres.

*Ceci explique cela.*

— Ce n'est pas du courage. Je veux empêcher les Devil's Sons de se faire tuer. J'espère que ça fonctionnera.

— Carter est la personne la plus difficile à convaincre. S'il t'a écoutée et a consenti, c'est qu'il doit voir en toi quelque chose de surprenant. Espérons seulement qu'il ne souhaite pas lâcher les flammes de ton regard sur les neuf mondes.

Je pouffe de rire en secouant la tête.

— C'est vraiment ce que tu vois en moi ?

Il quitte la route des yeux pour m'observer avec cette crainte qui semble l'envahir à chaque fois qu'il plonge dans mes prunelles.

— Avalone, dans tes iris… ce sont les flammes du Ragnarök que je vois danser, j'en suis certain !

— Ce que vous pouvez être superstitieux, vous les païens…

Il reste silencieux, perdu dans ses pensées, et je m'évade dans les miennes.

— Pourquoi as-tu trahi les Devil's Sons ?

Ma question le ramène à la réalité et le prend de court. Il hésite à me répondre, ne sachant tout simplement pas comment formuler sa pensée.

— J'ai pris beaucoup de mauvaises décisions dans ma vie. J'étais chez les Devil's Sons, mais j'en voulais toujours plus. Je savais que chez eux, Clarke resterait le second de Carter. Puis les Demon's Dads m'ont proposé mieux. Beaucoup mieux que ce que pouvait m'offrir Carter. Alors, j'ai accepté sans hésiter. Ce soir-là, j'ai trahi mes frères et j'ai laissé Clarke se prendre une balle.

— Tu regrettes ?

— Oui et non. Oui, parce que je me suis retourné contre ceux qui m'avaient ouvert leurs bras, et j'ai perdu à jamais leur amitié ; et non, parce que j'ai obtenu ce que je désirais chez les Demon's Dads : le pouvoir du second. Puis les deux gangs fonctionnent très différemment. Je me sens davantage à ma place chez les Demon's Dads. Je n'ai pas la notion du sacrifice et de l'honneur qu'ont les Devil's Sons.

Je hoche la tête, contemplative de la sincérité d'Ange. Ce n'est pas facile d'avouer une telle chose.

Arrivée dans ma chambre sur le campus, Lola n'est pas encore rentrée du restaurant avec Daniel. Je sors mon téléphone, légèrement inquiète, et découvre son message.

**[Ne m'attends pas, je dors à la fraternité.**

**Appelle-moi si tu as le moindre problème. Xoxo.]**

Je range mon portable et prépare mes affaires. J'emporte tout et n'importe quoi avant de me souvenir que je pourrai toujours repasser demain, après les cours.

Sur le chemin du retour pour rejoindre la voiture, nous ne croisons pas un chat, ce qui n'est pas étonnant, vu l'heure tardive. Je mets mon manque de sommeil sur le compte de l'adrénaline après cette soirée forte en émotions.

— C'est ton gang qui commercialise la Démone ?

Ange plisse les yeux, avant de froncer les sourcils et de secouer la tête.

— Oh non, non, non ! Je sais où tu veux en venir, mais tu peux toujours rêver !

Je n'ai pas le temps de lui répondre qu'il s'engouffre dans le véhicule. J'entre à mon tour, dépose mon sac à mes pieds, et lorsque je tourne le visage vers lui, il reprend :

— Petit un, si je te donne ce que tu désires, Clarke me fera la peau. Puis Carter découpera mes restes avec l'aide de tous les Devil's Sons. Petit deux, tu as une maladie cardiaque et la Démone est la première chose que tu devrais prendre si tu souhaitais casser ta pipe. Petit trois, tu as une négociation à mener, ce qui va tout gâcher, parce que tu seras à côté de tes pompes. Et petit quatre, Clarke va me tuer !

Je pince les lèvres pour me retenir de rire.

— Je n'ai jamais dit que j'en voulais. Mais nous en reparlerons après la négociation.

— Tu te fous de moi ? Tu as entendu le petit un, le petit deux et le petit quatre ?

— Oui. C'est pour ça que nous en rediscuterons.

Il a raison sur tous les points et je ne compte pas consommer de la Démone. Seulement, je me dis que si j'ai un cachet qui traîne, dans une situation extrême, il pourrait bien me sauver la vie. Étant donné le monde dans lequel j'évolue, je ne me fais pas d'illusions. Entourée des Devil's Sons, je me sens en sécurité, mais en découvrant Clarke blessé, j'ai pris conscience qu'il n'était pas invincible. Un jour, la Démone pourrait faire la différence.

Après avoir remercié Ange, j'entre dans la maison, accueillie par Carter. Il est toujours en costume à trois heures du matin, je me demande même s'il dort avec.

— Viens, je te conduis à ta chambre.

Nous tournons dans le couloir de gauche, à l'opposé de son bureau, et nous parcourons de longs mètres pour rejoindre la pièce au ton rose taupe. La dernière fois, je n'avais pas remarqué la porte qui donnait sur la salle de bains. Cette fois-ci, je ne la loupe pas. Elle est grande ouverte sur une baignoire en angle et une douche à l'italienne. Par tous les dieux !

Je ne le montre pas, mais j'ai hâte de profiter de tout ce luxe.

— Si tu as besoin de quoi que ce soit, Marie, la domestique, occupe la chambre à côté de la cuisine. Clarke dort en face de la tienne, et moi à l'autre bout de la villa. Fais comme chez toi.

Il me sourit poliment et s'éclipse de la pièce. Je pose mon sac sur le lit et finis dans la salle de bains pour me délecter pleinement de la baignoire aux jets massants. Une fois la peau de mes mains toute fripée, je me lave, me rince et me sèche. J'enfile un débardeur et un pantalon de soie en guise de pyjama, puis je sors de ma chambre. La villa est silencieuse, seule la lumière de la cuisine est allumée de l'autre côté du hall.

Je frappe à la porte de Clarke avant d'entrer. Il est allongé sur son lit, les yeux rivés au plafond, les mains derrière la tête, comme s'il m'attendait.

J'essaie de ne pas penser à la puissance de ses muscles, aux veines qui parcourent ses avant-bras, à ses lèvres charnues et à sa tignasse noire en pagaille dans laquelle je rêve de glisser mes doigts.

— Comment tu te sens ?

— Tu n'aurais jamais dû proposer ça à Carter.

Il ne me regarde pas et continue de fixer le plafond. Je rejoins son lit et m'assieds à côté de lui en espérant qu'il ne me repousse pas.

Il pose enfin les yeux sur moi, je m'y perds de longues secondes...

— Tout ira bien.

Il rigole avec amertume lorsqu'il rompt notre contact visuel. Malgré cela, il reste relativement calme.

J'ai besoin de son soutien sur ce coup-là. J'ai cette nécessité qu'il me comprenne, qu'il m'aide, qu'il me donne des conseils et me rassure, parce que je sais que ce n'est pas sans risque. Seulement, je ne pourrai jamais rester auprès d'eux tout en ayant conscience que leur vie n'est que sang et mort et qu'ils ne font rien pour y remédier.

— Tu ne te rends pas compte du danger.

— Bien sûr que si, soupiré-je. Mais je refuse de vous regarder mourir un à un, alors si je pense pouvoir empêcher ça, j'agirai.

Clarke se redresse, à nouveau en colère. Son calme n'a été que de courte durée. Il a visiblement oublié qu'il s'est pris une balle puisqu'il fait les cent pas. Obnubilé par sa fureur, sans même s'en rendre compte, ses épaules se crispent de douleur.

— Allonge-toi, s'il te plaît.

Il se tourne vers moi avec une telle brusquerie qu'il devrait hurler de souffrance. Mais non. Sa rage étouffe tous ses ressentis.

— Il suffit d'une fraction de seconde pour te faire tuer. Il y aura une dizaine de types armés de la tête aux pieds, et si je respecte notre accord, je ne serai même pas là pour te protéger !

— Les garçons seront présents... Ange pourrait nous épauler, lui aussi.

Il lâche un nouveau rire nerveux tandis que je me lève pour lui faire face.

— Je sais que tu le détestes, mais ce sera un homme supplémentaire à nos côtés ! Tout se passera bien...

— Tu lui fais confiance ? Il nous a déjà trahis une fois, je te rappelle !

Je n'ose pas lui dire que oui, je fais confiance à Ange.

Cependant, il le comprend à mon silence. Atterré, il ne sait que dire. Je crois surtout qu'il doit avaler la pilule. Il ferme les paupières et se pince l'arête du nez.

— Tu n'aurais jamais dû venir dans cette université. Tu aurais mieux fait de rester chez toi.

Son ton est dur et ses mots me blessent, mais je ne cille pas et ravale ma peine.

— C'est vraiment ce que tu penses ?

— Bien sûr que oui ! Carter t'intègre dans un monde qui n'est pas fait pour toi ! Ta bienveillance et ta naïveté te conduiront à ta perte.

Il reprend ses va-et-vient dans la pièce, passant nerveusement ses mains sur son visage, puis dans ses cheveux.

— Écoute, reprend-il d'une voix calme, mais tranchante. Tu mérites mieux que de t'inquiéter ou te mettre en danger pour nous. Retourne chez toi et ne reviens *jamais*, tu m'entends ?

Ses paroles résonnent dans mon esprit et me meurtrissent davantage, même si j'ai conscience qu'il dit ça pour mon bien. Malgré tout, je ne partirai pas. Jamais je ne les laisserai. Carter a voulu m'introduire dans leurs affaires ? Ils vont donc devoir faire avec mon entêtement et ma détermination.

Je m'avance lentement vers Clarke et m'arrête à quelques mètres de lui.

— Peu m'importe que tu me repousses encore et encore, je ne fuirai pas. Tu vas devoir me faire confiance.

Il pose un regard troublé sur moi, puis se met à marcher dangereusement dans ma direction, à grandes enjambées, brisant la distance de sécurité que j'avais établie entre nous. Je recule instinctivement, or il continue de se rapprocher. Je me retrouve rapidement acculée contre le mur, mais il ne s'arrête toujours pas, jusqu'à ce que sa main droite se pose à côté de ma tête.

Mon cœur tambourine furieusement dans ma poitrine. Cette proximité me rend folle. Son visage est tout près du mien et je me perds dans ses iris. Je le désire comme je n'ai jamais désiré aucun homme, et ça me fait peur. Ça me terrifie.

Il replace une mèche de cheveux derrière mon oreille et me provoque par la même occasion un frisson que je ne dissimule pas. Le temps paraît s'arrêter lorsque son regard tombe sur mes lèvres. Un regard rempli de convoitise, mais aussi d'interdictions qu'il s'impose.

— Tu devrais retourner dans ta chambre avant que je ne perde tout contrôle, me murmure-t-il.

Je rêverais qu'il se lâche, mais pas comme ça. Pas quand il doute et qu'il se contient.

Je me mets sur la pointe des pieds pour déposer un baiser sur sa joue. Il tressaille.

— J'espère qu'un jour, tu parviendras à t'affranchir de toutes les chaînes qui te retiennent prisonnier.

Son torse s'immobilise quand il retient son souffle. J'y pose mes mains pour le faire reculer de quelques pas et me libérer. Sans un regard en arrière, je quitte sa chambre et referme la porte derrière moi. Là, je me retrouve seule au beau milieu de ce gigantesque couloir.

Je reprends ma respiration et m'adosse contre le mur. Clarke ne devrait pas me plaire. Pas à ce point. Et pourtant, c'est le cas. Je ne saurais même pas dire pourquoi. Ce n'est pas comme si nous avions partagé de magnifiques moments. On ne discute pas pendant des heures sans voir le temps passer, on ne rit pas aux éclats à la moindre occasion. Par ailleurs, j'aime son silence, et encore plus ses sourires si rares.

La fatigue me tombe brutalement dessus, je bâille à m'en décrocher la mâchoire, traverse le couloir pour rejoindre la cuisine et suis étonnée d'y trouver une femme vêtue d'un tablier. C'est la même qui m'a ouvert la porte lors de la soirée de Carter avec les membres du traité. Ce doit être Marie.

— Tu as besoin de quelque chose, mon enfant ? Une tisane ?

— Je ne veux pas vous déranger.

Elle balaie mes mots de sa main et me propose de m'asseoir face à l'îlot central – ce que j'accepte –, avant de s'activer en sifflotant. Elle est ridée, pourtant elle a l'air de déborder d'énergie, même en pleine nuit.

Elle branche la bouilloire et sort de la vaisselle, puis le sucre. Elle dispose le tout devant moi sous mes remerciements, puis verse de l'eau chaude dans ma tasse.

— Qu'est-ce qui ne va pas, mon enfant ?

— Mes sentiments sont probablement en train de me conduire vers un amour impossible, lui réponds-je, perdue dans mes pensées.

Marie prend place à mes côtés et pose sa main sur la mienne en signe de réconfort.

— *En amour, il n'est rien d'impossible. Sois patiente, parfois indifférente, et l'impossible devient possible.* C'est une phrase que j'ai lue sur Internet, d'un jeune homme qui se fait appeler Maxalexis.

Je la regarde, les sourcils légèrement froncés, et réfléchis à ses paroles.

— Tu es d'une beauté rare et ton cœur est pur. Clarke ne pourra pas lutter bien longtemps.

Je m'immobilise, stupéfaite. *Comment sait-elle pour Clarke ?*

Elle s'amuse de mon air perplexe.

— Les murs ont des oreilles.

Je pouffe de rire, la bouche close.

Je porte ma tasse à mes lèvres et bois quelques gorgées pendant que Marie se remet au travail. Sa présence est rassurante dans cette gigantesque villa, inanimée à cette heure-ci. Lorsque je finis ma boisson chaude, je lave mes couverts et dispose le tout sur l'égouttoir.

— Merci pour la tisane et les conseils. Passez une bonne nuit !

— Bonne nuit à toi aussi, Avalone.

Je lui souris et me dirige vers la sortie en me questionnant sur ce qui a bien pu amener cette femme d'un âge avancé à travailler pour un chef de gang.

Je n'ai pas encore passé la porte que quelque chose tombe au sol dans mon dos.

— Par Odin, la vieillesse ne me réussit pas !

Je me fige et me tourne lentement vers Marie.

*C'est impossible... à ce stade, ça relève forcément du complot !*

— Comment se fait-il que toutes les personnes que côtoie Carter croient en Odin ? Il convertit tout son entourage ou les sélectionne par rapport à leur religion ?

Un sourire malicieux étire ses lèvres.

— Personne n'a la réponse, à part lui.

Je fronce les sourcils, perplexe.

— Personne ne lui a posé la question ?

— Eh bien, tu ne la lui as pas posée, toi non plus... J'imagine que nous préférons tous croire que ce sont les dieux qui nous ont réunis pour une bonne raison. C'est la magie de l'ignorance.

# 20.

Marie m'a réveillée ce matin pour un petit déjeuner en compagnie de Kate, et Carter est passé en coup de vent. C'était assez étrange comme situation, cela dit j'apprécie vraiment cette femme. Elle est d'une grande douceur et a la sagesse d'un ancêtre. Ce qui m'a impressionnée, c'est sa capacité à voir le bien en chaque personne, même chez les pires ordures. Elle est avocate spécialisée dans le droit commercial et le droit des sociétés. Kate adore son métier, elle est la plupart du temps en voyage d'affaires. Elle aurait aimé avoir des enfants, malheureusement sa stérilité a contrecarré ses plans. Voilà pourquoi, lorsqu'elle est présente, elle est aux petits soins avec les Devil's Sons.

Jesse est ensuite venu me chercher pour me déposer à l'université. Il a même participé à mes cours, au plus grand bonheur des autres étudiants de première année. Moi qui avais cru que je n'apprécierais pas d'avoir un garde du corps, j'ai passé une incroyable matinée à rire. Les dieux soient loués, lorsque les garçons sont repartis hier soir, ce n'était qu'une fausse alerte. Ils sont rapidement rentrés dormir.

Jesse m'a quittée il y a dix minutes lorsque Tucker et Sean ont pris la relève. Ils me surveillent, à une vingtaine de mètres des filles et moi. Aux aguets, ils observent les environs.

Je n'ai pas vu Clarke depuis la veille. Quand j'ai quitté la propriété ce matin, Ethan arrivait pour changer son pansement. En y repensant, je saisis mon téléphone pour envoyer un message au blessé.

**[Comment s'est passée
ta visite médicale privée ?]**

Je pose mon portable qui vibre aussitôt. Un sourire s'épanouit sur mes lèvres.

**[Très bien. Ethan a affirmé que
je pouvais abandonner le lit
dès maintenant.]**

**[Menteur.]**

**[Il a d'ailleurs laissé
une bouteille d'alcool à ton intention,
au cas où je chercherais à me barrer
de cette putain de baraque.
PS : Je viens de la finir.]**

Les yeux ronds, je tape ma réponse.

**[Il est à peine midi...]**

**[Je ne peux pas permettre
un tel moyen de pression.]**

**[Eh ! Nous avons un accord !]**

**[Merci de me rappeler mon malheur.]**

Je retiens un rire et lui envoie un smiley cœur.

— On peut savoir ce qui te rend si pétillante ? m'interroge Aurora.

Les filles suspendent leur discussion et m'observent toutes les trois avec curiosité.

— Personne ne me rend pétillante. Je parlais seulement à Clarke. Il a eu... un *problème,* hier soir. Je prenais de ses nouvelles.

— Qu'est-ce que tu nous caches ? me demande Lola. Je suis passée à la chambre avant les cours et tu n'y étais pas !

— Un membre des Devil's était dans notre salle toute la matinée, renchérit Emily.

Mes trois copines affichent des sourires triomphants, sachant pertinemment que je suis démasquée et dans l'obligation d'assouvir leur curiosité.

— Très bien... soupiré-je, mais promettez-moi de ne pas en parler ! À personne ! Pas même à Daniel et Jackson !

— Promis ! répondent-elles en chœur.

Je les fixe quelques secondes, hésitante, puis je trie dans ma tête les informations que je peux leur révéler et celles que je dois garder secrètes.

— Je logerai chez Carter durant les prochains jours.

Les filles en perdent leur mâchoire, mais je continue.

— Il y a eu un petit problème avec un gang, alors je dormirai à la propriété par pure précaution.

Lola réduit nerveusement en boule le sachet plastique qui entourait sa salade.

— Ava, tu devrais quitter les Devil's Sons !

— Ce n'est pas aussi simple...

— Oh si, tu vas voir !

Elle saute sur ses pieds et avance d'un pas déterminé vers Tucker et Sean. Je la rattrape facilement.

— Lo, arrête !

Elle se tourne vers moi, furieuse contre la terre entière.

— Ils ont besoin de mon aide et j'ai un plan !

Elle me dévisage et croise les bras sur sa poitrine.

— Quel plan ?

Je grimace. La réponse ne lui plaira pas, toutefois j'ai confiance en elle.

— C'est une guerre de territoire. J'ai proposé à Carter d'être son porte-parole pour négocier un traité de paix avec le gang adverse.

Elle se décompose, puis la fureur fige durement son beau visage. Elle m'attrape par les épaules et me secoue dans tous les sens.

— Par l'Yggdrasil ! Par les neuf mondes ! Par tous les dieux ! Par le putain de Bifrost[27] et par cette putain de Hell !

Je la repousse doucement avant de prendre son visage entre mes mains pour la calmer.

— Je veux éviter la violence. Il ne m'arrivera rien, les garçons seront là. Je pourrai peut-être stopper tout ça, et par la même occasion, éviter à ton frère qu'il ne soit blessé.

Je sais que je la manipule en évoquant la sécurité de Set, mais cette négociation me tient à cœur et ce n'est pas Lola qui me fera obstacle.

Elle ne dit rien et se contente de me dévisager. Elle lit dans mon regard ma détermination et mon entêtement, alors elle soupire, puis hoche la tête.

— Très bien.

Je souris et la reconduis auprès des filles pour finir de manger tranquillement.

Alors qu'Emily et moi rejoignons l'amphithéâtre pour notre prochain cours, l'assistante du président nous informe qu'il est annulé. La proposition de Jackson d'aller au lac Whitmore tombe rapidement à l'eau quand Sean fait son apparition et me rappelle à mes devoirs : préparer la négociation. Je décline auprès de mes amis, puis le Devil's et moi quittons le campus afin de regagner la propriété.

Une fois garés devant la villa, nous entrons dans la maison.

— Tu n'es pas obligée, tu sais...

Je regarde Sean sans comprendre où il veut en venir. Il s'arrête devant moi en affichant un air grave.

— ... de mener la négociation. Tu peux encore te désister.

Je lui souris tendrement et passe ma main sur son bras en

---

[27] Dans la mythologie nordique, le Bifrost est le pont arc-en-ciel qui relie Asgard au monde des hommes. Il est gardé par le dieu Heimdall.

signe d'affection.

— Je préfère vous savoir en vie.

— Lopez ! Auriez-vous de la sympathie pour les Devil's Sons ?

Je rigole devant son air attendri qu'il tente de cacher par de la taquinerie.

— Je dois l'avouer, je vous aime bien. Cela dit, ma réputation en prendrait un sacré coup, alors garde le secret.

— Mmmh... oh, je vais pleurer, dit une voix derrière moi que je reconnaîtrais entre mille.

Je me tourne vers Clarke et son sourire moqueur. Je le détaille pour déceler de la fatigue ou de la douleur, mais le second de Carter semble de nouveau invincible.

— Eh oui, Clarke, les gens ont un cœur. Je peux t'expliquer ce que ça signifie d'en avoir un, si tu le souhaites.

Il porte ses mains à sa poitrine en feignant un air blessé et c'est au tour d'Ethan de faire son apparition dans l'entrée, un grand sourire aux lèvres.

— Tu as aimé mon humour ? me demande-t-il.

La discussion que j'ai eue avec Clarke par messages plus tôt me revient en mémoire.

— Si tu parles de la bouteille que tu as laissée dans ma chambre, beaucoup !

— C'est dans ces moments-là que je regrette d'être gay. Je t'aurais bien sautée si j'étais capable de bander devant une nana.

Je m'étouffe brusquement. Non pas parce que j'apprends de façon soudaine qu'Ethan est gay, mais parce qu'il avoue que s'il ne l'était pas, il m'aurait bien *sautée*.

Ethan et Sean se moquent de mon expression. Clarke, lui, ne rigole pas. Son visage est inexpressif, comme s'il subissait une discussion qui ne l'intéressait pas. Cependant, lorsqu'on le connaît, on comprend que c'est tout autre chose : il est braqué.

— Oh ! Pardon, mec, c'est toi qui te la tapes ? lui demande le chirurgien.

Le bad boy le foudroie du regard.

— Personne ne me baise ! interviens-je.

— Tu es vierge ? me questionne Ethan.

— Eh bien, non ! Aucun de vous n'aura l'honneur de prendre ma virginité. Ou de la vendre pour quelques milliers de dollars, d'ailleurs !

À l'évocation de cette insinuation qu'ils seraient capables de vendre ma chasteté, Clarke me décoche une œillade peu commode.

— Comment c'était ? me demande Sean.

Mes yeux sortent de leurs orbites. Je ne suis pas particulièrement pudique, toutefois cette question relève du personnel. Et pas qu'un peu ! Je me demande s'il attend réellement une réponse, mais son expression me confirme qu'il est bien sérieux.

*Par Freyja...*

— Disons que ce n'était pas aussi douloureux que ce que je croyais, jusqu'à ce que je comprenne qu'il s'était trompé de tr...

Ethan et Sean explosent d'un rire bruyant et je me maudis d'avoir été si naïve.

— Tu te foutais de moi, c'est ça ?

Sean hoche la tête entre deux fous rires, tandis qu'Ethan est plié en deux sans parvenir à reprendre sa respiration. Clarke a détourné le visage et pince les lèvres pour retenir son hilarité, les yeux encore arrondis par la surprise.

— Comment c'était ?

— La ferme, tu ne m'auras plus !

Les ricanements redoublent et je reste immobile, comme une idiote, attendant qu'ils finissent d'intégrer que ma première fois était catastrophique.

C'est l'arrivée de Carter, habillé de son éternel costume, qui met fin aux railleries des gars. Lorsqu'il nous demande la raison de tant de gaieté, nous nous exclamons à l'unisson :

— Rien !

Il nous dévisage d'un air suspicieux et je baisse la tête, morte de honte.

— Bon, eh bien, nous allons pouvoir commencer.

Soulagée, je suis Carter dans le salon où je prends place sur les canapés avec les garçons. L'amusement est loin derrière nous. À présent, les choses sérieuses débutent. Le boss reste debout face à nous.

— Les Kings of the Law sont originaires de São Paulo, au Brésil.

Je fais abstraction de tout ce qui m'entoure et écoute attentivement.

— Ils sont composés de neuf membres. Ils sont supérieurs à nous quantitativement, c'est pourquoi Ethan, les Demon's Dads et les Dark Angels seront présents à tes côtés. Il y aura donc vingt et un gars pour te couvrir, mais les deux gangs alliés seront postés à l'extérieur et auront l'ordre d'intervenir uniquement si l'un des Devil's Sons prononce le mot magique. Pour cela, vous aurez des oreillettes. Si nos confédérés débarquent, Avalone, tu sortiras au plus vite, peu importe ce qu'il se passe.

C'est donc à ça que servent ces ententes. Les Devil's Sons sont peu nombreux, Carter n'a pas besoin de plus d'hommes pour ses activités. En revanche, lorsque les choses se compliquent, il fait appel à l'Alliance.

— Pour en revenir aux Kings of the Law, ils convoitent notre territoire pour une histoire appartenant au passé. Leurs ancêtres ont migré ici, mais ils ont dû fuir le Michigan pour des raisons judiciaires. Aujourd'hui, leur chef Lucas a décidé qu'il était temps pour eux de revenir à Ann Arbor. Ils accepteront malgré tout une rencontre. C'est moi qui vais déterminer le lieu de rendez-vous à la dernière minute, pour qu'ils n'aient pas l'occasion d'organiser une embuscade. Ils se déplacent à moto. S'ils se ramènent en voiture, vous vous barrez au plus vite. Lorsqu'ils te verront, ils ne te prendront pas au sérieux. Trouve quelque chose pour t'imposer et les faire rapidement changer d'avis. Leur anglais n'est pas parfait. La barrière de la langue ne doit pas être un frein à la négociation. Il est nécessaire que tu emploies des mots simples et que tu aies toute leur attention, parce que s'ils perdent patience, ils tireront. J'ai appris que leur fournisseur d'armes était Mike Arinson. Tu pourras jouer sur un coup de bluff et fabuler en leur disant que Mike est de notre côté et qu'il serait fâcheux qu'ils se le mettent à dos.

Son téléphone l'interrompt, il jure en découvrant l'auteur de l'appel.

— Je reviens.

Il décroche et quitte le salon, tandis que moi, je soupire et m'affale contre le dossier du canapé. Ça risque d'être plus compliqué que je ne le pensais. Je n'imaginais pas qu'ils seraient si peu enclins à la discussion. Ils ne forment visiblement pas un gang aussi moderne que celui de Carter. Ils sont... *primitifs*.

— Tu peux encore changer d'avis, me souffle Clarke.

Je le regarde, le visage grave.

— Non, je ne peux pas. Et je ne veux pas.

— Tout se passera bien, mec, le rassure Ethan.

Clarke n'a pas le temps de vociférer que Carter réapparaît.

— Je dois y aller. Nous reprendrons plus tard.

Il saisit sa veste de costume sur le fauteuil noir et disparaît. Sean et Ethan se lèvent dans la foulée puis, après nous avoir souhaité une bonne après-midi, ils quittent la maison. Je suis maintenant seule avec Clarke.

Assis à un mètre de moi, il tourne le visage dans ma direction.

— Rien ne te fera changer d'avis ?

— Rien.

Il passe ses mains dans ses cheveux avec nervosité, geste qu'il fait souvent lorsqu'une situation ne lui convient pas et qu'il n'a aucun contrôle dessus.

— Cette histoire va me rendre fou.

Il se lève sans grimacer de douleur et sort dans le jardin par la porte-fenêtre du salon. Je le rejoins, alors qu'il se tient devant la piscine, une cigarette à la bouche.

— On ne va pas avoir la même discussion qu'hier soir, Clarke...

J'aurais voulu que ma voix soit rassurante, or elle trahit l'agacement et la perte de patience.

Il se tourne vers moi, en colère.

— Si ! Tant que tu n'auras pas quitté cette baraque à la con pour la négociation, je ferai tout ce qui est en mon pouvoir pour te faire changer d'avis !

— C'est trop tard, les autres comptent sur moi !

— Mais tu ne mesures pas les risques ! À la moindre erreur, tu es morte ! Ils sont imprévisibles !

— Je ne commettrai pas d'erreur.

Le Devil's bouillonne de rage et tire une profonde latte sur sa cigarette. Malgré tout, je suis déterminée. Je ne changerai pas d'avis, il va devoir s'y faire.

— J'irai à ta place.

— Quoi ? Non ! Hors de question ! Je suis l'effet de surprise, Clarke, ils ne s'attendent donc pas à se confronter à une femme. Je vais y arriver et tu devrais un peu plus croire en mes capacités !

Il me toise d'un regard si furieux qu'il y a quelques jours, j'aurais reculé d'un pas. Aujourd'hui, je le soutiens et l'affronte.

— Ce n'est pas en toi que je ne crois pas, c'est en eux que je n'ai pas confiance. Tu es inconsciente !

— Si tu penses que je ne suis pas morte de peur...

Ma voix se brise et son expression s'adoucit. Les sourcils légèrement froncés, la bouche entrouverte, Clarke s'approche de moi, et à ma stupéfaction, il me prend dans ses bras. Instantanément, mes doutes disparaissent pour laisser place à une sensation de bien-être. Il a un don impressionnant pour me mettre sur les nerfs à la vitesse d'un éclair, mais également pour m'apaiser et me faire me sentir en sécurité.

Contre son corps chaud, mon cœur bondit dans ma poitrine. Je me demande à ce moment-là si j'éprouve des sentiments à son égard. Je devrais, dans l'immédiat, m'éloigner de lui pour ne pas tomber un peu plus sous son charme destructeur, seulement ça m'est impossible. Je suis attirée par lui comme un aimant, même si j'ai conscience qu'il causera ma perte.

Il glisse ses doigts dans mes cheveux et resserre son étreinte. Je ferme les yeux en me laissant aller au réconfort de son corps, toutefois il me relâche sans préambule.

— Attends-moi ici !

Il entre dans la maison et disparaît, puis revient quelques secondes plus tard avec son flingue. Lorsqu'il me le présente, je recule de quelques pas, perdant probablement toutes les couleurs de mon visage.

— Oh non !

— Si. Il faut que tu saches t'en servir, au cas où...

— Clarke, je...

Il m'interrompt en déposant le pistolet dans ma main.

*Ce truc pèse une tonne !*

Sans me laisser le temps de m'en débarrasser, Clarke se positionne dans mon dos et tend mes bras devant moi. Me voilà armée d'un revolver, en train de viser je ne sais quoi. Ses mains saisissent les miennes et orientent le calibre vers un vase posé sur la table extérieure. Cependant, je ne pense à rien d'autre qu'à son torse puissant collé à moi, à la chaleur que dégage son corps et à son souffle contre la peau sensible de mon cou.

— On retire le cran de sûreté, murmure-t-il à mon oreille.

Je ne suis pas aussi concentrée qu'il le faudrait pour ce genre de leçon.

Il dirige mon pouce vers un loquet que je déclenche et soudain, l'idée de tirer alors que j'imagine Clarke me plaquer contre un mur en m'embrassant sauvagement me paraît très mauvaise.

— On vise… et on tire.

Il applique une pression sur mon index, qui appuie immédiatement sur la gâchette, et une balle s'échappe dans une détonation si puissante et si assourdissante que j'ai l'impression que mon cerveau éclate. Dans la même seconde, le vase situé à une vingtaine de mètres explose en mille morceaux et projette des débris partout autour.

Mon cœur bat violemment dans ma poitrine, mes mains se mettent à trembler, mes oreilles sifflent sans discontinuer et mon regard reste fixé sur l'endroit où se tenait l'objet de décoration quelques secondes plus tôt.

Avec des gestes doux, Clarke récupère son flingue et mes bras retombent le long de mon corps. Je suis incapable de bouger, choquée. Je n'ai plus la moindre goutte d'adrénaline en moi, je suis juste terrorisée par la puissance et dangerosité d'une arme à feu.

— Je déteste ça, dis-je dans un souffle.

Le Devil's pose ses mains sur mes hanches. Ses doigts qui s'enfoncent dans ma chair me ramènent peu à peu à la réalité. J'ai de nouveau conscience de sa présence dans mon dos. Lorsque ses lèvres effleurent mon oreille, j'inspire brusquement avant de retenir ma respiration. Une vague de chaleur déferle sous ma peau, mon cœur bat bien trop vite et ça n'a plus rien à voir avec le pistolet. Ses dents qui mordillent mon lobe menacent de m'achever. J'ai l'impression d'avoir de la fièvre et mes jambes se font bien trop molles pour me soutenir.

La respiration de Clarke devient courte. Il tente de se maîtriser en inspirant profondément dans mon cou, ce qui n'a pas l'air de lui faire l'effet escompté. Ses doigts s'enfoncent un peu plus dans ma peau et lorsque ses lèvres se mettent à dévorer ma gorge, mon corps s'électrise. Je halète, me cambre contre lui.

— Bordel, Avalone…

Un grondement sourd s'échappe de sa bouche, puis de ses mains sur mes hanches, il me fait pivoter pour me faire face. Son regard brûlant de désir me coupe le souffle. Toutefois, son sourire malicieux ne me dit rien qui vaille.

Brusquement, Clarke me pousse. Je perds l'équilibre et me retrouve submergée par l'eau. La surprise et la température plus fraîche de la piscine ont au moins le mérite de me remettre les idées en place.

Je bats des pieds pour remonter à la surface et lorsque j'émerge, je lance un regard noir à Clarke.

— Enfoiré !

— Désolé. Il fallait que je calme tes ardeurs.

Je hausse les sourcils, scandalisée, alors que l'amusement étire ses lèvres.

— *Mes* ardeurs ? C'est toi qui te sens à l'étroit dans ton jean, pas moi !

Il baisse les yeux sur son entrejambe et arbore une moue embêtée.

— Ouais... Bon, allez, sors de l'eau.

Il me tend sa main, que je dévisage avec méfiance. Est-ce qu'il va réellement m'aider à remonter ou est-ce qu'il va me relâcher juste avant pour que je retombe dans l'eau ?

— Tu ne me fais pas confiance ?

— Ce n'est pas une question de confiance. Je me demande simplement si tu as satisfait ton désir de me taquiner ou pas encore.

Son air gai s'envole pour laisser place à un grand sérieux.

— Si je te tends la main, crois-moi, ce n'est pas pour te lâcher.

Je ne sais pas si c'est son regard intense ou ses mots, mais mon cœur accélère dans ma poitrine. Sans hésiter plus longtemps, j'attrape sa main et Clarke me sort de la piscine.

Cependant, je n'oublie pas que si je suis trempée de la tête aux pieds, c'est de sa faute. S'il n'avait pas eu de points de suture, je l'y aurais poussé à son tour.

— Je me vengerai.

— J'ai hâte de voir ça !

Son sourire arrogant me donne envie de le lui faire ravaler de bien des façons, mais son téléphone sonne et me coupe dans mes fantasmes. Il décroche sans me quitter des yeux tandis que je peste contre mes chaussures gorgées d'eau.

— Quoi ?

Il marque une pause, puis son amusement se volatilise. Il se raidit brutalement. Je ne pense plus à mes vêtements trempés ni à la caresse de ses lèvres dans mon cou. Quelque chose ne va pas, et vu la situation, je m'attends déjà au pire.

— J'arrive tout de suite.

Nerveux, il raccroche et m'annonce :

— Set est dans la merde.

Aussitôt, il tourne les talons sans me donner la moindre explication. Cela dit, pour que les Devil's Sons l'appellent au secours alors qu'il est blessé, ça doit être urgent. L'idée qu'ils soient en mauvaise posture ou même en danger de mort me noue douloureusement l'estomac.

— Clarke !

Il se retourne vers moi, pressé et inquiet.

— Ava, c'est Set...

— Je sais. Ramène-le. Ramène-les tous. Mais toi aussi, reviens. Et de préférence sans saigner.

Un sourire apparaît au coin de ses lèvres. Il ouvre la bouche pour dire quelque chose avant de se raviser. À la place, il m'offre un clin d'œil et disparaît dans la maison.

Terriblement inquiète, je demande à Thor, le plus puissant des dieux guerriers, de les ramener sains et saufs. Après ça, Carter imposera la négociation et je ne me sentirai plus impuissante.

Je pousse un long soupir, puis mes jambes me conduisent aux débris de verre et de bronze, derniers vestiges du vase. Je m'abaisse pour ramasser dans un premier temps les plus gros morceaux, et je parviens à me couper le doigt.

— Merde ! juré-je.

J'appuie sur la plaie pour arrêter le saignement et regagne la maison, semant sur mon chemin des gouttes de sang. Je m'apprête à retirer mes chaussures trempées lorsque Marie apparaît à travers l'arche dans le mur, chargée de sacs de courses.

— Par la barbe d'Odin ! Avalone, tout va bien ?

Ses yeux se posent sur mon doigt ensanglanté, alors que ses emplettes tombent et s'éparpillent au sol. Elle traverse le salon au pas de course pour me rejoindre, une barre d'inquiétude sur le front.

— Ne vous en faites pas, c'est juste une petite coupure.

Elle saisit ma main sans craindre de se tacher et examine ma plaie.

— Il te faut des points de suture.

— Non, je vous assure, tout va bien !

— Entre !

Elle m'attrape délicatement par le bras et me tire à l'intérieur de la maison sans se soucier de l'eau que je laisse derrière moi. Elle me conduit jusqu'à la cuisine et me fait asseoir sur l'une des chaises hautes devant l'îlot central. Elle enroule mon doigt dans un torchon propre et quitte la pièce. Lorsqu'elle revient un instant plus tard, elle pose sur le marbre des compresses, du sparadrap et du désinfectant, puis me couvre les épaules d'une couverture.

— Que s'est-il passé ?

Elle retire délicatement le linge de ma blessure pour l'inspecter.

— J'ai brisé le vase dehors.

— *Les Trois Grâces* de Baccarat ?

Je me fige et déglutis avec peine. Si le vase avait un nom, c'est qu'il méritait d'être désigné.

*Et ce n'est vraiment pas une bonne nouvelle pour moi...*

— Il coûtait très cher, n'est-ce pas ?

Marie rigole en nettoyant mon doigt.

— Plus cher encore que tu ne l'imagines. Des antiquaires voudraient te faire la peau s'ils savaient. Néanmoins, Carter ne t'en tiendra pas rigueur. Ce n'est que de la décoration pour lui. Il y en a même un qui sera content : Clarke le trouvait affreux.

*L'enflure ! Il s'est servi de moi pour faire disparaître une œuvre qui n'était pas à son goût !*

— J'ai envoyé un message à Ethan. Il ne devrait plus tarder à arriver.

— Je vous assure que je n'ai pas besoin de points de suture.

— Ne dis pas de bêtise, Avalone. Tu sais, j'ai l'habitude de voir les blessures des garçons, je sais reconnaître celles qui ont besoin de points.

Je suis persuadée du contraire. Il ne me faut rien de plus qu'un pansement, le pauvre Ethan se déplacera certainement pour rien... Cependant, Marie a l'air intransigeante sur ce genre de sujet.

Elle m'offre un sourire rassurant, puis enroule une compresse autour de mon doigt et la fixe avec du sparadrap.

— Va enfiler des vêtements chauds avant que tu n'attrapes froid.

Elle passe la main dans mon dos pour m'encourager à déguerpir, ce que je fais après des remerciements.

Je rejoins ma chambre, abandonne mes habits sur le sol et file sous la douche en prenant garde de ne pas mettre mon pansement de fortune sous l'eau. Me laver les cheveux à une main n'est pas une mince affaire, mais vingt minutes plus tard, je suis au sec dans de nouveaux habits.

En attendant Ethan, me voilà seule avec mes pensées et mes craintes. Je vérifie à plusieurs reprises mon téléphone : aucune nouvelle de Clarke ou d'aucun autre Devil's Son. Être dans l'ignorance me rend folle. Je fais les cent pas dans ma chambre et prie les Nornes de bien vouloir les garder en vie.

— Je requiers corps et âme la bienveillance des Nornes, chuchoté-je.

Voilà maintenant quarante minutes que Clarke a quitté la villa et l'écran de mon portable reste éteint. Je fais volte-face pour reprendre mes allées et venues dans l'autre sens.

— Je requiers corps et âme la protection de Mjöllnir.

Mon téléphone vibre sur mon lit. Je me jette si précipitamment dessus que mon doigt me lance lorsqu'il entre en contact avec le matelas. En plus, je n'ai reçu qu'une publicité par mail.

— ARGGHHH !

— Qu'est-ce qui peut bien te mettre dans un état pareil ?

Je me tourne vers Ethan, adossé dans l'encadrement de la porte, un sourire aux lèvres.

— Tu sais si les garçons vont bien ?

— Ils vont bien !

Je soupire de soulagement et secoue la tête en laissant échapper un petit rire.

*Bon sang, pourquoi je me suis fait un ulcère ? Bien sûr qu'ils vont bien, ce n'est pas un gang brésilien qui va venir à bout des légendaires Devil's Sons !*

— Tu as eu de leurs nouvelles ?

— Non, aucune. Mais je les connais. Ils vont bien.

J'ai l'impression que du plomb me tombe dans l'estomac.

*Par tous les dieux, un gang brésilien peut tout à fait venir à bout des légendaires Devil's Sons !*

— S'ils te voyaient dans cet état, ça toucherait leur ego. Allez, viens, on va examiner ton doigt, ça te changera les idées.

— Tu t'es déplacé pour rien, je n'ai pas besoin de points de suture. Marie a exagéré.

Il doit avoir l'habitude puisqu'il hausse les épaules. Il entre dans ma chambre et s'agenouille devant moi pour retirer les compresses.

— En effet, c'est une méchante entaille, ironise-t-il.

Il s'équipe d'une lampe frontale et écarte délicatement ma plaie pour vérifier qu'aucun bout de verre ne s'y est logé. Ensuite, il ouvre son sac et en sort du désinfectant pour nettoyer ma coupure. Il y met autant de soin que lorsqu'il a extrait la balle de l'abdomen de Clarke. Ça picote, mais je survivrai. Enfin, il déroule un pansement et en colle un morceau sur ma plaie. Au moment où Ethan s'apprête à le couper, les voix des Devil's parviennent à mes oreilles. Je me lève brutalement, alors qu'une douleur au doigt m'arrache un cri.

Je baisse les yeux sur le chirurgien, mécontent.

— J'ai failli t'amputer le doigt, tu es folle !

La pointe du ciseau est entrée dans la plaie, pourtant le soulagement est si intense que je ne peux m'empêcher de rigoler. Je voudrais aller voir si tout le monde va bien, mais Ethan me lance un regard autoritaire. Je me rassieds et trépigne d'impatience.

Il essuie le sang qui a coulé, puis entreprend de découper le sparadrap tandis que je ne pense qu'à mes amis.

*Mes amis* ? Non, ils ne le sont pas.

Les Devil's apparaissent à l'entrée de ma chambre, Clarke en première ligne. Lorsqu'il aperçoit Ethan, ses yeux deviennent ronds comme ceux de ses équipiers.

— Qu'est-ce que tu fous ?

— Elle s'est ouverte. J'ai dû la recoudre, ment-il.

Ethan recouvre ma plaie. Je scrute les Devil's Sons. Ils sont tous là, sans aucune blessure apparente. Un poids immense s'échappe de ma poitrine, je pousse un long soupir de soulagement à faire trembler les meubles. Ces types m'en font voir de toutes les couleurs.

— Tu es complément fou ! s'énerve Clarke, qui croit immédiatement à son mensonge.

— Je te rappelle que je ne suis pas censé exercer. Je n'ai pas accès aux anesthésiants, donc oui, je l'ai recousue à vif.

— Tu aurais dû l'amener à l'hôpital ! lui reproche Justin.

Ethan lève les yeux au ciel.

— Détendez-vous, ce n'était qu'une blague ! Avalone n'a pas eu besoin de points de suture.

Les garçons expriment leur soulagement de diverses façons. Certains pouffent de rire, les autres soupirent ou ferment leurs paupières.

— Que s'est-il passé ? demandé-je sans plus tenir.

Clarke enfonce nerveusement ses mains dans ses cheveux en pagaille.

— Ces putains de Kings of the Law ne nous lâchent pas !

— Ils nous ont tendu un guet-apens et ont décampé après quelques coups de feu quand Clarke est arrivé, m'explique Set.

Plus de peur que de mal. Cependant, il devient urgent de mettre un terme aux hostilités avant qu'un drame ne se produise.

— C'est fini ! m'informe Ethan.

Je me lève en le remerciant. Il m'offre un clin d'œil et range ses affaires.

— Tucker devrait prendre exemple sur toi, me dit le chirurgien. J'ai encore les oreilles qui sifflent à cause de ses cris d'agonie lors de notre dernier tête-à-tête.

Les gars éclatent de rire en charriant le concerné.

— Tu hurles comme une gonzesse ! lui lance Set.

— J'étais ivre ! C'est mille fois plus douloureux que quand on est sobre, se défend Tucker.

Ethan affiche un sourire jusqu'aux oreilles. Il prend son pied à le taquiner sur le sujet une fois les soins passés.

— J'ai recousu Clarke à neuf reprises alors qu'il était bourré. Cela dit, il n'a jamais crié !

— Clarke devrait être hors-jeu ! Il est anesthésié par la colère !

Les remarques fusent dans tous les sens, pourtant jamais

Tucker ne prend la mouche. C'est ce qui est agréable avec lui, et ce qui explique pourquoi les garçons s'acharnent toujours sur lui.

— En parlant de Clarke, les coupe Ethan, soulève ton t-shirt que je vérifie qu'il n'y a pas d'infection.

Tout le monde se calme et attend patiemment le verdict du médecin, qui arrache le pansement de la blessure suturée. Tandis que je grimace, les Devil's ne cillent pas, mais restent attentifs. Ethan palpe la peau autour de la plaie, puis hoche la tête, satisfait, avant d'appliquer un nouveau pansement.

Mes yeux en profitent pour se balader sur les abdominaux du biker et ce que je vois est très loin d'être désagréable.

— Encore un peu de repos, et tout ira bien.

Le Devil's tique devant le mot « repos », puis le chirurgien nous informe qu'il repassera demain. Nous le raccompagnons jusqu'à la sortie, puis après des salutations et remerciements, les garçons rejoignent le jardin. Je barre la route de Clarke.

Les mains sur la taille, je lui lance un regard sévère alors que le sien se fait méfiant.

— Le vase... *Les Trois Grâces.*

Il pince les lèvres pour retenir son amusement, cependant il échoue lamentablement. Devant mon air dépité, il éclate de rire. Je tente de garder mon sérieux tant bien que mal, mais ce son pourrait effacer la plus puissante colère des neuf mondes.

— Combien ça coûte ?

— Tu veux le rembourser ?

— Si je le peux, oui.

— Eh bien, tu vas devoir vendre tous tes organes sur le marché noir. La dernière fois qu'il a été estimé, il a été évalué à plus de cent dix mille dollars.

Mes mains retombent le long de mon corps et je me décompose.

— Détends-toi, ce n'était qu'un vulgaire bibelot...

— Un *bibelot* ? Clarke, il vaut plus cher que toi et moi

réunis !

— Tu es presque vexante. Si tu savais combien certains sont prêts à débourser pour m'avoir dans leur gang, tu reverrais ton jugement à la hausse.

Il passe son bras autour de mes épaules dans un geste naturel et m'entraîne jusqu'au jardin.

Alors que Sean, Jesse et Tucker jouent au football sur la pelouse, que Set et Clarke échangent un peu plus loin, torse nu et une bière à la main, je discute avec Justin sur les canapés extérieurs. Je savais déjà qu'il avait emménagé avec sa mère à Ypsilanti et que son père vivait en Pennsylvanie avec sa petite sœur. C'est au moment du divorce que sa maman a eu une superbe opportunité à Ann Arbor, et comme l'Université du Michigan était dans les vœux de Justin, il l'a suivie. Son papa et sa frangine viennent les voir plusieurs fois par an. Ses parents ont gardé une bonne relation, ce sont donc des moments qu'ils attendent avec impatience. Aujourd'hui, sa mère est au courant de ses activités, néanmoins le reste de sa famille est dans l'ignorance.

— Comment a-t-elle réagi quand elle l'a su ?

Il se remémore ses souvenirs et sourit.

— Elle a pété un câble. Elle me l'a interdit, mais bien évidemment, je ne lui obéissais pas. Je n'étais pas facile à l'époque. J'étais jeune et con. J'ai mal vécu le divorce de mes parents, puis la séparation avec mon père et ma sœur. Quand elle a compris que les Devil's Sons m'apprenaient les responsabilités et me permettaient d'évacuer ma colère, elle a fini par me laisser tranquille. Bien sûr, elle est toujours morte d'inquiétude, mais comme je ne vis plus avec elle, elle n'assiste pas à mes sorties nocturnes et à mes retours parfois sanglants.

Je spécule sur la réaction que ma propre mère pourrait avoir si elle apprenait mes activités du dimanche. Contrairement à celle de Justin, elle m'interdirait formellement de revoir ces garçons, peu importent les côtés positifs que l'on peut trouver à appartenir aux Devil's Sons.

— Tu me fais énormément penser à ma sœur.

Justin porte sa bière à ses lèvres et s'enfonce dans le canapé. Ses yeux d'un marron clair presque jaune me couvent avec tendresse.

— Comme toi, elle est déterminée et sait ce qu'elle veut. Elle ne passe pas par quatre chemins et va droit au but. Elle ne se laisse pas faire, et elle est toujours gaie. Je suis sûr que tu l'aimerais beaucoup. Elle est géniale.

Ça me fait chaud au cœur de l'entendre parler de sa sœur ainsi. Ses yeux pétillent, il ne peut s'empêcher de sourire. Toutefois, je ressens aussi sa douleur. Avoir été séparé d'elle, ne plus partager son quotidien l'affecte aujourd'hui encore.

Du plus loin que je me souvienne, je n'ai jamais voulu avoir de frère ou de sœur à cause de ma maladie. J'ai suffisamment entendu ma mère pleurer le soir en cachette pour envisager de faire endurer ça à quelqu'un d'autre. Un enfant doit grandir avec innocence et croire que tout est possible. Avec moi comme sœur, ça n'aurait pas été le cas.

— Et toi, alors ? D'où tu viens ? Tu es plutôt secrète comme nana.

Set et Clarke reviennent vers nous et prennent place dans les fauteuils, bientôt suivis de Sean, Tucker et Jesse.

— De Madison, dans l'Indiana.

Personne ne parle, ils attendent patiemment que je poursuive.

— Je vivais avec ma mère. Mon père est décédé avant ma naissance.

— C'est ta mère qui t'a élevée seule, alors ? me demande Set.

J'acquiesce.

— Elle a réussi à tout gérer ? Y compris tes problèmes cardiaques ? s'interroge Tucker, stupéfait.

Un sourire de fierté étire mes lèvres lorsque je pense à la force de ma mère.

— Oui. Elle est formidable.

— Comment tu as pu naître avec cette maladie ? C'est une malformation ou un truc dans le genre ? me questionne Sean.

— Ma mère consommait de la drogue dans sa jeunesse. Elle a tout stoppé quand elle a rencontré mon père, et malheureusement, lorsqu'il est mort, elle a fait une rechute. Une rechute qui a entraîné une malformation cardiaque sur son fœtus. J'ai été opérée quelques semaines après ma naissance pour réparer mon cœur puis, des années plus tard, on m'a détecté une insuffisance cardiaque.

L'atmosphère devient étrange, tous sont perdus dans leurs pensées. La jambe de Justin se met à tressauter, me rendant nerveuse. C'est finalement Set qui brise le silence.

— Tu en veux à ta mère ?

— Bien sûr que non ! Elle a un passif avec la drogue, elle était enceinte, son mari est mort, la laissant seule... Elle a tenté de se réfugier dans ce qu'elle connaissait. Oui, elle a commis une erreur, mais elle est humaine. Je ne l'ai pas blâmée pour ça et je ne le ferai jamais.

L'ambiance refroidit à ces révélations, alors je reprends :

— Enfin, à ce que j'ai compris, pour être un Devil's Son, il est indispensable d'avoir une particularité. Tucker a un ego surdimensionné, Sean est buté comme ce n'est pas permis, Set est le plus grand beau parleur que Midgard ait vu naître, Jesse un je-m'en-foutiste dans l'âme, Justin a besoin d'anxiolytiques et Clarke est... *Clarke*. Il fallait bien une maladie pour rivaliser.

Un éclat de rire général et des protestations s'élèvent si puissamment dans les airs que je ne comprends rien à ce qu'ils racontent, toutefois leurs sourires valent le coup. Seul Clarke est sur son téléphone et nous ignore.

Quelques minutes plus tard, la discussion est partie dans tous les sens pour amener à un sujet dangereux.

— Il ne se tape pas ma sœur, enfoiré ! rage Set, les sourcils froncés.

Le terrain est miné. Cela dit, ça ne contrecarre pas les plans des garçons. Ils prennent un malin plaisir à faire enrager Set à propos du couple de Lola.

— Oh si, mec... il se la tape, et elle adore ça ! lui lance Sean.

— Ferme-la ! riposte le frère protecteur.

Il tourne le visage vers moi et s'attend à ce que j'appuie ses dires. Je lève mes mains en signe de paix.

— Ne me mets pas dans cette situation.

— Ça veut tout dire ! s'exclame Jesse, amusé.

Ils ne lâchent plus Set, qui devient fou, c'en est hilarant.

— Ce gars est mort !

— Lola a vingt-et-un ans ! interviens-je pour le calmer. La majorité sexuelle est de seize ans et la moyenne du premier rapport en Amérique est de dix-sept ans !

Il me foudroie du regard avant de finir sa bière cul sec.

*Bon, je n'aurais pas dû dire ça...*

— Daniel est quelqu'un de bien, ils sont heureux ensemble !

À leurs moues sceptiques, je poursuis :

— J'ai bien compris que vous aviez une multitude de conquêtes pour des parties de jambes en l'air, cependant vous pouvez tout de même concevoir l'idée qu'il existe des personnes qui désirent *plus*.

Ils hochent la tête, sans grande conviction.

— Rassurez-moi, vous avez déjà eu des copines ?

— Plus depuis l'université, me confesse Tucker. On préfère profiter. Sans engagement.

— Tu as eu le cœur brisé, avoue-le.

Il me toise avec un sourire charmeur.

— Personne ne brise le cœur de Tucker Ross, chérie. Ça devenait trop sérieux à mon goût, c'est tout.

— Il a pris peur et l'a trompée pour ensuite sauter sur tout ce qui bouge, m'explique Justin, hilare.

Ma main part claquer l'arrière du crâne de Tucker.

— Espèce d'imbécile !

Les garçons rigolent, hormis Clarke, qui reste de marbre. Je ne sais pas ce qu'il a. Même s'il est souvent inexpressif, il ne l'a jamais été lors d'une discussion banale avec ses meilleurs amis.

— Et toi, alors ? La plupart des mecs te matent, mais tu ne leur accordes pas la moindre attention, me lance Justin.

*Attendez, quoi ?!*

— Tu dis des conneries...

— Absolument pas ! Tu es encore plus aveugle que la grand-mère de Tucker.

— Laisse Mamie en dehors de ça !

Je pouffe de rire.

— Si tu aimes les filles, ça ne nous dérange pas, intervient Sean. J'ai toujours rêvé d'un plan à trois avec deux lesbiennes.

— C'est déjà ce que tu as fait la semaine passée, lui souffle Jesse.

— Je sais, répond le concerné, un sourire pervers aux lèvres.

Je m'esclaffe franchement. Ces hommes sont irrécupérables.

— Je ne suis pas lesbienne. Mon dernier copain en date agissait avec moi comme si j'étais en porcelaine. C'était un supplice. Puis j'ai perdu connaissance devant lui, et lorsque j'ai lu la peur dans ses yeux à mon réveil, je me suis rendu compte que je ne souhaitais pas lui faire vivre ça plus longtemps. Depuis, je n'ai plus voulu me mettre en couple.

— C'est toi l'imbécile, cette fois-ci, me blâme Set.

— Je suis mieux seule.

Je hausse les épaules, me lève du canapé et débarrasse la table basse, ne souhaitant pas approfondir le sujet. J'entre dans la maison et rejoins la cuisine pour jeter les bouteilles vides dans la poubelle de tri.

— Ce n'est qu'une excuse.

Je me retourne dans un sursaut pour voir Clarke ouvrir le frigidaire et se prendre une autre bière. Je l'interroge du regard.

Il décapsule sa boisson avant de daigner m'accorder son

attention.

— Tu as peur de débuter une relation sans pouvoir la finir. Ton problème, c'est que tu aimes le contrôle. Cela dit, tu n'as aucune influence sur ton cœur et ça te terrifie. Tu as préféré rompre parce qu'il t'empêchait de vivre, mais pas seulement. En fait, tu as surtout voulu y mettre un terme toi, et non ta mort. Tout ça pour garder le contrôle.

Je le dévisage, sidérée, et ouvre la bouche pour protester, cependant la sonnerie de la porte d'entrée retentit et me coupe l'herbe sous le pied.

— C'est pour moi.

Il quitte la cuisine sans me laisser en placer une, et je reste plantée là, encore stupéfaite de ses mots.

*Comment ose-t-il prétendre savoir ce que je... ?*

*Et s'il avait raison ?*

Un bruit sourd attire mon attention en direction du couloir. Ce que je découvre me bloque la respiration. Une bimbo vient de plaquer Clarke contre le mur et lui dévore le cou en gémissant.

Une douleur me saisit à la poitrine, si vive que j'ai l'impression de recevoir un coup de poignard en plein cœur. Les yeux de Clarke, plongés dans les miens, m'obligent à rester de marbre et n'arrangent rien à mon état émotionnel. Tout en me fixant intensément, son corps commence peu à peu à répondre au désir de la nana. Sa respiration devient précipitée, son regard brûlant, et lorsqu'il attrape les cheveux de sa partenaire afin d'amener sa bouche à la sienne, il brise notre contact visuel pour la dévorer. Une seconde plus tard, ils disparaissent de mon champ de vision, puis la porte de sa chambre claque en même temps que je recouvre mon souffle.

À la douleur s'ajoutent la colère et la jalousie dans un mélange explosif. Lui qui embrassait corps et âme mon cou il y a encore quelques heures, tout en s'interdisant d'aller plus loin... Tout ça n'a pas le moindre sens !

*Et puis, pourquoi suis-je aussi touchée, bon sang ?*

— Persévérance, indifférence, et l'impossible devient possible.

La voix de Marie me parvient de je ne sais où.

Je pouffe d'un rire sans joie. Je ne sais même pas ce que j'attends de Clarke. Il est attirant, c'est vrai, et nous avons une alchimie qu'on ne peut contester, mais au-delà du physique, me plaît-il mentalement ? Certainement pas en ce moment. Pas après ce que je viens de voir.

Je m'attends à trouver Marie cachée dans un recoin de la pièce, alors je tourne sur moi-même. Aucune trace d'elle.

*Voilà que je deviens folle !*

Je secoue la tête, inspire profondément, puis quitte la cuisine afin de rejoindre les garçons. J'ai envie de me réfugier dans mon lit, seulement il est hors de question que j'entende Clarke et sa conquête prendre leur pied.

Je traverse la terrasse de bois, atteins les canapés extérieurs et prends place entre Justin et Sean.

— Où est Clarke ? me demande Set.

— Dans sa chambre, avec une belle brune, réponds-je, impassible.

Le silence s'abat sur nous, tous les regards convergent vers moi, comme s'ils savaient tous ce que je ressentais au fond de mon cœur.

— Quel enfoiré ! jure son meilleur ami.

Justin passe son bras autour de mes épaules et m'attire contre lui.

Perdue dans mes pensées, je ne réagis ni à la remarque de Set ni au réconfort de Justin.

Peut-être qu'après tout, Clarke ne désire de moi qu'une relation charnelle, mais qu'il se l'interdit parce que je fais à présent partie des siens et qu'il ne veut rien compliquer. Cette perspective me rend davantage mélancolique.

# 21.

Quitter la villa à pied n'était pas une bonne idée. Nous n'avons pas pensé au retour. Je sais que les garçons devaient rentrer chez eux il y a bien longtemps, toutefois ils sont visiblement au courant que Clarke ne me laisse pas indifférente, étant donné qu'ils m'ont proposé de passer la fin d'après-midi loin de la propriété, ce qui fut une réussite. Je n'ai pas songé à Clarke jusqu'à maintenant, alors que nous remontons cette allée interminable. Les jambes des Devil's les font souffrir et tous me détestent momentanément pour avoir suggéré d'abandonner les motos. Pour ma défense, eux non plus n'ont pas pris en considération le retour.

— Je rêve ou tu as pris vingt kilos de plus qu'il y a cinq minutes ? me taquine Sean.

— Pour la dixième fois, tu n'as qu'à me poser !

— Le film d'horreur aurait-il grillé tes neurones pour que tu en oublies ta maladie et l'effort que nécessite cette montée démesurément longue ?

Je ne réponds rien, consciente qu'il a raison. Je gesticule pour mieux me positionner sur son dos. Ça fait quinze bonnes minutes que nous grimpons sans nous arrêter, et je m'étonne de ne pas le voir s'effondrer sous moi. Il ne tremble même pas et semble encore pouvoir me porter durant des heures.

Je tourne le visage vers les garçons derrière nous en affichant un grand sourire. Je leur tends la main. Ils ne saisissent pas tout de suite, mais ils finissent rapidement par grimacer ou jurer.

— Eh oui, j'ai gagné ! Sortez les billets !

*Un, deux, trois...* Quatre billets de cinquante dollars recouvrent ma paume. Victorieuse, je leur décoche un clin d'œil dans le but de les narguer avant de reporter mon attention sur Sean.

— Je supprime ta dette parce que tu me portes.

— C'est plutôt moi qui devrais te prendre un dollar par kilo que tu pèses... Franchement, je serais riche !

À peine a-t-il fini sa phrase que je me penche pour plonger ma main dans la poche de son jean et lui voler un billet de cinquante dollars.

— Et toc !

— Tu es dure en affaires, Lopez.

Je lui souris de toutes mes dents, puis claque un baiser sur sa joue.

— Ne jamais plus autoriser V à parier avec nous.

— Si tu m'avais écoutée, dis-je à Jesse, je n'aurais pas joué ! Je t'avais dit que c'était Justin qui crierait le plus, mais vous avez tous misé sur Tucker. Je ne pouvais pas laisser filer une telle opportunité !

Au sourire qu'il m'offre, je comprends qu'il savait très bien qui supportait le moins la tension. Il voulait simplement que je parie avec eux. Je lui tire la langue et Sean me pose devant la piscine.

— Oh ! Déjà ? C'est passé vite !

Cinq paires d'yeux blasés convergent dans ma direction et voilà que les Devil's Sons se jettent sur moi pour me faire regretter mes mots. Je me défends tant bien que mal, mais résultat des courses, mes cheveux ne doivent plus être qu'un amas de nœuds et je peine à recouvrer mon souffle.

Je m'installe de côté sur le canapé et allonge mes jambes sur Tucker qui s'amuse à masser ma cheville, tout en participant activement à la discussion.

— Pardon ? demandé-je à Jesse, totalement abasourdie. Tu as quitté ta copine le jour du bal de promo parce que tu ne savais pas danser le slow ?

Il hoche la tête avec une moue gênée, tandis que je m'esclaffe avec les garçons.

Je bondis sur mes pieds, me plante devant lui et lui tends une main, qu'il regarde avec horreur, comme si elle appartenait à un Jötunn[28].

— V, je suis un biker, moi... pas un danseur.

— Jesse, attrape cette main, je ne te laisse pas le choix !

Il n'a pas encore esquissé le moindre mouvement qu'une musique douce s'échappe d'un téléphone. Je lutte contre les rires et encourage Jesse, qui finit par soupirer et obtempérer.

— S'il y en a un qui parle de ça à qui que ce soit, je le tue ! nous menace-t-il.

Je le tire quelques mètres plus loin pour profiter de l'espace qui s'offre à nous. Il me dévisage, les bras ballants, sans savoir quoi faire, ce qui accentue les rires des garçons. Devant son air méfiant et agacé, je me dépêche de positionner ses mains sur ma taille avant qu'il ne change d'avis, puis place les miennes autour de son cou.

— Et maintenant, qu'est-ce qu'il faut faire ?

— Je te mets mal à l'aise, Jesse Mason ? le taquiné-je.

— Ferme-la et réponds-moi !

— Tu es vraiment à chier, mec !

Jesse épingle Tucker d'un regard noir tandis que les moqueries fusent de plus belle. On se croirait en plein milieu

---

[28] Dans la mythologie nordique, un Jötunn est un géant originaire de Jötunheim. Ils sont les ennemis jurés des dieux.

d'une cour de récréation.

— On doit bouger d'avant en arrière au rythme de la musique, tout en tournant lentement sur nous-mêmes.

Il suit mes instructions, je le guide avec indulgence et nous voilà en train de danser un slow, ou plutôt quelque chose qui devrait l'être, mais qui n'y ressemble absolument pas. L'hilarité des Devil's est si contagieuse que je suis incapable de garder mon sérieux plus longtemps, et Jesse perd patience. Il saisit ma main et me fait tourner sur moi-même. Je bute contre son pied mal placé et vacille. Grâce à de bons réflexes, Jesse me rattrape et me plaque contre son torse, toutefois la chute est inévitable. Il se laisse tomber en arrière pour encaisser le choc et ainsi me protéger de l'impact.

— J'ai bien fait de la quitter avant le bal de promo, tu ne peux plus dire le contraire !

Dans ses bras, je relève la tête pour rencontrer son sourire railleur. Nos six éclats de rire qui s'élèvent dans les airs sont si puissants qu'on réveillerait tout le quartier si nous n'étions pas perchés en haut d'une colline.

— Vous vous amusez plutôt bien.

Notre gaieté s'évanouit. Je tourne le visage vers Clarke, adossé contre la rambarde de bois, les bras croisés sur son torse.

Son regard mécontent passe de Jesse à moi. Ça ne lui plaît pas de me voir dans les bras de son ami, ce qui est le summum du culot.

Je reporte mon attention sur mon sauveur qui lève les yeux au ciel avec un certain affront.

Je m'esclaffe et dépose un baiser sur sa joue, puis me relève et lui tends la main pour l'aider à en faire de même.

— Où est passée ta nana ? demande froidement Jesse à Clarke.

Ses cheveux sont mouillés ; l'image de lui et de sa partenaire sous la douche s'impose à mon esprit. Mon cœur se serre dans ma poitrine et je détourne le regard.

— Elle vient de partir.

L'atmosphère est lourde, les garçons en veulent sincèrement à leur second.

Le silence est vite remplacé par nos téléphones qui sonnent. Alors que je pensais découvrir un message de Carter, l'expéditeur est Tucker. Il nous a partagé la vidéo de ma danse avec Jesse, puis de notre chute.

— Tu n'as pas osé ? s'enquiert Jesse.

— Si ! C'est le plus beau moyen de pression.

Le Devil's au crâne rasé avance vers celui à l'ego surdimensionné. Ils commencent à se battre et la table basse manque de se renverser. Les dieux soient loués, ils s'éloignent dans le chahut. Ils s'insultent, rigolent. Les coups échangés m'affolent, alors que les concernés ne semblent même pas avoir mal. Dans leur connerie, ils se dirigent droit vers la piscine sans s'en apercevoir. Nous les observons dans l'espoir de les voir tomber à l'eau, mais l'arrivée de Carter dans le jardin provoque la cessation de leur petit jeu.

— Je dis à Marie de vous compter pour le dîner ?

— Non, on doit rentrer, décline Set.

Les garçons se lèvent et me serrent affectueusement dans leurs bras ou m'embrassent sur le front.

— N'hésite pas à appeler si tu as besoin de prendre l'air, me lance Set avec un clin d'œil.

Je le remercie d'un sourire et les Devil's disparaissent si rapidement, Clarke sur leurs talons, que le calme me paraît étrange.

— Comment va ton doigt ? me demande Carter.

*Comment fait-il pour être au courant de tout ? C'est effrayant !*

— Bien mieux que votre vase, grimacé-je. Je suis désolée.

— Ce n'était qu'une bricole.

— Si vous le dites...

Nous rejoignons le salon et tombons sur une scène

surprenante. Dans l'entrée, Jesse se dégage de la poigne de Clarke, mais ce dernier l'attrape par le col de son t-shirt et le plaque contre le mur. Nous n'entendons pas ce qu'ils se disent. Par ailleurs, Jesse n'a plus rien du je-m'en-foutiste. Il répond par la colère à celle de Clarke et le repousse en lui murmurant quelque chose qui semble faire mouche. Il pose un doigt accusateur sur le torse du second de Carter et lui crache des paroles, puis le contourne pour rejoindre la sortie.

Clarke serre nerveusement les poings avant de se figer lorsqu'il nous aperçoit. Tandis que le chef de gang hausse un sourcil interrogateur à l'intention de son homme, un sourire provocant étire mes lèvres. Le biker serait-il jaloux de ce qu'il a surpris dans le jardin ?

— À table ! s'exclame Marie.

Elle passe devant lui et dépose un plat sur la table, suivie de près par Kate qui me salue chaleureusement.

Me voilà assise en face du Devil's, Carter et sa femme de chaque côté de la longue plaque de marbre. L'ambiance a changé du tout au tout. Le plus déconcertant, c'est que je suis la seule à être mal à l'aise et à me tortiller sur ma chaise, pendant que Marie nous sert du veau et des légumes.

— Que t'es-tu fait au doigt ? s'inquiète Kate.

— Ce n'est rien, Ethan m'a… mis un pansement.

— Ça fait mal ?

— J'avoue avoir regretté de ne pas être allée à l'hôpital pour une petite anesthésie locale, ironisé-je.

Amusée, elle s'arme de ses couverts pour couper sa viande.

— J'aimerais avoir ton courage…

De son sérieux découle un froncement de sourcils de ma part. Je me demande si elle a bien compris que je plaisantais.

— … pour la négociation, précise-t-elle.

*Oh. Je l'avais presque oubliée, celle-là…*

— Ça n'a rien de courageux, c'est seulement de l'entêtement.

— Peut-être. Mais ton obstination te pousse à protéger ceux

à qui tu tiens. Il te rend courageuse et forte.

Elle m'offre un sourire bienveillant, puis avale une bouchée.

— Ce n'est que de la bêtise, intervient Clarke, le coude posé sur la table en fixant son assiette.

Son ton me hérisse le poil. Kate se penche en avant, les yeux plissés.

— Avalone est la seule personne que je trouve aussi entêtée que toi. Si tu estimes qu'elle est stupide, tu l'es tout autant. Pour moi, le terme « bêtise » n'est pas adéquat pour vous qualifier, même si vos comportements peuvent s'avérer dangereux, quelquefois. Vous êtes fidèles à vous-mêmes et personne ne changera vos principes et vos valeurs. C'est ce qui fait de vous des êtres entiers, forts et sûrs d'eux. Des personnes sur qui on pourra toujours compter.

Le visage de marbre, Clarke ne réagit pas. Carter, lui, fait tourner son vin rouge dans son verre, pensif.

— Pour moi, commence-t-il, l'entêtement est une qualité tant qu'il n'aveugle pas et n'entrave pas la réflexion.

— Quand l'entêtement rend aveugle, c'est pour se protéger d'une vérité trop difficile à confesser, réplique son homme de main.

Carter songe aux mots de Clarke, alors que plus rien n'a de sens pour moi.

— La vérité frappera, quoi qu'il arrive. Ce n'est qu'une question de temps. Et plus on l'ignore, plus elle causera de dégâts.

Je jette un coup d'œil à Kate qui hausse les épaules, aussi perdue que moi.

— Enfin, ce n'est que mon avis, reprend le boss. Avalone, je te confierai demain matin un dossier sur les Kings of the Law. Tu auras la journée pour l'étudier et tu passeras le lendemain en ma compagnie. La négociation aura lieu le troisième jour.

J'acquiesce, et remarque que le regard de Clarke s'assombrit à ces mots.

# 22.

En me réveillant ce matin, je comptais me rendre à l'université, toutefois, lorsque Carter m'a remis le dossier sur les Kings of the Law, j'ai réellement intégré que la négociation aurait lieu après-demain. J'ai donc demandé à Set de me conduire à son appartement afin que je sois au calme toute la journée pour prendre connaissance des documents. Il vient de m'y déposer il y a cinq minutes, avant de repartir pour les cours, et je me retrouve sur le canapé, le classeur ouvert devant moi. Il contient une photo de chaque membre des Kings of the Law, accompagnée de leur casier judiciaire, ainsi que des informations les concernant : origine, famille, les événements qui ont marqué leur passé et les activités qui ponctuent leur présent. Je me demande comment Carter a bien pu avoir accès à toutes ces données personnelles. Encore une question à laquelle je n'aurai aucune réponse. Mes pensées dérivent sur les mots de Marie au sujet de la religion de chaque Devil's Son : « La magie de l'ignorance nous permet d'espérer que ce soit un tour des dieux. » Je secoue la tête pour chasser ces réflexions et ainsi me concentrer sur ma tâche.

Lucas, le chef. Elias, le second. Adrian, élevé par un père criminel. Cayton, un orphelin, tout comme Gabriel. Samuel, qui a perdu ses parents à quelques jours d'intervalle. Son père est mort d'un cancer et sa mère s'est suicidée peu après. Thiago, également orphelin. Le géniteur d'Henzo, qui a tabassé sa mère à mort, et Isaq, qui vient d'une famille bourgeoise excentrique. Tout cela promet d'être intéressant.

Je m'empare de la page qui concerne Lucas et la lis une bonne dizaine de fois en répétant à voix haute les informations les plus pertinentes pour les mémoriser. Cet homme a sans doute connu l'une des pires douleurs qui puisse exister : l'accouchement de sa femme s'est mal passé, il a dû choisir entre sauver son bébé ou son âme sœur. Je devrais m'insulter de ressentir de la compassion à son égard, pourtant j'en aurais pour quiconque traverserait ce genre d'épreuve.

À ce moment-là, personne ne peut me déconcentrer, pas même Clarke. Je suis absorbée par ces feuilles et les histoires qu'elles retracent, comme si je dévorais un roman des plus addictifs.

— Bordel, je l'ai laissée à cette place ce matin, elle n'a pas bougé d'un cil !

Je sursaute, alors que Set, Sean, Tucker, Justin et Jesse se moquent de moi. Je pousse un profond soupir et tente de calmer les battements de mon cœur. J'étais tellement concentrée que je ne les ai pas entendus entrer.

Je jette un coussin à Set, qui le reçoit en pleine tête. Il m'offre un doigt d'honneur en retour.

— Quelle heure est-il ?

— Quatorze heures.

*Oh...* Je n'ai pas bougé de ce canapé depuis six heures, pas même pour me dégourdir les jambes. Et maintenant que je n'ai plus le nez dans mes documents, je ressens des douleurs dans mon postérieur et le bas du dos.

Je me lève et étire les membres de mon corps en grimaçant, puis Tucker me tend une limonade.

— Fais une pause, ton cerveau va exploser.

Il a raison, j'ai vraiment besoin de m'accorder une trêve. J'ouvre la canette et en bois quelques gorgées, cela dit je ne peux m'empêcher de songer aux Kings of the Law. Il y a quelque chose qui cloche, quelque chose qui nous échappe. Pourquoi voudraient-ils quitter São Paulo pour une simple histoire du passé alors que tous leurs proches y résident ? Et puis, les États-Unis sont beaucoup plus regardants sur le crime que le Brésil. Il n'y a aucune cohérence.

— Ava, tu m'écoutes ?

J'offre une moue désolée à Justin.

— Arrête d'y penser dix minutes, ça va te rendre folle !

Je m'assieds à ses côtés au bar et me prends le visage dans les mains.

— Il y a quelque chose que je ne comprends pas. Lucas a sa fille et ses parents au Brésil, ainsi que la tombe de l'amour de sa vie. Elias a sa femme enceinte et sa famille. Ils ont tous des proches qu'ils laisseraient derrière eux pour un territoire que leurs prédécesseurs ont occupé alors qu'ils n'étaient même pas nés ?

— Qui te dit qu'ils ne sont pas venus vivre le rêve américain avec leur arbre généalogique ?

— D'après les informations de Carter, ils auraient tout juste les moyens de se loger tous les neuf dans un seul et unique appartement à l'extérieur de la ville. Il est impossible qu'ils aient emmené leurs familles. Ça n'a aucun sens de gaspiller leur argent à payer un loyer aux États-Unis au lieu d'économiser pour les traitements de leurs proches malades ou l'accouchement de leur femme !

— Ce n'est pas que je doute de ton jugement, seulement, il ne reste que quelques heures avant la négociation. Tu devrais te concentrer sur les instructions de Carter, me conseille Sean.

Je le fixe un instant sans rien dire, puis je soupire, résignée. Il a raison. Trop de choses sont en jeu pour que je m'amuse à mener ma petite enquête qui ne conduira à rien.

Sean passe sa main sur mon bras et se met aux fourneaux. Il décline ma proposition de l'aider et m'ordonne de souffler.

— Clarke menace de brûler la propriété s'il doit y être enfermé encore longtemps, nous informe Justin, concentré sur son téléphone.

Je lève les yeux au ciel, irritée par l'allusion au Devil's Son.

Je l'ai évité ce matin, trop touchée par ce qu'il a pratiqué la veille juste sous mon nez.

— Il devrait sérieusement suivre une thérapie sur la maîtrise de la colère, bougonné-je.

Set me sourit, compatissant, mais avant même qu'il ne prenne la parole, je sais d'avance qu'il va défendre son meilleur ami.

— Il a ses raisons pour en vouloir à la terre entière.

— Je suis au courant, soupiré-je.

— Tu sais aussi qu'il est imprévisible. Clarke agit sans que personne ne saisisse ses motivations. Nous non plus, on ne le comprend pas toujours.

— Ça ne vous fatigue pas ?

Une personne comme lui doit être compliquée à suivre et à soutenir. Ne jamais savoir à quoi s'attendre avec quelqu'un, appréhender chacune de ses réactions, c'est épuisant.

— On a tous nos mauvais côtés, dit Jesse. Mais une chose est sûre, Clarke est d'une loyauté sans faille.

— Il a pris une balle pour moi, affirme Set.

— Pour moi aussi, intervient Justin.

— Et deux coups de couteau pour moi, ajoute Tucker.

— Un coup-de-poing américain, pour ma part, rigole Sean. Ce mec est fabuleux !

Tout sourires, ils se remémorent leurs vieux souvenirs, et bien que tout ça m'horrifie, je ne peux empêcher mes lèvres de s'étirer. Clarke a beaucoup de défauts – trop, même –, pourtant je dois avouer qu'il a des qualités remarquables.

Après un bon repas dans une excellente ambiance, les Devil's quittent l'appartement pour retourner à l'université. J'ai été surprise d'apprendre par un commentaire de Tucker, boudeur, que les garçons ne connaissaient pas le passé de Jesse et les raisons pour lesquelles il n'avait aucun contact avec sa famille. Même Sean, qui était dans le gang lors de l'intégration du Devil's au crâne rasé, n'est au courant de rien. Ce dernier semble s'amuser du mystère qu'il dégage.

Le cerveau reposé, j'avale mes médicaments et tourne les pages du dossier pour m'y replonger.

Je stoppe mes cent pas lorsque, des heures plus tard, la porte d'entrée s'ouvre sur Jesse, venu pour me raccompagner à la propriété.

— J'avais raison ! Le territoire d'Ann Arbor ne les intéresse pas !

Je l'attrape par la main et le conduit au pas de course à l'ordinateur posé sur le comptoir. Là, je lui pointe les chiffres du doigt.

— Le Brésil est en pleine crise économique !

Concentré sur ce qui est affiché sur l'écran, Jesse plisse les yeux.

— Les Kings of the Law traitent avec d'autres pays, ce qui ruine leur business, à cause de l'effondrement économique du Brésil ! Non seulement le réal brésilien a perdu 40 % de sa valeur en un mois, mais s'y ajoutent les taux d'intérêt du change qui augmentent de façon spectaculaire ! Prenons un exemple : ils achètent leurs armes au Canada, chez notre cher Mike Arinson. Un seul pistolet vaut quoi ? Mille dollars en moyenne ? Pour les Kings of the Law, ça fait plus de sept mille huit cents réaux brésiliens, sans compter les intérêts de la monnaie du change. Ils perdent une somme considérable en vivant au Brésil tout en commerçant avec l'extérieur !

Les sourcils légèrement froncés, Jesse tourne mes mots dans

son esprit avant de se décomposer. Mes recherches tiennent la route.

— Ils n'abandonnent pas leurs familles pour une histoire du passé... souffle-t-il. Ils viennent s'implanter ici pour subvenir à leurs besoins !

Je hoche la tête.

— Il faut en parler à Carter !

— Surtout pas ! m'exclamé-je avec horreur. Si j'ai raison, ils ne retourneront pas au Brésil et Carter leur déclarera la guerre. En revanche, je peux leur trouver un autre territoire qui répondra à leurs attentes.

Je m'attendais à ce que Jesse refuse de garder le silence, mais son absence de réponse est une chance qu'il m'offre. Sans laisser passer cette opportunité, je me hisse sur la chaise haute et ouvre Google Map pour avoir les différentes villes d'Amérique sous les yeux.

— Ils se procurent leurs armes chez Mike et commercent principalement avec les Américains, donc... il faut obligatoirement leur trouver un territoire dans un pays dont la devise est le dollar.

— Leur dégoter un sol près du Michigan pourrait nous causer des emmerdes dans le futur et, s'ils ont leurs familles au Brésil, il ne faudrait pas trop les en éloigner.

— C'est pourquoi j'ai songé au Panama, en Amérique Centrale. Ils utilisent le dollar et...

Jesse se met à faire les cent pas, doutant de notre plan, tandis qu'une boule de stress croît de seconde en seconde dans mon ventre. Si ce n'était qu'une simple histoire de territoire, ça aurait été plus facile. La vérité complique grandement la situation.

— Ça ne fonctionne pas comme ça, Avalone. Ils sont venus jusqu'ici, ils ne partiront jamais de leur plein gré sous prétexte que tu leur parles du Panama comme de l'Eldorado, qui, soit dit en passant, regorge de gangs ! Pourquoi courber l'échine devant nous, alors qu'ils devront se battre pour s'implanter là-bas ?

Je me lève, à cran. Il ne nous reste plus beaucoup de temps avant la négociation et je n'ai jamais participé à des activités aussi stressantes de ma vie.

— Alors quoi ? On les tue ? Ou alors, on les laisse s'emparer de votre ville ? On n'a pas le choix ! Et c'est d'ailleurs pour ça qu'il y a les pourparlers. Je peux trouver les mots, je *vais* trouver les mots !

Jesse grogne et passe ses mains sur son visage, tout aussi nerveux que moi.

— Si tu as une meilleure solution, je suis preneuse.

— Il faut en parler à Carter !

— Tu sais très bien qu'il décidera de les tuer.

— C'est peut-être notre seule issue, Avalone.

Je croise les bras sur ma poitrine dans un refus catégorique. Je n'accepterai pas cette radicalité qui n'est certainement pas une résolution.

— Je vais trouver une *vraie* solution.

Jesse cesse tout mouvement pour me dévisager de longues secondes. Il doit évaluer mes capacités et la confiance qu'il peut placer en moi.

Le voir aussi impliqué, aussi expressif, est surprenant. Ça amoindrit la dureté de son physique.

— D'accord. Mais tu n'as pas le droit à l'erreur, V. Si tu n'obtiens rien, on préviendra Carter.

Je hoche la tête, déterminée.

— Je vais y arriver, je te le promets.

Je n'ai pas intérêt à foirer mon coup, je le sais. Mais je suis sûre de moi, à présent. La vérité complique peut-être la situation, néanmoins elle rend les Kings of the Law humains. Ils ne parviennent pas à subvenir aux besoins de leurs familles. Je vais leur permettre d'y arriver sans qu'aucun d'eux ne perde la vie dans un combat inutile.

Simultanément, Jesse et moi nous laissons tomber sur le canapé, fatigués de toute cette histoire.

— Je peux te poser une question ? lui demandé-je, hésitante.

Le Devil's hoche la tête.

— Pourquoi est-ce qu'aucun des gars ne connaît ton passé ?

Son sourire m'éblouit. Je comprends à son expression que si son passé est un mystère, ce n'est pas parce que c'est trop douloureux pour lui de s'exprimer sur le sujet, mais plutôt qu'il s'amuse simplement à garder le secret. Il m'attire contre lui pour me prendre dans ses bras et pose son menton sur le haut de mon crâne.

— Si je te le raconte, promets-moi sur Draupnir de narguer les garçons sans jamais rien leur révéler.

Je pouffe de rire et accède à sa requête.

Il pose alors les pieds sur la table basse et me partage son histoire.

— Avant que je n'entre chez les Devil's Sons, j'étais un petit dealer de cannabis. Un soir, je me suis fait courser par les flics. Je m'étais déjà fait arrêter plusieurs fois et Jenna m'avait menacé de me tuer si je recommençais...

De retour à la propriété, je me laisse tomber sur mon lit, achevée. Ce que j'ai appris aujourd'hui ne m'a pas épargnée. Entre la véritable raison de la présence des Kings of the Law à Ann Arbor et le passé de Jesse, je suis toute retournée. Je revois encore la larme solitaire couler le long de sa joue. Ce n'était pas une larme de tristesse, c'était une larme de joie. Il s'est souvenu de ce qu'il avait traversé et ce qu'il était devenu grâce à Carter. Il lui sera éternellement reconnaissant, ce qui fait probablement de lui le Devil's Son le plus loyal.

À présent, je comprends mieux le comportement de Carter, ou du moins, j'en sais un peu plus sur sa manière de recruter. Il a beaucoup offert à ses hommes : un avenir pour Jesse, une nouvelle famille pour Clarke, la gestion de sa colère pour

Justin…

*Une vie pour moi.*

Finalement, je ne suis pas bien différente d'eux. J'avais besoin de la magie des Devil's Sons pour être pleinement moi-même.

Clarke apparaît dans l'encadrement de ma porte et s'y adosse, les bras croisés sur son torse.

— Tu sèches les cours, toi, maintenant ?

Je me redresse et le juge d'un œil suspicieux. *Comment le sait-il ?* J'ai pris cette décision alors que j'étais déjà sur la route pour l'université avec Set.

— Lola s'est inquiétée, tu ne répondais pas au téléphone.

*Mince !* J'ai complètement oublié de la prévenir que je ne viendrais pas sur le campus, et j'étais tellement absorbée par ce que je lisais que je n'ai pas regardé mon portable de la journée.

— J'étais…

— À l'appartement, je sais. J'ai appelé Set.

— Il fallait que je me prépare pour la négociation, me justifié-je.

— Pourquoi tu ne l'as pas fait ici ?

J'arque un sourcil. *Il me pose sérieusement la question ?*

— Je ne connais pas ton programme, Clarke. Tu as passé l'après-midi de la veille à sauter une nana, je ne voulais pas prendre le risque d'être déconcentrée par des gémissements.

La villa est gigantesque, j'aurais pu trouver une pièce suffisamment éloignée de sa chambre pour ne pas être embêtée, mais ce ne sont pas les gémissements en soi qui m'auraient dérangée. Savoir Clarke avec une autre, voilà ce que je désirais à tout prix éviter.

Le bad boy hoche la tête. Impassible, il ne dit rien. En revanche, il reste là où il est. Nous nous dévisageons jusqu'à ce qu'il prenne la parole.

— La rencontre aura lieu dans un entrepôt abandonné à l'extérieur de la ville. Après-demain, à quatorze heures.

Il s'apprête à s'éloigner dans le couloir, mais je lui avoue :

— J'ai trouvé quelque chose sur les Kings of the Law.

Il s'arrête net et se retourne vers moi, les sourcils froncés. Il entre dans ma chambre, inquisiteur.

— Ils n'en ont rien à faire de votre territoire, j'en suis persuadée. Ils veulent quitter leur pays parce que le réal brésilien n'a plus de valeur, et comme ils commercent avec l'extérieur...

Le visage dur, Clarke me fait signe de poursuivre.

— Personne n'est au courant, à part Jesse. Il m'a dit d'en parler à Carter, mais s'il l'apprend, il pensera que la seule manière de se débarrasser d'eux est de les tuer... Alors, j'ai pensé qu'ils pourraient s'installer au Panama. Le dollar y est utilisé, ce n'est pas très loin de leurs familles. Jesse pense qu'ils refuseront et... il n'a pas tort. Je ne suis pas en mesure de leur dégoter un territoire disponible. J'ai passé des heures à effectuer des recherches, malheureusement ce genre d'informations n'est pas balancé comme ça sur Internet.

Debout, immobile à un mètre de moi, il semble peser le pour et le contre. Doit-il informer le boss ? Clarke analyse nos chances de réussite sans passer par un massacre. Il finit par dire :

— Carter et toi êtes dans le même camp, Avalone. Tu vas l'en informer rapidement, parce que lui est en mesure de trouver ce *genre d'info*. Et pour le jour J, si tu veux que les Kings of the Law t'écoutent, il ne faut pas que tu leur parles du Panama. Enfin, pas comme sujet principal. Fais-leur comprendre qu'ils ne sont pas les bienvenus ici, que nous nous battrons et que certains d'entre eux, si ce n'est *tous*, mourront. Et alors, plus personne ne subviendra aux besoins de leurs familles. Une fois qu'ils l'auront compris, offre-leur le Panama comme une issue de secours. Si tu le présentes dans cet ordre, ils te mangeront dans la main.

Je cligne plusieurs fois des yeux, surprise qu'il ait une si bonne réflexion. Il a raison, et il vient de m'offrir la marche à suivre sur un plateau d'argent. Il faut juste exposer les choses dans l'ordre adéquat.

— Merci, soufflé-je, impressionnée.

J'étais tellement stressée que je n'ai pas réfléchi aussi efficacement que lui, avec simplicité. En ce qui concerne Carter, je crois que je n'ai plus le choix. Je le préviendrai à la première heure demain matin, ou dans la soirée, s'il montre le bout de son nez.

Clarke m'offre un clin d'œil et cette fois-ci, il quitte ma chambre.

Dans la précipitation, je sors les documents de mon sac, puis me remets au travail, songeant à quelles informations utiliser. Marie met à ma disposition l'imprimante pour que je puisse monter un dossier en béton destiné aux Kings of the Law, et m'apporte même un plateau-repas.

Je n'ai pas la moindre idée de l'heure qu'il est lorsque le boss toque à ma porte. En revanche, je pressens que mon cerveau est en train de saturer.

— Comment tu te sens ?

Sa voix est douce et son regard bienveillant.

Depuis l'histoire que Jesse m'a racontée, ma vision de Carter a changé, du moins, un peu. Il l'a sauvé. Il lui a offert une nouvelle vie, un nouveau départ, et lui a permis de découvrir qui il était réellement, sans l'ombre de Jenna et de la pauvreté.

— Anxieuse.

Il me sourit tendrement.

— C'est normal. Mais il faut que tu aies confiance en toi et en moi. Je ne t'aurais jamais laissée mener cette négociation si je n'étais pas sûr de nous deux.

— Qu'est-ce qui vous fait croire que j'en suis capable ?

Il s'assied sur le lit à mes côtés.

— Je te connais plus que tu ne le penses, Avalone. Cette énergie qui vibre en toi, j'avais la même à ton âge. Cette lueur qui brille dans ton regard... elle est la preuve de ta détermination à déplacer des montagnes pour ceux que tu aimes. Ces flammes...

Il secoue la tête.

— ... J'ai malheureusement perdu cette lueur, alors que chez toi, elle est intense. Ne la laisse jamais s'éteindre. C'est elle qui va te faire entreprendre de grandes choses. Tu ne le sais pas encore, mais tu es fascinante pour les personnes qui croisent ta route.

Il se relève et se dirige vers la sortie, quand mes responsabilités se rappellent à moi.

— Attendez !

Il se tourne dans ma direction, un sourcil haussé.

Je décide de placer ma confiance en cet homme et suis les conseils de Clarke. Je déballe tout ce que j'ai découvert sur la crise économique du Brésil à Carter.

Il m'écoute religieusement, hoche la tête par moments. Lorsque j'en ai fini avec mes conclusions, un léger sourire ourle ses lèvres.

— C'est tout ?

Je fronce les sourcils, perplexe.

— Comment ça, *c'est tout* ?

— Tu m'as exposé un problème et sa cause. Où est la solution ?

Je grince des dents, frustrée de ne pas l'avoir trouvée.

— À vous de me le dire. C'est vous le génie, expert en jeu d'échecs !

Il enfonce ses mains dans ses poches et me regarde de toute sa hauteur.

— Quelle est ta solution, Avalone ?

L'idée de le décevoir après le discours qu'il a tenu me noue l'estomac.

— Je n'ai trouvé qu'un début de solution.

— Je t'écoute.

Nerveuse, j'hésite à obtempérer. Je ne connais rien à leur univers, il ne peut que se moquer de moi et de mon raisonnement. Toutefois, le hochement de tête bienveillant qu'il m'offre en signe d'encouragement me pousse à me lancer.

— Le Panama. Après leur avoir démontré par a + b qu'ils ne gagneront jamais la guerre, nous pouvons leur proposer le Panama comme issue de secours.

— Sur quoi t'es-tu basée ?

— Leur mode de vie. Passer des favelas à Ann Arbor ? Ils ne tiendraient pas quarante-huit heures ici sans se faire choper par la police. En revanche, les règles avec lesquelles ils ont grandi sont les mêmes au Panama. Le taux de criminalité est moins important que celui de ses voisins du Sud, ce qui pourrait correspondre à l'évolution à laquelle ils aspirent. S'ils se débrouillent bien, dans quelques mois, leurs familles pourraient les rejoindre pour mener une existence moins craintive et ainsi croire en l'avenir. Le Panama est une sorte d'entre-deux.

Je me penche sur la table de chevet, attrape le dossier que j'ai monté et le tends à Carter. Il s'en saisit, parcourant des yeux les chiffres et les différentes caractéristiques des villes que j'ai mises en avant.

Je me triture nerveusement les doigts avec la sale impression d'être devant un jury qu'il faut convaincre que je suis à la hauteur. Je songe aux points que j'aurais pu développer, à la mise en page standard qui aurait mérité un peu plus d'attention.

Carter relève la tête, impassible, et coince mon travail sous son bras. Enfin, la satisfaction illumine ses iris.

— Colón. J'ai noté deux territoires disponibles. Ils devront asseoir leur autorité auprès de leurs congénères. Cela dit, si on leur offre quelques dizaines de milliers de dollars, ça ne devrait pas être difficile.

Je plisse les paupières et le dévisage.

— Vous étiez au courant. Et vous aviez *déjà* choisi le Panama.

— Effectivement.

— Pourquoi n'avoir rien dit ? m'exclamé-je, larguée.

— Je voulais que tu en viennes à cette conclusion par toi-même. J'ai l'espoir que mes hommes puissent toujours compter sur moi. Cependant, je ne me fais pas d'illusions. On ne sait pas de quoi demain sera fait. Ne t'interdis jamais de réfléchir, Avalone. Si tu flaires quelque chose, va au bout de ton enquête. Et si tu rencontres des difficultés, demande de l'aide.

Je hoche la tête, contemplative. Carter est à blâmer sur beaucoup de points, mais il n'est pas là pour nous faire boire la tasse, bien au contraire. Il nous pousse à donner le meilleur de nous-mêmes.

— Vous êtes prêt à offrir de l'argent aux Kings of the Law ?

— La vie de mes hommes n'a pas de prix. Nous gagnerons la guerre s'il doit y en avoir une, mais je ne suis pas prêt à sacrifier l'un des miens.

Il affiche désormais un air déterminé.

— Je vais ajouter à ton dossier les éléments que j'ai récoltés de mon côté. Tu as fait du très bon boulot, Avalone. À présent, repose-toi. Une longue journée nous attend demain. Et arrête une bonne fois pour toutes de me prendre pour un monstre ! Si tu n'es pas venue me voir pour m'exposer ta trouvaille, c'est que tu pensais que je les aurais exterminés jusqu'au dernier.

J'affiche un sourire coupable et lui lance :

— « Il sort un couteau ? Tu sors un fusil. Il envoie un de tes hommes à l'hôpital ? T'envoies un des siens à la morgue. » Après tout, *Les incorruptibles* est un film de votre époque. Je craignais que vous ayez fait des mots de Malone votre mantra.

— Ne me donne pas des idées, jeune fille...

Le chef du gang me décoche un clin d'œil et, sourire aux lèvres, il quitte ma chambre.

# 23.

**Jesse, 17 ans.**

Comme j'ai souvent traîné dans le secteur, je le connais comme ma poche, même de nuit, et certainement mieux que le flic qui est à mes trousses.

*Et dire qu'il est en train de gâcher ma nuit, mon seul moment de répit*… Ce qui ne change pas, ce sont la lune et ses étoiles qui m'accompagnent.

Je tourne dans une ruelle, escalade le petit grillage avec agilité et atterris dans le quartier des riches. Je hais cet endroit, ces personnes blindées qui vivent avec des œillères et ne portent jamais un regard aux maisonnettes délabrées à deux rues de leurs fabuleuses villas.

Lorsque je me rends compte que j'ai semé mon poursuivant, je m'arrête de courir et souris, victorieux, le souffle court. Ce n'est pas ce soir que je m'en prendrai plein la gueule, grâce aux dieux.

Mon sourire s'évanouit lorsqu'une voiture de patrouille sortie de nulle part pile brusquement devant moi.

*Et merde !*

Je pivote sur mes jambes, puis reprends ma course effrénée

dans la direction opposée. J'enfonce brutalement mes talons dans le sol et m'arrête à quelques pas de deux nouveaux flics. Je suis encerclé.

Je jure intérieurement, je suis même prêt à les supplier, jusqu'à ce que je découvre ma porte de sortie : un imposant portail noir et or sur ma gauche. Je risque de m'y embrocher, mais je n'ai pas le choix. Il vaut mieux ça que d'affronter Jenna. Les policiers n'oseront jamais entrer dans une propriété privée.

Je m'élance et escalade le portail. Finalement, j'atterris de l'autre côté sans encombre.

Je fais face aux quatre flics et leur tends deux doigts d'honneur accompagnés d'un sourire provocant.

— On va voir qui a le plus de patience, maintenant ! les nargué-je. En attendant, je vais me balader et qui sait, je trouverai peut-être une autre sortie ?

Je m'apprête à tourner les talons lorsque le bruit caractéristique d'une porte qui s'ouvre retentit quelque part en hauteur. Surpris, je fouille les arbres des yeux et découvre une sorte de tour de contrôle aux vitres teintées. Un homme armé jusqu'aux dents se tient sur une balustrade et hoche la tête à mon attention.

*Dieux Tout-Puissants, où est-ce que je viens de mettre les pieds ?*

Les flics s'excusent, lui demandent de leur ouvrir pour m'arrêter, mais le type ne réagit pas, comme s'ils étaient invisibles.

Cerise sur le gâteau, une Maserati remonte la rue et s'arrête juste devant les grilles, obligeant les policiers à s'écarter.

Mon corps est de nouveau en alerte. Je n'ai décidément pas la moindre chance. Le propriétaire va ouvrir le portail et je vais finir au poste.

Un des flics s'approche de la vitre baissée du conducteur.

— Excusez-nous, Monsieur Brown. Ce jeune homme a escaladé vos murs alors qu'on le poursuivait. On va le faire sortir de votre propriété.

*Brown ? Comme Carter Brown ? Le type le plus puissant de la ville et le chef des Devil's Sons ?*

*Bordel de merde ! C'est une balle entre les deux yeux que je vais me prendre !*

Mes pieds s'ancrent dans le sol, prêts à prendre une impulsion pour me faire déguerpir bien vite.

— Pas besoin, répond le milliardaire. Jesse Mason a rendez-vous avec moi. Je lui ai demandé d'escalader le portail si j'étais en retard.

Stupéfait, j'en oublie de courir.

*Comment connaît-il mon nom, et pourquoi me couvre-t-il ?*

— Désolé, Monsieur Brown, nous devons l'arrêter.

— Je vous ai dit non. Ce garçon est sous ma protection.

L'autorité que dégage cet homme est légendaire, mais véridique. Je n'aimerais pas l'avoir comme ennemi.

Le portail s'ouvre, le policier marmonne quelque chose dans sa barbe, l'air furieux, et le chef des Devil's Sons avance la Maserati à ma hauteur.

— Monte !

Je ne me fais pas prier. Je décoche un clin d'œil aux flics, tout sourire, puis m'engouffre dans la luxueuse voiture. Le conducteur démarre et nous remontons une allée interminable, sans échanger un seul mot.

*C'est quoi ce bordel ? Non pas que je me plaigne qu'il m'ait sauvé les fesses, mais pourquoi ?*

Nous pénétrons dans un garage rempli de bagnoles plus chères les unes que les autres. Je suis à moitié stupéfait et écœuré. Ces riches, ils ne sont jamais satisfaits.

Nous descendons de la voiture, grimpons trois marches et monsieur Brown ouvre une porte qui donne sur le couloir d'une splendide villa.

*Eh bah putain, il ne se fait vraiment pas chier, le con !*

Nous entrons dans son bureau, puis il prend place sur son

fauteuil et me fait signe de m'asseoir face à lui. Je m'exécute et me retiens de laisser mes yeux vagabonder sur les objets qui pourraient disparaître sans qu'il s'en aperçoive.

Il m'observe durant un long moment tandis que je le dévisage. C'est moi qui brise le silence.

— Comment me connaissez-vous ?

— Je t'étudie depuis plusieurs semaines.

Je me décompose, abasourdi.

— Vous m'*étudiez* ?

Pour appuyer ses propos, monsieur Brown sort de son tiroir un porte-documents sur lequel mon nom est inscrit. Il le pose devant moi, ouvert, et j'y découvre mon acte de naissance, mon dossier médical, mes bulletins scolaires – du collège au lycée –, mon casier judiciaire et une fiche effrayante contenant diverses informations sur moi.

Je me lève si brusquement que j'en renverse mon fauteuil derrière moi.

— C'est illégal ce que vous faites !

Le chef des Devil's Sons reste impassible.

— Entrer dans une propriété privée où tu n'as pas été invité l'est également.

— Dans l'unique but de sauver ma peau ! Vous, vous collectionnez des données sur moi comme un putain de psychopathe !

Un sourire se dessine sur le visage du milliardaire. Il semble si à l'aise, si confiant, que j'en suis déconcerté. Cet homme est très perturbant.

— Tu cherches du travail, Jesse.

Ce n'est pas une question, toutefois je secoue négativement la tête.

— Non, Monsieur Brown.

— Appelle-moi Carter. Et je *sais* que tu cherches du travail. Tu ne veux cependant pas de mon aide parce que je suis riche et par conséquent, pas digne d'intérêt selon toi.

— Exactement.

Je soutiens le regard de l'homme qui semble se foutre royalement de ce que je pense. Il est du genre à s'exprimer et à se faire écouter, et non l'inverse.

— Tu as entendu parler des Devil's Sons.

Je ne réagis pas, ce n'est toujours pas une question.

— Je te propose d'en faire partie contre rémunération.

Je pouffe de rire et secoue la tête. Cette situation est invraisemblable.

— Qu'est-ce qui vous dit que je serai à la hauteur ?

— Petit, tu partais chasser avec ton père, et tu sais te servir d'un flingue. Tes capacités physiques sont très bonnes et tu es loin d'être un abruti, même si tu te comportes comme tel. Tu as une vie merdique, mais tu connais le respect et la loyauté.

— Et qu'est-ce qui vous dit que je vais accepter ?

— Tu auras une Harley-Davidson, la possibilité d'habiter un appartement luxueux avec trois de tes coéquipiers et un salaire de trente mille dollars par mois. La reprise de tes études sera obligatoire et à ma charge, mais ça ne doit pas te poser de problèmes, étant donné que tu n'as jamais souhaité devenir un vulgaire dealer. Tu auras donc cours comme tous les étudiants et à côté, tu travailleras pour moi.

Je ne réponds rien, hébété.

Ce n'est pas seulement de l'argent qu'il me propose, c'est toute une situation. Reprendre mes études, je ne l'espérais même plus. Et vivre loin de Jenna, ce n'était qu'un rêve. Un rêve à présent à portée de main.

Finalement, la réalité me rattrape. Je tente de chasser tant bien que mal ma déception en secouant la tête.

— Je ne peux pas entrer à l'Université du Michigan à cause de mon casier judiciaire...

— ... qui sera aussitôt effacé à la seconde où tu auras quitté cette villa.

J'écarquille les yeux, ébahi.

Je penserais à une arnaque si je n'avais jamais entendu parler de cet homme. Mais il est clair que les Devil's Sons ont tout ce qu'ils désirent.

*Cela dit, ai-je envie d'intégrer un gang ? De travailler en équipe ? De risquer ma vie ?*

— Uniquement si je consens à être l'un des vôtres, rétorqué-je, loin d'être naïf.

— Il n'y a pas de *si*. Que tu acceptes ma proposition ou non, ton casier judiciaire disparaîtra et tes études seront entièrement à ma charge.

Je fronce les sourcils, dans l'incompréhension la plus totale.

*Ça n'a aucun sens...*

— Pourquoi feriez-vous ça ?

— Le manque d'argent ne devrait pas t'empêcher d'atteindre tes rêves. Tu vaux davantage que de vendre du shit sous les ponts toute la journée. Je ne dis pas que ce que je t'amène est moralement plus correct, mais avec ce que je t'offre en contrepartie, tu pourras reprendre les cours et t'éloigner de Jenna. Ce que je te propose, c'est une nouvelle existence, Jesse. Un nouveau départ. Pour mieux faire. Pour être plus heureux.

Ces mots font battre mon cœur d'une manière bien différente que ces dernières années.

Je fixe la lueur qui brille dans son regard. Cet homme que je n'ai jamais vu apparaît comme un Robin des Bois et me serre sur un plateau en or massif l'opportunité de ma vie.

— Où est le piège ?

— Il n'y en a pas. En revanche, tu dois savoir que les Devil's Sons, ce n'est pas une association. Si tu t'engages, tu auras des responsabilités que tu ne pourras fuir. Cependant, si après avoir évolué à nos côtés tu décides qu'il est temps pour toi d'arrêter, d'aller vers autre chose, je ne te retiendrai pas.

— Vous êtes en train de me dire que je signe pour une certaine durée sans pouvoir me désister avant quelques années ?

Carter acquiesce et croise les doigts sur son bureau.

— Pour l'instant, je ne te connais qu'à travers des mots écrits sur du papier. T'intégrer chez les Devil's Sons revient à te faire part d'informations strictement confidentielles. Tu comprendras que je ne peux prendre le risque d'introduire quelqu'un dans mon gang, le renseigner sur nos activités et le laisser repartir aussitôt, alors qu'il pourrait aller voir la police.

En effet, ça me semble logique. Carter est précautionneux.

— J'autorise un membre à nous quitter si j'ai confiance en lui, poursuit-il. Et la confiance vient avec le temps, l'expérience, et des preuves.

— Et si je me rends compte que je ne suis pas fait pour ça ?

— De tous les hommes que j'ai choisis, aucun n'a jamais voulu quitter les Devil's Sons avant de très longues années. S'ils sont partis, c'est parce qu'il était temps pour eux de reprendre leur route avec une nouvelle vision d'eux-mêmes et du monde. Je ne me suis jamais trompé sur les personnes que j'ai recrutées. Et je ne me tromperai pas sur toi, Jesse.

— J'accepte.

Les mots sont sortis tout seuls de ma bouche, pourtant je ne les regrette pas.

N'en croyant pas mes oreilles, je lâche un rire et m'affale dans mon fauteuil. Je m'imagine déjà à quoi pourrait ressembler ma future vie.

Dans le plus grand des calmes, Carter hoche la tête.

— Eh bien mon garçon, es-tu prêt à découvrir ton nouveau chez-toi ?

— Je le suis depuis toujours.

Avec un sourire satisfait, Carter ouvre un tiroir et s'empare d'une feuille qu'il glisse dans la poche intérieure de son costume. La détermination résonne dans chacun de nos pas lorsque nous rejoignons le garage.

Carter arrête la voiture devant chez moi. L'angoisse me

frappe violemment, jusqu'à m'en couper le souffle. J'étais trop occupé à rêvasser pour remarquer que nous étions dans mon misérable quartier.

— Je pensais qu'on allait à l'appartement ! m'exclamé-je, pris de panique.

— Il faut bien récupérer tes affaires.

Il sort du véhicule, mais je ne bouge pas, paralysé.

Je sais ce qui m'attend à l'intérieur, et je pensais ne plus jamais revivre ça à la seconde où j'ai accepté la proposition de Carter.

Le chef des Devil's Sons contourne la voiture et m'ouvre la portière. J'étais persuadé de trouver de l'agacement dans son regard. Après tout, un riche n'ouvre pas la portière d'un voyou dans mon genre. Toutefois, j'y lis du respect et une détermination sans faille qui me donnent la force nécessaire pour affronter la suite des événements.

Je sors de la Maserati en respirant l'air nauséabond de la ruelle.

— Jenna n'acceptera jamais que je quitte la maison.

— Nous ne lui demanderons pas sa permission.

Il tourne les talons et se dirige vers la porte d'entrée. Je le suis, le ventre et la gorge noués.

J'ai non seulement peur de faire face à celle qui hante mes cauchemars, mais également que Carter se ravise lorsqu'il découvrira que face à elle, je ne suis qu'un lâche. S'ajoute à ça la gêne de lui dévoiler ce qui me sert de maison. Moi et ma « famille » faisons partie de la population la plus pauvre de l'État.

La main tremblante, j'enfonce la clé dans la serrure et ouvre la porte. Je n'ai pas mis un pied à l'intérieur que je suis tiré en avant, puis violemment plaqué contre le mur, le visage de Jenna à quelques centimètres du mien, défiguré par la colère.

— ESPÈCE DE CON ! J'AURAIS DÛ TE BUTER À LA SECONDE OÙ JE T'AI VU ! LA POLICE TE CHERCHE

ENCORE ! TU NE ME LAISSERAS DONC JAMAIS TRANQUILLE ?

Comme à chaque fois, je suis pétrifié. Paralysé, je ne me débats pas, je ne réponds rien.

Mon père, le regard voilé de tristesse, apparaît dans mon champ de vision. Il n'a jamais levé la main sur moi, cependant il ne s'est jamais interposé lorsqu'*elle* le faisait.

Le coup de poing que je reçois dans le ventre me coupe la respiration, bien que mon corps se soit endurci. Lorsque Jenna s'apprête à me cogner de nouveau, le canon d'un flingue se pose sur sa tempe. Elle s'immobilise, horrifiée. Son visage s'est décomposé, sa colère envolée. Elle a perdu de son assurance, de sa supériorité, qu'elle appuyait par le règne de la terreur.

— Bonsoir, dit Carter.

Elle lève les mains en signe d'innocence et tous ses membres se mettent à trembler. Elle n'ose même pas se tourner vers le propriétaire de l'arme et j'en ressens une sordide satisfaction. Je souhaite la voir se pisser dessus, comme je l'ai fait de trop nombreuses fois.

— Votre peur est légitime, poursuit Carter. Éloignez-vous de votre fils et je rangerai mon 9 mm.

Elle obtempère et recule d'un pas, puis d'un autre.

Carter baisse son arme, comme promis, alors Jenna ose se tourner vers lui.

— Monsieur Brown ? s'étrangle-t-elle. Si mon fils vous a causé des problèmes, c'est *lui*, le fautif. Pas moi. Ni mon mari.

Carter enjambe l'encadrement de la porte abîmée. Le regard qu'il pose sur ma mère est incroyablement dur. Pour preuve, elle avale sa salive de travers et baisse les yeux.

— Votre fils ne m'a causé aucun tort, au contraire. Il travaille pour moi dès à présent, et il va aussi venir vivre dans un appartement qui m'appartient.

Jenna éclate d'un rire nerveux. J'ai un mouvement de recul instinctif.

— Certainement pas ! Jesse ne quittera pas cette maison.

Carter sort son téléphone de la poche de son costume et pianote dessus un instant. Il tourne l'écran vers ma génitrice et dévoile des photos d'elle en train de me frapper violemment. Elle écarquille les yeux, de concert avec mon père et moi.

*Comment les a-t-il eues ?*

— Si vous n'obtempérez pas, les services sociaux seront là demain à la première heure, accompagnés par la police. Vous perdrez la garde de votre fils et irez en prison. Ou alors...

Le chef des Devil's Sons sort la feuille qu'il avait prise dans le tiroir de son bureau.

— ... vous me signez ce papier d'émancipation qui stipule que je serai le seul responsable légal de Jesse jusqu'à sa majorité.

Mes yeux sont grands ouverts, je n'en reviens pas. Mes parents non plus, d'ailleurs.

Non seulement Carter est prêt à devenir mon tuteur pour les trois mois à venir, mais en plus de ça, il a sacrément la classe, l'enfoiré !

— Va préparer tes affaires ! m'ordonne-t-il.

Je ne réponds rien, je m'exécute. Je cours jusqu'à ma chambre minable et moisie de cinq mètres carrés, j'ouvre mes deux sacs de sport et j'y fourre le peu d'effets qui m'appartiennent.

Lorsque je ressors, Carter n'est plus là. Jenna et mon père sont assis sur le canapé. Ma génitrice pose un regard rempli de rancœur sur moi.

— Tu es content ? Tu as eu ce que tu voulais ?

Malgré tout ce qu'elle m'a fait, j'arrive encore à ressentir de la culpabilité. Comme toujours, elle me manipule. Cette fois-ci, je ne me laisserai plus avoir. Finie la crainte.

— Putain, oui !

Sur ce, je quitte ma maison sans un regard en arrière et retrouve Carter dans la voiture.

Je reste quelques secondes immobile, respirant pour la dernière fois cette horrible odeur de crasse et de pisse, puis un sourire sincère étire mes lèvres et Carter Brown devient mon messie.

Je m'engouffre dans l'habitacle et jette mes sacs sur les sièges arrière.

— Jenna a signé ?

— Elle n'avait pas le choix. J'espère que tu ne m'en veux pas d'avoir été radical.

Je secoue la tête, bien trop heureux pour en vouloir à qui que ce soit.

— Merci infiniment, Carter.

Il me sourit, sincèrement lui aussi, puis démarre. Nous quittons cette pauvreté que j'ai toujours haïe, plus encore que les riches eux-mêmes. J'ouvre la fenêtre, apprécie l'air dans mes cheveux et pousse un cri de joie qui résonne dans la nuit.

Une idée futile me traverse l'esprit, mais elle renforce cette idée de changement qui fait battre mon cœur d'une toute nouvelle façon : je vais me raser le crâne.

Carter se gare dans un quartier chic, devant un immeuble d'une beauté détestable tout juste rénové. Nous descendons de la voiture, mes sacs dans les mains, et nous pénétrons dans le hall.

Mon nouvel employeur frappe à une porte qui s'ouvre quelques secondes plus tard sur Sean. Je le reconnais, je l'ai déjà croisé plusieurs fois.

*Et dire que je le méprisais…*

Un large sourire étire ses lèvres lorsque ses yeux se posent sur moi.

— Carter a réussi à te mettre la main dessus ? Bienvenue parmi nous, mec !

Il m'offre une accolade chaleureuse.

Je ne réponds rien, mais c'est le plus beau jour de ma vie.

Comme l'a dit le boss, c'est un nouveau départ pour moi.

Sean saisit mes sacs et me fait signe d'entrer.

— Tu vas adorer les jumeaux. Enfin, tant que tu ne te retrouves pas au milieu de leurs règlements de comptes perpétuels...

Il disparaît dans le couloir, je ne le suis pas. Au lieu de quoi, je me tourne vers Carter.

— Je vous jure sur Draupnir que vous ne regretterez pas de m'avoir engagé. Je serai votre homme jusqu'à ma mort.

— Peu importe ce qu'il se passe, je ne le regretterai jamais. Tu vas devenir quelqu'un, Jesse Mason.

# 24.

Carter m'a consacré une journée. Douze heures intensives. Je pensais qu'il allait se montrer plus doux. Grossière erreur. Il était plus autoritaire que jamais. Je n'avais pas le droit à la moindre maladresse.

La première étape consistait à déballer toutes les informations concernant les Kings of the Law que j'avais intégrées la veille. Si je n'avais pas mémorisé jusqu'à la ponctuation de leur casier judiciaire, Carter me forçait à tout relire. L'origine de chacun, les caractéristiques de leur famille, les éléments de leur présent et de leur passé n'ont plus de secrets pour moi. Colón non plus. Carter m'a enseigné tout ce que j'avais besoin de savoir sur cette ville, ainsi que les forces et faiblesses des gangs alentour.

Ensuite est venue la seconde étape : capter l'attention de son auditoire sans jamais la perdre. Qui aurait cru que Carter était un professeur d'oratoire aussi doué et scrupuleux ? Nous avons établi une liste de mots percutants à utiliser durant la négociation. Il a corrigé le timbre de ma voix pour obtenir une nuance de ton qui intrigue à l'oreille. Ma posture a également été passée au crible. Je dois dégager de la confiance et de la sérénité rien qu'avec mes épaules. Nous avons travaillé mon regard pour développer mon magnétisme. Carter m'a assuré qu'en suivant ses conseils, les Kings of the Law se souviendraient de la couleur de mes iris jusqu'à la fin de leur vie. Pour achever cette seconde leçon, nous avons soigné ma différence pour qu'elle ne joue pas en notre défaveur, car c'est une arme à double tranchant. Elle peut rebuter les Kings of the Law ou bien les intriguer.

Troisième étape, et la plus périlleuse : un cours de tir. J'ai tenté de m'y soustraire, mais Carter était catégorique. Si je ne parviens pas à me servir d'un flingue avant la négociation, je n'y participerai pas. J'ai encore les oreilles qui sifflent, et je n'ai touché ma cible que quatre fois... sur une centaine d'essais ! Le boss a conclu cette séance par une réplique : « On sait jamais, sur un malentendu, ça peut marcher[29] » ; que j'ai contrée avec une citation revisitée du film *Les Affranchis* : « Aussi loin que je me souvienne, *je n'ai jamais* voulu être un gangster. » Enfin, je dois admettre que je n'y ai pas vraiment mis du mien. Tenir une arme ne m'enchante guère.

Cette journée a été enrichissante. Carter est le genre d'homme de qui on apprend beaucoup. Son cerveau renferme une multitude de connaissances qu'il est prêt à partager si son interlocuteur est enclin à les recevoir. Sa pensée casse les codes, il a un recul sur la vie et la société qui peut fâcher, ou au contraire impressionner. Aussi surprenant que ça puisse être, j'ai passé un excellent moment et j'espère secrètement remettre ça.

Le réveil a été dur, je n'ai pas beaucoup dormi. J'ai préféré relire une énième fois les fiches que j'ai faites, puis j'ai eu du mal à trouver le sommeil. Je n'ai pas non plus réussi à avaler quoi que ce soit depuis hier midi, malgré l'insistance de Marie et Carter. Je suis beaucoup trop nerveuse et je me demande

---

[29] Réplique du film *Les Bronzés font du ski.*

sans cesse dans quoi je me suis lancée. Sérieusement, qui aurait proposé de mener une négociation avec des criminels ? Étrangement, je ne crains pas pour ma vie. J'appréhende plutôt pour celles des Devil's Sons. Si j'échoue et qu'il leur arrive malheur, je ne me le pardonnerai jamais.

Un Jesse paniqué entre dans ma chambre. Il m'attrape par les épaules et plonge son regard dans le mien.

— Dis-moi que tu as trouvé une solution !

Je lui souris pour le détendre.

— Carter est...

— En fait, peu importe ! Je vais tout lui raconter pour que tu restes en sécurité à la propriété !

*Et lui, il n'a pas peur pour eux, mais pour moi.*

Il fait demi-tour pour rejoindre le boss, je le retiens par le poignet.

— Minute papillon !

Ses traits sont crispés et ses poings se serrent et se desserrent.

— Clarke m'a...

— Et depuis quand Clarke est un symbole de lucidité ? me coupe-t-il.

— Il n'en est pas un, à part en ce qui concerne ma sécurité, mais là n'est pas la question...

Il affiche une moue dubitative, toutefois il sait que j'ai raison.

— Par Odin, dans quoi nous t'embarquons ? se demande-t-il.

Il prend mon visage en coupe dans ses mains et embrasse mon front, comme si c'était la dernière fois, avant de tourner les talons.

— Jesse ! Tu vas me laisser en placer une, oui ?

Il se tourne vers moi et enfin, je peux lui annoncer :

— Carter est au courant. Il leur a trouvé un territoire au Panama.

L'incrédulité le paralyse, puis la fierté étire ses lèvres. Il fond sur moi, je décolle du sol et tourne dans les airs au bout de ses bras. Enfin, il me serre contre lui à m'en briser les os.

— Tu es un génie !

— Tout le mérite ne me revient pas, mais j'accepte le compliment !

À midi, le salon est rempli de Devil's Sons, de Demon's Dads et de Dark Angels, nos vestes respectives sur le dos. Ethan est également de la partie.

Carter a été très clair. Les deux gangs alliés n'interviennent qu'à la formule magique : « Assez parlé ! ». Ils resteront cachés derrière l'entrepôt, armés jusqu'aux dents de mitraillettes et de grenades. Si les choses tournent mal et qu'ils entrent en scène, les Kings of the Law n'auront pas la moindre chance. Aucun d'eux ne survivra.

Les Devil's Sons et Ethan n'ont le droit qu'à deux pistolets et trois recharges par homme.

Je me croirais dans un film et j'ai l'impression que l'intrigue file sans moi. Je secoue la tête pour me ressaisir, puis me concentre sur les mots de Carter.

— Si un coup part, peu importe de quel camp, pas de quartier. Tuez-les tous. Maintenant, équipez-vous !

Les trois gangs se lèvent simultanément et avancent vers la table où repose une quantité incroyable d'armes plus dangereuses les unes que les autres.

Je reste debout, sans bouger, et attends les prochaines instructions, quand mon téléphone vibre, m'annonçant un appel de Lola. Je décroche.

— Je n'ai pas le temps de parler, la préviens-je.

— Carter, dit-elle précipitamment. Tu es loin d'imaginer ce que j'ai pu trouver !

À ces simples mots, je comprends qu'elle a effectué les recherches que je lui ai demandées. Et les informations qu'elle a récoltées m'ont l'air intéressantes.

— Je t'écoute.

— Il a été adopté à la mort de ses parents par la famille Arinson. Mike Arinson, le fournisseur d'armes des Devil's Sons, est le frère adoptif de Carter ! Et ce n'est pas le plus fou. C'est ensemble qu'ils ont fondé Arinson Arms, puis Carter a quitté subitement le navire sans raison apparente.

Mon regard se pose aussitôt sur le concerné, qui donne les derniers ordres.

— Tu en es sûre ?

— À 2000 % !

— Merci, Lola. Je t'appelle plus tard.

Je raccroche et range mon téléphone dans ma poche sans détourner les yeux de Carter, suspicieuse.

Ce lien de parenté, même s'il n'est pas biologique, expliquerait pourquoi Carter a parlé de moi à Mike avant ma venue à Leamington. Mais pourquoi le cacher, alors que cette information pourrait peser dans la balance dans la négociation avec les Kings of the Law ? Et pire, pourquoi évoquer l'idée d'un coup de bluff en prétextant que Mike est de notre côté si ça n'en est pas un ?

Toutes mes interrogations prennent fin lorsque Clarke se dirige vers moi. Il me contourne et tire l'arrière de mon jean pour y glisser un pistolet.

— Au cas où, me dit-il.

— Allez-y, maintenant ! nous ordonne Carter.

Les hommes acquiescent et quittent le salon.

— Ava, tu montes derrière moi, m'ordonne Set.

— C'est bon, je la prends avec moi, rétorque Clarke.

Son meilleur ami hoche la tête et sort de la maison, escorté par les autres. Je regarde le blessé sévèrement, les mains sur les hanches.

— Tu ne viens pas, tu n'es pas encore guéri !

Dans un geste inopiné, doux et qui me donne des frissons, Clarke replace une mèche de cheveux derrière mon oreille.

— C'est non-négociable, Avalone. Il est hors de question que je reste ici à t'attendre sans savoir si tu respires encore. Tu ne m'as pas empêché de sortir quand Set était dans la merde, et à présent, c'est ta vie qui est en jeu. Rien au monde ne me fera changer d'avis, pas même les dieux !

Je ressens déjà la volée de papillons dans mon ventre, cela dit, ce n'est pas le moment. Sa présence me rassure plus que je voudrais bien l'admettre, alors j'acquiesce, tout comme Carter, qui l'autorise à nous accompagner. Clarke enfile sa veste en cuir avant de s'emparer des deux dernières armes posées sur la table et qui n'attendaient que lui. La main du bad boy se glisse dans la mienne et ses doigts s'entrelacent aux miens.

— N'oublie pas ce que je t'ai dit hier, me lance Carter. Tu vas y arriver, tu es prête. Personne d'autre que toi ne peut endosser ce rôle, Avalone. Et... je suis fier de toi.

Ses mots me provoquent un effet indescriptible qui déferle sous ma peau. C'est toujours plaisant d'entendre ce genre de paroles gratifiantes et, lorsqu'elles proviennent d'un chef de gang respecté avec qui on était en constante confrontation il n'y a pas si longtemps, c'est un honneur.

Je hoche la tête en signe de reconnaissance, puis Clarke et moi quittons le salon et la villa peu après. Les garçons sur leurs motos descendent déjà l'allée et disparaissent rapidement entre les arbres.

Clarke s'apprête à dévaler les marches du perron, mais je m'arrête net et le retiens par nos mains enlacées. Il se tourne vers moi, confus.

— Qu'est-ce qu'il y a ?

Je fuis son regard, incapable de l'affronter. Cependant, ses doigts qui se posent sous mon menton m'obligent à lui faire face. Son visage est doux, ouvert.

— J'ai peur, avoué-je.

Un sourire étire ses lèvres et réchauffe mon cœur.

— Ça me rassure. Je commençais à me demander si tu

n'étais pas complètement dingue. Tu ne vas pas mourir, je te le jure.

Je secoue la tête.

— Promets-moi que *vous* n'allez pas mourir.

Ses sourcils tressautent et ses yeux deviennent brûlants lorsqu'il me fixe comme s'il voyait à travers ma chair, mes muscles et mes os, comme s'il voyait mon âme. Ses doigts s'enfoncent dans mes cheveux et ses lèvres me coupent la respiration. Mon cœur bondit dans ma poitrine, mes jambes ne sont plus capables de me soutenir. Grâce aux dieux, le bras de Clarke autour de ma taille fait parfaitement l'affaire.

Je réponds à son baiser par une douce caresse de ma langue sur la sienne et Clarke gronde d'approbation. Nous nous lançons dans une danse sensuelle, nos mains s'explorent mutuellement, lentement, délicieusement. Puis nous nous séparons à bout de souffle, sans pour autant nous éloigner l'un de l'autre.

— Pourquoi tu as fait ça ?

Clarke passe son pouce sur ma lèvre inférieure et plonge un regard troublé dans le mien.

— Pendant quelques secondes, j'ai réussi à m'affranchir des chaînes qui m'emprisonnaient.

Il se détache de moi, descend les marches du perron et enfourche sa moto.

Mes mots qu'il a retenus et son sourire charmeur me font fondre. Toutefois, je refuse de me laisser berner. Soixante-douze heures plus tôt, il s'envoyait en l'air avec une autre.

— Ou bien tu n'avais personne d'autre à embrasser sous la main, raillé-je.

— Jalouse, Beauté ?

Si son sourire charmeur m'a fait fondre, qu'en est-il de son clin d'œil provocateur ?

— Je m'inquiète seulement d'attraper la mononucléose, abruti !

Il lève les yeux au ciel et je le rejoins, soulagée de l'avoir près de moi.

Nous passons une bonne trentaine de minutes sur la route avant d'atteindre un gros entrepôt au milieu d'autres abandonnés. Un vrai cimetière lugubre et glauque, dépourvu de vie.

Comme nous sommes intentionnellement en avance, les Kings of the Law ne sont pas encore là.

Nous mettons tous pied à terre à quelques secondes d'intervalle et j'avance en silence jusqu'à la porte métallique que Clarke ouvre dans un grincement plus que désagréable. Il me tient fermement la main et m'entraîne à sa suite.

La pression est à son paroxysme. Je ne peux m'empêcher de me demander si nous ressortirons tous d'ici vivants.

Au milieu de la gigantesque pièce, il n'y a qu'une table ronde et quatre chaises. Je serai assise sur l'une d'elles, face à Lucas et Elias, son second.

Les trois gangs vérifient leurs armes et discutent entre eux sans se mélanger tandis que Clarke dégage une mèche de mon visage pour me placer l'oreillette. Il la dissimule en la recouvrant de mes cheveux et Ange nous rejoint, la sienne en place.

— Elles fonctionnent ? lui demandé-je.

Il doit entendre ma voix et son écho dans son oreille puisqu'il acquiesce.

Set et Sean s'approchent à leur tour avec des sourires réconfortants.

— Tout va bien ?

Je hoche la tête, cependant, mes paumes sont moites, mon ventre est noué, mon cœur bat à tout rompre dans ma poitrine et ma respiration est courte. Il faut que je me calme pour ne pas risquer des vertiges causés par ma maladie et le stress.

— Je resterai derrière toi à chaque seconde, et Sean sera assis à tes côtés sur la deuxième chaise, me rassure Clarke.

À 13 h 55, les Demon's Dads et les Dark Angels sortent par la porte de derrière, leurs mitraillettes déjà à la main. Justin rejoint la petite fenêtre qui donne sur l'extérieur pendant que je remets en place mon t-shirt noir et ma veste en cuir.

— Tu es parfaite, m'assure Set. S'ils ne sont pas prêts à se mettre à genoux devant ton éloquence, je le ferai pour une toute autre raison.

Il joue de ses sourcils et j'éclate d'un rire qui a le mérite de me détendre.

— Il ne manquerait plus que j'aie la braguette ouverte... Ça gâcherait les six heures que j'ai passées à écouter les leçons de Carter sur le charisme.

Il pince les lèvres, amusé, et me prend dans ses bras pour m'apaiser. Il me laisse profiter autant que possible de cette étreinte, mais des bruits de moteurs se font entendre au loin. Les Devil's Sons se positionnent aussitôt sur la défensive.

Si mon cœur pouvait bondir en dehors de ma poitrine, il le ferait. Au lieu de quoi, il loupe un ou deux battements avant de se remettre à battre frénétiquement.

Justin, toujours devant la fenêtre, nous annonce qu'ils sont bien sur des motos. Pas de voiture à l'horizon.

*C'est l'heure. Les choses sérieuses commencent...*

Je me détache de Set tandis que Clarke me lance un regard interrogateur. Il attend mon feu vert.

J'inspire profondément et ferme les paupières. Lorsque j'expire, mes mains ne tremblent plus. Je fais abstraction de chaque bruit qui m'entoure pour me concentrer sur mon objectif.

Je *peux* le faire, je *dois* le faire, je *vais* le faire.

J'inspire profondément et lorsque j'expire, l'adrénaline commence à parcourir mes veines, remplaçant lentement la peur et les doutes pour m'armer de courage et d'une détermination sans faille.

*Personne d'autre que toi ne peut endosser ce rôle, Avalone.*

*Je suis fier de toi.*

J'inspire profondément et lorsque j'expire de nouveau, je suis si confiante que je n'ai plus le moindre poids sur les épaules.

Changée, j'ouvre les yeux et me tourne vers Clarke. D'un sourire calculateur, je lui fais comprendre que je suis plus prête que jamais et rejoins la table. Je m'assieds comme prévu aux côtés de Sean, sur la chaise en face de la porte. Les Devil's Sons et Ethan se placent derrière nous, imposants et tendus, leurs armes à portée de main.

Le bruit des moteurs s'arrête et les secondes qui se succèdent renforcent ma détermination. Je me redresse, carre les épaules et lève le menton.

Règle numéro une de Carter : posture bien droite, tête haute.

Quand la porte s'ouvre dans le même grincement désagréable, je suis parfaitement sereine, comme si j'avais fait ça toute ma vie.

Lucas entre en premier, suivi d'Elias et d'Henzo, puis des autres. Les muscles bandés, ils examinent les lieux, nous permettant de les observer eux. Ils portent des vestes à l'effigie de leur gang et transpirent l'arrogance. L'environnement ne les impressionne pas, ils semblent sûrs d'eux en toutes circonstances. Dans la fleur de l'âge, ils sont forts et rigoureux, variant entre vingt-trois ans pour Cayton et Isaq, jusqu'à vingt-neuf ans pour Lucas.

Le regard du boss atterrit enfin sur moi. Il perd son sourire orgueilleux. Toute la colère des neuf mondes se réfugie dans ses iris, toutefois, ce n'est pas du machisme. Ce sont ses valeurs qui parlent. Les Kings of the Law ne tuent ni femme ni enfant. Ma présence perturbe son plan de secours : éliminer les Devil's Sons. Et soudain, je comprends pourquoi, malgré mon manque d'expérience, Carter m'a fait confiance. Je suis un atout, sa botte secrète. Leur assurance pour la vie.

— C'est quoi ce bordel ?

Ses yeux oscillent entre mes compagnons et moi. Il ne comprend pas la raison de ma venue ici, tout comme ses hommes, dont quelques-uns crachent au sol de mécontentement. Personne ne prononce un mot. Je laisse quelques secondes s'écouler avant de me redresser.

— Lucas.

J'attire son attention, mais je passe déjà à son second.

— Elias.

Je considère ses membres un à un en les saluant par leur prénom. Je sais exactement qui ils sont tandis qu'eux ne connaissent même pas notre identité. Je suis d'emblée en position de force et au regard que me lance Lucas, il en est conscient. Alors qu'il s'attend à ce que je lui présente les miens, je ne le fais pas. Je garderai cet avantage.

— Bordel, il est où, votre boss ? vocifère-t-il.

Ils dévisagent les garçons sans me porter le moindre intérêt, seulement c'est moi qui mène la danse, aujourd'hui. Je réponds :

— Carter ? Il est occupé. Il n'a pas le temps pour ce genre d'affaires.

Des regards de frustration et d'impatience se posent sur mon visage qui n'exprime ni la peur ni l'infériorité.

— JE VEUX LE VOIR ! crie Lucas en tapant du poing sur la table.

Je me cure les ongles avec nonchalance.

— S'il se déplace jusqu'ici, ce ne sera pas pour parler. Vous allez devoir vous contenter de moi, *Messieurs*.

Henzo esquisse un mouvement de la main pour attraper son flingue, mais avant même qu'il ne le touche, je le préviens :

— Je te conseille de le laisser là où il est. Quatorze gars sont postés derrière le bâtiment, prêts à intervenir au moindre problème. Alors oui, vous parviendrez probablement à tuer certains des nôtres, mais aucun de vous ne ressortira vivant d'ici. À vous de choisir.

Je le fixe et cligne des paupières à un rythme routinier. Garder les yeux grands ouverts dénoncerait ma méfiance. Ça montrerait que je suis alerte, sur mes gardes, et ça irait à l'encontre de la règle numéro deux : maintenir un contact visuel confiant.

Les Kings of the Law se transforment en chiens enragés et Lucas fait signe à son homme de ne pas toucher son arme.

— Je pensais qu'on était ici pour négocier ! proteste le boss avec un regard meurtrier.

Règle numéro trois : imposer le rythme de la discussion.

Je laisse quelques secondes s'écouler avant de réagir :

— C'est le cas. Nous ne sommes pas là pour vous tuer. En revanche, nous avons pris nos précautions, et nous avons eu raison.

Je jette un regard lourd de sens à Henzo, puis désigne à Lucas la chaise en face de moi.

— Si tu veux bien t'asseoir.

Il la tire avec un calme feint et prend place. Son visage est fermé, sa mâchoire contractée. C'est moi qui distribue les cartes et il n'aime pas ça.

— Vous nous avez causé quelques petits désagréments depuis votre arrivée. On vous laisse une dernière chance pour quitter la ville avant de riposter. Il ne faudrait pas que ta Lylia devienne orpheline à sept ans.

Un éclat de rage intense traverse ses iris. Je continue sans plus lui prêter attention et fixe son second, Élias.

— Ou que ta femme enceinte, Catherine, se retrouve seule pour élever ce petit garçon.

Je plonge mon regard dans celui de Samuel.

— Ou que ta grand-mère n'ait plus personne pour subvenir à ses besoins. Perdre son fils, sa belle-fille, puis son petit-fils... Quelle tragédie !

Règle numéro quatre : inclure tous les membres du gang dans la discussion, au risque que certains se sentent exclus.

Autrement dit, la violence morale ne doit faire aucune discrimination.

Le poing de Lucas s'abat sur la table.

— TU TE CROIS EN POSITION DE FORCE ? vocifère-t-il.

— JE *SUIS* EN POSITION DE FORCE ! hurlé-je à mon tour en me levant.

Et pour appuyer un peu plus cette vérité, je le domine de toute ma hauteur alors qu'il est enfoncé sur sa chaise.

Plus aucun bruit ne se fait entendre, le sang pulse dans mes veines.

À ce moment précis, je viens de prendre ma place dans ce monde de violence et de rivalités. Je ne me sens pas comme une intruse ou une petite fille à protéger.

— Nous sommes sur notre territoire où nous avons élaboré une alliance avec pas moins de sept autres gangs qui gonfleront nos rangs à notre demande. Nous avons les policiers de cette ville dans notre poche et des moyens financiers que vous n'aurez jamais, même dans vos rêves les plus fous. Notre boss, Carter Brown, alias Carter Arinson, est le frère de Mike Arinson, notre fournisseur d'armes, *votre* fournisseur d'armes, qui mènera cette guerre à nos côtés.

Lucas se redresse instantanément, et je sens les Devil's Sons se tendre derrière moi.

Ils étaient donc au courant du lien de parenté entre Carter et Mike.

— Combien d'hommes travaillent pour lui ? demandé-je.

— Environ trois cents, me répond Clarke.

Je regarde Lucas intensément. Je ne suis pas moqueuse ni victorieuse, simplement réaliste, et je désire lui faire entendre raison.

— Souhaites-tu voir les tiens mourir dans une guerre où vous n'avez pas la moindre chance ?

Ses hommes me dévisagent avec rage, Lucas reste silencieux. Il sait qu'il a perdu, il ne veut simplement pas abdiquer trop facilement. Alors je me rassieds sur ma chaise et tourne le visage vers Jesse, qui sort le dossier que Carter a peaufiné et qui était jusqu'alors dissimulé sous sa veste en cuir. Il me le tend et je le glisse sous le nez du chef des Kings of the Law qui, malgré la haine flagrante qu'il ressent à mon égard, est curieux.

— Je sais pourquoi vous êtes ici. La valeur de votre monnaie a chuté brutalement, les taux de change augmentent de façon exponentielle et vos caisses ne se remplissent plus. Rien à voir avec cette histoire d'ancien territoire.

Si les Devil's – hormis Clarke et Jesse – sont surpris par cette révélation, ils ne le montrent pas.

Lucas se saisit du dossier et tourne lentement les pages en prenant connaissance des informations mises à sa disposition sur Colón et ses avantages. Il y a une trentaine de feuilles qui ne peuvent que le pousser à accepter ce compromis.

Ce dernier lève le regard vers moi, puis se penche sur la table.

— Tu es douée !

— Nous venons de deux mondes diamétralement opposés. Vous connaissez les favelas où règnent les gangs à profusion. L'État brésilien a été évincé, les meurtres sont monnaie courante. Les trafiquants de drogues commercent en plein jour et la police est inefficace. Elle a perdu toute autorité. Ici, les règles sont différentes. À la première preuve incriminante, si vous n'avez pas un répertoire d'alliés haut placés, la police vous enverra derrière les barreaux et la prison deviendra votre nouveau foyer. Comme partout sur terre, l'argent fait le pouvoir. La question est : combien pourrez-vous verser pour acheter le premier flic qui vous pincera, si tant est qu'il se laisse corrompre ? Si vous ne le saviez pas, plusieurs milliers de dollars ne suffiraient pas. Chaque mois, il faut offrir une généreuse somme à *chaque* institution qui ferme les yeux sur vos activités. Je peux vous affirmer que vous ne passerez pas quinze jours ici avant de voir la police de Ann Arbor toquer à votre porte. Tandis qu'au Panama, les règles sont les mêmes que celles que vous connaissez, mais en plus avantageux : le dollar comme devise, un taux de criminalité inférieur de 23 %, un accès direct sur le canal de Panama et les marchandises illégales...

Je lui laisse le temps d'intégrer ces informations, puis je me courbe dans sa direction.

— Et si nous allions prendre l'air quelques minutes ?

Il doit comprendre qui je suis réellement, en revanche je ne peux me permettre de m'ouvrir devant ses hommes. Il a besoin de sincérité, chose que je ne pourrais lui donner qu'en face-à-face.

Les yeux dans les yeux, Lucas tend la main vers la porte pour me faire signe qu'il me suit. Je me lève, mais Clarke me retient fermement par le bras. Le bad boy plonge un regard sévère dans le mien, me dissuadant de continuer, pourtant j'ordonne aux Devil's Sons :

— Si je ne suis pas de retour dans cinq minutes, tuez-les tous ! Cela dit, ne m'enterrez pas avec eux, hein ?

Règle numéro cinq : naviguer entre sérieux et trait d'humour.

Je me dégage de la poigne de Clarke et avance vers la sortie, suivie de Lucas. Ce dernier s'arrête sur le seuil et jette un coup d'œil autoritaire à ses hommes.

— Pas de conneries, c'est compris ?

Ils hochent la tête et nous voilà en plein air. Nous marchons quelques secondes sur le chemin de terre, puis je me tourne vers le chef des Kings of the Law.

C'est le moment décisif. Alors, je fais ce que je sais faire de mieux : être humaine. Je plante mon regard dans le sien pour qu'il puisse lire en moi, je m'approche suffisamment de lui pour qu'il se sente en état de supériorité par sa taille et sa force. Le discours que j'ai tenu dans l'entrepôt a fâché son ego de chef de gang, mais il faut qu'il comprenne que je ne suis pas là pour l'humilier.

— Sans mon insistance auprès de Carter, vous seriez déjà enterrés six pieds sous terre. J'ai entraperçu de l'humanité derrière votre affront, et je ne suis pas la seule à y être sensible. Nous ne voulons ni d'un massacre ni de pertes humaines, que ce soit dans notre camp ou dans le vôtre. Personne ne doit mourir, alors qu'il y a tellement de solutions qui s'offrent à nous. Nous pouvons *tous vivre*, Lucas. Verser du sang ne vous donnera ni territoire ni remède à votre problème.

Les mains enfoncées dans ses poches, il lève le visage vers le soleil.

— Un bon chef de gang ne fuit pas devant la difficulté.

— Mais un bon chef de gang sait prendre les bonnes décisions pour permettre à ses hommes de rester en vie. Je ne te demande pas de fuir, je te demande de vivre.

Règle numéro six : ne pas se montrer gentil avant d'avoir obtenu le respect de l'autre.

Le regard qu'il pose sur moi ne peut pas être plus humain.

— Rester en vie, mais retourner à Brasilia sans parvenir à nourrir nos proches, ce n'est pas la bonne décision.

— Je suis d'accord avec toi. C'est pourquoi j'ai effectué des recherches sur le Panama, et Carter vous a trouvé un territoire à Colón. Il est prêt à vous offrir cent cinquante mille dollars pour asseoir votre autorité, développer de nouvelles activités, récupérer vos familles auprès de vous et payer leurs soins médicaux. Il vous offre le moyen de croire en l'avenir, Lucas.

Ses yeux sont plissés et remplis d'interrogations.

— Pourquoi je te ferais confiance ?

— Parce que je suis là à discuter avec toi, alors que je pourrais être en sécurité à la villa. Parce que je ne suis qu'une gamine de dix-neuf ans, à peine sortie du nid familial, qui découvre le monde des gangs, mais qui déteste la violence et pense que chaque vie compte. Parce que j'ai pris le risque de me faire tuer pour les miens, les tiens et ma conscience. À ton tour de prendre le pari de me faire confiance, pour les tiens et ta conscience.

Il me dévisage intensément, essayant d'intercepter sur mon visage la moindre expression qui me trahirait. Mais il ne trouvera rien, parce que je ne suis qu'honnêteté et transparence.

— Alors ? On a une entente ?

Il me fixe encore un instant, puis finit par hocher la tête. Toute pression s'échappe de mes épaules et je ne peux dissimuler ma joie. Le masque de supériorité et de confiance que j'avais confectionné avec Carter a complètement disparu. À présent, je dois avoir l'air d'une petite fille qui vient de terminer son coloriage sans dépasser.

Ma joie semble contagieuse puisque Lucas me tend sa main avec un sourire sincère. Nous échangeons une poignée amicale où notre respect mutuel est flagrant.

Je sors de la poche intérieure de ma veste en cuir la plus grosse enveloppe de billets qu'il m'ait été donné de voir et la tends à Lucas.

— Il y a sept cent cinquante coupures de cent dollars, soit soixante-quinze mille dollars. Vous trouverez l'autre moitié à la frontière demain matin. On vous arrêtera pour un contrôle et vous repartirez avec une seconde enveloppe.

Il vérifie son contenu avant de lâcher un petit rire incrédule. Lui non plus n'a jamais tenu autant d'argent entre ses mains.

— Il faut avouer que tu ne manques pas de cran. Je t'aime bien.

Je lui décoche un clin d'œil et nous retournons dans l'entrepôt.

Pendant une fraction de seconde, je me dis que c'est bien trop facile, que c'est peut-être un piège pour que je baisse ma garde. Seulement, je veux avoir confiance en l'humanité, alors je repousse ces pensées négatives.

De retour auprès des siens, Lucas s'empare du dossier sur la table.

— On se casse !

Ses hommes froncent les sourcils, certains surpris, d'autres en colère, néanmoins le regard autoritaire de leur boss les fait obéir.

Lucas les laisse passer devant lui, comme s'il s'attendait à de la résistance de leur part, et une fois qu'ils sont tous sortis docilement, il se tourne vers moi.

— Merci… commence-t-il.

— Avalone.

Il hoche la tête avec un sourire en coin, puis lance un coup d'œil arrogant aux Devil's, tel le chef de gang qu'il incarne. Il quitte l'entrepôt, la porte se referme derrière lui.

Chaque seconde qui passe est marquée par un battement de mon cœur dans un silence de plomb.

— Par l'œil d'Odin, qu'est-ce que tu lui as dit ? me demande Set, impressionné.

Je me tourne vers lui et les regards empreints de fierté de mes amis me permettent de réaliser ce que je viens d'accomplir.

La chute d'adrénaline me laisse épuisée, comme si j'avais couru un marathon.

— Je lui ai fait comprendre que l'entraide lui serait plus bénéfique.

— Ava, pour Carter et Mike… commence Sean.

— Ne vous fatiguez pas, le coupé-je. J'ai l'habitude des mensonges avec vous, alors les cachotteries, ça ne doit pas être pire…

Je ne suis même pas en colère. Je suis seulement soulagée que tout ça soit derrière nous. Je ne souhaite qu'une chose : rentrer sur le campus et rester dans mon lit des jours durant.

Je me dirige vers la porte et sors de l'entrepôt. Je dois attendre plusieurs secondes que ma vue s'accommode à la différence de luminosité pour apercevoir les Kings of the Law à trente mètres, près de leurs véhicules, mais les cris de Lucas me parviennent bien avant.

Il se dispute avec Henzo, en espagnol. Les cours que j'ai suivis au lycée me permettent de comprendre les grandes lignes du discours du boss.

*« On était désespérés. On s'est précipités sans savoir où marcher. »* À moins que ce soit : *« sans savoir où on mettait les pieds. J'ai pris une décision. Tu vas la respecter. Monte sur ta putain de moto et on quitte cette ville ! »*

Les poings serrés et le visage déformé par la haine, Henzo enjambe sa bécane et démarre. Lorsque l'impression que quelque chose d'horrible va se produire s'empare de mon être, l'adrénaline remonte dans mon corps à vitesse grand V.

*« Cassez-vous sans moi ! »*, leur crie Henzo.

Il accélère et m'épingle d'un regard qui exprime le dégoût.

Il sort son arme.

Il vise.

Il appuie sur la gâchette.

Soudain, une puissante douleur qui me coupe le souffle naît dans mon abdomen.

Je titube en arrière, l'esprit embrumé par une lancination qui me fait perdre tous mes moyens. Mes mains tremblantes se portent automatiquement sur la zone de l'impact, puis mes yeux tombent sur du sang. *Beaucoup de sang.*

Henzo s'enfuit à moto, j'entends des hurlements. Les Kings of the Law accourent dans ma direction tandis que je vacille. Mes jambes lâchent, et Clarke me retient. Ses lèvres bougent, mais je n'entends plus rien. Son visage est pâle comme la mort et le vert de ses iris a disparu pour n'y laisser que les ténèbres.

Ma vue se trouble, toutefois les mots d'Ethan traversent le brouillard de mon audition.

— RENTREZ-LA À L'INTÉRIEUR !

Clarke me soulève et me revoilà dans l'entrepôt. Il ordonne aux Dark Angels de pourchasser Henzo, puis m'allonge sur le sol, et le chirurgien apparaît au-dessus de moi. La vague glaciale qui se propage dans tous mes membres me fait frissonner.

— Apportez-moi mon sac !!!

Il est terrorisé, mais je ne peux le rassurer. Je suis incapable de parler, c'est au-dessus de mes forces. Chaque respiration est une torture, chaque seconde qui passe une agonie.

— Elle perd beaucoup trop de sang, elle fait une hémorragie !

Ethan déchire mon t-shirt et appuie sur ma plaie. Si je pouvais, je hurlerais de souffrance à m'en vider les poumons. Je tente de me dégager de lui tant la douleur est intense, seulement je ne parviens même pas à remuer.

— Reste avec nous, ne t'endors surtout pas !

Tout dans son ton et dans ses traits trahit l'urgence de la situation. Tucker s'agenouille et maintient le point de compression pendant qu'Ethan fouille précipitamment son sac. Ange se laisse tomber à mes côtés, blanc comme un linge.

— Vous êtes morts.

La voix grave de Clarke attire mon regard sur lui. Il s'approche dangereusement de Lucas et de son gang qui sont en retrait dans le hangar. Ils n'ont pas pris la fuite, ils sont restés. Mais Clarke transpire l'envie de meurtre. Il sort son arme. Aussitôt, les Kings of the Law dégainent, mais Lucas leur hurle de baisser leurs flingues. C'était sans compter sur la riposte des Devil's et des Demon's Dads. Si un coup part, il y aura une quinzaine de morts, si ce n'est plus.

Je ne peux pas les laisser gâcher ce que je viens d'entreprendre.

— Clarke...

Je ne sais pas si j'ai chuchoté ou hurlé. En revanche, la douleur est fulgurante. Le second de Carter se tourne brusquement vers moi, le regard rempli d'une multitude d'émotions, où la haine et la peur sont prédominantes.

— Baissez tous vos putains d'armes ! s'écrie Ange.

Les Demon's Dads obéissent à leur second. Seuls les Kings of the Law et les Devil's Sons persistent à se braquer.

— C'est pour vous tous qu'Avalone a pris ces risques aujourd'hui, qu'elle s'est mise en danger ! Et vous voulez cracher sur ce qu'elle vient d'accomplir ? Vous voulez vous entretuer alors qu'elle se vide de son sang ?

Lucas ordonne une seconde fois à ses hommes de baisser leurs armes. Les Devil's Sons ne tardent pas à suivre.

Le poing de Sean s'enfonce dans le mur, Set a le visage caché dans ses paumes et Justin se laisse tomber sur une chaise, les yeux rivés sur les mains d'Ethan maculées de mon sang. Tucker et Jesse sont à mes côtés, les traits déformés par une crainte intense, comme si un membre de leur famille allait mourir.

Est-ce ce que je suis ? Un membre de leur famille ?

Je sens une larme couler le long de ma joue. L'air a de plus en plus de difficulté à trouver le chemin de mes poumons.

— J'ai... réussi, balbutié-je à Jesse. Je vous ai... sauvé la vie, vous m'en devez... une. Alors... tenez-vous... bien.

Le Devil's au crâne rasé rigole dans une grimace d'abattement et Sean s'approche de nous, les yeux tellement brillants qu'une perle peut y tomber d'une seconde à l'autre.

— RETIRE-LUI CETTE PUTAIN DE BALLE ! hurle Clarke à Ethan.

— Je ne peux pas ! Il faut l'emmener à l'hôpital !

La prière que Tucker murmure aux dieux m'apaise, puis je tressaille lorsque Justin retourne la table qui se fracasse contre le mur.

Comme si mon âme quittait mon corps, la douleur s'estompe peu à peu pour laisser place à un sentiment de bien-être et de plénitude. Ma vision se trouble et mes yeux se ferment sans que je puisse lutter plus longtemps. Je sens comme dernier contact les mains de Jesse qui saisissent délicatement mon visage.

— V, reste avec nous, ne t'endors surtout pas, il faut que tu tiennes le...

— Avalone !

— Eh ! Beauté, réveille-toi, s'il te plaît...

— NON, NON, NON, NON !

Je n'ai pas combattu avec les armes, mais avec les mots. Est-ce que ça fait de moi une guerrière ? Est-ce qu'Odin va m'envoyer ses Valkyries[30] pour me conduire aux portes du Valhalla ? Moi qui étais destinée à mourir d'un arrêt cardiaque, il pourrait bien faire un effort pour ce retournement de situation spectaculaire.

---

[30] Dans la mythologie nordique, les Valkyries sont les guerrières d'Odin qui ont pour rôle de survoler les champs de batailles afin de désigner les guerriers morts au combat qu'elles emmèneront au Valhalla.

# 25.

*Il vise.*

*Il tire.*

*Du sang.*

*Beaucoup de sang.*

*Et une douleur insoutenable.*

Je me redresse brusquement, prise de nausées, et la douleur dans mes rêves devient réalité. Je pousse un petit cri d'animal désespéré. J'ai l'impression que tous mes organes ont été changés de place et que je ne devrais pas être en vie.

Souffrante, je me rallonge en grimaçant. Mon regard tombe sur le bandage qui entoure mon abdomen.

*Dieux Tout-Puissants… Henzo a voulu me tuer !*

Il a de toute évidence échoué.

D'une main tremblante, je palpe ma peau autour de ma blessure et retiens un gémissement. Je siffle entre mes dents serrées et cligne des paupières pour ravaler mes larmes.

Mon cerveau est enveloppé dans un brouillard dont j'ai du mal à émerger. Je suis vaseuse et je peine à me connecter à la réalité.

Mes yeux suivent les fils reliés à mon corps jusqu'au matériel médical qui enregistre toutes mes fréquences, puis j'observe mon environnement. Je ne suis pas à l'hôpital. Je suis dans ma chambre chez Carter, et Sean et Justin sont endormis dans des fauteuils en face de mon lit. Leur présence à mon chevet me rassure et m'arrache un sourire attendri. Les pauvres, ils doivent avoir mal partout... Leur position n'a rien d'agréable.

La langue pâteuse, je retire le tuyau à oxygène de mon nez et les différents fils qui enregistrent mes constantes. J'arrache le pansement qui recouvre le cathéter de ma perfusion et retire l'aiguille de ma veine. Lorsque je me dégage douloureusement des draps, j'ai un moment d'arrêt en découvrant que je suis vêtue d'une tenue ample décontractée et que je sens bon le gel douche.

*Par tous les dieux, s'ils ont osé me déshabiller et me laver, je les tue !*

À peine ai-je posé mes pieds au sol que ma tête me tourne. Les souvenirs en profitent pour me submerger, j'en suis toute chamboulée.

Henzo m'a tiré dessus et aux mots qu'Ethan a prononcés, j'aurais dû y passer, une fois de plus.

*Va savoir pourquoi, les dieux s'acharnent à te donner un second souffle*, me dis-je.

Terriblement faible, je reste assise quelques secondes afin de réunir le peu de force qu'il me reste. J'inspire un grand coup et me lève en poussant un juron de douleur.

La main sur la commode pour garder l'équilibre, je reprends ma respiration. Une goutte de sueur perle le long de ma colonne vertébrale.

D'une démarche particulièrement ridicule, j'avance vers la porte sans un bruit pour éviter de réveiller les garçons. Je tourne dans le couloir et m'appuie au mur. Pour la première fois, je maudis cette villa d'être aussi vaste.

Je mets d'interminables minutes à rejoindre la cuisine sans croiser personne. Finalement, je renonce à tendre le bras pour attraper un verre dans le placard. À la place, je lave la tasse qui traînait dans l'évier et la remplis d'eau. Assoiffée, je la vide d'un trait et la remplis de nouveau.

Je me pétrifie lorsque je me rends compte que je n'ai pas la moindre idée de ce qu'il s'est passé une fois que j'ai perdu connaissance. Est-ce que Clarke a explosé et s'en est pris aux Kings of the Law ? Est-ce qu'ils se sont attaqués les uns aux autres ?

— Ava ?

Je me retourne avec brusquerie en ignorant la douleur dans mon abdomen et fais face à un Set étonné de me trouver là. Un grand sourire illumine son visage, toutefois je n'ai pas le temps pour les effusions d'émotions.

— Les garçons vont bien ? Dis-moi que tout le monde est en vie !

— Comment tu te sens ? Qu'est-ce que tu fais debout ? Tu dois te reposer !

J'agrippe son t-shirt dans mes poings et le secoue, à la limite de ma patience.

— Set, est-ce qu'ils vont bien ?

Amusé, il attrape mes épaules afin de m'immobiliser.

— Oui. Personne d'autre n'a été blessé.

Je pousse un profond soupir et le reste de la troupe rapplique à l'entrée de la cuisine. Tantôt heureux, tantôt soulagés, voire inquiets, aucun d'eux ne sait quelle émotion mettre en avant.

— Mais qu'est-ce que tu fous debout ?! rugit Clarke, fou de rage.

Ses yeux s'arrondissent lorsqu'il louche sur le dos de ma main qui, soit dit en passant, ruisselle de sang.

— Tu as arraché ta perfusion !

*L'inquiétude.* Ils viennent tous d'opter pour l'inquiétude et les voilà en train de me dévisager sévèrement.

— J'avais soif. Très, très soif.

Le rire nerveux d'Ethan attire les regards désapprobateurs

sur lui, et lorsqu'il devient incontrôlable, tout le monde le suit pour relâcher la pression. Sauf Clarke.

— Tu nous as fait une peur bleue, putain !

— Même au saut du lit, avec un trou dans le ventre, tu restes une créature des plus bandantes.

Amusée, je mime une révérence un peu bancale.

— Ravie d'être un plaisir pour tes yeux, Collins.

Ethan me rejoint et s'occupe de nettoyer et désinfecter ma main.

— C'est quoi ce bordel ? Pourquoi la chambre d'Avalone est vide ? s'écrie Carter *Arinson* depuis le couloir.

Il entre dans la cuisine et s'arrête net quand il me voit. Comme les Devil's Sons précédemment, il me dévisage, mais une lueur de soulagement brille dans son regard.

— J'avais soif.

Il hausse les sourcils.

— Pourquoi tu n'as pas demandé aux garçons ?

— Ils avaient l'air sacrément à l'aise dans leurs fauteuils.

Sean et Justin se massent la nuque et grimacent, tandis qu'un sourire se dessine sur les lèvres du boss.

— Ravi de te revoir parmi nous.

— Combien de temps j'ai dormi ?

— Vaut mieux pas que tu le saches, me répond Tucker. On a eu la main lourde sur la morphine.

*Et merde...*

Je m'imagine déjà crouler sous la tonne de cours à rattraper, mais Clarke semble lire mes pensées puisqu'il lève les yeux au ciel.

— Avalone, je peux te parler dans mon bureau ? me demande Carter.

J'acquiesce. J'ai déjà ma petite idée sur le sujet qu'il veut aborder, et à vrai dire, je ne lui en veux pas. Ses liens familiaux ne concernent que lui, même si j'estime qu'il était important pour la négociation que je sois mise au courant.

Ethan s'approche de moi pour m'aider à m'y rendre, cependant je le repousse instinctivement. J'ai pris pour habitude de me montrer forte en toutes circonstances. Cela dit, en repensant au temps que ça m'a pris pour venir jusqu'ici, je me ravise et accepte volontiers son aide. Il y a des moments où il faut savoir lâcher prise. Celui-ci en fait partie.

Les garçons s'écartent sur notre passage et nous suivons Carter jusqu'à son bureau. Je prends place dans le fauteuil en face du sien avec le soutien d'Ethan, puis ce dernier nous laisse.

Une lueur de tourment brille dans le regard du chef des Devil's Sons. C'est à ce moment-là que je me souviens des propos qu'il a tenus l'autre soir pendant le dîner.

*La vérité frappera, quoi qu'il arrive. Ce n'est qu'une question de temps, et plus on l'ignore, plus elle causera de dégâts.*

Pendant un long moment, Carter ne dit rien, si bien que je finis par penser qu'aucun mot ne franchira ses lèvres. Il soupire.

— J'aimerais te parler du lien que Mike et moi partageons.

Je hoche la tête. J'ai beau être curieuse, je me sens comme une intruse dans son passé. Si je n'avais pas découvert la vérité par mes propres moyens, il ne m'en aurait jamais informée.

— Nous étions inséparables dès notre plus tendre enfance. Nos familles se connaissaient comme si elles ne formaient qu'une. J'avais neuf ans quand mes parents sont décédés dans un accident de la route. C'est à ce moment-là que ceux de Mike m'ont adopté. Par la suite, nous avons bâti ensemble, Mike et moi, Arinson Arms. Au bout de quelques années, nos visions de l'avenir concernant notre entreprise divergeaient. J'étais acteur et témoin des querelles qui se multipliaient entre nous. J'ai préféré quitter le navire pour préserver notre relation, et j'ai créé les Devil's Sons.

Le choix de Carter a été humble, c'est respectable de sa part. Mais ces informations ne sont qu'une mise en abîme, une introduction. Le plus important est à suivre.

— Pourquoi me l'avoir caché ? Pourquoi le cacher aux autres gangs, alors que ça vous positionnerait sur un piédestal ?

Je suis stupéfaite par la tristesse qui transperce son regard. Je ne pensais pas qu'un homme comme Carter pouvait se montrer aussi vulnérable, au point que je regrette ma question. Une telle tristesse amène forcément une terrible histoire que je ne suis pas sûre de vouloir entendre.

— Mike avait une femme qui est tombée enceinte. Seulement, à l'époque, il a commis une terrible faute : il a arnaqué les BloodBro, le gang le plus puissant et sanguinaire d'Amérique. Pour se venger, ils ont décidé de prendre la vie de son fils pas encore né. Nous avions réussi à fuir tous les trois, mais... dans la précipitation, un accident de voiture a coûté la vie à sa femme, tuant le bébé par la même occasion.

Je retiens ma respiration et lutte pour ne pas m'imaginer l'horreur de la scène.

— Nous avons essayé de les sauver...

Sa voix tremble si fort que je regrette le Carter Brown impassible. Je ne souhaiterai jamais un tel drame, même à mon pire ennemi.

Les mains de Carter s'agrippent à son bureau, il pousse un profond soupir et reprend son calme.

— Les BloodBro auraient pu se satisfaire du malheur de Mike, c'était sans compter leur soif de sang. Ils ont annoncé fièrement que dorénavant, chaque nouveau-né de la famille Arinson leur appartiendrait.

Un silence étouffant s'abat sur nous. Si je n'étais pas pétrifiée par cette horrible histoire, je secouerais la tête pour la bannir à tout jamais de mon esprit.

— À l'époque, je désirais des enfants, reprend Carter. Avec Mike, nous avons décidé qu'il était plus judicieux de nous éloigner et de cacher notre lien de parenté pour protéger mes futurs descendants. Puis j'ai rencontré Kate, qui est stérile. Par ailleurs, ce secret pesait sur nos épaules depuis si longtemps que nous avons préféré le garder pour nous.

La culpabilité d'avoir avoué aux Kings of the Law que Carter était un Arinson me fait l'effet d'une violente gifle.

*Par tous les dieux...*

— Je suis... balbutié-je.

Carter secoue la tête, un faible sourire au visage.

— Tu n'as pas à être désolée, Avalone. C'est de ma faute. J'aurais dû te mettre dans la confidence, tout comme je l'ai fait avec les Devil's Sons. Après tout, tu as prouvé à maintes reprises que tu étais digne d'être un membre à part entière de mon gang.

Ces mots m'auraient donné envie de vomir il y a quelques semaines, mais aujourd'hui, j'en suis touchée et fière, ce qui m'effraie davantage. Parce que quelque chose me dit que les BloodBro ne font pas partie du passé. Fuir ne marchera pas indéfiniment, un affrontement – que je n'espère pas le moins du monde – aura lieu un jour ou l'autre.

— Je peux te demander comment tu as eu cette information ? s'enquiert-il, inquiet que d'autres la découvrent.

— Par Lola, à ma demande. C'est une sorte de personne née pour rejoindre le FBI. Je n'ai pas la moindre idée de comment elle s'y est prise. Cela dit, vous pouvez lui faire confiance. Elle gardera le secret.

— Je sais. File te reposer, maintenant.

J'acquiesce et me lève doucement. Avant que je ne passe la porte, Carter m'interpelle.

— Je t'ai dit qu'après la négociation, tu pourrais retourner sur le campus... toutefois, avec Henzo dans la nature, ce n'est pas prudent, tu comprends ?

Je hoche la tête, en accord avec lui. J'ai vu la mort de bien trop près pour refuser sa sécurité, et sa présence ne m'est plus si insupportable, ni même désagréable.

— Vous n'allez pas embêter Lola, nous sommes d'accord ?

L'amusement étire ses lèvres.

— Tu me prends toujours pour un monstre, hein ?

J'arque un sourcil.

— Vous n'êtes pas foncièrement mauvais, Monsieur *Arinson*. Je retire la sociopathie de votre diagnostic. Mais vous êtes tout de même un monstre.

Il porte ses mains à son cœur et feint d'être blessé, recevant de ma part un éclat de rire sincère. Il secoue la tête avec gaieté, visiblement heureux que nos relations se soient apaisées.

— Tu as fait du très bon travail, Avalone. Tu as sauvé de nombreuses vies, tu peux être fière de toi. En revanche, essaie de ne pas te prendre une balle, la prochaine fois.

Il me fiche à la porte lorsque je lui propose on ne peut plus sérieusement de lui prendre rendez-vous chez un psychiatre.

Ethan vient aussitôt à ma rencontre pour m'aider à rejoindre ma chambre.

J'ai un sourire idiot lorsque nous longeons le couloir. Me battre sans cesse avec Carter était épuisant. Être en bons termes avec lui n'est pas si compliqué, quand il ne rivalise pas avec Clarke pour le trône du roi des enfoirés.

— Je savais que ce n'était qu'une question de temps avant que Carter ne parvienne à te montrer l'être humain respectable qui sommeille en lui.

— La vie est une garce. Et la vie change les hommes ; elle les renforce pour les protéger, dissimulant leurs qualités. Carter en est l'exemple type.

Ethan acquiesce et nous atteignons ma chambre.

— À partir de maintenant, je vais venir t'examiner deux fois par jour. Tu as failli mourir, tu as eu de la chance !

Je passe ma main sur son bras avec reconnaissance.

— C'est grâce à toi. Merci.

— Pas vraiment. La balle a touché l'aorte, tu te vidais de ton sang. J'ai stoppé l'hémorragie, mais on a dû te transporter dans une clinique privée. Un des médecins me devait un service, il n'a pas prévenu la police. C'est lui qui t'a sauvée.

L'inconscience m'a toujours donné des frissons désagréables. Nous nous trouvons dans un lieu familier avec des personnes que nous aimons, et l'instant d'après, notre corps voyage et subit des choses dont nous n'avons aucun souvenir.

— C'est bien ce que je disais. Sans toi, je serais morte à l'heure qu'il est. Merci infiniment.

Il refuse mes remerciements, le visage dur.

— Tu ne comprends pas, Avalone. Avec ton état de santé, tu ne peux pas te permettre d'avoir un chirurgien à la main tremblante qui n'a pas accès à la moindre technologie médicale. J'ai déjà du mal à soigner convenablement les gars lorsqu'ils sont méchamment blessés. Alors toi, c'est mission impossible. Avec un cœur comme le tien, il faut de la stérilité, de la rapidité et de la précision, du matériel et des traitements. Je ne peux rien t'offrir de tout ça... Si je te touche quand tu es dans un état critique, je te tue, Avalone.

Je pose mes mains sur ses épaules et lui souris tendrement.

— Merci.

— Bon sang, tu saisis ce que je te dis ?

— Je te remercie d'être un si bon chirurgien, conscient de ses faiblesses, qui est capable de s'adapter et de trouver des solutions. Tu as directement su que tu ne pouvais pas me soigner, je t'ai entendu. Et tu as dégoté quelqu'un qui, lui, le pourrait. Sans toi, je ne serais plus là, Ethan. Alors, *merci infiniment*.

— Oh...

Je le prends dans mes bras et reçois de cette accolade du réconfort. J'ai toujours cru que j'allais mourir de mon insuffisance cardiaque et je m'y suis longuement préparée. Henzo a été un imprévu qui m'est insupportable. Je n'ai pas passé plus de dix années de ma vie à accepter que ma maladie m'achève pour que ce soit quelqu'un d'autre qui s'en charge.

Ethan doit ressentir ma détresse puisque son étreinte

dépasse la simple courtoisie.

— Qu'est-il arrivé à Lucas et à son gang ? demandé-je en me détachant de lui.

— J'ai bien cru que Clarke allait les tuer. Les Devil's Sons ont commencé à vriller devant la quantité de sang que tu perdais, je ne te dis pas le carnage. Puis il a fallu choisir : te venger ou te sauver. La décision a été vite prise. Lucas a tenu à attendre la fin de ton opération avant de quitter le pays. Il m'a transmis ses plus plates excuses et ses remerciements pour ta bienveillance. À l'heure qu'il est, ils devraient être au Panama.

Un large sourire étire mes lèvres. Je suis tout de même heureuse que ça se soit bien fini. Lucas n'a pas longuement hésité avant de choisir la non-violence. Il mérite le bonheur et la sérénité pour ses proches.

— Clarke risque de se montrer distant.

Je fronce les sourcils et penche la tête de côté, invitant Ethan à poursuivre.

— Il s'en veut et tu sais comment il réagit face à ses tourments.

*Il s'éloigne.*

Je pouffe d'un rire qui n'a rien de joyeux. Il traduit la déception, la lassitude. Nous avons déjà Henzo sur les bras, je ne me sens pas d'affronter un Clarke en proie à ses émotions.

— Je vais y aller. Appelle-moi si tu as le moindre problème.

Ethan remercie les Nornes de m'avoir gardée en vie, embrasse mon front, puis s'en va.

Je songe à la chaleur de mes draps pour une nouvelle nuit quand je suis prise de vertige. Je passe la main sur mon front et m'aperçois de la présence de Clarke. Il avance vers moi, le regard grave, tandis que ma vision se trouble. Mes jambes cèdent brutalement sous mon poids, ses bras me retiennent. Clarke me porte contre son torse et me dévisage avec inquiétude.

— On dirait bien que c'est à ton tour de rester au lit, Beauté.

Je lui souris, dans les vapes, et tout s'efface autour de moi.

Mon estomac qui crie famine me tire de mon sommeil. Avant de pouvoir me redresser, je dois une nouvelle fois retirer les fils sur mon corps et les tuyaux qui m'apportent de l'oxygène. Je ne sais pas qui les a replacés, mais ce sont sans doute les instruments médicaux que je déteste le plus au monde.

Je récupère mon téléphone sur la table de chevet et découvre les appels manqués, ainsi que les messages reçus depuis la négociation. Lola en est la principale expéditrice. Elle m'avertit qu'elle est au courant de mon état et qu'elle compte bien tuer les Devil's Sons. Mes amis sont également au parfum grâce à ma chère colocataire qui a tapé un scandale lorsque Set l'a informée de la situation. Je leur réponds à tous que je n'ai pas encore passé l'arme à gauche et leur assure que je me porte bien.

Je me redresse et grimace de douleur, cela dit elle est moins vive qu'à mon précédent état de conscience. Je ne sais pas avec exactitude combien de jours se sont écoulés depuis la négociation et je préfère rester dans l'ignorance.

Je sors de mon lit et quitte ma chambre dans l'obscurité de la nuit pour voler de la nourriture. La maison est d'un calme absolu. J'entre dans la cuisine et pars à la recherche de tout ce qui pourrait être comestible.

Des bruits de pas feutrés m'annoncent la venue d'une personne.

— Comment tu te sens ?

Je sors le nez du frigidaire pour regarder Clarke, appuyé contre l'embrasure de la porte. Je lutte de toutes mes forces pour ne pas laisser mes yeux traîner sur son torse nu, et encore moins sur le jogging gris qu'il porte bas sur les hanches, mais le simple fait de le savoir me donne brusquement chaud.

*Par tous les dieux, une telle créature ne devrait pas exister, c'est inhumain !*

— Je pourrais courir un marathon, réponds-je. Ce qui tombe merveilleusement bien puisque, après le badge de négociateur que j'ai obtenu, je vise celui du sportif.

Un sourire en coin apparaît sur son visage. Mon cœur s'affole lorsqu'il avance dans ma direction. Je recule d'un pas, lui demandant silencieusement de ne pas approcher.

Je suis bien trop fragile physiquement et mentalement pour agir convenablement et je ne sais pas ce que je ferais s'il était trop près de moi.

Mais Clarke Taylor se fiche éperdument de ce que je souhaite. Il continue de combler la distance qui nous sépare, je suis obligée de poser ma main sur son torse nu pour l'arrêter. La chaleur que dégage sa peau réchauffe ma paume, mon bras, et tout mon corps. Je ne peux soutenir son regard sans le désirer, alors je garde les yeux rivés sur ma main qui n'a toujours pas bougé de sa poitrine.

— Clarke, je...

Dans l'incapacité de former une phrase, je romps tout contact et le contourne pour retourner au frigidaire. Je m'empare des ingrédients nécessaires à la préparation d'un sandwich et pose le tout sur l'îlot central, à l'opposé de Clarke qui m'observe sans dire un mot. C'est lorsque je range tout à sa place que sa voix me fait sursauter.

— Ça n'arrivera plus.

J'ose un regard dans sa direction et découvre son visage fermé.

— De quoi ?

— Que tu te mettes en danger pour nous. C'est terminé.

Ses beaux yeux verts sont éteints, la culpabilité transpire par tous ses pores et ajoute une fêlure à son âme. Il s'en veut bien plus que je ne l'aurais imaginé, bien plus que ce que Ethan a pu me dire.

— Ce n'est pas ta faute, murmuré-je.

— Si, ça l'est. Je t'avais promis qu'il ne t'arriverait rien.

Son ton est ferme et dur. J'en ai marre de ce mur qu'il érige sans cesse entre nous. Je comble l'espace qui nous sépare et pose mes mains sur ses joues pour capter son regard, mais il ferme les paupières à mon contact en respirant difficilement.

— Tu m'as promis que je ne mourrais pas. Tu as tenu ta parole.

Ses doigts se ferment autour de mes poignets et me repoussent.

— Crois-moi, cette promesse valait bien plus que ce que j'ai pu te dire à voix haute.

— Tu ne peux pas sauver tout le monde, tout le temps... soufflé-je.

— C'est l'hôpital qui se fout de la charité !

Il rigole nerveusement et recule d'un pas, déçu de lui-même.

— Quand bien même, *toi*, j'aurais dû te sauver. Te voir te vider de ton sang...

Il contracte durement la mâchoire et passe ses mains dans ses cheveux, les yeux rivés sur moi. Je me demande si sa réaction n'est pas due à la mort de ses parents. Eux aussi se sont vidés de leur sang devant lui...

— Clarke, je...

Il tourne les talons et quitte la cuisine en donnant un coup dans le pot d'ustensiles qui se fracasse contre le mur.

# 26.

À onze heures tapantes, Ethan passe la porte de ma chambre pour changer mon pansement. Après un examen approfondi de ma plaie suturée, il m'annonce que je vais m'en remettre.

— Dans plus ou moins une semaine, je t'enlèverai les points. Tu as échappé aux jours les plus douloureux grâce à la morphine, ricane-t-il.

J'affiche une moue dubitative. Cela dit, il est vrai qu'alterner entre profond sommeil et état de confusion est préférable à la souffrance. Je peux remercier Tucker qui a bataillé avec Ethan pour me droguer des jours durant afin de m'éviter l'agonie.

— Clarke va être content, je lui retire les siens ce matin.

Je me maudis de songer avec déception à son départ de la villa plutôt qu'à sa guérison. Ethan me colle un nouveau pansement, puis lève les yeux vers moi avec un sourire entendu.

— D'après ce que j'ai compris, il passe encore la journée et la nuit ici. Les autres font un tour en ville à la recherche d'Henzo.

Il dépose un baiser sur mon front, m'ordonne de me reposer et sort de la pièce pour rejoindre le Devil's. Je m'allonge sur mon lit et fixe le plafond. Cette maison va me rendre dingue. Malgré mon état à la limite de l'inconscience ces derniers jours et le temps que je n'ai pas vu filer, il est nécessaire que je prenne l'air, et vite !

Une vingtaine de minutes plus tard, lorsque Ethan quitte la propriété, j'enfile des vêtements et me dirige vers la chambre de Clarke. J'entre sans frapper et découvre le bad boy qui sort de la salle de bains. Un sourcil levé, il me scrute, probablement à la recherche d'une marque de douleur.

— Je n'en peux plus de cette villa, j'ai besoin d'aller faire un tour.

Il hausse le second sourcil.

— S'il te plaît...

— Tu dois te reposer.

— Je ne dirais pas à voix haute combien de jours j'ai passé à dormir droguée à la morphine, c'est révoltant. En revanche, tu sais aussi bien que moi que la négociation remonte à une autre époque ! Je ne serais même pas étonnée de tomber sur des voitures volantes à l'extérieur !

Il lève les yeux au ciel et tente de dissimuler son amusement face à mon exagération flagrante, mais tout de même, je me suis suffisamment ménagée, et contre mon gré, en prime !

Sans un mot, il avance vers sa commode et s'empare d'un t-shirt qu'il enfile. Un large sourire étire mes lèvres lorsqu'il se couvre d'un pull, laissant la veste de côté pour éviter d'attirer l'attention d'Henzo. Il saisit son arme sur la table de chevet, vérifie qu'elle est bien chargée, puis la coince à l'arrière de son jean.

Arrivé à ma hauteur, il enlace nos mains et nous sortons de la maison, à mon plus grand bonheur. Il m'aide à monter sur sa moto et prend place à son tour. J'enroule mes bras autour de sa taille sans trop me coller à lui, au risque de me faire mal. Je n'ai jamais été aussi heureuse d'entendre un moteur rugir.

Nous quittons la propriété, puis la ville. Je ne sais pas où nous allons, mais ça m'est égal. Je suis libre et en vie, c'est tout ce qui compte.

Nous rejoignons l'autoroute. Clarke roule vite, pourtant je n'ai pas peur. Pas avec lui. Je ne peux m'empêcher de sourire. Je me sens tellement bien qu'il le ressent et me décoche un clin d'œil à travers le rétroviseur, puis il accélère encore plus et double des voitures qui nous klaxonnent.

Lorsque le vent devient trop puissant, je pose ma joue contre son omoplate et regarde le paysage défiler. Il est simple, et magnifique par ailleurs. J'aperçois un sanglier à l'orée de la végétation et pousse un petit cri admiratif.

Une heure plus tard, le Devil's quitte l'autoroute pour se ravitailler à une station essence. Après avoir mis pied à terre, il m'aide à descendre et me demande comment je me sens. Je lui affirme que tout va bien. Il s'empare de la pompe qu'il enfonce dans le réservoir de sa moto.

— Fais le plein. Je reviens.

Il embrasse mes lèvres et part en direction du magasin. Bouche bée, je le regarde s'éloigner. Je crois même que mon cerveau s'est déconnecté. Quand il se rend compte de son comportement, il stoppe net sa course et reste figé de longues secondes, probablement encore plus surpris que moi. Il finit par se tourner légèrement dans ma direction et me dévisage, les sourcils froncés, comme si c'était moi qui lui avais volé un baiser. Puis il m'offre son sourire en coin digne de son charme ravageur et reprend sa route, l'air de rien.

— Ce mec est plus culotté que l'homme qui a écrit un livre sur le plaisir sexuel de la femme !

Je ne pensais pas avoir parlé suffisamment fort pour qu'il m'entende, mais son éclat de rire retentit sur tout le parking.

Je porte mes doigts à mes lèvres, sentant encore la chaleur des siennes, et je ne peux les empêcher de s'étirer.

Guillerette, j'appuie sur le loquet de la pompe pour libérer l'essence, mais il semble bloqué. J'essaie de mes deux mains, pourtant rien n'y fait, le loquet ne s'enfonce pas d'un millimètre.

Je me débats avec le pistolet et jure comme un charretier.

— Qu'est-ce que tu fais ?

Je me tourne vers Clarke, amusé de mon combat acharné, alors qu'il revient avec des bonbons.

— Il est cassé !

Il pose sa main par-dessus la mienne et y ajoute sa force. La pompe s'enclenche et le carburant remplit le réservoir.

J'écarquille les yeux tandis que les siens sont moqueurs.

— Ne prends pas tout le mérite. J'ai fait le plus difficile, c'est pour ça, me justifié-je.

Une heure et demie plus tard, nous nous garons sur le parking de la forêt nationale de Huron-Manistee. Je ne me rends pas compte que Clarke descend de la Harley, ni qu'il m'attrape par les hanches pour me déposer à terre. Je suis émerveillée par la beauté de la nature. La végétation s'étend devant nous, dense et majestueuse. Infinie. Je me sens ridiculement petite et faible face à elle. Insignifiante.

Clarke entrelace nos doigts, comme si ce geste pourtant si simple était tout à fait habituel entre nous, et nous courons presque jusqu'à l'orée de la forêt. Nous ralentissons le pas en nous y aventurant, histoire de ne pas nous prendre les pieds dans une racine plus épaisse que mon bras. Plus nous avançons entre les arbres, plus les traces de l'homme disparaissent, et plus le cadre est stupéfiant.

Il y a de la verdure à perte de vue, de hauts séquoias et des roches recouvertes de mousse. Le chant des oiseaux et le bruit d'un ruisseau. Je ne sais plus où donner de la tête. Je regarde partout autour de moi et souris comme une gamine le premier soir de Yule[31]. Le soleil perce la barrière de feuillages à certains endroits et apporte de la luminosité aux ombres. Pour couronner le tout, une brise nous caresse le visage en signe de

---

31 Yule est une fête païenne qui se célèbre durant la période du solstice d'hiver. Elle est ponctuée d'échange de cadeaux.

bienvenue. Je n'ai pas les mots pour décrire ce que je vois. Je suis amoureuse.

Clarke et moi progressons dans la forêt. À quelques mètres de nous, près d'un tronc, un lapin roux apparaît. J'attrape le bras du Devil's pour l'arrêter. Il suit du regard le doigt que je pointe vers l'animal, puis lâche un petit rire moqueur qui provoque la fuite du mammifère.

*C'est malin !*

En punition, je lui enfonce mon coude dans les côtes. Pour cette fois, je peux le malmener sans craindre une riposte et je ne manque pas de le narguer. Être blessée n'a pas que des inconvénients.

— C'est le site le plus beau que j'aie jamais vu. Comment l'as-tu découvert ?

— J'y allais avec mes parents quand j'étais gosse. Ça n'a pas changé.

Je suis stupéfaite par sa révélation. Jamais je n'aurais cru qu'il me dévoilerait cette information, et encore moins qu'il m'emmènerait dans un endroit aussi symbolique à ses yeux.

— Je comprends que tu ne veuilles pas parler de leurs décès, ni de ce que tu éprouves vis-à-vis de leur perte, mais si un jour tu as envie de me raconter certaines histoires de ton enfance, j'en serai ravie.

— Je me suis toujours dit que partager mes souvenirs reviendrait à les laisser s'envoler et à les oublier.

Sa réponse me coupe le souffle. Je ne m'attendais pas à ce qu'il se confie. Cela dit, j'imagine très bien ce qu'il ressent. Garder pour lui ces histoires à travers lesquelles il voit encore le visage de ses parents équivaut à les retenir prisonniers dans son corps. Il craint qu'à la seconde où il ouvrira la bouche, ils s'échappent dans les airs pour ne plus jamais lui revenir.

— Ou alors, partager ses souvenirs, c'est compter sur plusieurs cerveaux pour les sauvegarder.

Le sourire qui éclaire son visage manque de me faire

trébucher. Je n'avais jamais trouvé une dentition aussi parfaite, des lèvres aussi charmeuses et une fossette aussi craquante.

Il m'attire contre lui, passe son bras autour de mes épaules et joue avec une mèche de mes cheveux.

— Parle-moi de toi, demandé-je.

— Eh bien, je m'appelle Clarke.

— Merde, je pensais que tu t'appelais Taylor...

Il lève les yeux au ciel, serein comme je ne l'ai jamais vu, et je souris, heureuse de le savoir apaisé. Ce lieu a l'air de lui faire beaucoup de bien. Cette version de Clarke me fait beaucoup de bien.

— Je suis né à Chelsea, dans le Michigan. J'y ai vécu jusqu'à mes quatorze ans. À la mort de mes parents, je me suis installé chez ma tante à Ann Arbor. Une fois à l'université, j'ai pris une chambre sur le campus, quand un beau jour, deux abrutis m'ont emmerdé. On s'est battus à en être défigurés, puis un vieux con en costard nous a séparés. Il m'a présenté ses deux hommes, Sean et Jesse, tandis que quatre autres me retenaient.

J'écarquille les yeux, même si je ne suis pas le moins du monde étonnée. Tous ont intégré les Devil's Sons d'une façon cocasse.

— Carter m'a proposé de faire partie de son gang. J'ai décliné et je me suis barré en les insultant. C'était sans compter leur ténacité. Ils ne m'ont pas lâché la grappe. On a dû se frapper dessus dix ou onze fois de plus avant que j'accepte.

Devant mon air sidéré, il précise :

— Avoir des amis, ça n'a jamais été dans mes plans depuis que j'ai perdu mes parents. Alors, lorsqu'ils me vendaient les Devil's Sons comme une famille, je les cognais.

Il laisse échapper un petit rire qui réchauffe mon cœur et mon âme.

— Ces cons ne comprenaient pas pourquoi je les frappais à chaque fois que j'entendais ce mot sortir de leurs bouches. Ils me prenaient pour un malade mental et en voulaient à Carter qui leur ordonnait de ne pas lâcher l'affaire. La pire phrase que Sean ait pu me dire par désespoir, c'est : « T'es païen, mec. Ne nous dis pas que tu as peur du danger ! Odin ne laisse pas mourir les nôtres d'une balle. » Des mots qui étaient non seulement totalement stupides, et...

Il ne poursuit pas, il n'en a pas besoin. Je comprends parfaitement. Ses parents étaient païens et sont justement morts d'une balle dans la tête.

— À l'époque, reprend Clarke, il y avait des jumeaux et deux autres gars qui faisaient partie du gang. Ils étaient en dernière année, je ne les ai côtoyés qu'un an. Puis Set est apparu, et il m'a aidé lors d'une baston. J'ai détesté ça, mais Carter a voulu le rencontrer. L'année suivante, c'était au tour de Tucker et de Justin d'intégrer le gang. Cet abruti de Tucker avait provoqué un groupe de boxers professionnels. Le pire, c'est qu'il était persuadé de gagner. Justin a essayé de le raisonner, en vain. Ça a éclaté. Carter nous avait déjà mis sur le coup, Set et moi, et nous avons profité de l'occasion pour observer leurs capacités. Malgré tout, ils se sont bien débrouillés. À eux deux, ils formaient déjà une très bonne équipe...

Lorsque Clarke s'interrompt, je suis son regard et j'oublie tout, même de respirer. Le lac Michigan s'étend devant nos yeux. Aucune vibration ne perturbe sa surface.

Sans préambule, je cours vers la rive, entraînant le Devil's à ma suite. Je ne m'arrête que lorsque nos chaussures sont inondées. Je lâche sa main pour sautiller dans l'eau glacée, comme lorsque j'étais gosse. Faute d'avoir un cœur en bonne santé, je n'ai jamais pu nager à ma guise, mais mon imagination palliait ce manque. Je crois connaître les sensations que la plongée procure.

La douleur à l'intérieur de mon abdomen se rappelle à moi. Je cesse de m'agiter dans tous les sens, en revanche je n'en laisse rien paraître. Je lève les yeux vers Clarke qui m'observe, un petit sourire aux lèvres.

Je le rejoins et nous ramène sur la terre sèche. Nous nous asseyons sur le sol et je ferme les paupières pour profiter des rayons du soleil sur mon visage.

— Qu'est-ce que tu voudrais faire plus tard ? lui demandé-je.

— Je n'ai jamais trouvé quelque chose qui me plaisait, mis à part les Devil's Sons.

Je pose mon regard sur lui. Ses mèches noires s'envolent sous la brise et la luminosité qui offre de la brillance à ses yeux verts le rend irrésistible, d'une dangereuse façon.

— Et toi ?

Je souris en fixant l'horizon.

— Il y a beaucoup de choses que j'aimerais faire.

*Si seulement j'avais toute la vie devant moi...*

— Comme quoi ?

— À vrai dire, je ne sais pas. J'aime apprendre. Dévoreuse de livres, c'est un métier ?

— Je ne t'ai jamais vue un livre à la main.

Je prends un air faussement accusateur.

— Peut-être parce que votre organisation criminelle me dépouille de mon temps libre, Monsieur Taylor !

Pour la première fois, j'ai l'impression de faire face au *vrai* Clarke, celui qui n'a aucune chaîne. Son sourire est grand et sincère, son regard n'a ni voile ni noirceur. Le Clarke de la forêt de Huron-Manistee n'est pas le second des Devil's Sons.

— Eh bien, si tu acceptais notre argent sale, tu pourrais t'acheter une multitude de manuels. Ça t'arrive de lire des romans ?

— C'est rare, mais pas anodin.

— Laisse-moi deviner...

Curieuse, je l'observe réfléchir.

— Tu n'aimes pas la violence, toutefois les thrillers peuvent t'apporter des raisonnements intéressants. Tu n'es pas du genre à dévorer de la fantasy ou de la science-fiction. Tu es bien trop terre à terre pour t'autoriser à rêver. Pareil pour la romance. À moins que...

Il fait claquer sa langue sur son palais et pose les yeux sur moi.

— Tu as forcément dû lire de bons vieux classiques hauts en couleur. Ce qui nous ramène à Shakespeare et... Jane Austen.

Si j'avais un journal intime, je l'accuserais de l'avoir lu à plusieurs reprises. C'est à la fois effrayant et soulageant de ne pas avoir à parler pour être comprise.

— *Orgueil et Préjugés*, un incontournable !

Il se montre victorieux quand je suis impressionnée.

— Dis-moi ce que tu lui reproches.

— Qu'est-ce qui te fait penser que je lui reproche quelque chose ?

— Je le vois dans ton regard, Clarke, alors accouche !

Il fixe mes lèvres et humidifie les siennes. L'air s'alourdit, une seconde de tension crépite entre nous avant que Clarke ne se reprenne.

— Aucun suspense, intrigue ennuyeuse, bien trop classique, et totalement prévisible. Une nana plus intelligente que les autres à la langue terriblement bien pendue trouve un mec sexy, juste avant de comprendre que c'est un con mal baisé. Retournement de situation : c'est l'homme parfait, on va se marier. Fin de l'histoire.

Je le fixe, ahurie.

— Tu viens de gâcher ce chef-d'œuvre littéraire en cinq pauvres secondes ! Tu es un narrateur déplorable, j'espère que tu en as conscience !

Avec un sourire en coin, il me donne un petit coup d'épaule. Je finis par m'allonger sur le dos. À travers mes paupières closes, je sens quelque chose faire obstacle aux rayons du soleil, puis un corps s'allonge sur moi.

*Ce corps qui se moule parfaitement au mien, cette odeur qui réveille tous mes sens...* J'ouvre les yeux sur Clarke.

Son nez touche presque le mien et son souffle qui caresse

mes lèvres rend les battements de mon cœur ridiculement aléatoires. Je déglutis avec peine, tente de trouver une raison qui le pousse à se comporter de la sorte, mais ne trouve pas de réponse.

— L'histoire est très bien écrite, murmuré-je. Les personnages sont pittoresques et possèdent leur caractère propre.

Ma respiration devient saccadée. Tout mon être me hurle de le toucher, de l'embrasser, de l'aimer. Je le veux, lui et ses bons côtés, lui et ses mauvais côtés. Je veux le Clarke Taylor de la forêt de Huron-Manistee, avec ses éclats de rire et sa légèreté, mais aussi le Clarke Taylor des Devil's Sons, avec son visage de marbre et son regard noir.

— Elizabeth rejette les codes. Elle s'amuse de la société étriquée de son époque et des conventions sociales. Elle ne se prive pas de juger tout le monde avec aplomb. Elle est très attachante.

Son regard brûlant d'un désir ardent qu'il peine à contrôler descend sur ma bouche. L'air n'entre définitivement plus dans mes poumons, et mon cœur loupe un battement lorsque sa langue suit le contour de ma lèvre inférieure. Je dois me faire violence pour retenir un soupir d'extase, mais je n'en ai bientôt plus la force. Sa langue est remplacée par ses lèvres charnues le long de ma mâchoire. Je laisse échapper un gémissement, tandis que les muscles de Clarke se contractent en réponse. Ses dents effleurent mon oreille et je me cambre contre lui.

— Set avait tort. Tu es *la* créature la plus bandante, alors évite de libérer un si joli son si tu veux garder tes vêtements.

Il s'apprête à se relever, seulement je le retiens. Son regard tourmenté plonge dans le mien. Il me partage à travers ce contact sa frustration et sa retenue.

— Avalone, je...

— Je ne te demande rien d'autre que de m'embrasser.

Quelque chose cède en lui. Il fond sur ma bouche pour me

donner le genre de baiser dont lui seul a le secret. Dans mon esprit et dans mon corps, c'est le chaos. À cet instant, plus rien n'a de sens, sauf nous. Je me délecte et m'imprègne de lui. Je prends tout ce qu'il m'offre pour tenter de me rassasier jusqu'à la prochaine fois.

Nous nous séparons enfin, à bout de souffle, et Clarke se relève aussitôt pour reprendre le contrôle. Je ressens déjà l'absence de sa chaleur corporelle, toutefois je souris, incapable de faire autrement. Debout devant moi, il enfonce ses doigts dans ses cheveux.

— Tu ne me facilites pas les choses, là...

— C'est toi qui as commencé.

Il me tend une main pour m'aider à me relever, ce que j'accepte en essayant de retrouver une respiration correcte et un rythme cardiaque raisonnable.

Cet homme finira par avoir ma peau.

Dans un silence nécessaire pour recouvrer nos esprits, nous rentrons dans la forêt. Comme moi, Clarke a ce manque de contact évident. Il joue avec mes doigts, effleure ma clavicule, pour ensuite venir replacer une mèche de cheveux derrière mon oreille, puis il passe son bras autour de mes épaules et m'attire contre lui.

— Tu lis souvent ? le questionné-je.

— Jamais.

— Alors, pourquoi *Orgueil et Préjugés* ?

— C'était le livre préféré de ma mère. Je ne l'ai pas lu, en revanche elle m'a forcé à regarder l'adaptation cinématographique avec elle.

Il a tout juste le temps de finir son explication que son téléphone sonne. Il s'arrête pour décrocher.

— Comment va ma Marie préférée ?

Il aime Marie, je le sais, pourtant, je ne l'ai jamais entendu s'adresser à elle de la sorte. Ce moment loin de la villa et de la pression qu'elle renferme lui est aussi bénéfique qu'à moi.

— Ouais, nous sommes sortis nous aérer. Tu nous couvres si besoin ?

Il marque une pause pour la laisser répondre.

— OK, parfait. Nous serons là à 19 h 30. S'il rentre avant, je compte sur toi pour nous sauver du pétrin.

Il raccroche et nous reprenons notre marche main dans la main.

— Comment étaient tes parents ? me risqué-je à demander.

Clarke me jette un regard entendu.

— Un deuxième cerveau pour sauvegarder, hein ?

Je prends un air faussement innocent, ce qui lui arrache un sourire. Il inspire et regarde au loin. Sa bouche s'ouvre puis se referme. Finalement, il se lance :

— Ma mère avait une longue tignasse noire et de grands yeux verts. Des taches de rousseur parsemaient tout son visage. Elle était élancée et fine. C'était une femme avec de l'énergie à revendre. Elle était aussi douce, compréhensive et ne s'énervait jamais. Mon père était son opposé. Blond aux iris marron, il était facilement irritable, mais elle avait un don impressionnant pour l'apaiser. Ils étaient fous amoureux. C'étaient des parents aimants.

Son sourire s'évanouit, son visage devient on ne peut plus sérieux. Il s'arrête et observe le paysage avec une certaine désolation.

— J'ai menti. Cet endroit a changé. Tout est plus...

— Petit ?

Les mains enfoncées dans ses poches, la mâchoire contractée, il pose son regard sur moi.

— Oui. C'est comme si les souvenirs de ces journées étaient faux, erronés.

La colère gronde sous la surface. Cette idée s'apparente visiblement à de la torture pour lui.

— Ferme les yeux et mets-toi à genoux, lui intimé-je.

Il me dévisage avec méfiance.

— Est-ce le moment de préciser que le BDSM n'est pas mon délire ?

Je m'esclaffe et secoue la tête pour reprendre mon sérieux.

— Fais-moi confiance.

Il soupire et obtempère. Les paupières closes, il pose un genou à terre, puis l'autre. Je m'assieds devant lui et lui murmure d'ouvrir les paupières. Il obéit et redécouvre le lieu de son enfance, du même angle que lorsqu'il était gosse. Il observe les alentours, se familiarise avec son passé. L'émerveillement brille derrière son masque d'impassibilité.

— C'est toi qui as changé, Clarke, pas cet endroit. Le temps ne t'a pas épargné, tu as grandi. Toutefois, certaines choses restent intactes, comme l'amour que tu voues à tes parents. Et si un jour cette forêt vient à disparaître, ça n'effacera pas leur souvenir. Rien ne remettra en cause le fait qu'ils étaient là il y a quelques années, avec toi. Tu es la preuve de leur vécu. De leur amour.

Il me regarde avec une intensité significative, comme si, sans même le savoir, nous venions de passer un cap.

— Comment tu te sens ? s'enquiert-il.

— Parfaitement bien. Cette balade était exactement ce dont j'avais besoin.

Pour la première fois, nous parlons. Nous parlons *réellement*. Nous nous révélons nos rêves et espoirs déçus d'enfants. Je lui raconte comment je me suis cassé le bras à neuf ans, il énumère les accidents qui lui ont ouvert l'arcade sourcilière. Je rigole à en avoir mal au ventre et aux joues. Clarke, lui, sourit tout du long. Pas un sourire en coin, non. Un véritable sourire qui dévoile sa dentition.

Nous nous promenons encore une heure, puis nous revenons sur nos pas pour rejoindre la Harley. Le soleil est déjà bien avancé dans le ciel, le temps a filé à une allure impressionnante. Nous avons parcouru des kilomètres sans les voir passer, discutant de tout et de rien comme des amis de longue date. Des amis de longue date qui se désirent plus que de raison.

J'ai passé une excellente journée. Je n'ai pas envie de rentrer, mais toute bonne chose à une fin. Je suis seulement inquiète qu'une fois à la villa, Clarke reprenne ses distances et remette sa carapace. Je commence à le connaître, je sais que lorsque nous serons entourés, il y aura un fossé entre lui et moi, comme si cet après-midi n'avait jamais existé. Toutefois, il est hors de question pour moi de prétendre que je n'ai pas découvert cette facette de lui.

La moto garée devant la fontaine d'Odin, Clarke attrape ma main et nous courons pour rejoindre la villa. Nous entendons la voiture de Carter remonter l'allée, mais s'il comprend que nous avons fait le mur, nous risquons de sacrées réprimandes.

La porte s'ouvre sur Marie, paniquée.

— Entrez vite !

Nous pénétrons dans la maison et nous précipitons jusqu'à la cuisine, où nous prenons place sur les chaises hautes devant l'îlot central. Une bière et une limonade nous attendent.

Marie nous rejoint, le regard sévère. Nous ne pouvons nous empêcher de rire.

— Qu'est-ce qu'il y a de drôle ?

La voix de Carter résonne jusqu'à nous, et Marie se tourne brusquement vers le frigo pour y mettre le nez. Le boss apparaît dans la pièce, de bonne humeur.

— Je leur racontais une anecdote sur ma mère, mens-je.

Clarke avale une gorgée de sa bière et me décoche un clin d'œil discret.

— Tu as pu te reposer ? me demande le chef des Devil's.

— Oui, j'en avais encore bien besoin.

— Parfait.

Il nous sourit, satisfait, puis quitte la cuisine.

Marie referme d'un coup sec le frigidaire et pointe un doigt menaçant sur nous.

— Si vous me refaites un coup pareil, je vous tue ! Cela dit, si quelqu'un doit vous couvrir de nouveau, n'hésitez pas.

Clarke et moi échangeons un regard complice. Cette femme est superbe.

— J'espère que vous vous êtes bien amusés, au moins.

— Beaucoup, répondons Clarke et moi en chœur.

Marie est aussi joyeuse que si elle venait de surprendre deux adolescents en pleine séance de bécotage, toutefois son sourire se fige lorsqu'elle pose les yeux sur Clarke. Alertée, je dirige mon attention sur le concerné qui a perdu sa gaieté et le vert de ses iris. Il fixe mon pull d'un air absent et contracte durement la mâchoire. Je baisse le regard sur mon vêtement.

Du sang.

Je me lève brusquement de ma chaise et titube.

— Je reviens.

Je sors précipitamment de la cuisine et rejoins ma chambre. J'entre dans la salle de bains et retire mes vêtements, que je jette en boule par terre. Mon pansement n'est plus immaculé, ce qui a réveillé la culpabilité de Clarke.

Je le décolle avec rage. Du sang dégouline de ma blessure : un point a sauté.

Je sursaute en apercevant le reflet de Clarke dans le miroir. Il se tient derrière moi, les yeux rivés sur ma plaie. Son expression fermée me fait l'effet d'un coup de poignard.

— Ce n'est rien, c'est juste un peu de sang.

— Ethan va arriver.

Le ton de sa voix finit de m'achever.

De mes mains tremblantes, j'essuie le liquide rouge avec des compresses, mais il continue de couler.

— Pas besoin, ce n'est rien.

— Tu vois bien que si ! crache-t-il.

J'attrape une serviette que je plaque contre ma blessure et me retourne vers lui, implorante.

— Je n'aurais pas dû accepter de te sortir, reprend-il.

— Je ne regrette pas. J'ai passé une excellente journée, et si c'était à refaire, je n'hésiterais pas une seconde.

— *Moi,* je regrette.

Sur ce, il quitte la pièce.

Le Clarke de la forêt de Huron-Manistee a bel et bien disparu. Je retiens mes larmes et relève la tête, comme si j'avais encore la couronne de mon enfance posée dessus.

Je sors de la salle de bains et m'assieds sur mon lit en attendant Ethan, qui arrive une quinzaine de minutes plus tard, le regard dur.

— Je t'avais prescrit du repos ! Tu as de la chance que je sois dans le coin !

Je ne suis pas sûre de pouvoir supporter une leçon de morale après ce retour brutal à la réalité. Grâce aux dieux, Ethan semble remarquer mon état émotionnel puisqu'il s'arrête là.

Il jette son sac à mes pieds et s'agenouille. Il retire la serviette de mon abdomen, puis fronce les sourcils en examinant ma plaie.

— Un point a sauté, tu dois être recousue. Rien d'affolant, tant que tu ne développes pas d'infection. Si nous faisons attention, l'hôpital ne devrait pas trop poser de questions.

Je secoue négativement la tête.

— Fais-le toi-même, qu'on en finisse.

— Je n'ai rien pour endormir localement, petite guerrière.

— Ce n'est pas un problème.

Il relève un visage interloqué vers moi.

— Je n'ai pas d'anesthésiant, répète-t-il pour s'assurer que je parle la même langue que lui.

— J'ai compris.

Il croit que j'ai perdu la tête. Seulement, il est hors de question que je mette un pied à l'hôpital. À chaque fois que je m'y rends, je ne sais pas si j'en ressortirai. Mes rendez-vous hebdomadaires sont déjà assez éprouvants, mieux vaut ne pas donner une énième occasion à mon médecin de me garder.

— Tu vas absolument tout ressentir. Je vais nettoyer ta plaie avec une lotion à base d'alcool, et pour le point de...

— Je sais Ethan, le coupé-je. Fais ce que tu as à faire.

Il me fixe un long moment pour me laisser le temps de revenir à la raison, mais ma décision est prise. Résigné, il hoche la tête.

Il sort de son sac les instruments médicaux dont il a besoin et les stérilise. Il me jette un dernier regard pour s'assurer de mon consentement, et je m'allonge en réponse.

À contrecœur, il enfile des gants en latex et se met au travail. Il désinfecte la zone avec un produit qui doit posséder les mêmes principes actifs que l'acide tant ça m'élance. Je siffle entre mes dents.

— Je réclame de tout mon être la force de Megingjord[32], murmuré-je.

Je détourne les yeux, pas sûre de pouvoir supporter la douleur et la vue du sang à la fois.

Je ressens absolument tout et ça s'apparente à de la torture.

*Comment Clarke a-t-il pu endurer l'extraction d'une balle ?*

J'ai l'impression que son aiguille remonte jusqu'à mon âme pour la mutiler. Pourtant, je ne cille pas, je ne grogne pas, je reste impassible. Parce que le moindre souffle qui s'échappe de mes lèvres pourrait déclencher une flopée interminable de jurons.

Je sens une perle de sueur glisser le long de ma colonne vertébrale. Les paupières fermées, je serre les dents à me les briser. Lorsque l'aiguille ressort, j'inspire brusquement une goulée d'air, soulagée.

— Ça va ? me demande Ethan, désolé.

Je hoche la tête, les lèvres pincées, et il poursuit. Il plante de

---

[32] Megingjord est la ceinture de pouvoir de Thor. Elle lui confère la force nécessaire pour soulever son marteau Mjöllnir.

nouveau l'aiguille dans ma chair, m'arrachant un grognement d'agonie, et tire sur le fil.

D'un mouvement précis, le chirurgien réalise un nœud. Il reproduit le même geste et enfin, le point de suture est achevé.

Il désinfecte, sèche ma peau et colle un nouveau pansement.

Bien que ma blessure me lance et que ma peau soit tiraillée, je suis soulagée que l'intervention prenne fin. C'était court, mais intense. La pellicule de sueur sur ma peau en atteste. C'est tout ce que je peux supporter pour aujourd'hui.

— Cette fois-ci, tu as intérêt à te reposer ! m'ordonne Ethan en rangeant ses affaires. Je sais que c'est dur, mais plus vite tu m'écouteras, et plus vite tu seras sur pied.

Je soupire, le moral à zéro.

Cet après-midi était exceptionnel. J'ai du mal à digérer qu'il soit parti en fumée.

— De toute façon, Clarke refusera de m'emmener où que ce soit, à présent, et il en interdira les autres.

Ethan se redresse et m'enveloppe d'un tendre regard.

— Appelle-moi et je te ferai sortir d'ici, mais seulement pour aller boire un verre en terrasse.

Je lui souris, reconnaissante, et il m'embrasse sur le front.

— Merci.

— Avec plaisir, Princesse. Je reviens demain matin.

Il quitte ma chambre et ferme derrière lui. Je me rallonge sur mon lit en regardant le plafond. Jamais je n'aurais imaginé ma première année d'université de cette manière, et même si je ne regrette rien, c'est dur...

# 27.

Je sors de la salle de bains, lavée et un peu plus détendue. Je m'assieds sur mon lit, retiens une grimace et prends mon ordinateur sur la table de chevet pour consulter mes mails. Une poignée de publicités, mes nouveaux horaires de cours pour la semaine à venir, des liens que Lola m'a envoyés…

Curieuse, je clique sur le premier. Je suis redirigée vers une page Internet. Je parcours des yeux les lignes qui se succèdent jusqu'à tomber sur un nom bien trop familier.

*« Carter Brown Arinson est né le 1er novembre 1969 à Midland, dans le Michigan. En 1993, il crée en collaboration avec Mike Arinson l'entreprise Arinson Arms et revend ses parts à son collaborateur en 2007. Il lance peu après son commerce d'œuvres d'art et de pierres précieuses qui le propulse en 2011 au rang de plus grosse fortune de l'État. »*

Je clique sur le deuxième lien qui me mène à des informations au sujet du frère.

*« Mike Arinson est né le 12 décembre 1969 à Midland, dans le Michigan. Il crée son entreprise d'armes en 1993 en collaboration avec… »*

Je saute les prochains paragraphes et m'arrête sur l'histoire de son couple.

*« Il se marie en 1998 avec Claire Torrens, qui accouche de leur premier bébé en 2000. Le 7 septembre de la même année, quelques mois après la naissance de l'enfant, la femme de Mike Arinson et leur fille trouvent la mort dans un accident de voiture. »*

Je fronce les sourcils, perplexe. Carter m'a dit que son frère adoptif attendait un garçon qui n'est jamais venu au monde.

*Pourquoi ce site affirme-t-il le contraire ?*

Je m'adosse aux coussins et fais défiler la page sous mes yeux, concentrée. Des tas et des tas d'informations sont renseignées, à croire que Mike n'a pas la moindre vie privée. Ses plus gros contrats, l'adresse de sa maison principale, sa destination favorite, son casier judiciaire…

*Par tous les dieux, où est-ce que Lola a bien pu dénicher tout ça ?*

J'arrête ma progression sur une image qui m'interpelle. Elle est là, sous mes yeux, pourtant je n'arrive pas à l'analyser. C'est comme si je la voyais sans la voir, comme si…

Mon cerveau se reconnecte, mon cœur se pétrifie momentanément. Et j'ai l'impression qu'un bus me passe dessus. En marche avant. Puis en marche arrière.

Mike est sur cette photo, un bébé dans les bras, au côté de Carter qui sourit fièrement à l'objectif.

Je relève les yeux de l'écran, la respiration courte.

*Il se marie en 1998 avec Claire Torrens qui accouche d'une petite fille en 2000.*

Cette phrase tourne en boucle dans mon esprit. Elle accélère les battements de mon cœur et me plonge dans un mal-être intense.

*Ce n'est pas possible… Je… Non !*

Brusquement, de nouveau sur mes pieds, je tremble de tous mes membres, les joues inondées de larmes. Je pose une main sur ma poitrine si comprimée que j'ai le sentiment de manquer d'air.

Chamboulée, je récupère mon ordinateur et ouvre la porte de ma chambre à la volée.

Je suis dans un état second lorsque je traverse le couloir, frôlant dangereusement les murs par moments. Mes jambes sont lourdes, mon cœur me hurle de faire demi-tour, cependant je n'ai plus le contrôle de mon corps. Je débouche dans l'entrée et m'arrête sous l'arche avant de retrouver les Devil's au complet, Ethan et Carter dans le salon.

Les regards convergent dans ma direction. Il ne leur faut qu'une seconde pour apercevoir les larmes sur mes joues. Comme un seul homme, ils se précipitent sur moi, mais je les stoppe de ma paume tendue entre nous.

Ma respiration est chaotique, ma poitrine douloureuse. Je me sens terriblement mal, et ça n'a rien à voir avec ma maladie.

— Tout va bien ? me demande Carter, les sourcils froncés par l'inquiétude.

Ethan, Justin et Sean s'apprêtent à me rejoindre, toutefois le rire qui s'échappe de ma gorge les dissuade une nouvelle fois. Un rire mauvais que je ne me reconnais même pas. Tous me dévisagent, cependant je me concentre uniquement sur Carter, qui est préoccupé par mon état, mais garde une distance de sécurité.

*Tout ce que j'ai toujours cru... Tout ce qu'on m'a raconté... Tout ce que j'ai pris pour vrai sans jamais remettre en question les dires...*

La haine des neuf mondes s'engouffre par tous mes pores et s'agite furieusement dans mes veines, saccageant le peu de bon sens qu'il me restait.

— QUELQU'UN PEUT-IL M'EXPLIQUER POURQUOI, BÉBÉ, JE ME TROUVE DANS LES BRAS DE MIKE À VOS CÔTÉS ?

Je tourne l'écran de mon ordinateur pour leur dévoiler la photo. Une photo où je me reconnais grâce aux albums de ma mère. Une photo où ma couverture de naissance m'enveloppe et pend des bras de Mike Arinson.

Mon cœur est si comprimé dans ma poitrine que j'ai envie de vomir. Tout un tas de pensées s'entrechoquent dans mon esprit et troublent ma vision de larmes, que j'essuie rageusement en attendant une réponse.

Carter s'est décomposé, il est pâle comme la mort. Seuls ses yeux brillent. Comme il semble avoir perdu l'usage de la parole, j'en profite pour découvrir jusqu'à quel point les Devil's Sons m'ont manipulée. Je lorgne les garçons un à un. Pour la première fois, Clarke ne soutient pas mon regard. Il détourne les yeux et ferme les paupières quelques secondes. Tucker passe ses mains sur son visage tendu et Set dans ses cheveux. Justin se laisse tomber sur le canapé tandis que Sean me tourne le dos, incapable de m'affronter, et Jesse et Ethan me fixent avec le mot « coupable » écrit sur leurs fronts. Carter, quant à lui, entrouvre la bouche, mais se ravise aussitôt.

Personne ne me répond, l'atmosphère devient irrespirable. Je suffoque un peu plus chaque seconde.

— Pourquoi je suis sur cette photo ? demandé-je une seconde fois, la voix glaçante.

À cet instant, Carter Brown Arinson n'est plus ce milliardaire imposant et respecté. Il est le plus vulnérable et paraît sur le point de se briser, aussi facilement que de la porcelaine.

— Avalone, je suis désolé...

Il me regarde avec une peine infinie, alors que le simple fait de me trouver dans la même pièce que lui m'est insupportable. Les mots qu'il finit par prononcer me tuent :

— Mike est ton père. Je suis ton parrain.

Ma bouche s'ouvre en grand. La douleur dans ma poitrine est une torture, tout n'est que chaos dans mon esprit.

— MON PÈRE EST MORT !

Quand Carter tente un pas dans ma direction, je lui hurle de ne pas approcher.

— Pour vous protéger des BloodBro, nous avons dû vous faire passer pour mortes, ta mère et toi. Nous n'avions pas le choix !

Chacun de ses mots me conduit à ma perte. Je secoue la tête pour les effacer de ma mémoire, mais ils raisonnent en moi comme un putain d'écho intarissable.

*Mike est ton père. Je suis ton parrain.*

*Mike est ton père. Je suis ton parrain.*

*Mike est ton père. Je suis ton parrain.*

Rien ne fait taire sa voix dans mon esprit.

L'ordinateur s'échappe de mes mains et se brise au sol.

*Il a arnaqué les BloodBro, le gang le plus puissant et le plus sanguinaire d'Amérique. Ils ont annoncé fièrement que dorénavant, chaque nouveau-né de la famille Arinson leur appartiendrait.*

Je porte la main à ma blessure, persuadée de perdre beaucoup trop de sang pour ressentir un tel mal-être. Mais non. Ethan m'a soignée. Il n'y a que mes larmes pour attester de ma douleur.

— Ma mère... Elle... Elle croit Mike mort ?

Carter a l'air d'avoir pris dix ans de plus lorsqu'il répond par la négative.

— Elle était au courant de notre plan, depuis le premier jour.

La lame imaginaire qui s'enfonce dans ma poitrine me coupe le souffle.

Ce n'est pas possible... Pas elle, elle n'aurait jamais pu me faire ça. Je l'ai écoutée me parler de mon défunt père, je l'ai vue pleurer sa mort le soir lorsqu'elle pensait que je dormais. Elle suppliait Frigga d'éteindre son amour pour son mari et ainsi mieux surmonter son absence.

*Ai-je été aussi naïve ?*

Un sanglot s'échappe de mes lèvres. Je me tiens le ventre, prête à vomir mes tripes d'une seconde à l'autre. Mais la haine gonfle en moi et devient dévastatrice. Je me redresse pour dévisager les Devil's Sons.

— Et vous ? Vous étiez au courant depuis le début, n'est-ce pas ?

— Oui, me répond Clarke, de marbre.

Un nouveau rire me possède et accentue ma peine.

Ils sont les complices de Carter. Et ils viennent de me briser le cœur. Je le savais pourtant, que je ne pouvais pas leur faire confiance. Ils me l'ont prouvé à maintes reprises et cette fois-ci, ils m'ont asséné le coup de grâce.

— Ce sont les ordres de Carter, c'est ça ? Vous n'aviez pas le choix.

Je m'esclaffe comme une folle, déversant dans ces éclats incontrôlables toutes les émotions dévastatrices qui me submergent.

— Vous êtes des comédiens hors pair. Sincèrement ! Vous méritez un Oscar. Tellement ingénieux de me faire croire que je suis entrée chez les Devil's Sons parce que je me trouvais au mauvais endroit au mauvais moment. Mais ça, j'imagine que c'était ton plan, dis-je à Carter.

Puis l'étendue de ses manigances me frappe. La réalité envoie valser le dernier espoir de contrôle que je pensais avoir sur ma vie.

— Les flics... Les flics ne se déplacent pas pour une simple soirée étudiante. Du moins, pas en si grand nombre. Bill veut à tout prix vous coincer, mais il te connaît. Il devait savoir qu'il n'aurait rien trouvé de compromettant à cette fête de laquelle Clarke m'a ramenée. Sauf si...

Plus les mots déferlent de ma bouche et plus je hausse le ton.

— Tu n'as pas profité de la pression que Bill me mettait pour m'attirer à toi, *tu* as *créé* cette pression ! Tu as envoyé les flics à la fraternité pour que Clarke me raccompagne devant Bill et ainsi me lier à vous !

Je crie de désespoir, le parfait reflet de mon âme.

— Tout ça n'avait rien de sincère. Je n'ai eu aucun contrôle sur ma vie depuis mon entrée à l'université. Tout était prévu, j'étais l'objectif d'un plan qui dépasse l'entendement : ramener la princesse Arinson au bercail, coûte que coûte !

Carter, le visage déformé par la douleur, avance d'un pas vers moi. Le vase que j'explose au sol le dissuade de faire un centimètre de plus. Alors, il lève les mains et me parle avec douceur.

— Tu as toujours eu le choix, Avalone. Tu as gardé le contrôle.

Ma voix se brise encore plus que le vase à nos pieds.

— *Le choix* ?! Sauver le frère de Lola et les autres en déposant un faux témoignage ou retourner à mon quotidien et laisser les flics les mettre en prison, perdant mon amie et ruinant par la même occasion ma vie sociale ?

Mes larmes redoublent, je sanglote.

— TU M'AS MANIPULÉE, ENCORE ET ENCORE ! TU M'AS ENVOYÉE RENCONTRER MON PUTAIN DE PÈRE AU CANADA, CARTER !

Le hurlement qui s'échappe de ma gorge est empli de douleur, mon cœur est déchiré et si je n'avais pas envie de garder un semblant de dignité, je me serais effondrée au sol. Mais cette satanée couronne invisible ne quitte pas ma tête.

— Lui aussi m'a fait croire que la frontière était dangereuse pour nous... Lui aussi, il m'a testée et a participé à ces subterfuges.

Je repense à tout ce que nous avons vécu durant mon enfance. À ma mère qui affrontait seule ma maladie et qui se saignait pour payer mes soins médicaux. Aux nuits blanches qu'elle enchaînait à cause de ses quatre boulots pour m'offrir trois repas par jour. Aux hommes qu'elle n'a jamais laissé entrer dans son cœur et à tout l'amour qu'elle me donnait pour compenser celui d'un défunt. Mon père n'est peut-être pas mort et j'ai un parrain. Mais les Arinson nous ont abandonnées peu après ma naissance. Revenir dans ma vie par de la manipulation et des mensonges est la pire chose qu'ils aient pu faire, BloodBro ou non.

Sans un mot, je tourne les talons et cours jusqu'à ma chambre. Je me jette aussitôt sur mes affaires que je mets en boule dans mon sac de sport. Je veux fuir au plus vite cette propriété. Le téléphone contre mon oreille, je me commande un taxi tout en récupérant mes produits dans la salle de bains. Sans contrôler mes gestes et avec un taux de conscience très faible, le miroir se brise par terre lorsque je l'arrache du mur.

Mon sac sur l'épaule, je sors de la pièce et manque de percuter Clarke. Je dois serrer les poings à m'en faire saigner les paumes pour ne pas me déchaîner sur lui.

— Tu es la dernière personne que je veux voir ! craché-je.

— Reste.

Je rejette la tête en arrière pour éclater d'un rire hargneux.

— Admire le spectacle ! Tu as eu ce que tu souhaitais !

Il fronce les sourcils, largué.

J'essaie de le contourner, mais il me bloque le passage. Mes larmes deviennent plus grosses et les tremblements de mon corps insupportables.

— Je n'ai jamais voulu que tu pleures…

— Ah oui ? « À un moment ou un autre, tu finiras par pleurer toutes les larmes de ton corps et je m'en délecterai ». Dixit Clarke Taylor.

Tout son corps se fige et la culpabilité envahit son regard. Seulement, plus rien ne compte. Mes yeux repèrent le pistolet qu'il m'a donné avant la négociation et qui est resté bien sagement posé sur ma commode. Je m'en empare et retire le cran de sécurité. Je le pointe sur Clarke qui ne cille pas. Mais moi non plus. Ma main est ferme sur l'arme, elle ne tremble pas.

— Tu vas me laisser passer. Je n'ai pas la patience.

— Ce n'était pas à nous de te révéler ton identité.

— Je ne veux rien savoir, tu n'as aucune putain d'excuse !

La tristesse a été dévorée par la haine qui me consume. À ce stade, je ne sais pas de quoi je suis capable.

— Carter t'a donné l'ordre de me retenir, c'est ça ? Je suis encore et toujours *la* mission à accomplir ?

— C'est vrai. Au début, tu n'étais qu'une mission, avoue-t-il sans la moindre émotion dans la voix.

C'étaient les mots de trop. Je colle le canon du flingue sur son torse pour le faire reculer. Rien chez lui n'éprouve un tant soit peu de peur. Il sait que je ne tirerai pas, cependant il obtempère pour m'accorder le contrôle dont j'ai besoin pour ne pas perdre la tête, si ce n'est déjà fait.

Nous atteignons l'entrée, sans nous quitter du regard.

— Bordel, Ava, un flingue te rend diablement sexy, mais c'est dang...

Je ne laisse pas Set achever sa phrase. Je vise le mur et appuie sur la gâchette. Par je ne sais quelle force qui sommeille en moi, je ne recule pas sous la puissance du coup, alors que le pan d'ardoise explose en mille morceaux.

Je tourne le visage vers Carter et lui offre un sourire digne d'une psychopathe.

— Une Arinson dans l'âme, tu as vu ça ?

La porte d'entrée s'ouvre sur Marie qui pousse un cri aigu devant l'arme pointée sur Carter, cette fois-ci.

— Dis-moi, Marie. Tu étais là, n'est-ce pas, pour me changer mes couches ?

À ses yeux qui se remplissent de larmes, je comprends que j'ai vu juste. Toutes les personnes que j'ai côtoyées ces derniers temps m'ont menti. Il n'y avait personne d'honnête avec moi. Je pensais avoir le cœur totalement en miettes, il restait manifestement un bout encore en place qui vient de rejoindre les autres.

L'humiliation m'envahit. J'ai côtoyé des personnes que j'aimais réellement alors qu'elles... elles ne voyaient en moi qu'une mission à accomplir. Et ça, c'est pire que tout.

Je garde la tête haute, malgré la honte qui s'empare de moi. Mon bras se baisse avec l'arme que je dépose sur la commode de l'entrée.

— Vous direz à mon *cher* père qu'il a toujours été mort pour moi et qu'il le restera. Quant à ma mère, elle n'existe plus à mes yeux.

J'avance vers la porte jusqu'à ce que Carter, désespéré, prenne la parole.

— Aucun de nous n'a voulu ça et...

Sa voix se brise, de nouvelles larmes dévalent mes joues.

— Tu étais là, dans ma ville... Je n'avais pas la moindre idée de comment te...

— À la seconde où tu m'as parlé des BloodBro, j'ai su que cette histoire n'appartenait pas au passé et qu'un jour, Mike et toi devriez les affronter. Tu es la preuve que les monstres n'abandonnent jamais. Ils viendront pour le premier-né Arinson. Ils viendront pour moi. Et ce sera votre faute. Vous m'avez déjà tuée.

Sur ce, je passe la porte, et plus je descends les marches du perron, plus je prends de la vitesse, et plus mes larmes brouillent ma vue.

Mon corps renferme un océan d'émotions incontrôlables qui se bousculent dans tous les sens et s'affrontent pour dominer les autres.

Les garçons hurlent et m'appellent. Un brouhaha retentit de l'entrée, comme s'ils se battaient contre quelqu'un pour me retenir, alors je cours encore plus vite. Je descends l'allée interminable et prie pour que personne ne me rattrape. Mon souffle court et mon cœur qui tambourine dans ma poitrine m'obligent à ralentir le pas. Je m'arrête pour reprendre ma respiration.

— V...

Je me tourne dans un sursaut vers Jesse.

Son visage est tiraillé par la douleur et la culpabilité, mais je refuse de donner crédit à cette fausse sincérité. Pas après ce qu'ils m'ont fait.

— Laisse-moi. Laissez-moi tranquille une bonne fois pour toutes ! Vous n'êtes pas obligés de faire comme si...

— Je sais ce que tu crois, me coupe-t-il. Et je ne peux te le reprocher. Mais je t'aime. On t'aime tous sincèrement. Comment pourrait-il en être autrement ?

Je secoue la tête, refusant de me laisser attendrir, parce que si je l'écoute, je finirai par le croire.

Plus personne ne me brisera le cœur. Du dos de la main, j'essuie mes larmes et tente de contrôler les tremblements de ma voix.

— On ne pourra jamais être amis, peu importe votre sincérité. Vous êtes asservis à Carter, et toi particulièrement. Il t'a sauvé la vie, il t'a offert une nouvelle chance et tu te sens beaucoup trop redevable pour que nous puissions créer une relation saine. Parce que ce sera toujours Carter pour toi. Il te donnera des ordres me concernant et tu obéiras sans même te demander si cet ordre pourrait me causer du tort, comme tu l'as fait jusqu'à présent.

Je jurerais apercevoir au fond de son regard son cœur se briser, ce qui accentue mon mal-être et ma peur de croire encore en eux. Je tourne les talons et fuis, l'abandonnant sur place.

— AVALONE !

Je jette un coup d'œil par-dessus mon épaule. Justin, Tucker et Set accourent, mais sont retenus par Jesse.

— Henzo est dans la nature... me supplie Tucker.

J'entends quelqu'un se débattre dans mon dos.

— Elle a besoin de temps, leur dit Set.

— Bordel, c'est Ava ! On ne peut pas la laisser !

J'accélère le pas. Je les déteste davantage de continuer leur petit jeu malsain, et c'est seulement lorsque j'entre dans le taxi que je respire un peu mieux.

Cette ville me donne la nausée. Elle m'oppresse, je ne peux plus la voir.

— La gare routière, s'il vous plaît.

Toute ma vie n'est qu'un mensonge. Tous ceux en qui je croyais, tous ceux à qui j'étais persuadée de pouvoir faire confiance aveuglément n'ont fait que me mentir... Ma mère, Clarke, les Devil's Sons, Ethan et Marie... Pas un n'a décidé d'être sincère.

Je suis la fille de Mike Arinson. Je l'ai rencontré et je l'ai bien aimé.

*Par tous les dieux, je l'ai bien aimé !*

Comment ma mère a-t-elle pu me mentir droit dans les yeux pendant tant d'années ? Si Mike nous a vraiment abandonnées pour nous protéger, ma mère ne s'est peut-être jamais droguée. D'où vient ma maladie cardiaque, dans ce cas ? Je doute de tout, à présent. Ma mère a fait de ma vie un mensonge, ils y ont tous contribué, et ça n'ira pas en s'arrangeant puisque le gang le plus puissant d'Amérique prendra un malin plaisir à me tuer s'ils découvrent que je vis encore.

Je n'ai plus personne sur qui compter, je n'ai plus d'identité. Et alors que je pensais que ma croyance aux dieux était de mon ressort, je suis vite rattrapée par la réalité. Ma génitrice m'a toujours dit que sa foi en l'Yggdrasil lui venait de la famille de mon père. J'ai cru fièrement en Odin pour rendre hommage à cet homme parti trop tôt...

Une quinzaine de minutes plus tard, le chauffeur me dépose à la gare routière. Je lui tends un billet et quitte l'habitacle, vidée. Mes larmes ont enfin cessé.

Me voilà prête à fuir Ann Arbor et ses *dangereuses complicités*. Il fait nuit depuis plusieurs heures, je n'ai pas la moindre idée de l'heure qu'il est. J'ai perdu toute notion du temps.

J'avance jusqu'au guichet d'un pas lourd.

— Destination ? m'interroge la guichetière.

— Le bus qui part le plus tôt.

— Alabama. Vingt-sept dollars.

Avec des gestes automatiques, je lui donne l'argent en échange du billet. La femme me dévisage et hésite à me demander si je vais bien, mais elle n'en fait rien.

— Départ dans dix minutes.

J'acquiesce et tourne les talons pour rejoindre le car. Les portes étant déjà ouvertes, j'entre. J'avance entre les rangées dans un état second, sans prêter attention aux passagers installés. Je prends place sur une banquette libre, loin de toute personne, avec ce désir de me murer dans le silence. Je jette mon sac sur le siège d'à côté pour m'assurer la solitude et j'en sors mes médicaments. Après les avoir avalés, je les range et enfonce mes écouteurs dans mes oreilles. Lorsque je pose la tête contre la vitre du bus, *Feel* de Robbie Williams est la première musique qui me berce.

L'autobus ferme ses portes et démarre, laissant mon cœur sur le bas-côté de la route. L'unique larme qui roule le long de ma joue est la dernière chose que je sens avant de sombrer dans le sommeil.

***À suivre...***

# REMERCIEMENTS

Le premier tome ne s'achève pas avec le dernier chapitre. Il s'achève ici, avec mes remerciements, parce qu'il y a beaucoup de personnes sans qui je ne serais pas là, à écrire cette page.

C'est un rêve de petite fille qui se réalise. Un rêve que je pensais inatteignable. Un rêve que j'ai réalisé grâce à des tas de personnes formidables envers qui je serai éternellement reconnaissante.

Je remercie de tout mon cœur mon éditrice, Caroline, qui m'a offert une nouvelle maison. Sa patience, son écoute et ses connaissances ont rendu le travail éditorial si agréable et enrichissant. Je l'entends encore me chuchoter... *répétition*. Ou me demander lors de notre premier appel : « tu aimes la pizza ananas ? ». Malgré ma réponse négative à cette question capitale, elle m'a acceptée dans sa famille ! Et c'est ce qu'est Plumes du Web. Une famille.

Je tiens également à remercier Geny pour son fabuleux travail. Grâce à elle, ma plume s'est considérablement améliorée et les participes présents et adverbes sont devenus mes ennemis.

Passons à Jenn qui a déboulé dans mes messages privés un beau jour pour m'annoncer une merveilleuse nouvelle : Plumes du Web cherchait à me contacter. Par la suite, j'ai fait la connaissance d'Océane. Toutes deux m'ont accueillie avec une bienveillance qui me fait chaud au cœur, aujourd'hui encore. Je me suis sentie comprise et légitime. Je me suis sentie à ma place auprès d'elles. Merci pour tout, les filles. Je n'aurais pas pu rêver mieux.

Merci à Sam qui a su cerner ma communauté pour l'inclure dans chacun de ses posts. Après tout, *on laisse pas bébé dans un coin.* (Dirty Dancing)

Je souhaite faire une standing ovation à Anaïs, ma meilleure amie depuis toujours, qui m'a fait découvrir la plateforme Wattpad il y a quelques années. Sans elle, nous n'existerions pas. Eh oui, tu peux récolter quelques lauriers, *ma belle*.

Un gigantesque merci à mon papa pour avoir suivi jour après jour mes chiffres Wattpad en pleine expansion. Merci pour ton implication et ton soutien. Merci pour tout, je t'aime.

Plein de bisous d'amour à mes fabuleuses copines Laïla, Marie et Lizzie, qui m'ont soutenue et ont cru en moi. Merci d'être vous.

Et enfin, une bonne partie de ma gratitude va droit à ma communauté Wattpad qui a su aimer les Devil's Sons, et moi. Votre place dans mon cœur est indétrônable, on n'oublie jamais d'où l'on vient. Ces souvenirs, je les chéris, tout comme cette famille que nous avons créée. Merci pour tout ce que vous m'avez offert : l'amour, les rires, le soutien, l'amitié, les larmes de joie et de reconnaissance. Et n'oubliez pas, peu importent le nombre d'années qu'on passe loin de Carter et des Devil's Sons, leur porte nous sera toujours ouverte. Nous serons une famille à jamais.

Devil's un jour…

Profitez d'offres exclusives et d'infos en avant-première en vous inscrivant à notre newsletter :
**www.plumesduweb.com/newsletter**

Retrouvez toute l'actualité de Plumes du Web
sur notre site et sur les réseaux sociaux :
**www.plumesduweb.com**

**www.facebook.com/PlumesduWeb**
**www.instagram.com/plumesduweb**
**twitter.com/PlumesduWeb**
**www.tiktok.com/@plumesduweb**

ET

Découvrez dès maintenant de nouveaux horizons
avec deux autres histoires de notre

COLLECTION
RUBIS

JENN GUERRIERI

# TAINTED Hearts

***Dark Romance / Romance contemporaine (3 tomes)***

Élève à la section danse de la Juilliard School, un prestigieux conservatoire situé à New York, Ally Owen compte bien atteindre son plus grand objectif : réussir le concours d'entrée pour intégrer le corps de ballet de l'Opéra de Paris. Ambitieuse et motivée, elle veut mettre toutes les chances de son côté pour réaliser ce rêve qui la berce depuis l'enfance. Mais ça, c'était avant de croiser la route du célèbre groupe de rock, les Chainless.

Le quotidien d'Ally bascule quand elle s'attire par mégarde les foudres du chanteur principal, Chester Hanson : un homme à l'allure aussi froide que tranchante, connu des médias pour ses nombreuses dérives. Flirtant entre les frontières du déraisonnable et de l'immoralité, le rockeur côtoie un monde sans code. Un univers aux antipodes de celui de la danseuse, qui elle, doit se plier à la discipline la plus stricte.

Tout les oppose. Et pourtant, ils vont entamer ensemble un jeu dangereux, initié par Chester. Chantage, manipulation, provocation, haine... jusqu'où mènera cette collision de deux cœurs écorchés ?

S.L. BOROWSKI

# RED for You

***Romance contemporaine***

*« Bienvenue au RED, le cabaret le plus branché de Bethnal Green. Ici, oubliez tous vos petits tracas du quotidien, et laissez-vous tenter par vos désirs les plus inavouables. Succombez à la tentation et évadez-vous dans un univers de paillettes et de courbes sensuelles. »*

Moi, je suis la plus jeune recrue du club, et je me fiche du clinquant. Je ne veux qu'une chose : danser. C'est ma seule raison de vivre. Personne ici ne connait mon passé. Pas même moi. Le spectacle que j'offre chaque soir, teinté de cette innocence qui semble attirer plus d'un regard, n'est qu'une illusion, mais camoufle plutôt bien mes phobies et mes hantises. De toute manière, il n'y a qu'une seule paire d'yeux que je cherche à capter : celle de Rowan Ford, patron du club, plus mystérieux encore que moi. Et si j'ai toujours été très attachée à mes secrets, je ne peux cependant pas m'empêcher de vouloir démasquer les siens. Au risque de perdre complètement l'esprit.

*« Prêts pour la soirée de votre vie ? Alors entrez, et n'oubliez pas : la réalité n'a pas sa place, au RED Cabaret. »*

*Imprimé en France par*
CPI Bussière
en octobre 2023
N° d'impression : 2074432
Dépôt légal : novembre 2022